Diogenes Taschenbuch 23902

de
te
be

Nicht schon wieder Wellen!

Hinterhältige Geschichten vom Meer

Ausgewählt von Daniel Kampa und Winfried Stephan

Diogenes

Nachweis am Schluss des Bandes
Umschlagbild von Bosc

Originalausgabe

www.diogenes.ch
200/10/8/1
ISBN 978 3 257 23902 7

Inhalt

Jeffrey Eugenides

Air Mail

Durch den Bambus beobachtete Mitchell, wie die Deutsche, seine Leidensgenossin, wieder einen Ausflug zum Klohäuschen unternahm. Sie trat auf die überdachte Veranda vor ihrer Hütte und hielt sich die Hand über die Augen – draußen brannte mörderisch die Sonne –, während die andere Hand schlafwandlerisch nach dem Strandtuch tastete, das über dem Geländer hing. Als sie es gefunden hatte, schlang sie das Tuch locker und sich nur notdürftig verhüllend um ihren unbekleideten Körper und stolperte in die Sonne. Sie kam direkt an Mitchells Hütte vorbei. Durch die Lamellen der Jalousie betrachtet, hatte ihre Haut den etwas kränklichen Farbton von Hühnersuppe. Sie trug lediglich einen Strandlatschen. Alle paar Schritte musste sie stehen bleiben und ihren nackten Fuß aus dem sengend heißen Sand heben. Dann verharrte sie eine Weile schwer atmend im Flamingostil. Sie sah aus, als würde sie gleich zusammenbrechen. Aber sie brach nicht zusammen. Sie schaffte es durch den Sand bis hinüber zu dem wild wuchernden Gestrüpp. Am Klohäuschen angekommen, machte sie die Tür auf und spähte ins Dunkel. Dann ließ sie den Dingen ihren Lauf.

Mitchell senkte den Kopf. Er lag auf einer Strohmatte, eine Badehose mit Schottenkaro als Kissen. In der Hütte war es kühl, und er hatte eigentlich keine Lust aufzustehen. Aber sein Magen stand kurz vor der Eruption. Die ganze Nacht über hatten sich seine Eingeweide ruhig verhalten, bis Larry ihn heute Morgen überredet hatte, ein Ei zu essen, und jetzt hatten die Amöben wieder was zu fressen. »Ich hab dir doch gesagt, ich will kein Ei«, sagte er jetzt, bevor ihm einfiel, dass Larry gar nicht da war. Larry war unten am Strand und feierte mit den Australiern.

Um sich nicht zu ärgern, machte Mitchell die Augen zu und atmete ein paarmal tief durch. Schon nach wenigen Zügen begann es ihm wieder in den Ohren zu klingen. Er lauschte und atmete ein und aus, wobei er versuchte, alles andere auszublenden. Als das Klingen immer lauter wurde, stützte er sich auf einen Ellbogen und tastete nach dem Brief, den er gerade an seine Eltern schrieb. Den allerneuesten. Er fand ihn beim Brief des Paulus an die Epheser in seiner Taschenbibel. Die Vorderseite des Luftpostbogens war schon vollgeschrieben. Ohne das bisher Geschriebene noch einmal durchzulesen, schnappte er sich den Kugelschreiber – griffbereit zwischen die Bambusstäbe geklemmt – und begann:

Erinnert Ihr euch noch an Mr. Dudar, meinen alten Englischlehrer? Als ich in der Zehnten war, kriegte er Speiseröhrenkrebs. Wie sich dann rausstellte, war er Mitglied der Christlichen Wissenschaft, wovon wir keine Ahnung hatten. Er weigerte sich sogar, eine Chemotherapie zu machen. Und ratet, was dann passierte? Eine absolute und totale Selbstheilung.

Die Blechtür des Klohäuschens fiel scheppernd zu, und die Deutsche trat wieder in die Sonne. Auf ihrem Badetuch war ein nasser Fleck. Mitchell legte den Brief weg und kroch an seine Hüttentür. Sobald er den Kopf hinausstreckte, konnte er die Hitze spüren. Der Himmel war durchscheinend blau wie auf einer Ansichtskarte, der Ozean einen Ton dunkler. Der weiße Sand wirkte wie ein Bräunungsreflektor. Er blinzelte zu der Silhouette hinüber, die auf ihn zugehumpelt kam.

»Wie fühlst du dich?«

Die Deutsche antwortete erst, als sie einen Streifen Schatten zwischen den Hütten erreicht hatte. Sie hob ihren Fuß hoch und musterte ihn grimmig. »Wenn ich muss, kommt bloß braunes Wasser.«

»Das gibt sich. Einfach weiterfasten.«

»Ich faste jetzt schon drei Tage.«

»Du musst die Amöben verhungern lassen.«

»Ja, ich glaub aber, die Amöben lassen eher mich verhungern.« Bis auf das Tuch war sie immer noch nackt, aber nackt wie eine Kranke. Mitchell spürte nichts. Sie winkte und ging davon.

Als sie weg war, kroch er in seine Hütte zurück und legte sich wieder auf die Matte. Er nahm den Stift und schrieb:

Mohandas K. Gandhi pflegte bei seinen Großnichten zu schlafen, auf jeder Seite eine, um sein Keuschheitsgelübde zu testen – ergo: Heilige sind immer Fanatiker.

Er legte den Kopf auf die Badehose und schloss die Augen. Sofort ertönte das Klingen wieder.

Wenig später wurde er vom Beben des Fußbodens unterbrochen. Der Bambus wippte unter Mitchells Kopf, und er setzte sich auf. Das Gesicht seines Reisegefährten hing im Türrahmen wie ein Herbstmond. Larry hatte einen burmesischen *lungi* umgeschlungen und trug einen indischen Seidenschal. Sein nackter Oberkörper, die Brust haariger, als man bei einem so kleinen Kerl erwartet hätte, war ebenso rosarot sonnenverbrannt wie sein Gesicht. In seinem Schal, den er sich theatralisch über eine Schulter geworfen hatte, waren goldene und silberne

Metallfäden. Er rauchte eine *bidi* und sah Mitchell vornübergebeugt prüfend an.

»Durchfallreport«, sagte er.

»Mir geht's gut.«

»Dir geht's gut?«

»Alles in Ordnung.«

Larry wirkte enttäuscht. Die frische rosa Haut auf seiner Stirn legte sich in Falten. Er hielt ein Glasröhrchen in die Höhe. »Ich habe dir ein paar Tabletten mitgebracht. Gegen die Scheißerei.«

»Tabletten verstopfen einen bloß«, erwiderte Mitchell. »Dann bleiben die Amöben drin.«

»Die hat Gwendolyn mir gegeben. Sollst du mal ausprobieren. Das Fasten hätte inzwischen wirken müssen. Wie lang geht das jetzt schon? Fast eine Woche?«

»Zum Fasten gehört keine Zwangsernährung mit Eiern.«

»Mit einem Ei«, winkte Larry lässig ab.

»Vor dem Ei ging's mir ganz okay. Jetzt hab ich Bauchschmerzen.«

»Du hast doch gerade gesagt, dir geht's gut.«

»Mir geht's auch gut«, sagte Mitchell, und sein Magen rebellierte. Er spürte es in seinem Unterleib brodeln, dann das Gefühl, als ob sich etwas löste, als würde Flüssigkeit abgesaugt, dann den wohlbekannten, hartnäckigen Druck in seinen Gedärmen.

Er wandte sich ab, schloss die Augen und atmete wieder tief durch.

Larry zog ein paarmal an seinem *bidi* und sagte: »Du gefällst mir nicht so recht.«

»Und du«, erwiderte Mitchell, die Augen immer noch geschlossen, »bist bekifft.«

»Da kannst du deinen Arsch drauf wetten«, kam Larrys Antwort. »Da fällt mir ein – wir haben keine Papierchen zum Drehen mehr.« Er stieg über Mitchell, über den Wust von fertig und noch nicht fertig beschriebenen Luftpostbögen und das winzige Neue Testament weg in seine – also Larrys – Hüttenhälfte hinüber, kniete sich hin und begann, seinen Beutel zu durchwühlen. Larrys Beutel aus regenbogenbunter Jute hatte bisher noch keinen Zoll passiert, ohne akribisch untersucht zu werden. Es war die Art von Beutel, die praktisch schrie: »Ich hab Drogen dabei.« Larry fand seine Haschpfeife, drehte das steinerne Schälchen ab und klopfte die Asche heraus.

»Nicht auf den Boden.«

»Reg dich ab. Die fällt durch.« Er rieb die Finger aneinander. »Siehst du? Alles sauber.«

Er steckte sich die Pfeife in den Mund, um zu sehen, ob sie richtig zog. Dabei musterte er Mitchell mit einem verstohlenen Blick. »Meinst du, du kannst bald wieder reisen?«

»Ich glaub schon.«

»Wir sollten dann nämlich vielleicht wieder nach Bangkok. Ich mein, so allmählich. Ich bin scharf auf Bali. Geht das klar?«

»Sobald ich klar bin«, sagte Mitchell.

Larry nickte kurz und schien zufrieden. Er nahm die Haschpfeife aus dem Mund und steckte sich wieder das *bidi* hinein. Dann richtete er sich auf und blieb gekrümmt unter der niedrigen Decke stehen; dabei starrte er reglos zu Boden.

»Morgen kommt das Postschiff.«

»Was?«

»Das Postschiff. Für deine Briefe.« Larry schob einige mit dem Fuß umher. »Soll ich die für dich aufgeben? Dafür muss man zum Strand runter.«

»Kann ich selber. Morgen bin ich wieder auf den Beinen.«

Larry hob skeptisch eine Augenbraue, sagte aber nichts. Dann ging er zur Tür. »Falls du dir's noch überlegst, ich lass dir die Tabletten da.«

Sobald er gegangen war, stand Mitchell auf. Es ließ sich nicht länger aufschieben. Er knotete seinen *lungi* fester und trat, die Hand über den Augen, auf die Veranda hinaus. Mit den Füßen tastete er nach seinen Latschen. Er konnte den Strand spüren und die Wellen, die sich schwerfällig übereinanderschoben. Er ging die Stufen hinunter und lief los. Er blickte nicht auf. Er sah nur seine Füße und den

Sand, den sie zur Seite schoben. Die Fußabdrücke der Deutschen waren noch zu erkennen, daneben allerlei Abfall – zerrupfte Nescafé-Packungen und zusammengeknüllte Papierservietten, die vom Küchenzelt herüberwehten. Er konnte den gegrillten Fisch riechen. Es machte ihn nicht hungrig.

Das Klohäuschen war ein Wellblechschuppen. Davor standen ein verrostetes Ölfass voll Wasser und ein kleiner Plastikeimer. Mitchell füllte den Eimer und nahm ihn mit hinein. Bevor er die Tür zumachte, solange er drin noch etwas sehen konnte, brachte er seine Füße auf der Fläche zu beiden Seiten des Lochs in Stellung. Dann schloss er die Tür, und alles wurde dunkel. Er knotete seinen *lungi* auf und schob ihn hoch, bis der Stoff ihm um den Hals hing. Die Benutzung asiatischer Toiletten hatte ihn gelenkiger gemacht: Er konnte zehn Minuten lang mühelos in der Hocke sitzen. Was den Geruch betraf, so bemerkte er ihn kaum noch. Er hielt die Tür zu, damit niemand einfach hereinplatzte.

Die schiere Menge an Flüssigkeit, die aus ihm herausfloss, überraschte ihn immer noch, aber es war jedes Mal eine Erleichterung. Er stellte sich vor, wie die Amöben mit der Flut davon und hinunter in den Abfluss geschwemmt, heraus aus seinem Körper gewirbelt wurden. Die Ruhr hatte ihn mit seinen Eingeweiden vertraut gemacht, er hatte eine klare Vorstellung von seinem Magen, seinem Darm; er spürte die glatten, muskulösen Röhren, aus denen er bestand. Der Aufruhr begann ganz oben in seinen Gedärmen. Dann arbeitete er sich voran wie ein von einer Schlange verschlucktes Ei, das das Gewebe dehnte und weitete, bis es schließlich, von Schaudern begleitet, hinunterrutschte und er ins Wasser explodierte.

Er war nicht erst seit einer Woche, sondern schon seit dreizehn Tagen krank. Larry gegenüber hatte er es zunächst verschwiegen. Eines Morgens in einer Pension in Bangkok war Mitchell mit einer Magenverstimmung aufgewacht. Sobald er jedoch aufgestanden und unter dem Moskitonetz hervorgekommen war, fühlte er sich besser. An jenem Abend hatte er nach dem Essen ein Pochen verspürt, wie von Fingern, die in seinem Unterleib trommelten. Am nächsten Morgen fing der Durchfall an. Das war nichts Besonderes. Er hatte ihn schon in Indien gehabt, bloß war er damals nach ein paar Tagen wieder verschwunden. Dieser nicht. Stattdessen wurde es schlimmer, so dass er nach jeder Mahlzeit ein paarmal aufs Klo musste. Er fühlte sich schon bald matt und erschöpft. Sobald er aufstand, wurde ihm schwindlig. Nach dem Essen brannte ihm der Magen. Er setzte seine Reise trotzdem fort und dachte, es sei nichts Ernstes. Von Bangkok aus nahmen er und Larry einen Bus zur Küste, wo sie die Fähre auf die Insel bestiegen. Das Boot tuckerte in die kleine Bucht und schaltete im seichten Wasser den Motor aus, so dass sie ans Ufer waten mussten. Und genau das – das Hineinspringen – stellte die Sache klar. Das Schwappen des Meeres glich dem Schwappen in Mitchells Gedärmen. Sobald sie sich häuslich eingerichtet hatten, hatte Mitchell angefangen zu fasten. Seit einer Woche schon nahm er lediglich schwarzen Tee zu sich und verließ die Hütte nur, um zum Klohäuschen zu gehen. Dort war er eines Tages der Deutschen begegnet und hatte sie überredet, ebenfalls zu fasten. Ansonsten lag er auf seiner Matte, dachte nach und schrieb Briefe nach Hause.

Grüße aus dem Paradies. Larry und ich leben gerade auf einer tropischen Insel im Golf von Siam (im Atlas nachsehen). Wir haben unsere eigene Hütte direkt am Strand, für die wir den stolzen Preis von fünf Dollar pro Nacht zahlen. Diese Insel ist noch unentdeckt, es sind also fast keine Leute hier. Er fuhr fort, die Insel zu beschreiben (jedenfalls so viel er davon durch den Bambus erspähen konnte), kam jedoch bald auf wichtigere Überlegungen zurück. *Die östliche Religion lehrt, dass alle Materie nur Täuschung ist. Dazu gehört alles, un-*

ser Haus, sämtliche Anzüge von Dad, sogar Moms Hängepflanzentöpfe – laut Buddha ist das alles maya. *In diese Kategorie gehört selbstverständlich auch der Körper. Einer der Gründe für meinen Entschluss, diese große Tour zu machen, war, dass mir unser Umfeld zu Hause in Detroit ein bisschen eng vorkam. Mittlerweile gibt's da auch ein paar Dinge, an die ich glaube. Und die ich hinterfrage. Zum Beispiel, dass wir unseren Körper durch unseren Geist kontrollieren können. In Tibet gibt es Mönche, die in der Lage sind, ihre Physiologie mental zu regulieren. Sie spielen ein Spiel namens ›Schneebälle schmelzen‹. Dazu halten sie in einer Hand einen Schneeball und meditieren, wobei sie ihre ganze innere Wärme in diese Hand leiten. Derjenige, der den Schneeball am schnellsten zum Schmelzen bringt, hat gewonnen.*

Ab und zu hörte er auf zu schreiben, um mit geschlossenen Augen dazusitzen, als wartete er auf eine Eingebung. Und genauso hatte er zwei Monate zuvor gesessen – Augen geschlossen, Wirbelsäule gestreckt, Kopf hoch erhoben, Nase sozusagen in Alarmbereitschaft –, als das Klingen einsetzte. Es war in einem blassgrünen indischen Hotelzimmer in Mahalibalipuram. Mitchell hatte ebenso im Lotussitz auf seinem Bett gesessen. Sein unbewegliches westliches Knie ragte steil empor. Larry war unterwegs, um die Straßen zu erkunden. Mitchell war ganz allein. Er hatte nicht mal darauf gewartet, dass irgendetwas passierte. Er saß einfach da und versuchte zu meditieren, und seine Gedanken schweiften in alle möglichen Richtungen. Er dachte zum Beispiel an seine ehemalige Freundin Christine Woodhouse und ihr sagenhaftes rotes Schamhaar, das er nie mehr zu sehen bekommen würde. Er dachte an Essen. Er hoffte, dass es in dieser Stadt noch etwas anderes gab als *idli sambar*. Immer wieder wurde er sich bewusst, wie weit seine Gedanken umherschweiften, und versuchte dann, sie wieder auf sein Atmen zu lenken. Irgendwann, als er am wenigsten damit rechnete, als er den Versuch oder das Warten darauf, dass es passierte, sogar schon aufgegeben hatte (also genau dann, wenn es – wie sämtliche Mystiker behaupten – passieren würde), hatten Mitchells Ohren zu klingen begonnen. Ganz leise. Das Klingen war ihm nicht unvertraut. Er konnte sich erinnern, wie er als kleiner Junge einmal im Vorgarten gestanden und in seinen Ohren plötzlich dieses Klingen vernommen und er seine älteren Brüder gefragt hatte: »Hört ihr auch dieses Klingen?« Sie sagten, sie hörten nichts, wussten aber, was er meinte. In dem blassgrünen Hotelzimmer, fast zwanzig Jahre später, hörte Mitchell es wieder. Er dachte, dieses Klingen wäre vielleicht das, was man das kosmische Om nannte. Oder Sphärenmusik. Danach bemühte er sich immer wieder, es zu vernehmen. Wohin er auch ging, horchte er auf dieses Klingen, und nach einer Weile gelang es ihm ziemlich gut, es zu hören. Er hörte es auf der Sudder Street in Kalkutta, inmitten des Hupens der Taxis und des Geschreis der Straßenkinder nach Bakschisch. Er hörte es im Zug auf dem Weg nach Chiang Mai. Es war das Geräusch der universellen Energie, aller winzigen Teilchen, die sich vor seinen Augen miteinander verbanden und Farben bildeten. Es war die ganze Zeit da gewesen. Er braucht nur noch aufzuwachen und ihm zu lauschen.

Er schrieb, zögernd zunächst, dann mit wachsendem Selbstvertrauen, über alles, was er erlebte, nach Hause. *Der Energiefluss des Universums lässt sich wahrnehmen. Wir alle, jeder Einzelne von uns, sind ganz genau eingestellte Radios. Wir brauchen nur den Staub von unseren Röhren zu pusten.* Jede Woche schickte er seinen Eltern mehrere Briefe. Seinen Brüdern schickte er ebenfalls Briefe. Und seinen Freunden. Was ihm in den Sinn kam, schrieb er auf. Um die Reaktionen der Leute scherte er sich nicht. Er war von dem Bedürfnis erfasst, seine Eingebungen zu analysieren, zu beschreiben, was er sah und fühlte. *Liebe Mom, lieber Dad, heute Nach-*

mittag habe ich gesehen, wie eine Frau eingeäschert wurde. Dass es eine Frau ist, erkennt man an der Farbe des Leichentuchs. Ihres war rot. Es verbrannte als Erstes. Dann ihre Haut. Während ich zusah, füllten sich ihre Gedärme wie ein riesengroßer Ballon mit heißem Gas. Sie wurden größer und größer, bis sie schließlich platzten. Dann trat lauter Flüssigkeit aus. Ich hab versucht, so was in der Art für euch auf einer Postkarte zu finden, hatte aber kein Glück.

Oder aber: *Lieber Petie, ist dir eigentlich schon mal der Gedanke gekommen, dass diese ganze Welt aus Ohrenschmalzentfernern und peinlichem Sackjucken vielleicht doch nicht das Wahre ist? Sieht mir jedenfalls manchmal ganz danach aus. Blake glaubte an Engelsrezitation. Und wer weiß? Seine Gedichte untermauern seine These. Außer dem einen über das Lamm, das ich noch nie gemocht hab. Aber manchmal bei Nacht, wenn der Mond so richtig auf bleich macht, könnte ich schwören, ich spür was gegen den Dreitagebart auf meiner Backe flattern.*

Ein einziges Mal hatte Mitchell zu Hause angerufen, von Kalkutta aus. Die Verbindung war schlecht gewesen. Zum ersten Mal hatten Mitchell und seine Eltern die transatlantische Verzögerung erlebt. Sein Vater ging dran. Mitchell sagte Hallo und hörte nichts, bis die letzte Silbe, das *o*, in seinen Ohren widerhallte. Dann änderte sich das Hintergrundgeräusch, und die Stimme seines Vaters war zu hören. Auf der Reise um den halben Erdball verlor sie etwas von ihrer charakteristischen Durchsetzungskraft. »Jetzt hör mal zu, deine Mutter und ich wollen, dass du dich ins Flugzeug setzt und nach Hause kommst.«

»Ich bin doch gerade erst in Indien angekommen.«

»Du bist jetzt ein halbes Jahr weg. Das ist lang genug. Es ist uns egal, was es kostet. Nimm die Kreditkarte, die wir dir gegeben haben, und kauf dir ein Rückflugticket.«

»In einem Monat oder so bin ich ja wieder zu Hause.«

»Was zum Teufel treibst du da drüben eigentlich?«, schrie sein Vater so laut er konnte gegen den Satelliten an. »Was soll das mit den Leichen im Ganges? Du wirst dir noch eine Krankheit holen.«

»Nein, werd ich nicht. Mir geht's gut.«

»Na, deiner Mutter geht's jedenfalls nicht gut. Sie ist halb tot vor Sorgen.«

»Dad, das hier ist bis jetzt das Beste an der ganzen Reise. Europa war ja toll und alles, es ist aber immer noch der Westen.«

»Na und, was stört dich am Westen?«

»Nichts. Es ist bloß viel aufregender, von der eigenen Kultur mal wegzukommen.«

»Sprich jetzt mit deiner Mutter«, sagte sein Vater.

Dann war die Stimme seiner Mutter, fast ein Wimmern, in der Leitung. »Mitchell, ist alles in Ordnung?«

»Mir geht's gut.«

»Wir machen uns Sorgen um dich.«

»Bloß nicht. Mir geht's *gut.*«

»Du klingst so merkwürdig in deinen Briefen. Was ist denn los mit dir?«

Mitchell überlegte, ob er es ihr sagen sollte. Aber es ging einfach nicht. Man konnte nicht sagen: Ich habe die Wahrheit gefunden. Das mochten die Leute nicht.

»Du klingst wie einer von diesen Hare Krischnas.«

»Mitglied geworden bin ich noch nicht, Mom. Bisher hab ich mir bloß den Kopf kahlgeschoren.«

»Du hast dir den Kopf kahlgeschoren? Mitchell!«

»Nein«, hatte er erwidert, obwohl es stimmte: Er hatte sich den Kopf kahlgeschoren.

Dann war sein Vater wieder dran. Seine Stimme klang sehr nüchtern, verächtlich, er sprach im Gassenjargon, wie Mitchell ihn noch nie gehört hatte.

»Hör zu, Schluss mit dem Rumgeflippe in Indien. Du bewegst deinen Arsch jetzt nach Hause. Ein halbes Jahr Reisen reicht. Wir haben dir die Kreditkarte für Notfälle gegeben und wünschen, dass du...« Genau in diesem Augenblick brach die Verbindung wie durch einen göttlichen Ratschluss ab. Mitchell stand da, den Hörer in der Hand, hinter ihm eine Schlange wartender Bengalis. Er beschloss, dass sie jetzt dran waren. Mit dem Vorsatz, nicht noch einmal zu Hause anzurufen, hängte er ein. Sie waren absolut unfähig zu verstehen, was er gerade erlebte oder was er an diesem phantastischen Ort alles gelernt hatte. Seine Briefe würde er auch ein bisschen abschwächen. Von jetzt an würde er sich an Landschaftsbeschreibungen halten.

Aber natürlich tat er das nicht. Kaum fünf Tage waren vergangen, als er wieder nach Hause schrieb, über den unverwüstlichen Körper des heiligen Franziskus Xaver und dass dieser vierhundert Jahre lang durch die Straßen von Goa getragen worden war, bis ihm ein ekstatischer Pilger einen Finger abgebissen hatte. Mitchell konnte nicht anders. Alles, was er sah – die bezaubernden Banyanbäume, die bemalten Kühe –, trieb ihn zum Schreiben, und nachdem er beschrieben hatte, was er sah, sprach er über die Wirkung, die das Gesehene auf ihn ausübte, und ging von den Farben der sichtbaren Welt geradewegs zur Finsternis und dem Klingen des Unsichtbaren über. Als er krank wurde, hatte er auch davon nach Hause berichtet. *Liebe Mom, lieber Dad, ich glaube, ich habe eine Spur von Amöbenruhr.* Im Folgenden hatte er die Symptome beschrieben und die Heilmittel, die die anderen Reisenden anwandten. *Früher oder später kriegen es alle. Ich werde einfach fasten und meditieren, bis es mir bessergeht. Ich hab ein bisschen abgenommen, aber nicht viel. Sobald ich mich besser fühle, geht's mit Larry ab nach Bali.*

In einer Hinsicht hatte er recht: Früher oder später bekam es jeder. Abgesehen von seiner deutschen Nachbarin hatten noch zwei andere Reisende auf der Insel unter Magenbeschwerden gelitten. Der eine, ein Franzose, den ein Salat aufs Krankenlager geworfen hatte, hatte sich in seine Hütte verkrochen, aus der er jammerte und um Hilfe rief wie ein sterbender Kaiser. Doch erst gestern hatte Mitchell ihn, komplett wiederhergestellt, einen Papageienfisch auf die Harpune gespießt, aus der seichten Bucht auftauchen sehen. Das andere Opfer war eine Schwedin gewesen. Zuletzt hatte Mitchell sie gesehen, als sie schlaff und matt zur Fähre getragen wurde. Die thailändischen Bootsleute hatten sie zusammen mit leeren Limonadeflaschen und Benzinkanistern an Bord gehievt. Sie waren den Anblick dahinsiechender Ausländer gewöhnt. Sobald sie die Frau an Deck verstaut hatten, begannen sie zu lachen und zu winken. Dann hatte das Boot den Rückwärtsgang eingelegt und die Frau in die Klinik auf dem Festland gebracht.

Mitchell wusste, wenn es sein musste, konnte er sich noch immer den Magen auspumpen lassen. Er rechnete allerdings nicht damit, dass es so weit kommen würde. Sobald er das Ei losgeworden war, fühlte er sich besser. Der Schmerz im Magen verflog. Vier- oder fünfmal am Tag ließ er sich von Larry schwarzen Tee bringen. Er weigerte sich, den Amöben auch nur ein Tröpfchen Milch zu fressen zu geben. Entgegen seinen Erwartungen verminderte sich seine geistige Energie nicht, sondern steigerte sich sogar. *Unglaublich, wie viel Energie der Verdauungsvorgang in Anspruch nimmt. Statt eine sonderbare Strafe oder Buße zu sein, stellt Fasten nämlich eigentlich eine sehr gesunde, wissenschaftliche Methode dar, den Körper in Ruhe zu versetzen, den Körper abzuschalten. Und wenn der Körper abschaltet, schaltet der Geist ein. Der Ausdruck in Sanskrit dafür lautet* moksa, *das bedeutet völlige Befreiung vom Körper.*

Das Seltsame war, dass Mitchell sich hier – in der Hütte und nachweislich krank – so gut, so gelassen und ruhig und geistig so fit fühlte wie noch nie in seinem Leben. Er fühlte sich auf eine unerklärliche Art sicher und behütet. Er fühlte sich *glücklich*. Ganz anders die Deutsche. Sie sah immer schlechter aus. Wenn sie sich jetzt begegneten, sprach sie kaum. Ihre Haut wirkte noch bleicher und fleckiger. Nach einer Weile hörte Mitchell auf, sie zum Weiterfasten zu ermuntern. Er lag auf dem Rücken, die Badehose nun über die Augen gelegt, und achtete nicht auf ihre Gänge zum Klohäuschen. Stattdessen lauschte er den Geräuschen der Insel, den Schwimmenden, dem Rufen am Strand, einem, der ein paar Hütten weiter auf einer Holzflöte spielen lernte. Wellen schwappten, und gelegentlich fiel ein abgestorbener Palmwedel oder eine Kokosnuss hinunter. Bei Nacht begannen die wilden Hunde im Dschungel zu heulen. Wenn Mitchell zum Klohäuschen ging, konnte er sie umherstreifen hören und wie sie durch die Löcher in den Wänden nach ihm und dem Fluss seiner Ausscheidungen schnüffelten. Die meisten Leute schlugen mit Taschenlampen gegen die Blechtür, um die Hunde zu vertreiben. Mitchell hatte nicht einmal eine Taschenlampe dabei. Er stand da und lauschte den Hunden, die sich im Strauchwerk zusammenrotteten. Mit spitzen Schnauzen stießen sie die Halme beiseite, bis ihre roten Augen im Mondlicht auftauchten. Mitchell blickte sie gelassen an. Er breitete die Arme aus, bot sich ihnen dar, und als sie nicht angriffen, wandte er sich ab und ging zu seiner Hütte zurück.

Eines Nachts hörte er auf dem Rückweg eine australische Stimme sagen: »Da kommt ja der Patient.« Er hob den Blick und sah Larry mit einer älteren Frau auf der Veranda vor der Hütte sitzen. Larry drehte sich gerade auf seinem *Let's Go: Asia*-Reiseführer einen Joint. Die Frau rauchte eine Zigarette und sah Mitchell direkt an. »Hallo, Mitchell. Ich heiße Gwendolyn«, sagte sie. »Ich hab gehört, dass du krank warst.«

»Sozusagen.«

»Larry sagt, du hättest die Tabletten, die ich rübergeschickt hab, nicht genommen.«

Mitchell antwortete nicht gleich. Den ganzen Tag hatte er mit keiner Menschenseele gesprochen. Oder ein paar Tage. Er musste sich erst wieder daran gewöhnen. Auch war er durch die Einsamkeit empfindlich gegen die Grobheit seiner Mitmenschen geworden. Gwendolyns lauter Whiskey-Bariton etwa war für ihn, als würde ihm jemand über die Brust kratzen. Sie trug eine Art Batik-Kopfputz, der wie ein Verband aussah. Dazu hing ihr jede Menge Folkloreschmuck, Knochen und Muscheln, um Hals und Handgelenke. Mittendrin ihr verkniffenes Gesicht, das zu viel Sonne abgekriegt hatte und in dessen Zentrum bisweilen das rote Aschenende ihrer Zigarette aufblitzte. Von Larry war nicht mehr zu erkennen als ein blonder Heiligenschein im Mondlicht.

»Ich hatte auch mal schrecklichen Dünnpfiff«, fuhr Gwendolyn fort. »Echt gewaltig. In Irian Jaya. Die Tabletten waren ein Geschenk des Himmels.«

Larry leckte den Joint abschließend an und entzündete ihn. Er inhalierte, sah zu Mitchell hoch und sagte dann mit rauchbelegter Stimme: »Wir sind hier, um dir deine Arznei zu verpassen.«

»Genau. Fasten ist ja gut und schön, aber nach – wie lang geht das jetzt?«

»Fast zwei Wochen.«

»Nach zwei Wochen wird's Zeit aufzuhören.« Sie guckte streng, aber dann kam der Joint zu ihr herüber, und sie sagte: »Oh, wunderbar.« Sie nahm einen Zug, hielt ihn, lächelte die beiden an und bekam plötzlich einen Hustenanfall. Er dauerte etwa eine halbe Minute. Schließlich nahm sie einen Schluck Bier und hielt sich dabei die Hand an die Brust. Dann rauchte sie ihre Zigarette weiter.

Mitchell sah auf den breiten Streifen Mondlicht über dem Meer. »Du bist seit kurzem geschieden«, sagte er unvermittelt. »Machst du deshalb diese Reise?«

Gwendolyn versteifte sich. »Fast richtig. Nicht

geschieden, sondern getrennt. Merkt man das denn so?«

»Du bist Friseuse«, sagte Mitchell, den Blick immer noch aufs Meer gerichtet.

»Du hast mir gar nicht gesagt, dass dein Freund Hellseher ist, Larry.«

»Ich hab's ihm wohl erzählt. Hab ich es dir erzählt?«

Mitchell gab keine Antwort.

»Also, Mr. Nostradamus. Hier ist eine Weissagung für dich. Wenn du die Tabletten nicht sofort nimmst, werden sie dich als *ziemlich kranken Knaben* auf der Fähre abschleppen. Das willst du doch nicht, oder?«

Mitchell sah Gwendolyn zum ersten Mal in die Augen. Das Paradoxe daran ließ ihn staunen: Sie glaubte, er sei der Kranke. Wogegen es ihm so vorkam, als sei es umgekehrt. Schon zündete sie sich wieder eine Zigarette an. Sie war dreiundvierzig, bekiffte sich auf einer Insel vor der thailändischen Küste und trug Korallenstücke in jedem Ohrläppchen. Traurigkeit ging wie ein Wind von ihr aus. Nicht dass er über hellseherische Kräfte verfügte. Es war einfach offensichtlich.

Sie wandte den Blick ab. »Larry, wo sind meine Tabletten jetzt?«

»In der Hütte.«

»Könntest du sie mir holen?«

Larry knipste seine Taschenlampe an und bückte sich unter dem Türrahmen. Die Taschenlampe suchte den Fußboden ab. »Du hast die Briefe ja immer noch nicht abgeschickt.«

»Hab ich vergessen. Sobald ich sie fertig hab, meine ich, ich hätte sie schon geschickt.«

Larry tauchte mit dem Tablettenröhrchen wieder auf und verkündete: »Da drin riecht's aber allmählich.« Er reichte Gwendolyn das Röhrchen.

»Also, du Dickkopf, Mund auf.«

Sie hielt ihm eine Tablette hin.

»Schon gut. Wirklich. Mir geht's gut.«

»Nimm deine Arznei«, befahl Gwendolyn.

»Komm schon, Mitch, du siehst echt scheiße aus. Na los. Nimm die verdammte Tablette.«

Einen Augenblick lang herrschte Schweigen, während sie ihn ansahen. Mitchell wollte seinen Standpunkt erläutern, doch es war ziemlich offensichtlich, dass sie durch keinerlei Erklärungen vom Sinn seines Tuns zu überzeugen waren. Alles, was er hätte sagen wollen, drückte es doch nicht ganz aus. Alles, was er hätte sagen wollen, wertete irgendwie ab, was er fühlte. Also entschied er sich für den Weg des geringsten Widerstandes. Er machte den Mund auf.

»Deine Zunge ist ja knallgelb«, sagte Gwendolyn. »So ein Gelb hab ich noch nie gesehen, außer bei einem Papagei. Na los. Spül sie mit ein bisschen Bier runter.« Sie bot ihm ihre Flasche an.

»Bravo. Die nimmst du jetzt eine Woche lang viermal pro Tag. Larry, du trägst die Verantwortung, dass er es macht.«

»Ich glaub, ich muss mich jetzt schlafen legen«, sagte Mitchell.

»In Ordnung«, sagte Gwendolyn. »Dann verlegen wir die Party zu mir rüber.«

Als sie fort waren, kroch Mitchell wieder in die Hütte und legte sich hin. Ohne jede weitere Regung spuckte er die Tablette aus, die er unter der Zunge aufbewahrt hatte. Sie sprang auf den Bambus und durch die Stäbe in den Sand darunter. Wie Jack Nicholson in *Einer flog übers Kuckucksnest*, dachte er still vor sich hin lächelnd, war aber wirklich zu erschöpft, um es aufzuschreiben.

Mit der Badehose über den Augen waren die Tage vollkommener, verschwommener. Er schlief in kurzen Intervallen, sooft ihm danach war, und achtete nicht mehr auf die Zeit. Die Rhythmen der Insel drangen zu ihm: die schläfrig schweren Stimmen von Leuten, die Bananenpfannkuchen und Kaffee frühstückten. Später Rufe und Geschrei am Strand. Und an den Abenden der qualmende Grill und die chinesische Köchin, die ihren Wok mit einem langen Metallspachtel auskratzte. Bierflaschen wurden geräuschvoll geöffnet, das Küchenzelt füllte sich mit Stimmen, dann kamen in den Nachbarhütten allerlei kleine Partys in Gang. Irgendwann kehrte Larry zurück und roch nach Bier, Rauch und Sonnencreme. Mitchell tat so, als würde er schlafen. Manchmal lag er die ganze Nacht wach, während Larry schlief. In seinem Rücken konnte er den Boden spüren, dann die Insel selbst, dann den Kreislauf des Meeres. Der Mond wurde voll, und wenn er aufging, beleuchtete er die Hütte. Mitchell erhob sich und ging an den silbernen Rand des Wassers hinunter. Er watete hinaus, ließ sich auf dem Rücken schaukeln und blickte zum Mond und zu den Sternen auf. Die Bucht war wie eine warme Badewanne, in der auch die Insel schwamm. Er schloss die Augen und konzentrierte sich aufs Atmen. Nach einer Weile spürte er, dass ihm jedes Gefühl für innen und außen verlorenging. Es kam ihm weniger vor, als würde er atmen, sondern vielmehr, als würde es *ihn* atmen. Dieser Zustand dauerte jedes Mal bloß ein paar Sekunden an, dann hörte er wieder auf, dann geschah es erneut.

Seine Haut begann nach Salz zu schmecken. Der Wind trug es durch den Bambus, bedeckte ihn, während er auf dem Rücken lag, oder wehte es über ihn, wenn er zum Klohäuschen ging. Während er dort hockte, saugte er sich das Salz von den bloßen Schultern. Es war seine einzige Nahrung. Manchmal verspürte er den Drang, ins Küchenzelt zu gehen und einen ganzen gegrillten Fisch oder einen Stapel Pfannkuchen zu bestellen. Doch die Hungerattacken waren selten, und danach fühlte er nur einen noch tieferen, vollkommeneren Frieden. Es strömte weiterhin in Fluten aus ihm heraus, weniger gewaltig inzwischen, doch wie aus einer offenen Wunde. Er öffnete die Wassertonne und füllte den Eimer, wusch sich mit der linken Hand. Ein paarmal schlief er über dem Loch kauernd ein und wachte erst auf, als jemand an die Metalltür klopfte.

Er schrieb weiter Briefe. *Hab ich euch eigentlich schon von der leprakranken Mutter mit Sohn erzählt, die ich in Bangalore gesehen hab? Ich ging gerade die Straße lang, als ich sie dort am Randstein kauern sah. An den Anblick von Leprakranken hatte ich mich inzwischen schon gewöhnt, aber nicht an solche. Sie waren schon fast vollständig aufgelöst. Ihre Finger waren nicht einmal mehr Stummel. Ihre Hände am unteren Ende ihrer Arme waren bloß noch Kugeln. Und ihre Gesichter lösten sich auf. Es war, als wären sie aus Wachs und würden schmelzen. Das linke Auge der Mutter war ganz verschleiert und grau und starrte in den*

Himmel hinauf. Doch als ich ihr 50 Paise gab, sah sie mich mit ihrem gesunden Auge an, das richtig wach und intelligent wirkte. Es war irgendwie warm. Sie führte ihre Armstümpfe aneinander, um mir zu danken. In dem Moment fiel meine Münze in den Becher, und der Sohn, der vielleicht gar nichts sehen konnte, sagte: »Atscha.« Er sagte es überaus erfreut, lächelte fast dabei, obwohl schwer zu sagen war, ob er lächelte, weil sein Gesicht zu schmelzen schien. Aber dann geschah Folgendes: Ich erkannte, dass es Menschen waren, nicht Bettler oder entsetzlich unglückliche Geschöpfe mit schlechtem Karma oder so was in der Art – einfach bloß eine Mutter mit ihrem Kind. Ich konnte sie mir vorstellen, bevor sie Lepra oder was auch immer bekommen hatten, früher, als sie einfach nur spazieren gegangen waren. Und dann hatte ich eine andere Art von Offenbarung. Irgendwie hatte ich das Gefühl, dass der Junge ganz verrückt nach Mangolassi war. Das erschien mir damals wie eine sehr tiefgründige Erkenntnis. Eine so große Erkenntnis, wie ich sie wohl brauche oder verdiene. Als meine Münze in den Becher fiel und der Junge »Atscha« sagte, war mir einfach klar, dass er dabei an ein schönes, kühles Glas Mangolassi dachte. Mitchell legte den Stift hin und erinnerte sich. Dann trat er hinaus, um sich den Sonnenuntergang anzusehen. Er setzte sich im Schneidersitz auf die Veranda. Sein linkes Knie ragte nicht mehr in die Höhe. Als er die Augen schloss, setzte sofort das Klingen ein, lauter, vertrauter, hinreißender denn je.

Aus dieser Entfernung betrachtet, kam ihm vieles recht komisch vor. Seine Sorgen, welches Studienhauptfach er wählen sollte. Oder dass er sich früher, wenn er unter blühender Akne litt, nicht einmal aus dem Haus getraut hatte. Selbst die brennende Verzweiflung, mit der er damals bei Christine Woodhouse angerufen hatte, als sie die ganze Nacht nicht nach Hause gekommen war, erschien ihm jetzt irgendwie komisch. Man konnte sein Leben auch vergeuden. Das hatte er, ziemlich sogar, bis zu jenem Tag, an dem er, gegen Typhus und Cholera geimpft, mit Larry das Flugzeug bestiegen hatte und geflüchtet war. Erst jetzt, wo ihm keiner zusah, konnte Mitchell herausfinden, wer er wirklich war. Als ob sich auf all den Fahrten in Bussen, durch all die Schlaglöcher, sein altes Ich Stück um Stück gelockert hätte, so dass es eines Tages einfach aufstieg und sich in die indische Luft verflüchtigte. Er wollte nicht zurück in die Welt von Colleges und Zigaretten mit Gewürzaroma. Er lag auf dem Rücken und wartete auf den Augenblick, in dem der Körper von Erleuchtung erfasst wurde oder in dem überhaupt nichts passierte, was so ziemlich aufs Gleiche hinauslief.

Mittlerweile war die Deutsche nebenan wieder unterwegs. Mitchell hörte sie herumrascheln. Sie stieg ihre Treppe hinunter, doch statt aufs Klohäuschen zuzusteuern, kam sie die Stufen zu Mitchells Hütte hoch. Er nahm die Badehose von den Augen.

»Ich fahre in die Klinik. Mit dem Boot.«

»Hab ich mir fast gedacht.«

»Ich lasse mir eine Spritze geben, bleib eine Nacht und komme dann wieder.« Sie schwieg einen Augenblick. »Willst du mitkommen? Dir eine Spritze geben lassen?«

»Nein, danke.«

»Warum nicht?«

»Weil's mir schon bessergeht. Ich fühle mich schon viel besser.«

»Komm doch mit in die Klinik. Sicherheitshalber. Wir gehen zusammen.«

»Mir geht's gut.« Er stand lächelnd auf, um seinen Worten Nachdruck zu verleihen. Draußen in der Bucht ließ das Boot sein Signalhorn ertönen.

Mitchell trat auf die Veranda, um sie zu verabschieden. »Ich halte hier die Stellung«, sagte er. Die Deutsche watete zum Boot hinaus und kletterte an Bord. Sie stand an Deck, winkte nicht, blickte aber in seine Richtung. Mitchell sah, wie sie entschwand und immer kleiner wurde. Als sie schließlich verschwunden war, stellte er fest, dass er die Wahrheit gesagt hatte: Es ging ihm *tatsächlich* besser.

Sein Magen hatte sich beruhigt. Er legte die Hand auf den Bauch, wie um zu überprüfen, was darin war. Sein Magen fühlte sich wie ausgehöhlt an. Ihm war auch nicht mehr schwindlig. Er musste neues leeres Luftpostpapier suchen, und im Licht des Sonnenuntergangs schrieb er: *Am heutigen Tage im – ich glaube – November, verkünde ich hiermit, dass das Magen- und Darmsystem von Mitchell B. Carambelis durch rein geistige Mittel geheilt wurde. Besonders danken möchte ich meiner größten Unterstützerin, die die ganze Zeit zu mir gehalten hat, Mary Baker Eddy. Das nächste feste Ei, das ich lege, ist ihr gewidmet.* Er war noch beim Schreiben, als Larry hereinkam.

»Wow. Du bist auf.«

»Mir geht's besser.«

»Was?«

»Und rate mal, was noch?«

»Was?«

Mitchell legte den Stift beiseite und schenkte Larry ein breites Lächeln. »Ich hab wirklich Hunger.«

Mittlerweile hatte jeder auf der Insel von Mitchells gandhihaftem Fasten gehört. Sein Eintreffen im Küchenzelt rief Applaus und Bravorufe hervor. Auch den erschrockenen Aufschrei einiger Frauen, die gar nicht hinsehen mochten, wie abgemagert er war. Sie wurden richtig mütterlich, nötigten ihn zum Hinsetzen und fühlten seine Stirn, ob er noch Fieber hatte. Das Zelt war voller Ananas und Wassermelonen, als er hereinkam, voller Bohnen, Zwiebeln, Kartoffeln und Salat. Lange blaue Fische waren auf Hackblöcken ausgelegt. Thermoskannen waren an einer Wand aufgereiht, gefüllt mit heißem Wasser oder Tee, und in einem nach hinten gelegenen Raum stand eine Wiege mit dem Baby der chinesischen Köchin. Das Baby sah selbst ein bisschen blau aus. Mitchell setzte sich und sah ringsum in lauter neue Gesichter. Die Erde unter dem Picknicktisch fühlte sich an seinen bloßen Füßen überraschend kühl an.

Sofort setzte es medizinische Ratschläge. Die meisten hatten im Lauf ihrer Asienreisen ein oder zwei Tage gefastet, waren dann aber wieder zu richtigen Mahlzeiten übergegangen. Mitchells Fasten war so ausgedehnt gewesen, dass ein Amerikaner, ein ehemaliger Medizinstudent, es als für Mitchell gefährlich bezeichnete, zu schnell zu viel zu essen. Er riet zunächst zu flüssiger Nahrung. Die chinesische Köchin hatte nur Verachtung für diesen Vorschlag. Sie warf einen prüfenden Blick auf Mitchell und schickte einen Seebarsch, einen Teller gebratenen Reis und ein Zwiebelomelett heraus. Auch die meisten anderen waren für richtige Völlerei. Mitchell entschied sich für einen Kompromiss. Zuerst trank er ein schönes großes Glas Papayasaft. Er wartete einige Minuten und begann dann ganz langsam, den gebratenen Reis zu essen. Als es ihm danach immer noch gutging, machte er sich behutsam, Bissen für Bissen, an den Seebarsch. Der ehemalige Medizinstudent sagte immer wieder: »Okay, das reicht jetzt«, was jedoch vom Chor der anderen mit den Worten quittiert wurde: »Sieh ihn dir doch an. Er ist ein Skelett. Na los. Iss schon. Iss!«

Eigentlich war es recht nett, wieder unter Leuten zu sein. Er war doch nicht so asketisch geworden, wie er gedacht hatte. Ihm fehlten die Leute. Sämtliche Mädchen trugen *sarongs.* Sie waren makellos sonnengebräunt und hatten bezaubernde Akzente. Immer wieder kamen sie zu ihm, um seine Handgelenke mit ihren Daumen und Zeigefingern zu umspannen. »Ich würde sterben für deine Backenknochen«, sagte ein Mädchen. Dann fütterte sie ihn mit gebratenen Bananen.

Die Nacht brach herein. Irgendjemand kündigte eine Party in Hütte Nummer sechs an. Bevor Mitchell wusste, wie ihm geschah, wurde er von zwei Holländerinnen zum Strand hinunterbegleitet. Fünf Monate im Jahr kellnerten sie in Amsterdam, die übrige Zeit verbrachten sie mit Reisen. Offenbar sah Mitchell genauso aus wie ein Christus von van Hanthorst im Rijksmuseum. Die Holländerinnen fanden die Ähnlichkeit gleichermaßen beängstigend und lustig. Vor allem lustig.

Mitchell begann sich zu fragen, ob es nicht doch ein Fehler gewesen war, in der Hütte zu bleiben. Hier auf der Insel hatte sich eine Art von Stammesleben entwickelt. Kein Wunder, dass Larry sich schon die ganze Zeit prächtig amüsierte. Alle waren so freundlich. Es war nicht einmal so sehr sexuell als vielmehr warm und vertraulich. Eine der Holländerinnen hatte einen bösen Ausschlag auf dem Rücken und drehte sich um, um ihn zu zeigen.

Der Mond ging bereits über der Bucht auf und warf einen langen Lichtstreifen ans Ufer. Er beleuchtete die Stämme der Palmen und verlieh dem Sand eine lunare Phosphoreszenz. Bis auf die orangegelb glühenden Hütten war alles blau. Mitchell spürte, wie die Luft sein Gesicht erfrischte und beim Gehen zwischen seinen Beinen hindurchströmte. Eine Leichtigkeit war in ihm, ein Heißluftballon um sein Herz. Außer diesem Strand brauchte ein Mensch überhaupt nichts.

»He, Larry«, rief er laut. Larry war etwas weiter vorn.

»Was?«

»Wir waren schon überall, Mann.«

»Überall nicht. Nächster Halt ist Bali.«

»Dann nach Hause. Erst Bali, dann nach Hause. Bevor meine Eltern einen Nervenzusammenbruch kriegen.«

Er blieb plötzlich stehen, hielt die Holländerinnen zurück. Er glaubte, das Klingen zu hören – lauter denn je –, stellte dann aber fest, dass es nur die Musik war, die aus Hütte Nummer sechs drang. Direkt davor saßen Leute im Kreis im Sand. Sie machten Mitchell und den Neuankömmlingen Platz.

»Was meinen Sie, Doktor? Können wir ihm ein Bier geben?«

»Sehr witzig«, sagte der Medizinstudent. »Ich schlage vor, eins. Mehr nicht.«

Das Bier wurde langsam von Hand zu Hand weitergereicht, bis es schließlich zu Mitchell gelangte. Dann legte ihm diejenige, die rechts von ihm saß, die Hand aufs Knie. Es war Gwendolyn. Er hatte sie in der Dunkelheit nicht erkannt. Sie nahm einen langen Zug von ihrer Zigarette. Um den Rauch auszustoßen, aber auch mit einem Anflug von Verletztheit wandte sie ihr Gesicht ab und sagte: »Du hast dich nicht bedankt bei mir.«

»Für was?«

»Für die Tabletten.«

»Ach ja, stimmt. Sehr aufmerksam von dir, wollte ich noch sagen.«

Sie lächelte etwa vier Sekunden und begann dann zu husten. Ein richtiger Raucherhusten, der klingt, als ob sich im Innern Kies herumschiebt. Sie versuchte ihn zu unterdrücken, indem sie sich vornüberbeugte und die Hand über den Mund hielt, doch es half nichts. Der Husten hallte in ihrem Brustkorb wider. Schließlich hörte er auf, und sie wischte sich über die Augen. »Oh, ich sterbe.« Sie blickte im Kreis umher. Alle redeten und lachten. »Aber das juckt ja keinen.«

Mitchell hatte Gwendolyn die ganze Zeit über eingehend gemustert. Für ihn war offensichtlich: Wenn sie nicht schon Lungenkrebs hatte, würde sie ihn bald bekommen. »Willst du wissen, woran ich merke, dass du dich getrennt hast?«, fragte er.

»Na, eigentlich schon.«

»Weil du dieses Strahlen an dir hast. Frauen, die sich scheiden lassen oder sich trennen, haben immer so ein Strahlen um sich. Das ist mir schon öfter aufgefallen. Es ist, als würden sie jünger oder so.«

»Wirklich?«

»Doch, tatsächlich«, sagte Mitchell.

Gwendolyn lächelte. »Das baut mich jetzt aber richtig auf.«

Mitchell hielt seine Bierflasche hoch, und sie stießen an. *»Cheers«*, sagte sie.

»Cheers.« Er nahm einen Schluck. Es war das beste Bier, das er je gekostet hatte. Plötzlich verspürte er ein rauschhaftes Glücksgefühl. Es brannte zwar kein wärmendes Lagerfeuer, aber es war genau so ein Gefühl. Mitchell warf einen Blick in all die verschiedenen Gesichter und schaute dann auf die Bucht hinaus. Er dachte über seine Reise nach. Er versuchte sich zu erinnern, wo er mit Larry überall gewesen war, an die stinkenden Pensionen, die Barockstädtchen, die im Bergland gelegenen Ortschaften. Wenn er nicht an einen ganz bestimmten Ort dachte, konnte er sie sozusagen alle spüren, kaleidoskopartig schoben sie sich in seinem Kopf herum. Er fühlte sich vollkommen und zufrieden. Irgendwann hatte das Klingen wieder eingesetzt, und weil er sich auch darauf zu konzentrieren versuchte, bemerkte er den stechenden Schmerz in seinen Eingeweiden nicht gleich. Dann kam von weit her, das Bewusstsein durchdringend, wieder ein leichtes Stechen, immer noch so zart, dass er glaubte, er hätte es sich bloß eingebildet. Gleich darauf kam es wieder, diesmal hartnäckiger. Er fühlte, wie sich ein Ventil in ihm öffnete und ein

Rinnsal heißer Flüssigkeit sich wie Säure aus ihm herauszubrennen begann. Er war nicht beunruhigt. Dazu war ihm zu wohl. Er stand nur wieder auf und sagte: »Ich geh ein bisschen ans Wasser runter.«

»Ich komme mit«, sagte Larry.

Der Mond stand inzwischen höher. Als sie näher kamen, leuchtete die Bucht wie ein Spiegel auf. Entfernt von der Musik, konnte Mitchell die wilden Hunde im Dschungel bellen hören. Er führte Larry geradewegs bis direkt ans Wasser. Ohne stehen zu bleiben, ließ er seinen *lungi* zu Boden fallen und stieg darüber. Er watete hinaus.

»Willst du nackt baden?«

Mitchell gab keine Antwort.

»Wassertemperatur?«

»Kalt«, sagte Mitchell, was nicht stimmte: Das Wasser war warm. Irgendwie wollte er aber jetzt allein sein. Er watete hinaus, bis er hüfthoch im Wasser stand. Er machte beide Hände hohl und spritze sich Wasser übers Gesicht. Dann ließ er sich fallen und auf dem Rücken treiben.

Seine Ohren füllten sich. Er hörte Wasserrauschen, dann die Stille des Meeres, dann wieder das Klingen. Es war deutlicher denn je zu hören. Es war nicht so sehr ein Klingen als vielmehr ein leuchtender Feuerstrahl, der seinen Körper durchdrang.

Er hob den Kopf und sagte: »Larry.«

»Was?«

»Danke, dass du dich um mich gekümmert hast.«

»Schon gut.«

Jetzt, wo er im Wasser war, fühlte er sich wieder besser. Er spürte die Strömung der Flut draußen in der Bucht, die sich mit dem Nachtwind und dem aufgehenden Mond zurückzog. Ein kleiner, heißer Strahl kam aus ihm heraus, und er paddelte davon und ließ sich weiter treiben. Er starrte zum Himmel hinauf. Seinen Stift und das Luftpostpapier hatte er nicht dabei, also begann er still zu diktieren: *Liebe Mom, lieber Dad, die Erde an sich ist der einzige Beweis, den wir brauchen. Ihre Rhythmen, ihre fortwährende Erneuerung, das Auf- und Untergehen des Mondes, die Flut, die ans Land und wieder ins Meer hinauszieht, all das ist eine Lektion für die so langsam Lernenden, die Menschheit. Diese Übung wiederholt die Erde immer und immer wieder, bis wir sie begreifen.*

»Das hier glaubt uns keiner«, sagte Larry am Strand oben. »Es ist das absolute, verdammte Scheißparadies.«

Das Klingen wurde lauter. Eine Minute verging oder ein paar Minuten. Schließlich hörte er Larry sagen: »He, Mitch, ich geh wieder zu der Party. Alles okay?« Er klang weit entfernt.

Mitchell hob die Arme, wodurch es ihm gelang, ein wenig höher im Wasser zu treiben. Er wusste nicht, ob Larry gegangen war oder nicht. Er blickte zum Mond hinauf. Dabei fiel ihm am Mond etwas auf, was ihm vorher noch nie aufgefallen war. Es gelang ihm, die Wellenlängen des Mondlichts auszumachen. Er hatte es geschafft, seinen Geist so weit zu verlangsamen, dass er es wahrnehmen konnte. Erst beschleunigte sich das Mondlicht eine Sekunde lang und wurde heller, verlangsamte sich dann und wurde schwach. Er ließ sich im warmen Wasser auf den Wellen dahintreiben und beobachtete das Zusammenspiel von Mondlicht und Klingen, die sich zusammen verstärkten und zusammen schwächer wurden. Nach einer Weile begann er sich bewusst zu werden, dass er selbst auch so war. Sein Blut pulsierte mit dem Mondlicht, mit dem Klingen. Etwas kam aus ihm heraus, weit weg. Er fühlte, wie seine Eingeweide sich entleerten. Das Gefühl von herausströmendem Wasser war nicht mehr schmerzhaft oder druckartig: Es war zu einem beständigen Ausströmen seines ganzen Wesens, seiner Substanz in die Natur geworden. Im nächsten Augenblick hatte Mitchell das Gefühl, durchs Wasser nach unten zu fallen, und dann spürte er sich überhaupt nicht mehr. Nicht er war es, der den Mond ansah oder das Klingen hörte. Und doch war er sich dessen bewusst. Er überlegte kurz, ob er seinen Eltern eine Nachricht zukommen lassen sollte, um ihnen zu sagen, sie sollten sich keine Sorgen machen. Er habe jenseits der Insel das Paradies entdeckt. Er versuchte, sich zusammenzunehmen, um diese letzte Botschaft zu diktieren, erkannte jedoch rasch, dass nichts von ihm übrig war, das zu tun – überhaupt nichts –, da war kein Mensch mehr, der einen Stift halten oder eine Nachricht schicken konnte an diejenigen, die er liebte und die es nie begreifen würden.

David Sedaris
Klar Schiff

Meine Mutter und ich standen in der Reinigung hinter einer Frau, die wir noch nie gesehen hatten. »Eine attraktive Frau«, sagte meine Mutter später. »Gute Figur. Sehr elegant.« Die Frau trug passend zur Jahreszeit ein leichtes Baumwollkleid mit übergroßen Gänseblümchen. Ihre Schuhe hatten die Farbe der Blütenblätter, und ihre Tasche, die schwarz-gelb gestreift war, hing lose über ihre Schulter und umschwirrte die Blüten wie ein träges Bienchen. Sie reichte den Abholschein herüber, nahm ihre Kleider in Empfang und bedankte sich für den schnellen und zuverlässigen Service. »Wissen Sie«, sagte sie, »es wird viel über Raleigh geredet, aber das stimmt alles nicht, nicht wahr?«

Der Koreaner hinter der Theke nickte in der Art eines Ausländers, der verstanden hat, dass sein Gegenüber gerade einen Satz beendet hat. Er war nicht der Geschäftsinhaber, sondern bloß eine Aushilfskraft, und es war offensichtlich, dass er keine Ahnung hatte, wovon die Rede war.

»Meine Schwester und ich sind zu Besuch hier«, sagte die Frau, diesmal ein wenig lauter, und wieder nickte der Mann. »Ich würde gerne noch etwas bleiben und mich umsehen, aber mein Heim – ich meine, eins meiner Heime – steht bereit für die Gartensaison, und ich muss zurück nach Williamsburg.«

Ich war elf Jahre alt, doch selbst mir kam der Satz merkwürdig vor. Wenn sie damit den Koreaner beeindrucken wollte, war ihre Mühe vergebens, für wen also war die Information?

»Mein Heim – ich meine, eins meiner Heime«: Bis zum Abend hatten meine Mutter und ich den Satz garantiert fünfzigmal wiederholt. Die Gartensaison war nebensächlich, aber der erste Teil ihres Satzes war ein echter Knüller. Es gab, wie der Gedankenstrich zeigt, eine Pause zwischen den Wörtern »Mein Heim« und »ich meine«, ein kurzer Moment, in dem sie gedacht haben muss: *Ach, warum nicht?* Das darauf folgende Wort – »eins« – war wie ein sanfter Hauch aus ihrem Mund gekommen, und genau das war der schwierigste Teil. Man musste es genau hinbekommen, sonst verlor der Satz seine Wirkung. Irgendwo zwischen dem selbstbewussten Lachen und einem Seufzer zufriedener Verwirrung verschaffte das »eins« der Aussage eine doppelte Bedeutung. Für Leute ihres

Standes hieß er: »Seht her, ich bin ständig unterwegs!«, und den weniger Betuchten signalisierte er: »Macht euch nur keine falschen Vorstellungen, mehr als ein Haus zu haben bedeutet jede Menge Arbeit.«

Die ersten Dutzend Male klangen unsere Stimmen gezwungen und hochnäsig, doch gegen Nachmittag näherten wir uns ihrem weichen Tonfall. Wir wollten, was diese Frau hatte. Sie nachzuäffen ließ den Wunsch nur umso unerreichbarer erscheinen, so dass wir zu unserer eigenen Ausdrucksweise zurückkehrten.

»Mein Heim – ich meine, eins meiner Heime...« Meine Mutter sagte es so schnell, als fühle sie sich zu größerer Genauigkeit verpflichtet. Genau wie wenn sie sagte: »Meine Tochter – ich meine, eine meiner Töchter«, nur machte ein zweites Heim deutlich mehr her als eine zweite Tochter, so dass es nicht wirklich funktionierte. Ich ging in die entgegengesetzte Richtung und betonte das »eins« so stark, dass meine Zuhörer es als aufdringlich empfinden mussten.

»Wenn du es so sagst, machst du die Leute bloß neidisch«, sagte meine Mutter.

»Aber das wollen wir doch, oder?«

»In gewisser Weise schon«, sagte sie. »Aber vor allem sollen sie sich für uns freuen.«

»Wer freut sich denn für jemanden, der mehr hat als man selbst?«

»Ich denke, das kommt ganz auf die Person an«, sagte sie. »Ist aber auch egal. Wir werden die richtige Aussprache schon hinbekommen. Wenn der Tag kommt, da bin ich mir sicher, wird es wie von selbst gehen.«

Und so warteten wir.

Irgendwann zwischen Mitte und Ende der sechziger Jahre begann North Carolina sich selbst als »Ferienland für jeden Geschmack« zu bezeichnen. Der Slogan erschien auf den Autokennzeichen, und eine Reihe von Fernsehspots erinnerte uns daran, dass wir anders als gewisse Nachbarn sowohl Strand als auch Berge hatten. Es gab Leute, die zwischen beiden ständig hin und her hüpften, doch die meisten entschieden sich einmal für eine Landschaft und blieben dabei. Wir beispielsweise waren Strandurlauber, Emerald-Isle-Urlauber, auch wenn das hauptsächlich an meiner Mutter lag. Ich glaube nicht, dass mein Vater sich überhaupt etwas aus Urlaub machte. Sobald er von zu Hause fort war, wurde er reizbar und nervös, doch unsere Mutter liebte das Meer. Sie konnte nicht schwimmen, aber sie stand gerne mit einer Rute in der Hand am Ufer. Man hätte es nicht unbedingt als Angeln bezeichnen können, da sie nie etwas fing und ebenso wenig je Hoffnung oder Enttäuschung bezüglich ihrer Anstrengungen äußerte. Worüber sie nachdachte, während sie auf die Wellen hinausblickte, war ein einziges Rätsel, doch war ihr anzusehen, dass es angenehme Gedanken waren und dass sie sich selbst besser dabei gefiel.

In einem Jahr war mein Vater sehr spät dran mit der Reservierung, und wir mussten etwas zur Landseite nehmen. Es war kein Sommerdomizil, sondern ein heruntergekommenes Haus, wie es arme Leute bewohnen. Das Grundstück war mit einem Maschendrahtzaun umgeben, und in der Luft hingen Schwärme von Fliegen und Mücken, die normalerweise vom Seewind fortgeweht werden. In der Mitte der Ferien fiel eine abscheuliche pelzige Raupe aus einem Baum und biss meine Schwester Amy in die Wange. Ihr Gesicht schwoll an und verfärbte sich, und eine Stunde später war sie nur noch dank ihrer Arme und Beine als menschliches Wesen zu erkennen. Meine Mutter fuhr mit ihr ins Krankenhaus, und nach ihrer Rückkehr behandelte sie meine Schwester wie ein seltenes Ausstellungsstück, auf das sie mit dem Finger zeigte, als handle es sich nicht um ihre Tochter, sondern um einen hässlichen Fremdling, den man zu uns ins Quartier gesteckt hatte. »*Das* hat man nun davon, wenn man bis zum letzten Moment wartet«, sagte sie zu unserem Vater. »Keine Dünen, keine Wellen, nur *das* hier.«

Von dem Jahr an übernahm unsere Mutter die Reservierungen. Jedes Jahr im September verbrachten wir eine Woche auf Emerald Isle, und zwar immer auf der Meerseite, ein Wort, das einen gewissen Anspruch signalisierte. Die Ferienhäuser zum Meer hin standen auf Stelzen, was sie nicht größer, aber zumindest eindrucksvoller erscheinen ließ. Einige waren bunt angemalt, andere im Stil von Cape Cod an den Seiten mit Holzschindeln vertäfelt, und alle hatten einen Namen, wobei Langschläferparadies noch der originellste war. Die Besitzer hatten dem Schild die Form von zwei nebeneinanderstehenden Filzpantoffeln gegeben. Die Schuhe waren realistisch gemalt, und die Buchstaben des Schriftzugs lehnten schlapp und träge an dem vermeintlich weichen Stoff.

»Also, das ist mal ein Schild«, sagte mein Vater, und wir alle stimmten ihm zu. Die anderen hießen »Der Sturmvogel«, »Onkel Toms Hütte«, »Moby Dick«, »Zur Sandburg« oder »Piratennest«, und dahinter folgten jedes Mal Name und Heimatort der Besitzer: der Duncan Clan – Charlotte, die Graftons – Rocky Mount, Hal und Jean Starling aus Pinehurst – Schilder, deren zentrale Botschaft lautete: »Mein Heim – ich meine, eins meiner Heime.«

Am Strand spürten wir mehr noch als sonst, wie sehr unser Leben vom Zufall abhing. War das Glück uns gewogen und es schien die Sonne, rechneten meine Schwestern und ich uns dies als persönliches Verdienst an. Wir waren eine glückliche Familie, und deshalb durften alle anderen um uns herum schwimmen oder im Sand buddeln. Wenn es regnete, hatte uns das Glück verlassen, und wir blieben im Haus und erforschten unsere Seelen. »Nach dem Mittagessen klart es auf«, sagte unsere Mutter, und wir aßen mit Bedacht und benutzten die Tischsets, die uns schon früher Glück gebracht hatten. Wenn auch das nicht half, gingen wir über zu Plan B. »Aber Mutter, du musst dich nicht so plagen«, sagten wir. »Lass *uns* nur das Geschirr waschen. Lass *uns* nur den Sand vom Boden fegen.«

Wir redeten wie die Kinder im Märchen, in der Hoffnung, durch unser vorbildliches Betragen die Sonne aus ihrem Versteck zu locken. »Du und Vater seid immer so gut zu uns. Setz dich und lass dir von uns den Nacken massieren.«

Wenn es bis zum späten Nachmittag immer noch nicht aufgeklart hatte, ließen meine Schwestern und ich das Theater und fielen übereinander her auf der Suche nach dem Schuldigen, der für unser Pech verantwortlich war. Wer von uns war am wenigsten enttäuscht? Wer hatte sich mit einem Buch und einem Glas Schokomilch auf eine der schimmeligen Matratzen gefläzt, als sei der Regen gar nicht so schlimm? Wir würden diese Person finden, meistens war es Gretchen, und sie verprügeln.

In dem Sommer, als ich zwölf wurde, zog ein tropischer Sturm die Küste entlang und färbte den Himmel in dem gleichen fleckigen Zinnober wie die blauen Flecken, die Gretchen davontrug, aber im darauffolgenden Jahr begannen wir mit einer Glückssträhne. Mein Vater entdeckte einen Golfplatz, der ihm gefiel, und schien zum ersten Mal überhaupt den Urlaub zu genießen. Er hockte entspannt mit einem Gin Tonic in der Hand auf der Sonnenterrasse, umgeben von seiner toastbraunen Frau und seinen Kindern, und gab zu, dass dies tatsächlich nicht schlecht war. »Ich habe mir gedacht, zur Hölle mit diesen gemieteten Ferienhäusern«, sagte er. »Warum machen wir nicht Nägel mit Köpfen und kaufen selbst eins?«

Er redete in dem Ton, in dem er uns sonst zum Eis einlud. »Wer hat Lust auf was Süßes?«, fragte er, und wir alle zwängten uns in den Wagen und sahen zu, wie er am Eispavillon vorbei zum nächsten Lebensmittelmarkt fuhr und dort einen großen Klotz Milcheis von eitrig gelber Farbe kaufte, der kurz vor dem Verfallsdatum stand und heruntergesetzt war. Die Erfahrung hatte uns gelehrt, misstrauisch zu sein, doch war der Gedanke an ein eigenes Haus am Strand so verlockend, dass es unmöglich war, sich nicht davon anstecken zu lassen. Sogar unsere Mutter fiel darauf herein.

»Ist das dein Ernst?«, fragte sie.

»Klar doch«, sagte er.

Am nächsten Tag vereinbarten sie einen Termin mit einem Immobilienmakler in Morehead City. »Wir fühlen nur mal vor«, sagte meine Mutter. »Es ist ein klärendes Gespräch, mehr nicht.« Wir wollten alle dabei sein, aber sie nahmen nur Paul mit, der erst zwei war und nicht mit uns allein gelassen werden konnte. Das klärende Gespräch endete mit einem halben Dutzend Besichtigungen, und als sie zurückkamen, war das Gesicht unserer Mutter so teilnahmslos, als sei es gelähmt. »War schön«, sagte sie. »Der Immobilienmakler war sehr nett.« Wir hatten den Eindruck, als stünde sie unter Eid, etwas für sich zu behalten, und als bereite ihr die Anstrengung körperlichen Schmerz.

»Ist schon gut«, sagte mein Vater. »Sag es ihnen.«

»Nun, wir haben da dieses eine Haus gesehen«, erklärte sie. »Also, man muss sich deshalb nicht gleich überschlagen, aber …«

»Aber es ist perfekt«, sagte mein Vater. »Ein Prachtstück, genau wie eure Mutter.« Er trat von hinten auf sie zu und zwickte sie in den Po. Sie lachte und schlug mit dem Handtuch nach ihm, und wir wurden Zeuge dessen, was wir später als die verjüngende Kraft von Immobilien kennenlernten. Es ist der Weg, den Paare mit Geld gehen, wenn ihr Sexualleben brachliegt und sie zu anständig für eine Affäre sind. Ein Zweitwagen mag ein Paar für ein oder zwei Wochen zusammenbringen, aber ein zweites Heim kann einer Ehe bis zu neun Monaten nach Vertragsabschluss frischen Wind geben.

»Ach, Lou«, sagte meine Mutter, »was mache ich nur mit dir?«

»Was du willst, Baby«, sagte er, »was du willst.«

Es klang seltsam, wenn Leute zweimal den gleichen Satz sagten, aber für ein Haus am Strand waren wir bereit, darüber hinwegzusehen. Abends war meine Mutter zu aufgeregt zum Kochen, und wir gingen in den Sanitary Fish Market in Morehead City essen. Nachdem alle am Tisch saßen, erwartete ich, mein Vater würde von mangelnder Isolierung oder durchgerosteten Rohren anfangen, der dunklen Kehrseite des Eigenheimbesitzes, doch er redete nur von den Vorzügen. »Ich könnte mir gut vorstellen, dass wir dort Thanksgiving feiern. Oder sogar Weihnachten. Ein paar Lichter, etwas Weihnachtsschmuck in die Fenster, was meint ihr?«

Als eine Kellnerin am Tisch vorbeilief, bestellte

ich, ohne Bitte zu sagen, noch eine Cola. Sie ging sie holen, und ich lehnte mich breit in meinem Stuhl zurück, berauscht von der Macht eines zweiten Heims. Wenn die Schule wieder anfing, würden meine Klassenkameraden mich umschwärmen in der Hoffnung, für ein Wochenende in unser Haus eingeladen zu werden, und ich würde mir einen Spaß daraus machen, sie gegeneinander auszuspielen. So verhielten sich Leute, die aus den falschen Gründen gemocht wurden, und ich würde sehr gut darin werden.

»Was meinst du, David?«, fragte mein Vater. Ich hatte zwar die Frage nicht mitbekommen, erwiderte aber, es höre sich ganz gut an. »Gefällt mir«, sagte ich. »Gefällt mir.«

Am folgenden Nachmittag fuhren meine Eltern mit uns zu dem Haus. »Also, nicht dass ihr jetzt weiß Gott was erwartet«, sagte meine Mutter, aber dazu war es schon zu spät. Die Fahrt von einem Ende der Insel zum anderen dauerte etwa fünfzehn Minuten, und unterwegs schlugen wir Namen für das Haus vor, das in Gedanken bereits uns gehörte. Ich hatte mir schon alles genau überlegt, wartete aber einige Minuten, bis ich mit meinem Vorschlag herausrückte.

»Alles bereit?«, fragte ich. »Unser Schild ist ein aus einer Glasscherbe ausgeschnittenes Schiff.«

Keiner sagte etwas.

»Versteht ihr?«, sagte ich.

»Ein durchsichtiges Schiff. Wir nennen unser Haus ›Klar Schiff‹.«

»Na, das musst du aber darunter schreiben«, sagte mein Vater. »Sonst versteht es keiner.«

»Aber wenn man es hinschreibt, ist der ganze Witz futsch.«

»Wie wär's mit ›Klapsmühle‹?«, sagte Amy.

»Hey!«, sagte mein Vater. »Das klingt gut.« Er lachte, schien aber vergessen zu haben, dass es bereits eine ›Klapsmühle‹ gab. Wir waren schon tausendmal dran vorbeigefahren.

»Was haltet ihr davon, wenn wir was mit ›Strandläufer‹ nehmen?«, sagte meine Mutter. »Strandläufer mögen alle, oder?«

Normalerweise wäre ich stinksauer gewesen, weil mein Vorschlag sich nicht durchgesetzt hatte, aber dies war zweifellos eine besondere Situation, und ich wollte mir nicht durch Schmollen die gute Laune verderben. Jeder von uns wollte der Namensgeber sein, und Anregungen gab es überall. Nachdem wir das Wageninnere durchhatten, spähten wir aus dem Fenster auf die vorbeieilende Landschaft.

Zwei dünne Mädchen warteten am Straßenrand auf eine Lücke im Verkehr und hopsten auf dem heißen Asphalt von einem Fuß auf den anderen.

»›Die Teersohle‹«, rief Lisa. »Nein, ›Haus Immer Meer‹. Versteht ihr? M-E-E-R.«

Ein Wagen mit Bootsanhänger hielt an einer Shell-Tankstelle. »›Die Goldene Muschel‹«, rief Gretchen.

Überall entdeckten wir Namen, und die lange Liste an Vorschlägen zeigte auf eklatante Weise, dass Emerald Isle wenig an Naturschönheiten aufzubieten hatte, sobald man sich von der Küste fortbewegte. »›Die Fernsehantenne‹«, sagte meine Schwester Tiffany. »Der Telefonmast.« – »Der zahnlose Schwarze, der aus seinem Kleinlaster heraus Shrimps verkauft.«

»Der Betonmischer«, »Der umgekippte Einkaufswagen«, »Möwen auf einer Mülltonne.« Meine Mutter inspirierte uns zu »Aus dem Fenster geworfene Zigarettenkippen« und schlug anschließend vor, wir sollten lieber am Strand statt unterwegs auf der Landstraße nach Namen suchen. »Ich meine, mein Gott, geht es noch ein bisschen deprimierender?« Sie tat so, als wäre sie eingeschnappt, aber wir spürten, dass sie sich köstlich amüsierte. »Schlagt was vor, das zu uns passt«, sagte sie. »Etwas, das bleibt.«

Was zuletzt blieb, waren jene fünfzehn Minuten auf der Küstenstraße, aber das wussten wir damals nicht. In späteren Jahren dienten sie selbst dem größten Miesepeter in der Familie als Beweis, dass wir einmal eine glückliche Familie gewesen waren: unsere Mutter, jung und gesund, unser Vater, der bloß mit dem Finger zu schnippen brauchte, um unsere sämtlichen Wünsche zu erfüllen, und wir Kinder, alle ganz wild darauf, unserem Glück einen Namen zu geben.

Das Haus war, wie unsere Eltern versprochen hatten, perfekt. Es war ein älteres Cottage mit Kiefernholzverkleidung, das jedem Raum den heimeligen Charakter einer Höhle verlieh. Das Licht fiel in Streifen durch die geöffneten Jalousien, und das Mobiliar, das im Preis mit enthalten war, entsprach dem Geschmack eines altgedienten Kapitäns auf See. Nachdem wir die Zimmer verteilt und alle eine schlaflose Nacht damit verbracht hatten, im Geist die Möbel hin- und herzuschieben, mahnte unser Vater: »Nichts überstürzen, *noch* gehört es uns nicht.« Bis zum nächsten Nachmittag hatte er entschieden, der Golfplatz sei doch nicht so berauschend. Danach regnete es zwei volle Tage, und er verkündete, es wäre womöglich klüger, erst einmal ein Grundstück zu kaufen, ein paar Jahre zu warten und dann selbst zu bauen. »Ich meine, wir müssen das ganz praktisch angehen.« Meine Mutter zog ihre Regenjacke an. Dann band sie sich eine

Plastiktüte um den Kopf und ging hinunter ans Wasser, und zum ersten Mal im Leben wussten wir ganz genau, was sie dachte.

Am letzten Tag der Ferien hatte unser Vater beschlossen, dass wir, anstatt ein Haus auf Emerald Isle zu bauen, unser bestehendes Haus ausbauen sollten. »Vielleicht einen Pool im Garten«, sagte er. »Was haltet ihr Kinder davon?« Niemand antwortete.

Zuletzt hatte er die Sache so weit heruntergeredet, dass von dem Haus am Strand eine Bar im Keller übrigblieb. Sie sah aus wie eine richtige Bar, mit hohen Stühlen und Fächern für die Weinflaschen. Es gab eine Spüle zum Reinigen der Gläser und ein Set bedruckter Servietten, das die weniger schlimmen Seiten des Alkoholismus unterstrich. Eine oder zwei Wochen lang torkelten meine Schwestern und ich um die Theke und taten so, als wären wir betrunken, aber dann war der Reiz des Neuen verflogen, und wir verloren das Interesse.

In nachfolgenden Ferien, mit oder ohne unsere Eltern, kamen wir immer an dem Haus vorbei, das wir einmal als unseres betrachtet hatten. Jeder hatte dafür einen anderen Namen, und mit der Zeit mussten erklärende Ergänzungen hinzugefügt werden. (»Du weißt schon, *unser* Haus.«) In dem

Sommer nach dem verpatzten Hauskauf strichen die Eigentümer – oder »diese Leute«, wie wir sie nannten – das »Klar Schiff« gelb an. Ende der siebziger Jahre bemerkte Amy, dass die »Klapsmühle« einen Carport hinzubekommen hatte und die Auffahrt gepflastert worden war. Lisa war erleichtert, als das »Haus Immer Meer« zu seiner ursprünglichen Farbe zurückkehrte, und Tiffany war entsetzt, als »Der zahnlose Schwarze, der aus seinem Kleinlaster heraus Shrimps verkauft« bei den Senatswahlen von 1984 ein Wahlplakat für Jesse Helms im Garten stehen hatte. Fünf Jahre später berichtete meine Mutter, der »Strandläufer« sei durch Hurrikan Hugo böse beschädigt worden. »Es steht noch«, sagte sie. »Aber nicht mehr viel.« Kurz darauf wurde nach Auskunft von Gretchen »Die Goldene Muschel« abgerissen und das Grundstück zum Verkauf angeboten.

Ich weiß, dass eine solche Geschichte wenig Mitgefühl weckt. (»Aus meinem Heim – ich meine, aus *einem* meiner Heime ist nichts geworden.«) Wir hatten keinen berechtigten Anspruch auf Selbstmitleid, durften uns nicht einmal betrogen fühlen, doch hielt uns das nicht ab zu klagen.

In den kommenden Jahren versprach unser Vater uns immer wieder Dinge, die er nicht halten konnte, und mit der Zeit begannen wir ihn als einen Schauspieler zu sehen, der sich um die Rolle des großzügigen Millionärs bewarb. Er bekam sie zwar nie, aber er fand Gefallen an seinem Text. »Was haltet ihr von einem neuen Wagen?«, fragte er. »Wer hätte Lust zu einer Kreuzfahrt in der Ägäis?« Er erwartete von uns, dass wir den Part der begeisterten Familie übernahmen, aber die Lust dazu war uns vergangen. Wie durch eine unsichtbare Strömung trieb meine Mutter immer weiter fort, zuerst in ein Einzelbett und dann ans Ende des Flurs in ein Zimmer, in dem Bilder vom Meer hingen und Körbe voller von der Sonne gebleichten Sanddollars standen. Ein Haus am Meer wäre hübsch gewesen, aber wir hatten bereits ein eigenes Heim. Ein Heim mit einer Bar. Übrigens, selbst wenn etwas daraus geworden wäre, hätte sich niemand für uns gefreut. Wir gehören nicht zu der Sorte von Leuten.

Haruki Murakami

Hanalei Bay

Mit neunzehn wurde Sachis Sohn beim Surfen in der Hanalei Bay von einem großen Hai angegriffen und kam dabei ums Leben. Gefressen hat ihn der Hai allerdings nicht. Das Tier riss dem Jungen, der allein weit vor der Küste surfte, nur das rechte Bein ab und biss auch sein Surfbrett beinahe entzwei. Der Junge erlitt einen Schock und ertrank. Die offizielle Todesursache lautete also Tod durch Ertrinken. Eigentlich machen sich Haie nichts aus Menschenfleisch und lassen häufig nach dem ersten Bissen enttäuscht von ihrem Opfer ab. So verlieren bei einem Angriff viele einen Arm oder ein Bein, kommen aber mit dem Leben davon, solange sie nicht in Panik geraten. Sachis Sohn dagegen erlitt wohl einen Herzanfall, schluckte infolgedessen große Mengen Wasser und ertrank.

Als Sachi die Nachricht vom japanischen Konsulat in Honolulu erhielt, gaben ihre Beine nach, und sie sank zu Boden. In ihrem Kopf wurde alles weiß, und sie konnte nicht mehr denken. Nur noch dasitzen und die Wand anstarren. Wie viel Zeit dabei verging, wusste sie nicht. Am Ende schaffte sie es, so weit zu sich zu kommen, dass sie die Nummer einer Fluggesellschaft heraussuchen und einen Platz nach Hawaii buchen konnte. Das Konsulat hatte sie gedrängt, so bald wie möglich anzureisen, damit sie sich vergewissern könne, ob es sich bei dem Toten wirklich um ihren Sohn handelte. Es bestand also immer noch die Möglichkeit einer Verwechslung.

Jetzt, in der Hochsaison, waren sämtliche Flüge für denselben und den nächsten Tag ausgebucht. Alle Fluggesellschaften, bei denen Sachi anrief, sagten ihr das Gleiche. Erst als sie ihren Fall schilderte, sagte eine Angestellte von United: »Kommen Sie erst mal so schnell Sie können her. Wir finden schon einen Sitz für Sie.«

Sachi stopfte das Nötigste in eine kleine Tasche und fuhr zum Flughafen nach Narita. Die zuständige Dame händigte ihr ein Ticket für die Businessklasse aus. »Etwas anderes haben wir heute nicht frei, aber wir berechnen Ihnen nur Touristenklasse«, sagte sie. »Das muss entsetzlich für Sie sein. Ich wünsche Ihnen viel Kraft.« Sachi war sehr dankbar für ihre Hilfe.

Als sie in Honolulu ankam, merkte Sachi, dass sie in ihrer Aufregung vergessen hatte, das Konsulat von ihrer Ankunft zu unterrichten. Ein Mitarbeiter hatte sie eigentlich nach Kauai bringen sollen. Es war ihr zu umständlich, jetzt noch das Konsulat zu kontaktieren und womöglich ewig warten zu müssen, bis jemand kam. Sie beschloss, sich allein auf den Weg zu machen. Alles würde sich finden, wenn sie erst einmal an Ort und Stelle war. Ihr Flug kam noch vor zwölf auf der Insel an. Sie mietete am Flughafen einen Wagen und fuhr direkt zur nächsten Polizeiwache. Sie sei soeben aus Tokio eingetroffen, sagte sie den Beamten, nachdem man ihr mitgeteilt habe, ihr Sohn sei in der Hanalei Bay von einem Hai getötet worden. Ein grauhaariger Beamter mit Brille brachte sie in ein Leichenschauhaus, das Ähnlichkeit mit einem Kühllager hatte, und zeigte ihr ihren Sohn. Sein Bein war oberhalb des rechten Knies abgerissen, und der weiße Knochen ragte grässlich aus dem Stumpf hervor. Nun gab es keinen Zweifel mehr: Es war ihr Sohn. Sein Gesicht war ausdruckslos, wie immer, wenn er fest schlief. Unglaublich, dass er tot sein sollte. Ob sie irgendetwas an seinem Gesicht gemacht hatten? Ihr war, als müsse sie nur an seiner Schulter rütteln und er würde unwirsch murrend aufwachen. Wie jeden Morgen.

In einem anderen Raum unterschrieb sie eine Bestätigung, dass es sich bei der Leiche um ihren

Sohn handelte. Der Beamte fragte sie, was nun mit der Leiche geschehen solle.

»Ich weiß es nicht«, sagte sie. »Was tut man normalerweise in solch einem Fall?«

»Im Allgemeinen wird der Leichnam kremiert, und die Angehörigen nehmen die Asche mit nach Hause«, erklärte er. Es bestehe auch die Möglichkeit, den Leichnam nach Japan überführen zu lassen, aber das sei bürokratisch aufwendiger und auch teurer. Natürlich könne sie ihren Sohn auch in Kauai bestatten lassen.

»Bitte verbrennen Sie ihn. Ich werde die Asche mit nach Tokio nehmen.« Ihr Sohn war tot. Nichts würde ihn je wieder lebendig machen. Was machte es für einen Unterschied, ob er Asche, Knochen oder ein Leichnam war? Mit einer weiteren Unterschrift gab sie ihre Zustimmung zur Verbrennung und entrichtete anschließend die notwendige Gebühr.

»Ich habe nur American Express«, sagte Sachi.

»Das ist in Ordnung«, sagte der Beamte.

Ich bezahle mit einer American-Express-Karte für die Verbrennung meines Sohnes, dachte Sachi. Es kam ihr vollkommen irreal vor. Ebenso irreal wie der Umstand, dass ihr Sohn von einem Hai getötet worden war. Die Verbrennung würde am folgenden Vormittag stattfinden.

»Sie sprechen sehr gut Englisch«, sagte der Beamte, während er die Dokumente ordnete. Er hieß Sakata und war japanisch-amerikanischer Abstammung.

»Als ich jung war, habe ich eine Zeitlang in Amerika gelebt«, sagte Sachi.

»Ach so, deshalb«, sagte er und übergab ihr die Sachen ihres Sohnes: Kleidung, Pass, Rückflugticket, Zeitschriften, Sonnenbrille, Kulturbeutel. Es passte alles in ihre kleine Reisetasche. Sachi musste eine Quittung für die spärlichen Habseligkeiten unterschreiben.

»Haben Sie noch weitere Kinder?«, fragte der Beamte.

»Nein, er war mein einziges«, antwortete Sachi.

»Und Ihr Mann konnte nicht mitkommen?«

»Er ist vor langer Zeit gestorben.«

Der Beamte stieß einen tiefen Seufzer aus. »Das tut mir sehr leid. Bitte sagen Sie Bescheid, wenn ich noch irgendetwas für Sie tun kann.«

»Vielleicht könnten Sie mir sagen, wo mein Sohn gestorben ist? Und wo er gewohnt hat? Sicher ist die Hotelrechnung noch offen. Und dann möchte ich mich mit dem japanischen Konsulat in Honolulu in Verbindung setzen. Dürfte ich Ihr Telefon benutzen?«

Er holte eine Karte und markierte die Stelle, an

der Sachis Sohn ums Leben gekommen war, und seine Unterkunft. Sie selbst übernachtete in einem kleinen Hotel in der Stadt, das der Beamte ihr empfohlen hatte.

»Ich habe eine persönliche Bitte an Sie«, sagte der schon ergraute Beamte, als Sachi sich verabschiedete. »Hier auf Kauai raubt die Natur immer wieder Menschenleben. Sie sehen, wie schön unsere Natur ist, aber sie kann auch wild und tödlich sein. Damit müssen wir hier leben. Es tut mir sehr leid um Ihren Sohn. Ich fühle von ganzem Herzen mit Ihnen. Doch zugleich bitte ich Sie, unsere Insel nicht zu hassen. Das klingt für Sie vielleicht eigensüchtig. Aber ich bitte Sie darum.«

Sachi nickte.

»Wissen Sie, der Bruder meiner Mutter ist 1944 im Krieg gefallen. An der deutsch-belgischen Grenze. Er gehörte zum 442. Regiment, das sich ganz aus japanisch-amerikanischen Freiwilligen zusammensetzte. Sie wollten ein texanisches Bataillon befreien, das von den Nazis eingeschlossen war. Die Deutschen landeten einen Volltreffer, und alle wurden getötet. Außer seiner Hundemarke und ein paar verstreuten Fleischfetzen im Schnee blieb nichts von ihm übrig. Meine Mutter hatte ihren Bruder sehr geliebt, und sie soll sich danach sehr verändert haben. Ich kannte sie ja erst, nachdem all das geschehen war, aber allein der Gedanke ist schmerzlich.«

Der Beamte schüttelte den Kopf.

»Auch wenn es angeblich um die ›gerechte Sache‹ geht, sterben die Menschen im Krieg durch Hass und Zorn auf beiden Seiten. Aber die Natur kennt keine Seiten. Sie machen eine qualvolle Erfahrung, aber wenn es Ihnen möglich ist, sehen Sie es doch einmal so: Ihr Sohn ist nicht durch Hass und Zorn im Namen einer sogenannten gerechten Sache gestorben, sondern ist wieder in den Kreislauf der Natur eingegangen.«

Nach der Verbrennung am nächsten Tag erhielt Sachi die Asche in einer kleinen Aluminiumurne. Anschließend fuhr sie zur Hanalei Bay an der Nordküste der Insel. Von der Polizeistation in Lihue brauchte sie ungefähr eine Stunde bis dorthin. Vor einigen Jahren hatte ein gewaltiger Taifun fast alle Bäume auf der Insel niedergemäht. Sachi sah auch einige Holzhäuser, deren Dächer davongeweht worden waren. Der Sturm schien sogar die Gestalt einiger Berge verändert zu haben. Die Natur konnte hier sehr gewalttätig sein.

Sie fuhr durch das verschlafene Städtchen Hanalei an den Surferstrand, wo der Hai ihren Sohn angegriffen hatte. Sie parkte in der Nähe, setzte sich in den Sand und beobachtete die etwa fünf Surfer, die über die Wellen glitten. Zuerst paddelten sie auf ihren Brettern weit hinaus, bis sie eine große Welle erwischten. Dann stiegen sie auf ihre Bretter und ritten die Welle fast bis zum Strand. Ließ die Spannung der Welle nach, verloren sie das Gleichgewicht und fielen ins Wasser. Dann hängten sie sich an ihre Bretter und paddelten, unter den heranbrandenden Wellen hindurchtauchend, wieder aufs offene Meer zu. Dieser Ablauf wiederholte sich immer wieder. Sachi traute ihren Augen nicht. Hatten sie denn gar keine Angst vor Haien? Oder hatten sie nichts davon gehört, dass ihr Sohn erst vor wenigen Tagen genau an dieser Stelle von einem Hai getötet worden war?

Eine gute Stunde saß Sachi am Strand und sah den Surfern zu. Ihre Gedanken huschten verschwommen und konturenlos durcheinander. Die Vergangenheit schien kein Gewicht mehr zu haben und war verschwunden, die Zukunft lag in weiter, dämmriger Ferne. Sie saß in einer unablässig schwankenden Gegenwart, während ihre Augen mechanisch die sich wiederholende Szene zwischen den Surfern und den Wellen verfolgten. Was ich jetzt am nötigsten brauche, ist Zeit, dachte sie auf einmal.

Dann fuhr sie in das Hotel, in dem ihr Sohn gewohnt hatte. Es war ein schäbiges kleines Surferhotel mit einem verwilderten Garten. Zwei junge langhaarige Weiße saßen mit nacktem Oberkörper in Liegestühlen und tranken Bier. Mehrere leere grüne Rolling-Rock-Flaschen lagen zu ihren Füßen im Gras verstreut. Einer war blond, der andere dunkelhaarig. Ihre Gesichter und ihr Körperbau wirkten sehr ähnlich. Beide hatten auffällig tätowierte Arme. Es roch nach einem Gemisch aus Marihuana und Hundekot. Als Sachi auf die beiden zuging, blickten sie ihr argwöhnisch entgegen.

»Mein Sohn hat hier gewohnt«, sagte sie. »Er ist vor drei Tagen von einem Hai getötet worden.«

Die beiden wechselten einen Blick. »Meinen Sie Takahashi?«

»Ja«, sagte Sachi. »Takahashi.«

»Er war ein cooler Typ«, sagte der Blonde. »Tut mir leid.«

»An dem Morgen waren jede Menge Schildkröten in der Bucht«, erklärte der Dunkelhaarige in nachlässigem Tonfall. »Die Haie kommen wegen der Schildkröten. Normalerweise gehen die nicht an die Surfer. Wir kommen gut mit ihnen klar. Aber auch bei Haien gibt es verschiedene Typen...«

Sachi sagte, sie wolle die Hotelrechnung begleichen. Sicher sei da noch etwas offen.

Der Blonde runzelte die Stirn und wedelte mit seiner Bierflasche. »Nee, gute Frau, da sind Sie auf dem falschen Dampfer. Hier wohnen nur arme Surfer, und die müssen im Voraus zahlen. Hier bleibt nix offen.«

»Hören Sie mal«, sagte der Dunkelhaarige. »Wollen Sie vielleicht Takahashis Surfbrett mitnehmen? Der verdammte Hai hat fast Kleinholz daraus gemacht. Ein altes Dick Brewer. Die Bullen haben es nicht einkassiert, es muss noch irgendwo rumliegen…«

Sachi schüttelte den Kopf. Sie wollte es nicht sehen.

»Tut mir echt leid«, sagte der Blonde wieder, als fiele ihm nichts anderes ein.

»Er war ein cooler Typ«, wiederholte der Dunkelhaarige. »Voll okay. Klasse Surfer. Ach, stimmt ja, wir haben am Abend vorher hier noch Tequila zusammen getrunken.«

Am Ende blieb Sachi eine Woche in Hanalei. Sie mietete das beste Cottage, das sie finden konnte, und versorgte sich selbst. Bevor sie nach Japan zurückkehrte, musste sie wieder zu sich finden. Sie kaufte einen Plastikstuhl, Sonnenbrille, Sonnenhut, Sonnenschirm und Sonnencreme und setzte sich jeden Tag an den Strand, um die Surfer zu beobachten. Mehrmals am Tag regnete es so heftig, als würde jemand einen riesigen Eimer Wasser über die Erde auskippen. Im Herbst war das Wetter an der Nordküste von Kauai nicht beständig. Gab es einen Guss, setzte sie sich in ihr Auto und sah in den strömenden Regen. Sobald es aufhörte, nahm sie wieder ihren Platz am Strand ein und schaute aufs Meer.

Seither besuchte Sachi Hanalei jedes Jahr um diese Zeit. Sie kam kurz vor dem Todestag ihres Sohnes an und blieb drei Wochen, in denen sie von ihrem Plastikstuhl am Strand aus die Surfer beobachtete. Mehr tat sie nicht. Sie saß nur den ganzen Tag am Strand. So ging es zehn Jahre lang. Sie wohnte im selben Cottage, aß allein im selben Restaurant und las dabei. Da sie jedes Jahr kam, lernte sie einige Leute kennen, mit denen sie auch über persönliche Dinge sprach. Die Stadt war klein, und viele kannten sie vom Sehen. Sie war bekannt als die japanische Mom, deren Sohn von einem Hai getötet worden war.

Eines Tages, sie war auf dem Rückweg vom Flughafen in Lihue, wo sie ein schlechtes Mietauto umgetauscht hatte, sah sie in Kapaa vor Onos Family Restaurant zwei junge japanische Anhalter. Sie hatten große Sporttaschen über der Schulter und hielten zaghaft die Daumen in Richtung Straße. Der eine war groß und schlaksig, der andere klein und stämmig. Beide hatten braungefärbtes schulterlanges Haar, trugen ausgeblichene T-Shirts, weite Shorts und Sandalen. Zuerst fuhr Sachi an ihnen vorbei, dann überlegte sie es sich anders und drehte um.

Sie ließ das Fenster herunter. »Wohin wollt ihr?«, fragte sie auf Japanisch.

»Ah, Sie sprechen Japanisch«, sagte der Lange.

»Ja, ich bin Japanerin. Also wohin?«

»In einen Ort namens Hanalei«, sagte der Lange.

»Da fahre ich hin. Wollt ihr mit?«

»Das wäre toll«, sagte der Stämmige.

Sie luden ihre Taschen in den Kofferraum und schickten sich an, auf den Rücksitz zu klettern.

»Moment mal, ihr könnt nicht beide hinten sitzen«, sagte sie. »Ich bin schließlich kein Taxi. Einer von euch muss vorne sitzen. Das gehört sich so.«

Nach einigem Hin und Her beschlossen sie, dass der Lange vorne sitzen sollte.

»Was ist das für ein Wagen?«, fragte er, während er umständlich versuchte, seine langen Beine unterzubringen.

»Das ist ein Dodge Neon von Chrysler«, antwortete Sachi.

»Ich wusste gar nicht, dass es in Amerika so mickrige Autos gibt. Da hat ja der Corolla von meiner Schwester mehr Platz.«

»Amerikaner fahren auch nicht alle Cadillac.«

»Ja, aber der hier ist echt mini.«

»Ihr könnt ja aussteigen, wenn es euch nicht passt«, sagte Sachi.

»So habe ich es doch nicht gemeint. Gar nicht! Ich habe mich nur gewundert. Ich dachte, in Amerika sind alle Autos groß«, sagte er.

»Und was habt ihr in Hanalei vor?«, fragte Sachi unterwegs.

»Hauptsächlich Surfen«, sagte der Lange.

»Und wo sind eure Bretter?«

»Wir wollen uns hier welche besorgen«, sagte der Stämmige.

»Es ist zu umständlich, sie aus Japan mitzubringen. Wir haben gehört, man kann hier ganz günstig gebrauchte kaufen«, sagte der Lange. »Und Sie? Machen Sie hier Urlaub?«

»Ja.«

»Allein?«

»Genau«, sagte Sachi leichthin.

»Aber Sie sind nicht eine von diesen Surferlegenden?«

»Wirklich nicht!«, sagte Sachi unwillig. »Wisst ihr schon, wo ihr in Hanalei übernachten wollt?«

»Nein, wir dachten, wir finden schon was, wenn wir dort sind.«

»Notfalls können wir noch immer am Strand

schlafen«, sagte der Stämmige. »Wir haben sowieso nicht viel Geld dabei.«

Sachi schüttelte den Kopf. »Um diese Jahreszeit wird es nachts ziemlich kalt an der Nordküste. Man kann sogar im Haus einen Pullover vertragen. Wenn ihr draußen schlaft, erkältet ihr euch nur.«

»In Hawaii ist doch immer Sommer, oder?«

»Hawaii gehört zur nördlichen Halbkugel. Das heißt, es gibt vier Jahreszeiten. Heiße Sommer und kühle Winter.«

»Dann ist ein Dach über dem Kopf wohl doch besser«, sagte der Stämmige.

»Könnten Sie uns vielleicht was empfehlen?«, fragte der Lange. »Unser Englisch ist nicht gerade überragend.«

»Wir hatten zwar gehört, in Hawaii käme man überall mit Japanisch durch. Klappt aber nicht«, sagte der Kleinere.

»Natürlich nicht!«, sagte Sachi entrüstet. »Das geht nur in Oahu, und auch da nur in dem Teil von Waikiki, wo es diese Massen von japanischen Touristen gibt, die Louis-Vuitton-Taschen und Chanel No. 5 kaufen, und wo die Läden deshalb japanische Verkäufer anheuern. Und im Hyatt und im Sheraton dort. Sonst geht es nur mit Englisch. Schließlich sind wir in Amerika. Ihr seid nach Kauai gekommen und hattet davon keine Ahnung?«

»Nee, null. Meine Mutter hat gesagt, in Hawaii sprechen alle Japanisch.«

»Du meine Güte«, sagte Sachi.

»Wir können ruhig im billigsten Hotel im Ort wohnen«, sagte der Kleinere. »Weil wir doch kein Geld haben.«

»Neuankömmlinge sollten nicht im billigsten Hotel von Hanalei wohnen«, warnte Sachi. »Da kriegt ihr nur Ärger.«

»Wieso?«, fragte der Lange.

»Hauptsächlich wegen Drogen«, sagte Sachi. »Unter den Surfern gibt es ein paar schwere Jungs. Marihuana geht ja noch, das Gefährliche ist Ice.«

»Ice? Was ist das?«

»Nie gehört«, sagte der Lange.

»Ahnungslose Lämmer wie ihr sind fette Beute für diese Typen. Ice ist eine harte Droge, irgendein kristallines Aufputschmittel. Es ist billig, man kommt leicht ran, und es tut gut. Aber wer abhängig wird, ist so gut wie tot.«

»Klingt wirklich gefährlich«, sagte der Lange.

»Aber Marihuana kann man rauchen?«, erkundigte sich der Stämmige.

»Ob ihr das könnt, weiß ich nicht, jedenfalls bringt es die Leute nicht um. Nicht wie Zigaretten. Ihr werdet nur ein bisschen daneben, aber das wäre kein Unterschied zu jetzt.«

»Gehören Sie vielleicht zu diesen Achtundsechzigern?«

»Achtundsechzigern?«

»Ja, sind Sie Mitglied der Achtundsechziger-Generation?«

»Ich gehöre zu keiner Generation und bin auch kein Mitglied. Ich bin nur ich. Werft mich bitte nicht mit anderen Leuten in einen Topf.«

»Doch doch, Sie gehören bestimmt dazu. Sie nehmen gleich alles so ernst. Genau wie meine Mutter.«

»Und mit deiner unsäglichen Mutter wirfst du mich auch nicht in einen Topf!«, sagte Sachi. »Auf alle Fälle übernachtet ihr lieber in einem anständigen Hotel in Hanalei. Das ist gesünder. Ab und zu werden hier sogar Leute umgebracht.«

»Nicht gerade ein friedliches Paradies«, sagte der Kleine.

»Die Zeiten von Elvis sind lange vorbei«, sagte Sachi.

»Keine Ahnung, wie die waren, aber Elvis Costello ist bestimmt schon uralt«, sagte der Lange.

Eine Weile fuhr Sachi, ohne etwas zu sagen.

Sachi sprach mit dem Geschäftsführer ihrer Hotelanlage, und er gab den beiden ein Zimmer. Durch ihre Vermittlung bekamen sie es etwas billiger. Dennoch kostete es mehr, als sie gerechnet hatten.

»Geht nicht«, sagte der Lange. »So viel Geld haben wir nicht.«

»Längst nicht«, sagte der Kleine.

»Aber ihr müsst doch etwas für Notfälle dabeihaben?«, sagte Sachi.

Der Lange kratzte sich unbehaglich am Ohrläppchen. »Schon, ich habe eine Diner's-Club-Karte, aber mein Vater hat gesagt, ich darf sie nur im absoluten Notfall benutzen. Er denkt, wenn ich sie einmal benutze, kann ich nicht mehr aufhören. Wenn ich etwas abhebe, und es ist kein Notfall, kann ich was erleben, wenn ich zurückkomme.«

»Sei nicht blöd«, sagte Sachi. »Das ist ein Notfall. Hol die Karte raus, wenn dir dein Leben lieb ist. Wenn die Polizei dich aufgreift, kommst du ins Gefängnis. Und du willst doch nicht, dass ein schwuler Hawaiianer dich für eine Nacht zu seiner Freundin macht, oder? Wenn dir so was gefällt, ist es natürlich etwas anderes. Aber es tut ziemlich weh.«

Hastig zog der Junge die Karte aus seinem Portemonnaie und reichte sie dem Geschäftsführer. Sachi erkundigte sich nach einem Laden, in dem sie sich billig Surfbretter kaufen konnten.

»Wenn sie abreisen, nimmt der Laden die Bretter zu einem vernünftigen Preis wieder zurück«, erklärte der Geschäftsführer. Die Jungen stellten ihr Gepäck ab und machten sich sofort auf den Weg dorthin.

Als Sachi am nächsten Morgen wie üblich am Strand saß und aufs Meer schaute, tummelten sich die beiden Jungen schon mit ihren Surfbrettern in den Wellen. Im Gegensatz zu dem hilflosen Eindruck, den sie am Tag zuvor gemacht hatten, schienen sie gute Surfer zu sein. Hatten sie eine hohe Welle entdeckt, erklommen sie deren Kamm und glitten anmutig und in voller Körperbeherrschung auf den Strand zu, unermüdlich, stundenlang. Sie sahen sehr lebendig aus, wie sie so auf den Wellen ritten. Ihre Augen strahlten, sie hatten Selbstvertrauen. In Japan verbrachten sie wahrscheinlich auch jede freie Minute im Wasser und vernachlässigten die Schule – genau wie Sachis toter Sohn.

Mit Klavierspielen hatte Sachi erst auf der Oberschule angefangen. Davor hatte sie nie ein Klavier angerührt. Irgendwann hatte sie begonnen, nach dem Unterricht auf dem Instrument im Musiksaal herumzuklimpern, und es dauerte nicht lange, bis sie sich beigebracht hatte zu spielen. Es stellte sich heraus, dass sie das absolute Gehör besaß. Sie brauchte eine Melodie nur einmal zu hören, um sie auf der Tastatur umsetzen zu können. Ohne dass jemand es ihr zeigte, lernte sie, ihre Finger über die richtigen Tasten gleiten zu lassen. Offenbar hatte sie ein Talent fürs Klavierspielen.

Ein junger Musiklehrer hörte sie zufällig und war beeindruckt. Er berichtigte einige grundsätzliche Fehler ihrer Fingerhaltung. »Du kannst zwar auch so spielen, aber so geht es schneller«, sagte er. Sachi begriff sofort. Der Lehrer war ein Jazzfan und brachte ihr nach der Schule die theoretischen Grundlagen für Jazzklavier bei. Wie sich die Akkorde zusammensetzten, wie man die Pedale betätigte und was Improvisation bedeutete. Sie nahm alles begierig auf. Dann lieh er ihr Schallplatten – Red Garland, Bill Evans, Wynton Kelly –, die sie so oft hörte, bis sie sie nachspielen konnte. Nachdem sie den Dreh einmal heraushatte, fielen ihr diese Imitationen leicht. Sound und Rhythmus der Stücke flossen ihr, ohne dass sie eine Note davon gesehen hatte, unmittelbar in ihre Finger. »Du bist wirklich begabt«, sagte der Lehrer. »Wenn du tüchtig übst, kannst du Pianistin werden.«

Sachi selbst war jedoch nicht dieser Ansicht. Es fiel ihr leicht, etwas zu spielen, das schon vorhanden war. Aber eine eigenständige Umsetzung gelang ihr nicht. Beim Anblick eines Notenblattes bekam sie Beklemmungen, und ihre Versuche zu improvisieren endeten stets damit, dass sie das Originalsolo eines anderen kopierte. Am besten konnte sie wiedergeben, was sie gehört hatte. Nie im Leben würde aus ihr eine Pianistin, fand sie.

Sachi beschloss, nach der Schule eine Ausbildung zur Köchin zu machen. Nicht dass sie sich besonders fürs Kochen interessiert hätte, aber ihr Vater besaß ein Restaurant. Vielleicht konnte sie es später einmal übernehmen. Eine andere Idee hatte sie nicht. Also ging sie nach Chicago, um eine Kochschule zu besuchen. Chicago ist nicht gerade für seine Gourmetküche bekannt, aber sie hatte dort Verwandte, die für sie bürgen konnten.

In dieser Zeit spielte sie in einer kleinen Pianobar; eine ihrer Mitschülerinnen hatte sie dort eingeführt. Anfangs jobbte sie dort nur, um sich ihr Taschengeld zu verdienen. Mit dem, was ihr Vater ihr schickte, kam sie kaum über die Runden, und sie war für jeden zusätzlichen Dollar dankbar. Der Besitzer der Bar war begeistert von ihrem Nachahmungstalent. Eine Melodie, die sie einmal gehört hatte, vergaß sie nie. Selbst Songs, die sie noch nie gehört hatte, konnte sie sofort nachspielen, wenn jemand sie ihr vorsummte. Sie war keine Schönheit, sah aber ganz gut aus, und ihre Auftritte zogen allmählich immer mehr Publikum an. Mit der Zeit bekam sie so viel Trinkgeld, dass sie von der Kochschule abging. Am Klavier zu sitzen fiel ihr viel leichter und machte ihr mehr Spaß, als an blutigem Schweinefleisch herumzusäbeln, steinharten Käse zu reiben oder schwere, verkrustete Bratpfannen zu scheuern.

Daher fand Sachi sich später auch damit ab, dass ihr Sohn immer öfter die Schule schwänzte, um seine Zeit mit Surfen zu verbringen. *Schließlich war ich auch nicht anders, als ich jung war,* dachte sie. *Man kann einen Menschen zu nichts zwingen. Wahrscheinlich liegt es uns im Blut.*

Anderthalb Jahre spielte sie in der Bar. Ihr Englisch wurde immer besser, und sie konnte eine hübsche Summe zurücklegen. Sie hatte auch einen amerikanischen Freund. Er war schwarz, gut aussehend und angehender Schauspieler. (Später sah Sachi ihn in einer Nebenrolle in *Stirb langsam 2*.) Eines Abends tauchte jedoch ein Beamter der Einwanderungsbehörde mit einer Plakette auf der Brust in der Bar auf. Offenbar hatte sie zu viel Aufmerksamkeit erregt. Nachdem er ihren Pass verlangt hatte, nahm er sie sofort fest, denn sie besaß keine Arbeitserlaubnis. Wenige Tage später saß sie in einem Jumbo-Jet nach Narita – natürlich hatte sie den Flug von ihren Ersparnissen bezahlen müssen. So endete Sachis Leben in Amerika.

Wieder in Japan, grübelte Sachi über Perspektiven für ihr weiteres Leben nach, aber außer Klavierspielen fiel ihr nichts ein. Durch ihre Schwierigkeiten mit dem Notenlesen waren ihre Aussichten begrenzt, aber immerhin gab es einige Orte, an denen ihre Begabung, nach Gehör zu spielen, gefragt war, zum Beispiel in Hotelfoyers, Nachtclubs und Pianobars. Sie konnte in jedem Stil spielen, den die Atmosphäre oder die Gäste verlangten. Auch Publikumswünsche waren kein Problem für sie. Sie mochte ein »musikalisches Chamäleon« sein, aber Arbeit konnte sie immer finden.

Mit vierundzwanzig heiratete sie, zwei Jahre später wurde ihr Sohn geboren. Ihr Mann war Jazzgitarrist und ein Jahr jünger als sie. Er verdiente so gut wie nichts, war drogensüchtig und ließ sich ständig mit anderen Frauen ein. Meist kam er gar nicht nach Hause, und wenn, wurde er gewalttätig. Alle hatten Sachi von der Heirat abgeraten, und nun drängten alle sie zur Scheidung. Bei aller Ungeschliffenheit war Sachis Mann jedoch ein origineller Musiker, der in der Jazzszene als kommender Star Beachtung fand. Vermutlich hatte Sachi sich deshalb zu ihm hingezogen gefühlt. Die Ehe dauerte nur fünf Jahre, dann erlitt er eines Nachts in der Wohnung einer anderen Frau einen Herzanfall und starb nackt auf dem Weg ins Krankenhaus. Wahrscheinlich an einer Überdosis.

Nach dem Tod ihres Mannes eröffnete Sachi eine kleine Pianobar in Roppongi. Sie hatte ein paar Ersparnisse und bekam eine Lebensversicherung ausgezahlt, die sie heimlich auf ihren Mann abgeschlossen hatte. Außerdem gelang es ihr, einen Kredit aufzunehmen; der Leiter der Filiale war Stammgast in der Bar, in der Sachi gespielt hatte. Sie stellte einen gebrauchten Flügel auf und ließ eine Bar in der gleichen Form einbauen. Die Geschäftsleitung übernahm ein ausgesprochen fähiger Manager und Bartender, den sie aus einer anderen Bar abgeworben hatte und dem sie ein stattliches Gehalt zahlte. Sie trat jeden Abend auf, spielte Publikumswünsche und begleitete die Gäste beim Singen. Auf dem Flügel stand ein Fischglas für Trinkgelder. Ab und zu schauten auch Musiker aus benachbarten Jazzbars herein und spielten ein paar Stücke.

Bald hatte sie eine Menge Stammgäste, und das Geschäft lief viel besser als erwartet. Sachi konnte ihren Kredit pünktlich zurückbezahlen. Vom Eheleben hatte sie genug und lehnte es ab, wieder zu heiraten, doch hin und wieder hatte sie einen Liebhaber. Die meisten waren verheiratet, was es ihr nur leichter machte. Ihr Sohn wuchs heran und wurde Surfer. Eines Tages verkündete er, er wolle zum Surfen nach Kauai in die Hanalei-Bucht. Sie war von dieser Idee keineswegs begeistert, aber der ewigen Streitereien müde, gab sie ihm widerstrebend das Geld für die Reise; lange Auseinandersetzungen waren nicht gerade ihre Stärke. Als er dann in der Hanalei-Bucht auf eine große Welle wartete, kam ein Hai auf der Jagd nach Schildkröten vorbei und beendete das kurze neunzehnjährige Leben ihres Sohnes.

Nach seinem Tod arbeitete Sachi noch mehr als früher. Ein ganzes Jahr lang spielte sie fast ohne Unterbrechung. Als der Herbst zu Ende ging, gab sie sich drei Wochen frei und kaufte bei United Airlines einen Businessklasseflug nach Kauai. Ein anderer Pianist vertrat sie in der Bar.

Manchmal trat Sachi auch in Hanalei auf. Eines der Restaurants hatte einen kleinen Flügel, an dem an Wochenenden ein klapperdürrer Mittfünfziger saß. Meist spielte er harmlose Liedchen wie »Bali Hai« und »Blue Hawaii«. Er war kein großartiger Pianist, aber seine warmherzige Persönlichkeit kam in seinem Spiel zur Wirkung. Sachi freundete sich mit ihm an und vertrat ihn hin und wieder, zu ihrem Vergnügen und ohne Bezahlung; dafür spendierte ihr der Wirt Wein und Pasta. Es tat ihr gut, ihre Hände auf der Tastatur zu spüren, und sie öffnete sich innerlich. Hier ging es weder um Talent noch um den Zweck und Nutzen ihres Tuns. Sachi vermutete, dass ihr Sohn sich ähnlich gefühlt hatte, wenn er auf dem Kamm einer Welle dahinglitt.

Wenn sie ganz ehrlich war, musste Sachi zugeben, dass sie ihren Sohn nie wirklich *gemocht* hatte. Natürlich hatte sie ihn geliebt. Niemanden auf der ganzen Welt hatte sie so lieb gehabt. Aber in menschlicher Hinsicht – sie hatte lange gebraucht, um sich das einzugestehen – war er ihr nicht sympathisch gewesen. Wäre er nicht Blut von ihrem Blut gewesen, hätte sie vermutlich nichts mit ihm zu tun haben wollen. Er war egoistisch, konnte sich auf nichts konzentrieren oder es auch nur zu einem einigermaßen sinnvollen Abschluss bringen. Er hatte immer eine Ausrede parat, um jedem ernsthaften Gespräch aus dem Weg zu gehen. Für die Schule lernte er nie, und dementsprechend waren seine Noten. Surfen war so ziemlich das Einzige, wofür er sich interessierte. Wie lange er dabei geblieben wäre, konnte man nicht wissen. Er sah gut aus, und es fehlte ihm nie an Freundinnen, aber wenn er sich mit einer genügend amüsiert hatte, warf er sie weg wie ein altes Spielzeug. *Wahrscheinlich habe ich ihn zu sehr verwöhnt,* sagte sich Sachi. *Ihm zu viel Taschengeld gegeben. Ich hätte strenger sein sollen.* Allerdings hatte sie keine konkrete Vorstellung davon, wie sie hätte strenger sein können. Ihre Arbeit hatte sie immer sehr in Anspruch genommen, und sie verstand zu wenig von Jungen – von ihren Seelen und ihren Körpern.

Als Sachi eines Abends im Restaurant am Klavier saß, kamen die beiden jungen Surfer herein. Seit ihrer Ankunft in Hanalei waren sechs Tage vergangen. Sie waren braungebrannt und wirkten robuster. »Oh, Sie spielen Klavier!«, rief der Stämmige.

»Und sogar gut, Sie sind sicher Profi«, sagte der Lange.

»Ich spiele zum Vergnügen«, sagte Sachi.

»Kennen Sie was von den B's?«

»Nein, kenn ich nicht«, antwortete Sachi. »Ich dachte, ihr habt kein Geld? Wie könnt ihr euch dann so ein Restaurant leisten?«

»Ich hab doch die Diner's-Club-Karte«, erinnerte sie der Lange.

»Aber die ist doch nur für Notfälle!«

»Ach, egal. Mein Alter hatte recht: Wenn man sie einmal benutzt, gewöhnt man sich daran.«

»Stimmt, dann kannst du es dir ja jetzt bequem machen«, sagte Sachi.

»Wir wollten Sie zum Essen einladen«, sagte der Stämmige. »Um uns zu bedanken. Sie haben uns so viel geholfen. Außerdem fliegen wir übermorgen nach Hause.«

Sie setzten sich zusammen an einen Tisch.

»Genau, wenn es Ihnen recht ist, könnten wir jetzt zusammen essen«, sagte der Lange. »Wir können auch Wein nehmen. Wir laden Sie ein.«

»Ich habe schon gegessen«, sagte Sachi und hob ihr Rotweinglas. »Und der Wein hier geht aufs Haus. Aber ich bedanke mich für die gute Absicht.«

In diesem Moment kam ein großer Mann, ein Weißer, an ihren Tisch und stellte sich neben Sachi. Er hatte ein Whiskeyglas in der Hand. Er war Anfang vierzig mit kurzgeschnittenem Haar. Auf einen seiner Arme, die etwa den Umfang von Telefonmasten hatten, war ein großer Drache tätowiert. Darunter standen die Buchstaben USMC – United States Marine Corps. Das blässliche Tattoo schien schon älter zu sein.

»Hey, Sie spielen gut Klavier«, sagte er.

»Danke«, sagte Sachi nach einem Blick auf sein Gesicht.

»Japanerin?«

»Sicher.«

»Ich war auch mal in Japan. Ist lange her. Zwei Jahre auf Iwakuni.«

»Aha. Ich habe zwei Jahre in Chicago gelebt, auch vor langer Zeit. Da haben wir ja was gemeinsam.«

Der Mann überlegte kurz. Dann nahm er es für einen Scherz und lachte.

»Spielen Sie was für mich. Was Schmissiges. Kennen Sie ›Beyond the Sea‹ von Bobby Darin? Ich will singen.«

»Ich arbeite nicht hier. Im Augenblick unterhalte ich mich mit den beiden jungen Männern hier. Der schlanke Herr mit dem schütteren Haar da drüben ist der Pianist. Wenn Sie einen Wunsch haben, fragen Sie ihn doch mal. Und vergessen Sie das Trinkgeld nicht.«

Der Mann schüttelte den Kopf. »Dieser Spinner kennt doch nur Schwulenmusik. Ich will, dass Sie etwas für mich spielen. Ich gebe Ihnen zehn Dollar.«

»Nicht mal für fünfhundert«, sagte Sachi.

»So ist das also?«, sagte der Mann.

»Genau so«, gab Sachi zurück.

»Dann erklären Sie mir mal, warum ihr Japse euch nicht selber verteidigen könnt? Wieso müssen wir nach Iwakuni kommen und euch schützen?«

»Und deshalb soll ich gefälligst den Mund halten und Klavier spielen?«

»Ganz recht«, sagte der Mann. Dann warf er einen Blick auf die Jungen am Tisch. »Ach, und wen haben wir denn da? Extra zum Surfen aus Japsenland nach Hawaii gekommen, die kleinen Scheißer. Im Irak…«

»Da hab ich doch mal eine Frage«, unterbrach ihn Sachi. »Die ganze Zeit frage ich mich…«

»Immer raus damit.«

Sachi hob den Kopf und sah den Mann gerade an. »Ich frage mich schon die ganze Zeit, wie jemand so wird wie Sie. Sind Sie so geboren worden, oder sind Sie irgendwie traumatisiert? Sagen Sie es mir.«

Der Mann dachte kurz nach und knallte dann sein Whiskeyglas auf den Tisch. »Jetzt passen Sie mal gut auf…«

Auf den Lärm eilte der Restaurantbesitzer herbei. Er war nicht groß, aber er nahm den Ex-Marine an seinem dicken Arm und zog ihn fort. Offensichtlich kannten sie sich, und von ein paar Schimpfwörtern abgesehen leistete der Mann keinen Widerstand.

»Tut mir leid«, entschuldigte sich der Besitzer kurz darauf. »Eigentlich ist er kein übler Kerl, aber er verträgt keinen Alkohol. Ich passe jetzt auf ihn auf. Darf ich Ihnen auf Kosten des Hauses etwas bringen? Bitte vergessen Sie den Vorfall.«

»Macht nichts, an so was bin ich gewöhnt«, sagte Sachi.

»Was hat der Mann gesagt?«, fragte der Stämmige.

»Ich habe nichts verstanden«, sagte der Lange. »Außer Japse.«

»Brauchst du auch nicht. Es war nicht von Bedeutung«, sagte Sachi. »Mal was anderes, hattet ihr denn eine schöne Zeit in Hanalei? Hat das Surfen Spaß gemacht?«

»Toootal!«, sagte der Stämmige.

»Es war voll super«, fügte der Lange hinzu. »Ich glaub, das hat mein Leben verändert. Echt!«

»Das ist die Hauptsache. Genießt das Leben, solange es geht. Irgendwann kommt nämlich die Rechnung.«

»Kein Problem. Ich hab ja die Karte«, sagte der Lange.

»Ja, so macht man was aus sich«, sagte Sachi und schüttelte den Kopf. »Immer schön bequem.«

»Übrigens wollten wir Sie mal was fragen«, sagte der Stämmige.

»Was denn?«

»Kennen Sie eigentlich diesen einbeinigen Japaner, den Surfer?«

»Einen einbeinigen Surfer?« Sachi kniff die Augen zusammen und sah dem stämmigen Jungen ins Gesicht. »Nein, noch nie gesehen.«

»Wir sind ihm zweimal begegnet. Er hat uns vom Strand aus beobachtet. Er hatte ein rotes Dick-Brewer-Brett dabei, und ihm fehlte das Bein von ungefähr hier an.« Der Stämmige zog mit dem Finger etwa zehn Zentimeter oberhalb seines Knies eine Linie. »Wie abgehackt. Als wir aus dem Wasser kamen, war er verschwunden. Wie vom Erdboden verschluckt. Wir hätten gern mit ihm geredet und haben ihn überall gesucht, aber er war nicht zu finden. Er ist ungefähr in unserem Alter.«

»Welches Bein fehlt ihm? Das rechte oder das linke?«

Der Stämmige überlegte. »Ich glaube, das rechte. Ja, ich bin sogar sicher.«

»Auf jeden Fall«, bekräftigte der Lange.

»Aha«, sagte Sachi und befeuchtete sich die Lippen mit einem Schluck Wein. Ihr Herz hämmerte. »Seid ihr sicher, dass er Japaner ist? Er könnte Amerikaner sein und nur japanischer Herkunft.«

»Nein, auf keinen Fall. Den Unterschied sieht man doch gleich. Er ist aus Japan zum Surfen hier, genau wie wir.«

Sachi biss sich auf die Lippen. Dann sagte sie mit heiserer Stimme: »Aber das ist doch seltsam. In einem so kleinen Ort kann man so jemanden doch gar nicht übersehen, nicht einmal, wenn man wollte. Einen einbeinigen Surfer aus Japan.«

»Stimmt, das ist schon komisch«, sagte der Stämmige. »So jemand fällt ziemlich auf. Aber er war wirklich da. Ohne jeden Zweifel. Wir haben ihn beide ganz deutlich gesehen.«

»Sie sitzen doch immer am Strand«, sagte der Lange zu Sachi. »Jeden Tag an dieser einen Stelle. Dort ganz in der Nähe stand er, auf einem Bein. Und hat uns angesehen. So gegen einen Baumstamm gelehnt. Da, wo die Picknicktische sind und die Eukalyptusbäume.«

Wortlos nahm Sachi einen Schluck von ihrem Wein.

»Wie er es wohl schafft, auf einem Bein auf dem Surfbrett zu stehen? Ich finde es ja schon schwer auf zweien«, sagte der Stämmige.

Von nun an wanderte Sachi von morgens früh bis abends spät immer wieder den langen Strand entlang. Doch der einbeinige Surfer tauchte niemals auf. Sie fragte bei den Einheimischen herum, ob sie einen Surfer mit nur einem Bein gesehen hätten, doch alle schüttelten nur verwundert den Kopf. Nein, den hätten sie nicht gesehen, daran würden sie sich ganz bestimmt erinnern. Wie konnte jemand mit einem Bein überhaupt surfen?

Am Abend vor ihrer Heimreise nach Japan packte Sachi ihre Sachen und ging zu Bett. Die Rufe der Geckos verbanden sich mit dem Rauschen der Wellen. Unversehens strömten ihr Tränen aus den Augen, doch erst als ihr Kissen schon ganz nass war, merkte sie, dass sie weinte. Warum kann ich meinen Sohn nicht sehen?, fragte sie sich schluchzend. Warum ist er diesen beiden Surfern erschienen und nicht mir? Das ist so ungerecht. Sie beschwor das Bild ihres toten Sohnes in der Leichenhalle. Wenn sie nur gekonnt hätte, sie hätte ihn geschüttelt, bis er aufwachte, und ihn angeschrien: »Warum? Wie konntest du nur?!«

Lange presste Sachi ihr Gesicht in das nasse Kissen, um ihr Schluchzen zu ersticken. Bin ich vielleicht einfach nicht fähig, ihn zu sehen?, fragte sie sich, aber sie wusste keine Antwort darauf. Sie wusste nur, dass sie diese Insel akzeptieren musste. Der freundliche japanisch-amerikanische Beamte hatte recht gehabt: Sie musste die Dinge auf der Insel so akzeptieren, wie sie waren. Wie sie waren – ob nun gerecht oder ungerecht, und ob sie selbst fähig oder unfähig war. Am nächsten Morgen erwachte Sachi als gesunde Frau mittleren Alters, lud ihr Gepäck in den Kofferraum des Dodge und verließ Hanalei.

Acht Monate später begegnete sie zufällig dem stämmigen jungen Mann in Tokio wieder, als sie auf der Flucht vor einem Schauer bei Starbucks in der Nähe der U-Bahn-Station Roppongi eine Tasse Kaffee trank. Er saß an einem der Nachbartische. Er sah adrett aus in seinem gebügelten Hemd von Ralph Lauren und den neuen Chinos. Ein zierliches, hübsches Mädchen war bei ihm.

»Was für ein Zufall!« Strahlend kam er auf Sachi zu.

»Wie geht es dir?«, fragte sie. »Du hast ja ganz kurze Haare!«

»Ich stehe kurz vor dem Examen«, sagte er.

»Oh, das hätte ich dir gar nicht zugetraut.«

»Ja, das habe ich einigermaßen unter Kontrolle«, sagte er und setzte sich ihr gegenüber.

»Hast du mit Surfen aufgehört?«

»Am Wochenende gehe ich noch manchmal. Aber bald ist es aus damit. Wenn die Firmen ihre neuen Leute einstellen.«

»Was ist mit dem Lulatsch?«

»Der hat's gut. Um eine Stelle braucht er sich keine Sorgen zu machen. Seinem Vater gehört eine große Konditorei in Akasaka. Er sagt, sie kaufen ihm einen BMW, wenn er den Laden übernimmt. So was nenne ich Glück!«

Sachi warf einen Blick aus dem Fenster. Der Asphalt war dunkel nach dem sommerlichen Schauer. Der Verkehr stand, und ein ungeduldiger Taxifahrer hupte.

»Ist das deine Freundin?«, fragte Sachi.

»Äh, ja, gewissermaßen. Ich arbeite noch daran.« Er kratzte sich am Kopf.

»Sie ist sehr hübsch. Da hast du sicher keine großen Chancen. Wahrscheinlich bekommst du nicht, was du willst.«

Unwillkürlich verdrehte er die Augen. »Sie sind immer noch so grauenhaft direkt. Aber Sie haben natürlich recht. Hätten Sie nicht einen guten Rat für mich? Damit es mit ihr klappt…«

»Es gibt drei Methoden, um ein Mädchen rumzukriegen. Erstens, du hältst die Klappe und hörst ihr zu, zweitens, du lobst ihre Kleidung. Drittens, du lädst sie zu einem ausgezeichneten Essen ein. Ganz einfach, was? Und wenn nichts davon funktioniert, gibst du am besten auf.«

»Praktisch und leicht verständlich. Darf ich mir das notieren?«

»Klar, aber kannst du dir das nicht so merken?«

»Ich bin wie ein Huhn. Nach drei Schritten habe ich alles vergessen. Deshalb schreibe ich mir alles auf. Einstein soll das auch gemacht haben.«

»Aha, Einstein.«

»Vergesslich zu sein stört mich nicht. Nur das Vergessen nervt.«

»Ganz wie du meinst.«

Der stämmige junge Mann zog sein Notizbuch aus der Tasche und notierte gewissenhaft, was sie gesagt hatte.

»Danke, Ihre Ratschläge sind immer prima«, sagte er.

»Dann drück ich dir mal die Daumen, dass es klappt.«

»Ich werd mir Mühe geben«, sagte er und stand auf, um wieder an seinen Tisch zurückzugehen. Nach kurzem Zögern streckte er ihr die Hand entgegen. »Und Sie, machen Sie's gut.«

Sachi nahm seine Hand. »Ich bin sehr froh, dass euch die Haie in der Hanalei Bay nicht gefressen haben.«

»Was? Da gibt's Haie? Ernsthaft?«

»Ja«, sagte Sachi. »Ernsthaft.«

Jeden Abend sitzt Sachi am Klavier und lässt ihre Finger mechanisch über die achtundachtzig Tasten gleiten. Sie denkt an nichts anderes. Nur die Töne des Klaviers ziehen durch ihren Sinn – auf der einen Seite hinein und auf der anderen wieder hinaus. Wenn sie nicht spielt, denkt sie an die drei Wochen, die sie im Spätherbst in Hanalei verbringt. Sie denkt an das Rauschen der anrollenden Wellen und das Knarren der Eukalyptusbäume, an die Wolken, die auf den Passatwinden reisen, an die Albatrosse, die mit weit ausgebreiteten Flügeln am Himmel segeln. Und sie denkt an das, was sie dort vielleicht erwartet. An andere Dinge muss sie jetzt nicht denken. Nur an Hanalei Bay.

Roald Dahl

Einsatz

Am Morgen des dritten Tages beruhigte sich das Meer. Selbst die empfindlichsten Passagiere – jene, die sich seit der Abfahrt kein einziges Mal hatten blicken lassen – tauchten aus ihren Kabinen auf und wankten aufs Sonnendeck. Der Decksteward gab ihnen Liegestühle und packte sie warm ein, und so lagen sie einer neben dem anderen in langen Reihen, das Gesicht der blassen, fast kühlen Januarsonne zugewandt.

Nach zwei recht stürmischen Tagen hatte diese plötzliche Ruhe etwas so Tröstliches, dass sich die allgemeine Stimmung beträchtlich hob. Zwölf Stunden guten Wetters erfüllten die Passagiere mit neuer Zuversicht, und um acht Uhr abends war der Hauptspeisesaal voller Menschen, die mit der selbstsicheren und selbstzufriedenen Miene abgehärteter Seeleute aßen und tranken.

Sie hatten ihre Mahlzeit noch nicht beendet, als sie an einer leichten Reibung zwischen sich und den Stuhlsitzen merkten, dass das große Schiff von neuem zu schlingern begann. Zuerst war es nur ein langsames, sanftes Wiegen, aber es genügte, die Atmosphäre im Saal sofort zu verändern. Einige Passagiere blickten von ihren Tellern auf, zögerten weiterzuessen, warteten, ja lauschten beinahe auf das nächste Schlingern und lächelten nervös, einen Schimmer heimlicher Angst in den Augen. Andere blieben völlig ungerührt, wieder andere behaupteten prahlerisch, gegen die Seekrankheit immun zu sein, und machten Witze über das Essen und das Wetter, um diejenigen zu quälen, die sich bereits elend fühlten. Die Bewegungen des Schiffes wurden immer schneller, immer heftiger, und schon fünf oder sechs Minuten nach dem ersten Schlingern rollte es schwer von einer Seite auf die andere. Die Passagiere versteiften sich in ihren Stühlen und versuchten, wie in einem Auto, das eine Kurve nimmt, den Druck durch Gegendruck unwirksam zu machen.

Dann kamen die ersten sehr starken Stöße. Mr William Botibol, der am Tisch des Zahlmeisters saß, sah seinen Teller mit gekochtem Steinbutt und holländischer Sauce plötzlich unter der Gabel weggleiten. Die Unruhe der Passagiere nahm zu, jeder griff nach Tellern und Weingläsern. Mrs Renshaw schrie auf und umklammerte den Arm des Zahlmeisters, ihres Nachbarn zur Linken.

»Wird ’ne schlimme Nacht werden«, meinte der Zahlmeister und blickte Mrs Renshaw an. »Ich glaube, da braut sich etwas zusammen.« In seiner Stimme schwang eine Spur von Schadenfreude mit.

Ein Steward eilte herbei und befeuchtete das Tischtuch zwischen den Tellern mit Wasser. Die Aufregung legte sich, die meisten Passagiere aßen weiter. Ein paar, unter ihnen auch Mrs Renshaw, erhoben sich vorsichtig und steuerten mit einer Art unauffälliger Hast zwischen den Tischen hindurch auf die Tür zu.

»Hm«, sagte der Zahlmeister. »Da geht sie hin.« Er blickte beifällig auf diejenigen seiner Herde, die ruhig sitzen geblieben waren und unverhohlen den selbstgefälligen Stolz zur Schau trugen, den Passagiere darin zu setzen scheinen, als seefest zu gelten.

Nach dem Essen wurde der Kaffee serviert. Mr Botibol, der ungewöhnlich ernst und nachdenklich geworden war, stand auf, nahm seine Tasse und ging um den Tisch herum zu Mrs Renshaws leerem Platz. Er setzte sich, beugte sich zu dem Zahlmeister und sagte in eindringlichem Flüsterton: »Ach, bitte, dürfte ich Sie wohl etwas fragen?«

Der Zahlmeister, klein, dick und rotgesichtig, wandte sich ihm zu. »Na, wo fehlt’s denn, Mr Botibol?«

»Die Sache ist so…« Seine Miene war, wie der

Zahlmeister feststellen konnte, äußerst besorgt. »Ich würde gern wissen, ob der Kapitän schon die Strecke berechnet hat, die das Schiff bis morgen Mittag zurücklegen wird – für die Tageswette, verstehen Sie? Ich meine, ob er's getan hat, bevor es so auffrischte.«

Der Zahlmeister, der irgendeine vertrauliche Mitteilung privater Natur erwartet hatte, lächelte und lehnte sich zurück, um seinen vollen Bauch zu entspannen. »Das möchte ich eigentlich annehmen«, erwiderte er. Obwohl er fand, dass kein Grund zum Flüstern vorlag, senkte er – wie immer, wenn man ein Flüstern beantwortet – unwillkürlich die Stimme.

»Und wann, glauben Sie, hat er die Strecke berechnet?«

»Irgendwann am Nachmittag. Das ist so seine übliche Zeit.«

»Um wie viel Uhr etwa?«

»Ach, ich weiß nicht. So gegen vier, würde ich sagen.«

»Nun verraten Sie mir noch etwas. Wie kommt der Kapitän zu dem jeweiligen Ergebnis? Macht er deswegen viel Umstände?«

Der Zahlmeister betrachtete lächelnd Mr Botibols sorgenvolle Miene. Er wusste genau, worauf der Mann hinauswollte. »Nun, der Kapitän bespricht sich mit dem Navigationsoffizier, sie studieren die Wetterlage, berücksichtigen auch noch so manches andere und ziehen aus alledem ihre Schlüsse.«

Mr Botibol nickte und grübelte über diese Antwort nach. Dann sagte er: »Glauben Sie, der Kapitän hat gewusst, dass sich das Wetter heute Abend verschlechtern würde?«

»Da fragen Sie mich zu viel, Mr Botibol.« Der Zahlmeister blickte in die kleinen schwarzen Augen seines Nachbarn und sah, dass Fünkchen der Erregung in ihnen tanzten. »Wirklich, das kann ich Ihnen beim besten Willen nicht sagen.«

»Wenn der Sturm noch stärker wird, wäre es vielleicht günstig, eine niedrige Nummer zu ersteigern, nicht wahr?« Das Flüstern war jetzt noch eindringlicher, noch besorgter.

»Kann schon sein«, meinte der Zahlmeister. »Ich bezweifle, dass der Alte mit einer wirklich stürmischen Nacht gerechnet hat. Heute Nachmittag deutete ja noch nichts darauf hin.«

Die anderen am Tisch waren verstummt und suchten dem Gespräch zu folgen. Sie sahen den Zahlmeister mit jenem starren, gleichsam angespannt lauschenden Blick an, den manche Leute auf der Rennbahn haben, wenn sich in ihrer Nähe ein Trainer über die Chancen seiner Pferde verbreitet: leicht geöffnete Lippen, hochgezogene Augenbrauen, vorgestreckter, ein wenig zur Seite geneigter Kopf – der selbstvergessene, fast entrückte Blick eines Menschen, der etwas aus erster Quelle erfährt.

»Angenommen, Sie dürften mitmachen – auf welche Zahl würden Sie heute setzen?«, flüsterte Mr Botibol.

»Ich kenne die Eckzahlen noch nicht«, antwortete der Zahlmeister geduldig. »Die werden ja erst nach dem Dinner, unmittelbar vor Beginn der Versteigerung bekanntgegeben. Außerdem verstehe ich nicht viel davon. Ich bin nur der Zahlmeister, wissen Sie.«

Mr Botibol erhob sich. »Entschuldigen Sie mich«, murmelte er und ging vorsichtig über den schwankenden Fußboden. Auf seinem Weg zwischen den Tischen hindurch musste er sich zweimal an einer Stuhllehne festhalten, um bei dem Schlingern des Schiffes nicht das Gleichgewicht zu verlieren.

»Zum Sonnendeck, bitte«, sagte er zu dem Fahrstuhlführer.

Der Wind schlug ihm hart ins Gesicht, als er auf das offene Deck hinaustrat. Mit unsicheren Schritten erreichte er die Reling, und dort blieb er, krampfhaft festgeklammert, eine Weile stehen, um das Meer zu betrachten, auf das die Nacht herniedersank. Hoch schwollen die großen Wogen an und warfen sich Gischt sprühend, weißen Pferden gleich, gegen den Sturm.

»Ziemlich bewegt draußen, nicht wahr, Sir?«, sagte der Fahrstuhlführer, als sie hinunterfuhren.

Mr Botibol glättete sein zerzaustes Haar mit einem kleinen roten Kamm. »Glauben Sie, dass wir wegen des Wetters die Geschwindigkeit herabgesetzt haben?«, fragte er.

»Aber ja, Sir, gewiss. Wir sind beträchtlich runtergegangen, als es anfing. Das muss sein, schon damit uns die Passagiere nicht durcheinanderpurzeln.«

Im Rauchsalon versammelten sich die Leute bereits zur Versteigerung. Sie nahmen mit höflicher Zurückhaltung an den Tischen Platz, die Männer im Smoking, ein wenig steif, mit etwas zu scharf rasierten rosigen Wangen, und neben ihnen ihre kühlen, weißarmigen Frauen. Mr Botibol setzte sich auf einen Stuhl in unmittelbarer Nähe des Auktionators. Er schlug die Beine übereinander, verschränkte die Arme und lehnte sich zurück – alles mit der verbissenen Miene eines Mannes, der eine gewaltige Entscheidung getroffen hat und sich um keinen Preis einschüchtern lassen will.

Der Gesamteinsatz, sagte er sich, wird rund siebentausend Dollar betragen. So hoch war er auch in den letzten beiden Tagen gewesen, und die einzelnen Nummern hatten zwischen drei- und vierhundert

Dollar gekostet. Da es ein britisches Schiff war, rechnete man in Pfunden, aber bei seinen Überlegungen bevorzugte er die heimatliche Währung. Siebentausend Dollar – mein Gott, das war eine Menge Geld! Er würde es sich in Hundertdollarnoten auszahlen lassen und die Scheine in die Innentasche seines Jacketts stecken, wenn er an Land ging. Gar kein Problem. Und dann, ja dann würde er sofort ein Lincoln-Kabriolett kaufen. Gleich nach der Ankunft würde er den Wagen kaufen und in ihm nach Hause fahren – nur um des Vergnügens willen, Ethels Gesicht zu sehen, wenn sie aus der Haustür trat und ihn in dem neuen Wagen erblickte. Na, wäre das vielleicht nichts, Ethels Gesicht zu sehen, wenn er in einem funkelnagelneuen hellgrünen Lincoln-Kabriolett vorfuhr! Hallo, Ethel, Süße, würde er ganz lässig sagen, ich hab mir gedacht, ich bringe dir ein kleines Geschenk mit. Weißt du, er stand im Schaufenster, als ich vorbeikam, und da fiel mir auf einmal ein, dass du dir immer schon einen gewünscht hast. Gefällt er dir, Süße?, würde er fragen. Gefällt dir die Farbe? Und dabei würde er ihr Gesicht beobachten.

Jetzt erhob sich der Auktionator. »Meine Damen und Herren!«, rief er. »Der Kapitän hat die Strecke, die das Schiff bis morgen Mittag durchfahren wird, auf fünfhundertfünfzehn Meilen veranschlagt. Wie üblich werden wir die Eckzahlen um zehn höher beziehungsweise tiefer ansetzen, so dass die Spielskala von fünfhundertfünf bis fünfhundertfünfundzwanzig reicht. Für den, der glaubt, die richtige Zahl liege weiter nach oben oder nach unten, gibt es natürlich noch das ›obere Feld‹ und das ›untere Feld‹, die beide gesondert versteigert werden. Also, wir ziehen die erste Nummer aus dem Hut... Hier... Fünfhundertzwölf?«

Im Salon wurde es still. Die Menschen saßen regungslos auf ihren Stühlen, alle Augen waren auf den Auktionator gerichtet. Eine gewisse Spannung lag in der Luft, und sie wuchs mit jedem Betrag, der genannt wurde. Hier handelte es sich nicht mehr um ein Spiel oder einen Spaß; das verriet schon die Art, wie jemand, der überboten worden war, seinen Widersacher musterte – lächelnd zwar, aber nur mit den Lippen lächelnd, während die Augen wachsam und völlig kalt blieben.

Nummer fünfhundertzwölf wurde bei einhundertzehn Pfund zugeschlagen. Die nächsten drei, vier Nummer brachten etwa das Gleiche ein.

Das Schiff schlingerte und stampfte. Jedes Mal, wenn es überkrengte, knackte die Holztäfelung an den Wänden, als wollte sie bersten. Die Passagiere hielten sich an den Sessellehnen fest und konzentrierten sich auf die Versteigerung.

»Unteres Feld!«, rief der Auktionator. »Wir kommen jetzt zum unteren Feld.«

Mr Botibol richtete sich auf. Sehr gerade, sehr steif saß er jetzt da. Er hatte beschlossen zu warten, bis niemand mehr bieten wollte; dann würde er einsteigen und das letzte Gebot machen. Seiner Berechnung nach musste er noch mindestens fünfhundert Dollar auf der Bank haben, wahrscheinlich sogar etwas mehr. Das waren gut und gern zweihundert Pfund. Höher würde bei dieser Nummer bestimmt niemand gehen.

»Wie Sie alle wissen«, sagte der Auktionator, »umfasst das untere Feld *jede* Zahl, die tiefer liegt als die untere Eckzahl, in diesem Fall jede Zahl unter fünfhundertfünf. Wenn Sie also meinen, das Schiff wird in den vierundzwanzig Stunden von heute Mittag bis morgen Mittag weniger als fünfhundertfünf Meilen zurücklegen, dann sollten Sie versuchen, sich diese Nummer zu sichern. Nun, wer bietet?«

Die Gebote stiegen sofort auf einhundertdreißig Pfund. Mr Botibol schien nicht der Einzige zu sein, der bemerkt hatte, dass schlechtes Wetter war. Einhundertvierzig... fünfzig... Dann nichts mehr. Der Auktionator hob den Hammer.

»Einhundertfünfzig zum Ersten...«

»Sechzig!«, rief Mr Botibol. Jedes Gesicht im Saal wandte sich ihm zu und starrte ihn an.

»Siebzig!«

»Achtzig!«, rief Mr Botibol.

»Neunzig!«

»Zweihundert!«, rief Mr Botibol. Um nichts in der Welt hätte er jetzt aufgehört.

Eine Pause trat ein.

»Bietet jemand mehr als zweihundert Pfund?«

Sitz still, ermahnte er sich. Sitz ganz still, und sieh nicht hoch. Es bringt Unglück, wenn du hochsiehst. Halt die Luft an. Niemand überbietet dich, solange du die Luft anhältst.

»Zweihundert Pfund zum Ersten...« Der Auktionator hatte einen kahlen rosigen Schädel, auf dem kleine Schweißperlen glitzerten. »Zum Zweiten...« Mr Botibol hielt die Luft an. »Und... zum Dritten!« Der Hammer fiel auf den Tisch. Mr Botibol schrieb einen Scheck aus und überreichte ihn dem Assistenten des Auktionators. Dann lehnte er sich in seinem Stuhl zurück, um das Ende abzuwarten. Er konnte doch nicht zu Bett gehen, bevor er wusste, wie viel der Gesamteinsatz betrug.

Als die Versteigerung beendet war, zählte man das Geld und kam auf zweitausendeinhundert und einige Pfund. Das waren ungefähr sechstausend Dollar. Neunzig Prozent der Summe gingen an den Gewinner, zehn Prozent an eine Stiftung für Seeleute. Neunzig Prozent von sechstausend waren fünftausendvierhundert. Nun – das genügte. Mit diesem erfreulichen Gedanken ging Mr Botibol glücklich und erwartungsfroh in seine Kabine.

Als er am nächsten Morgen erwachte, blieb er einige Minuten mit geschlossenen Augen liegen, um dem Tosen des Sturmes, dem Krachen und Knarren des schlingernden Schiffes zu lauschen. Kein Sturm war zu hören, kein Krachen, kein Knarren. Das Schiff schlingerte nicht. Er sprang aus dem Bett und lugte durch das Bullauge. Das Meer – o Gott – war spiegelglatt. Das große Schiff durchfurchte die See mit voller Kraft und holte offensichtlich die während der Nacht verlorene Zeit auf. Mr Botibol drehte sich um und ließ sich langsam auf den Rand der Koje sinken. Ein leichtes Angstgefühl löste prickelnde elektrische Ströme in seiner Magengegend aus. Es war hoffnungslos. Natürlich würde jetzt eine der höheren Nummern gewinnen.

»Ach, mein Gott«, stöhnte er. »Was soll ich bloß tun?«

Was würde Ethel sagen? Es war einfach unmöglich, ihr zu gestehen, dass nahezu alles, was er in zwei Jahren erspart hatte, für einen Wettschein draufgegangen war. Ebenso unmöglich war es, ihr die Sache zu verheimlichen, denn wie sollte er sie hindern, weiterhin Schecks auszuschreiben? Und was war mit den monatlichen Raten für den Fernsehapparat und die *Encyclopaedia Britannica*? Er sah schon den Zorn und die Verachtung in dem Blick seiner Frau: Immer wenn sie in Wut geriet, verengten sich ihre Augen und das Blau wurde grau.

»Ach, mein Gott. Was *soll* ich bloß tun?«

Eines war sicher: Er hatte nicht die geringste Chance – es sei denn, das verdammte Schiff finge an, rückwärts zu laufen. Ja, wenn jemand den Kahn mit voller Kraft zurücklaufen ließe – das wäre die einzige Möglichkeit, doch noch zu gewinnen. Ob man vielleicht den Kapitän dazu überreden konnte? Mit dem Versprechen, ihm zehn Prozent des Gewinns abzutreten? Oder auch mehr, falls ihm das zu wenig war? Mr Botibol begann zu kichern. Und dann hielt er plötzlich inne. Seine Augen und sein Mund öffneten sich weit in einem geradezu entsetzten Erstaunen. Wie ein Blitz, jäh und unerwartet, hatte ihn ein Gedanke durchzuckt, ein unerhört kühner Gedanke. Wieder sprang er aufgeregt aus dem Bett und lief zum Bullauge, um hinauszuschauen. Nun ja, dachte er, warum nicht? Warum eigentlich nicht? Die See war ruhig; es würde ihm nicht schwerfallen, so lange im Wasser herumzuschwimmen, bis sie ihn herauszogen. Er hatte das unbestimmte Gefühl, so etwas sei irgendwann, irgendwo schon einmal passiert, aber das sollte ihn nicht davon abhalten, es zu wiederholen. Das Schiff würde stoppen und ein Rettungsboot zu Wasser lassen, das sicherlich eine halbe Meile zurückfahren musste, um ihn aufzufischen. Rechnete man noch den Rückweg zum Schiff dazu und die Zeit, die benötigt wurde, das Boot an Bord zu hieven, dann dauerte die Geschichte mindestens eine Stunde. Eine Stunde entsprach etwa dreißig Meilen. Das Schiff würde also dreißig Meilen weniger laufen. Das genügte auf jeden Fall, die Tagesleistung in das ›untere Feld‹ zu verlagern. Er musste nur dafür sorgen, dass jemand ihn über Bord fallen sah – nun, das ließ sich mühelos arrangieren. Und es war ratsam, sich leicht anzuziehen, damit ihn beim Schwimmen nichts behinderte. Sportkleidung, ja, das war gut. Ein Hemd, Shorts und Tennisschuhe – als ob er Decktennis spielen wollte. Und seine Uhr würde er in der Kabine lassen. Wie spät war es? Viertel nach neun. Je eher, desto besser. Geh gleich ran, dann hast du es hinter dir. Viel Zeit bleibt dir sowieso nicht mehr, denn um zwölf Uhr mittags läuft die Frist ab.

Mr Botibol war ängstlich und aufgeregt, als er in seiner Sportkleidung auf das Sonnendeck trat. Sein kleiner Körper mit den breiten Hüften und den unverhältnismäßig schmalen, abfallenden Schultern erinnerte – zumindest in der Form – an einen

Schiffspoller. Die dünnen weißen Beine waren mit schwarzen Haaren bedeckt. Vorsichtig, fast unhörbar in seinen Tennisschuhen, ging er über das Deck und blickte nervös um sich. Nur eine ältere Frau mit sehr dicken Fußknöcheln und einem gewaltigen Hinterteil war zu sehen; sie lehnte an der Reling und schaute auf das Meer. Der Kragen ihres Persianermantels war hochgeschlagen, so dass Mr Botibol ihr Gesicht nicht erkennen konnte.

Er blieb stehen und betrachtete sie aufmerksam aus einiger Entfernung. Ja, sagte er sich, sie ist wahrscheinlich geeignet. Sie wird vermutlich genauso schnell Alarm schlagen wie jeder andere. Aber warte einen Augenblick. Lass dir Zeit, William Botibol, lass dir Zeit. Weißt du noch, was du dir eben in der Kabine geschworen hast? Weißt du es noch?

Mr Botibol – von jeher und in allem auf äußerste Sicherheit bedacht – war nicht gewillt, tausend Meilen vom nächsten Ufer entfernt ohne entsprechende Vorsichtsmaßnahmen in den Ozean zu springen. Er war noch keineswegs davon überzeugt, dass die Frau an der Reling unbedingt und auf jeden Fall Alarm schlagen würde, wenn er über Bord sprang. Seiner Meinung nach gab es zwei mögliche Gründe, aus denen sie ihn im Stich lassen konnte. Erstens war sie vielleicht taub oder blind. Für sehr wahrscheinlich hielt er das zwar nicht, aber es war immerhin denkbar, und warum sollte er etwas riskieren? Nun, um das herauszufinden, brauchte er sich vorher nur einen Augenblick mit ihr zu unterhalten. Zweitens – und das zeigte, in welchem Maße Selbsterhaltungstrieb und Angst das Misstrauen fördern –, zweitens war ihm der Gedanke gekommen, dass die Frau vielleicht eine der höheren Nummern aus der Versteigerung besaß und somit einen triftigen finanziellen Grund hatte, keine Fahrtunterbrechung zu wünschen. Es gab Menschen, die schon für weit weniger als sechstausend Dollar einen anderen getötet hatten. Das war nichts Neues, so etwas konnte man jeden Tag in der Zeitung lesen. Warum also sollte sich Mr Botibol auf ein Wagnis einlassen? Überzeuge dich erst einmal, dass alles seine Richtigkeit hat. Vergewissere dich. Fange eine kleine höfliche Unterhaltung mit der Frau an. Wenn sich herausstellt, dass sie nett und gutartig ist, brauchst du nichts zu befürchten und kannst leichten Herzens über Bord springen.

Mr Botibol näherte sich wie zufällig der Frau und blieb neben ihr an der Reling stehen. »Guten Morgen«, grüßte er freundlich.

Sie drehte sich um. »Guten Morgen«, antwortete sie mit einem Lächeln, das ihrem an sich völlig reizlosen Gesicht etwas erstaunlich Gewinnendes gab und es fast schön erscheinen ließ.

Damit, sagte sich Mr Botibol, wäre die erste Frage geklärt. Sie ist weder blind noch taub. Also weiter im Text. »Wie fanden Sie denn gestern Abend die Versteigerung?«, erkundigte er sich.

»Versteigerung?« Sie runzelte die Stirn. »Versteigerung? Was für eine Versteigerung?«

»Na, Sie wissen doch, diese blöde Sache, die jeden Abend nach dem Dinner im Salon veranstaltet wird. Die Tageswette. Ich hätte gern mal Ihre Meinung darüber gehört.«

Sie schüttelte den Kopf, wieder mit einem netten, sympathischen Lächeln, das diesmal ein wenig entschuldigend war. »Ich bin sehr faul«, gestand sie. »Ich gehe immer früh zu Bett. Ich esse im Bett Abendbrot. Es ist so beruhigend, wenn man im Bett Abendbrot isst.«

Mr Botibol lächelte ebenfalls und rückte langsam von ihr ab. »Muss jetzt gehen und meine Übungen machen«, sagte er. »Ich fange den Tag immer mit ein paar Übungen an. Es war mir ein Vergnügen, Sie kennenzulernen. Ein sehr großes Vergnügen...« Er ging etwa zehn Schritte, ohne dass sich die Frau nach ihm umschaute.

Alles war jetzt in bester Ordnung. Die See war ruhig, er war leicht angezogen, es gab mit größter Wahrscheinlichkeit keine Menschen fressenden Haie in diesem Teil des Atlantiks, und die freundliche alte Dame würde Alarm schlagen. Nur eine Frage war noch offen: Konnte er das Schiff so lange aufhalten, dass ihm die Verzögerung wirklich zum Vorteil gereichte? Ja, das war so gut wie sicher. Außerdem hatte er es in der Hand, das Rettungsmanöver ein wenig auszudehnen, beispielsweise indem er dafür sorgte, dass sie ihn nicht gleich beim ersten Versuch herausfischten. Ein bisschen hin und her schwimmen, unauffällig zurückweichen, wenn sie sich ihm näherten, um ihn ins Boot zu ziehen… Jede gewonnene Minute würde ihm zustattenkommen. Er trat wieder an die Reling, aber plötzlich packte ihn eine neue Furcht. Wenn er nun in die Schiffsschraube geriet? Er hatte von Leuten gehört, denen das passiert war, als sie über Bord fielen. Ach was, er würde ja nicht fallen, sondern springen. Das war etwas ganz anderes. Er musste nur weit genug springen, dann entging er der Schraube bestimmt.

Mr Botibol schritt gemächlich an der Reling entlang, bis er etwa zwanzig Meter von der Frau entfernt war. Sie schaute nicht zu ihm herüber. Umso besser. Er legte keinen Wert darauf, dass sie sah, wie er sprang. Wenn es keine Augenzeugen gab, konnte er später ohne weiteres sagen, er sei ausgerutscht und habe das Gleichgewicht verloren. Er blickte an der Schiffswand hinunter.

Tief, sehr tief würde er fallen. Und nun, bei näherer Überlegung, wurde ihm auch klar, wie leicht er sich verletzen konnte, wenn er flach auf das Wasser aufschlug. Wer hatte sich doch gleich bei einem Bauchklatscher vom hohen Sprungbrett den Leib aufgerissen? Er musste also beim Springen auf seine Haltung achten. Kerzengerade, Füße voran. Jawohl. Das graue Wasser schien so kalt, so tief zu sein, dass ihn ein Schauer überlief, als er es betrachtete. Aber jetzt oder nie. Sei ein Mann, William Botibol, sei ein Mann. Also dann... jetzt... los geht's...

Er kletterte auf die breite Reling, hielt sich dort oben drei schreckliche Sekunden im Gleichgewicht, und dann sprang er – er sprang so hoch und so weit, wie er nur konnte, und zugleich schrie er: *»Hilfe!«*

»Hilfe! Hilfe!«, schrie er, während er fiel. Und schon verschwand er im Wasser.

Als der erste Hilferuf ertönte, zuckte die Frau an der Reling zusammen, hob rasch den Kopf, schaute umher und sah den kleinen Mann in weißen Shorts, weißem Hemd und Tennisschuhen mit ausgebreiteten Armen und laut kreischend durch die Luft segeln. Einen Augenblick lang schien sie zu überlegen, was sie tun sollte: einen Rettungsring werfen, weglaufen und Alarm schlagen oder sich einfach umdrehen und schreien. Sie trat einen Schritt von der Reling zurück und wandte sich halb um, so dass sie mit dem Gesicht zur Kommandobrücke stand. So verharrte sie einige Sekunden, regungslos, angespannt, unentschlossen. Gleich darauf hatte sie den Schock überwunden, beugte sich über die Reling und spähte angestrengt ins Wasser, dorthin, wo es von den Schiffsschrauben aufgewühlt wurde. Ein winziger runder schwarzer Kopf tauchte aus dem Schaum, ein Arm hob sich, winkte ein-, zweimal äußerst heftig, und eine schwache ferne Stimme rief irgendetwas Unverständliches. Die Frau beugte sich noch weiter vor und versuchte, den auf und ab tanzenden schwarzen Punkt im Auge zu behalten, aber bald, sehr bald war er so klein geworden, dass sie nicht genau wusste, ob er überhaupt noch da war.

Nach einer Weile kam eine zweite Frau an Deck. Sie war mager, hatte eckige Bewegungen und trug eine Hornbrille. Als ihr Blick auf die Frau an der Reling fiel, ging sie mit dem festen, militärischen Schritt alter Jungfern auf sie zu.

»*Hier* bist du also«, sagte sie.

Die Frau mit den dicken Knöcheln fuhr herum und sah sie an, erwiderte aber nichts.

»Ich habe dich gesucht«, fügte die Magere hinzu. »Überall habe ich dich gesucht.«

»Merkwürdig«, murmelte die Frau mit den

dicken Knöcheln. »Da ist ein Mann über Bord gesprungen. Mit allen Kleidern.«

»Unsinn!«

»Doch, doch. Er sagte, er wollte seine Übungen machen, und sprang ins Wasser, ohne sich auszuziehen.«

»Komm jetzt mit nach unten«, befahl die magere Frau. Ihre Lippen waren plötzlich schmal geworden, ihr Gesicht hatte einen strengen, wachsamen Ausdruck, und sie sprach weniger freundlich als zuvor. »Und dass du mir nicht wieder allein an Deck gehst. Du weißt sehr gut, dass du auf mich warten sollst.«

»Ja, Maggie«, antwortete die Frau mit den dicken Knöcheln, und wieder lächelte sie ihr zartes, vertrauensvolles Lächeln. Sie nahm die Hand der anderen und ließ sich fortführen.

»So ein netter Mann«, sagte sie. »Er hat mir zugewinkt.«

David Foster Wallace

Schrecklich amüsant – aber in Zukunft ohne mich

1

Heute ist Samstag, der 18. März, und ich sitze im überfüllten Coffee-Shop auf dem Flughafen von Fort Lauderdale und versuche, die vier Stunden Wartezeit zwischen dem Auschecken auf dem Kreuzfahrtschiff und meinem Rückflug nach Chicago totzuschlagen, indem ich all das, was ich im Rahmen der soeben abgeschlossenen Reportage gesehen, gehört und getan habe, noch einmal und in hypnotischer Versenkung Revue passieren lasse.

Ich habe sacharinweiße Strände gesehen, Wasser von hellstem Azur. Ich habe einen knallroten Jogginganzug gesehen, mit extrabreiten Revers. Ich habe erfahren, wie Sonnenmilch riecht, wenn sie auf 21000 Pfund heißes Menschenfleisch verteilt wird. Ich bin in drei Ländern mit »Mään« angeredet worden. Ich habe 500 amerikanischen Leistungsträgern beim Ententanz zugeschaut. Ich habe Sonnenuntergänge erlebt, die aussahen wie nach einer digitalen Bildbearbeitung, und einen tropischen Mond, der am Himmel hing wie eine fette Zitrone – statt des spröden Gesteinsbrockens unter dem gewohnten US-Sternenzelt.

Ich habe mich sogar (wenn auch nur kurz) in eine Conga-Polonaise eingereiht.

Ich muss allerdings zugeben, dass ich wohl lediglich durch eine Art Peter-Prinzip an den Job gekommen bin. Weil nämlich eine gewisse Edelgazette von der Ostküste der Meinung war, mein erster Auftrag, ein formal nicht näher festgelegtes »Feature« über die gute alte State Fair, sei ganz gut gelaufen, haben sie mir diesmal diese superlaue Kreuzfahrt-Geschichte anvertraut, wiederum ohne jeden Hinweis darauf, was genau von mir erwartet wird. Dennoch hat sich für mich persönlich der Druck erhöht; denn betrugen die Spesen für die State-Fair-Story (die Glücksspiel-Verluste nicht eingerechnet) noch schlappe 27,00 Dollar, so müssen sie hier gleich 3000 Dollar hinlegen, bevor auch nur eine einzige – womöglich auch noch »packende« – Zeile auf dem Papier steht. Und wann immer ich mich von Bord aus, über Satellitentelefon, bei ihnen melde, versichern sie mir mit der größten Gelassenheit, ich solle mir nicht so viele Gedanken machen. Mehr kriegt man von diesen Zeitungsleuten nicht zu hören, schon gar kein ehrliches Wort. Alles, was sie wollen, behaupten sie, sei eine persönliche Doku-Postkarte im Breitwandformat. Mit anderen Worten: Junge, lass dich feudal durch die Karibik schippern und schreib einfach auf, was du gesehen hast.

Ich habe jede Menge weißer Ozeanriesen gesehen. Ich habe Schwärme winziger Fische mit fluoreszierenden Flossen gesehen. Ich habe einen dreizehnjährigen Jungen gesehen, der ein Toupet trug. (Die Fluorenz-Fische hielten sich an jeder Anlegestelle bevorzugt zwischen unserer Schiffswand und dem Beton der Kaimauer auf.) Ich habe die Nordküste von Jamaika gesehen. Ich habe die 145 Katzen im Haus von Ernest Hemingway in Key West, Florida, gesehen (gerochen übrigens auch). Ich kenne inzwischen den Unterschied zwischen einfachem Bingo und *Prize-O* und weiß, was ein Bingo Multi-Bonus ist. Ich habe Camcorder gesehen, für die man eigentlich einen Kamerawagen gebraucht hätte; ich habe Gepäckstücke, Sonnenbrillen und Kneifer in schreienden Neonfarben gesehen, und ich habe festgestellt, dass es über zwanzig verschiedene Marken von Badelatschen gibt. Ich habe Steeldrums gehört und Meeresschneckenbeignets gegessen und war Zeuge, wie eine Frau in Silberlamee einen gläsernen Aufzug von innen flächendeckend vollgekotzt hat. Ich habe im Zweiviertel-Takt von Siebzigerjahre-Disco-Musik den Arm gen Saaldecke gereckt, was ich seinerzeit (1977) ums Verrecken nicht getan hätte.

Ich habe erfahren, dass jenseits von Ultra-ultra-Ultramarinblau noch eine Steigerung möglich ist. Ich habe während dieser einen Woche mehr und vor allem besser gegessen als jemals zuvor in meinem Leben, und während ich dies tat, habe ich am eigenen Leib den Unterschied zwischen »Rollen« und »Stampfen« eines Schiffs bei schwerer See erlebt. Ich habe mit eigenen Ohren gehört, wie ein Alleinunterhalter vor Publikum allen Ernstes sagte: »Okay, jetzt aber Scherz beiseite …« Ich habe blasslila Hosenanzüge gesehen, Sakkos von menstrualem Rosa, braun-violette Trainingsanzüge und weiße Freizeitschuhe, die ohne Socken getragen wurden. An den Blackjack-Tischen habe ich professionelle Kartengeberinnen erlebt, die so wunderschön waren, dass man dort gern den letzten Dollar verzockt hätte. Ich habe erwachsene US-Bürger aus dem gehobenen Mittelstand gehört, erfolgreiche Geschäftsleute, die am Info-Counter wissen wollten, ob man beim Schnorcheln nass wird, ob Skeetschießen im Freien stattfindet, ob die Crew ebenfalls an Bord schläft oder um welche Uhrzeit das Midnight-Buffet eröffnet wird. Ich kenne die feinen cocktailogischen Unterschiede zwischen einem Slippery Nipple und einem Fuzzy Navel. Ich weiß, was ein Coco Loco ist. In einer einzigen Woche war ich 1500 Mal Zielobjekt des berühmten amerikanischen Service-Lächelns. Ich hatte zweimal Sonnenbrand, und zweimal hat sich die Haut geschält. Ich habe auf See Tontauben geschossen. Reicht das? Damals schien es nämlich nicht zu reichen. Ich habe den subtropischen Himmel wie ein schweres Tuch über mir gespürt. Ein Dutzend Mal bin ich zusammengezuckt bei jenem alles durchbebenden Darmwind der Götter, der da heißt Nebelhorn. Ich habe die Grundlagen von Mah-Jong in mich aufgenommen, ein zweitägiges Bridge-Turnier verfolgt (in Teilen), gelernt, wie man eine Rettungsweste über einem Smoking anlegt, und beim Schach gegen ein neunjähriges Mädchen verloren.

(Vielleicht sollte man korrekterweise sagen: Ich habe auf See *nach* Tontauben geschossen.)

Ich habe mit unterernährten Kindern um den Preis für Halskettchen gefeilscht. Ich kenne jede denkbare Erklärung und Rechtfertigung eines Menschen, der 3000 Dollar für eine Karibik-Kreuzfahrt ausgibt. Und ich musste mich schon sehr zusammenreißen, als mir ein echter Jamaikaner original jamaikanisches Gras anbot.

Einmal habe ich vom Oberdeck aus gesehen, wie das niagarahafte Schraubenwasser der Steuerbordschraube die auffällige Rückenflosse eines Hammerhais (nehme ich mal an) umspülte.

Ich habe Reggae als Aufzugsmusik gehört – ein Eindruck, für den mir die Worte fehlen. Ich weiß, was es heißt, wenn man vor der eigenen Toilette Angst hat. Ich habe diesen typischen Seemannsgang bekommen und wäre ihn mittlerweile gern wieder los. Ich habe Kaviar gegessen und war mit dem kleinen Jungen neben mir am Tisch einig: Das Zeug schmeckt *voll abgeranzt.*

Ich weiß jetzt, was sich hinter dem Begriff »Duty Free« verbirgt.

Ich kenne nun die Höchstgeschwindigkeit eines Kreuzfahrtschiffs in Knoten.[1] Ich habe viele leckere Sachen gegessen: *escargots,* Ente, *Baked-Alaska,* Lachs an Fenchel, einen Pelikan aus Marzipan und ein Omelette mit forensischen Spuren von echten oberitalienischen Trüffeln. Ich habe Leute im Liegestuhl allen Ernstes behaupten hören, es sei ja weniger die Hitze als die enorme Luftfeuchtigkeit. Ich wurde, ganz wie versprochen, von morgens bis abends und nach allen Regeln der schwimmenden Hotellerie verwöhnt. Und in dunklen Stunden habe ich Buch geführt über alle Arten von persistierenden Erythemen, Keratinosen, prämelanomi-

---

[1] (was genau ein Knoten ist, weiß ich allerdings immer noch nicht)

schen Läsionen, Leberflecken, Ekzemen, Warzen, Zysten, Bierbäuchen, Cellulite-Fällen, Krampfadern und Besenreisern, Collagenunterspritzungen und Silikonimplantaten, misslungenen Kolorationen und Haartransplantationen, die mir unter die Augen kamen. Kurz, ich habe sehr viele fast nackte Leute gesehen, die ich lieber nicht fast nackt gesehen hätte. Ich war streckenweise so übel drauf wie seit der Pubertät nicht mehr und habe beinahe drei Mead-Kladden vollgeschrieben bei dem Versuch, herauszufinden, an wem es denn nun lag, an ihnen oder bloß an mir. Ich habe Freund- und Feindschaften fürs Leben geschlossen. Dem Hotel-Manager des Schiffes etwa, ein Mr. Dermatis, gehört mein ewiger Zorn, deshalb nenne ich ihn von jetzt an nur noch Mr. Dermatitis.[2] Mein Kellner hingegen hat sich bei mir die höchste Achtung erworben. Und dem Kabinen-Steward in meinem Abschnitt von Deck 10 / Backbord, einer gewissen Petra, war

---

[2] Irgendwie hatte er wohl den Eindruck gewonnen, ich sei investigativer Journalist und wollte mich weder Küche noch Brücke noch die Mannschaftsdecks noch sonst etwas sehen lassen. Offizielle Interviews mit Mannschaft oder Servicepersonal waren gleichfalls nicht gestattet. Selbst in Innenräumen trug er Sonnenbrille und seine Epauletten sowieso, und er telefonierte mir in seinem Büro endlos und auf Griechisch etwas vor, nachdem ich extra auf das Karaoke-Halbfinale in der *Rendez-Vous*-Lounge verzichtet hatte, nur um ihn zu sprechen. Ich wünsche ihm alles Schlechte.

ich am Ende regelrecht verfallen. Petra mit den Grübchen und dem breiten, offenen Gesicht, Petra, angetan wie eine Krankenschwester in raschelndem Weiß, stets eingehüllt in eine Wolke jenes norwegischen Zederndufi-Desinfektionsmittels, mit dem sie die Badezimmer wischte, Petra, die mindestens zehnmal am Tag jeden Quadratzentimeter meiner Kabine putzte, dabei aber nie beim eigentlichen Putzen anzutreffen war – ein zauberhaftes Wesen, das zweifellos eine eigene Doku-Postkarte wert wäre.

11

Also noch einmal und diesmal etwas genauer: Vom 11. bis 18. März 1995 unternahm ich freiwillig und gegen Bezahlung eine siebentägige Karibik-Kreuzfahrt (der Katalog spricht hier von einer *7-Night Caribbean* oder »7NC« *Cruise*) an Bord der *Zenith*[3], einem 47 255-Tonnen-Schiff der Celebrity Cruises Inc., einer von den über zwanzig

3 Schon beim ersten Blick in den Celebrity-Cruises-Katalog wird es sich kein Scherzbold verkneifen können, den dummen Namen *Zenith* in *Nadir* umzutaufen. Man verzeihe mir das. Gegen das Schiff an sich habe ich überhaupt nichts.

Kreuzfahrtlinien, die von Südflorida aus operieren[4]. Das Schiff mit seiner gesamten Einrichtung zählte, gemessen an den in dieser Branche üblichen und mir jetzt bekannten Standards, zur absoluten Spitzenklasse. Die Küche war exzellent, der Service hervorragend, und sowohl bei den Landgängen als auch dem Animationsprogramm an Bord hatte man nichts dem Zufall überlassen. Das Schiff war so sauber und weiß wie nach einer Kochwäsche. Das

---

4 Daneben gibt es auch Reedereien wie Windstar, Silversea, Tall Ship Adventure oder Windjammer Barefoot Cruises, aber deren Schiffe sind kleiner, und die angebotenen Reisen exklusiv bis zur Unerschwinglichkeit. Die Großen Zwanzig der Branche jedoch betreiben so genannte Megaschiffe, schwimmende Hochzeitskuchen mit einer Bettenzahl weit im vierstelligen Bereich und Schiffsschrauben von der Größe einer Bankfiliale. Die Megalines mit Heimathafen in Südflorida heißen Commodore, Costa Majesty, Regal, Dolphin, Princess, Royal Caribbean oder eben Celebrity Cruises. Außerdem Renaissance, Royal Cruise Line, Holland, Holland America, Cunard, Cunard Crown, Cunard Royal Viking. Dann gibt es die Norwegian Cruise Line, die Crystal und die Regency Cruises. Der WalMart in der Kreuzfahrtindustrie ist Carnival, branchenintern auch »Carnivore« genannt. Ich weiß nicht, zu welcher Linie die *Pacific Princess* aus der Fernsehserie *The Love Boat* gehörte (ich meine mich sogar zu erinnern, dass es sich um ein Fährschiff auf der Strecke Kalifornien – Hawaii handelte, obwohl man sie auch sonst überall gesehen hat), aber inzwischen hat Princess Cruises den Namen gekauft und benutzt den armen alten Gavin MacLeod, ehedem Kapitän-Darsteller auf dem Serien-Pott, für seine TV-Werbung.

Grundsätzlich ist ein 7NC-Megaship – ähnlich wie ein Zerstörer – ein hochspezialisierter Schiffstyp, ein eigenes Genre sozusagen. Alle Megalines haben mehrere Schiffe. Technisch und wirtschaftlich stammen

Bläue der westlichen Karibik variierte zwischen babyfarben und einem fluoreszierenden Ultramarin, desgleichen der Himmel. Die Lufttemperatur bewegte sich im gebärmütterlichen Bereich. Die Sonne selbst schien auf maximale Annehmlichkeit voreingestellt. Auf zwei Passagiere kamen 1,2 Crewmitglieder. Wie gesagt, eine Luxus-Kreuzfahrt.

Abgesehen von einigen unbedeutenden Varianten für das Nischenpublikum ist der Typus der 7NC-

---

sie von den patrizischen Transatlantik-Linern ab, etwa der *Titanic* oder der *Normandie,* die ihre Passagiere nicht nur beförderten, sondern ihnen auch eine opulente Ausstattung boten. Die gegenwärtigen Zielgruppen und Marktsegmente im Kreuzfahrtgeschäft – ob Singles, Senioren oder spezielle »Themen«-Angebote wie eine Love-Boat-Revival-Rundfahrt, ob Firmen-, Party-, Familienpakete, ob für die Holzklasse, Komfortklasse, Luxus- oder Luxus-de-luxe oder Luxus-absurd-Klasse – stehen im Wesentlichen fest, sind weitgehend aufgeteilt und doch immer wieder hart umkämpft. (Der Konkurrenzkampf zwischen Carnival und Princess etwa, so war inoffiziell zu erfahren, hat inzwischen zu Auswüchsen geführt, die einem die Haare zu Berge stehen lassen.) Megaschiffe werden für gewöhnlich in Amerika entworfen, in Deutschland gebaut, unter Billigflaggen wie Liberia bzw. Monrovia registriert, meistens von skandinavischen oder griechischen Gesellschaften betrieben und von einem skandinavischen oder griechischen Kapitän befehligt. Dieses Detail ist nicht ganz uninteressant, denn Skandinavier und Griechen haben die Seefahrt seit jeher beherrscht. Celebrity Cruises gehört zur Chandris Group, deshalb ist das große X auf den Schornsteinen ihrer drei Schiffe auch kein X, sondern ein griechisches Chi, Chi für Chandris, eine Reederfamilie so alt und mächtig, dass sie offenbar sogar einen Onassis für einen dahergelaufenen Strolch hielten.

Luxus-Kreuzfahrt *das* Grund- und Erfolgsmodell schlechthin. Alle Megalines bieten mehr oder weniger dasselbe Produkt an. Dieses Produkt ist weder eine Dienstleistung im herkömmlichen Sinn, noch verspricht es von vornherein Spaß pur. (Allerdings zeigt sich rasch, dass die Hauptaufgabe des Cruise Director und seiner Leute darin besteht, genau diese Spaß-Philosophie im Gast dauerhaft zu verankern.) Im Grunde geht es also eher um ein Gefühl, das in einem selbst hergestellt wird und das insofern – als Gefühl eben – nicht mit der Produktgarantie versehen werden kann. Das gewünschte Gefühl beruht auf einer Mischung aus Entspannung und Stimulation, stressfreiem Relaxen in Kombination mit einem touristischen Rahmenprogramm, das es in sich hat, kompromisslosem Service und Bevormundung, die unter dem Begriff »verwöhnen« läuft. Die Kataloge praktisch aller Megalines sind geradezu durchsetzt von dem Wort *verwöhnen.* Beispiele: »Lassen Sie sich an Bord verwöhnen wie noch nie zuvor in Ihrem Leben...«, »...und verwöhnen Sie sich in unserem Wellness-Bereich mit den verschiedensten Saunen und Whirlpools...«, »Wir haben uns zum Ziel gesetzt, Sie rundum zu verwöhnen«, »Gönnen Sie sich etwas. Warum lassen Sie sich nicht einmal von der milden Brise auf den Bahamas verwöhnen?«

Die Tatsache, dass auch für andere Konsumgüter mit jener Verwöhn-Qualität geworben wird, kommt sicher nicht von ungefähr und ist den PR-Agenturen der Megalines auch nicht verborgen geblieben. Sie haben jedoch gute Gründe, voll auf dieses Zauberwort zu setzen, getreu dem Leitsatz »Penetranz geht vor Varianz«.

III

Einige Wochen vor meiner Kreuzfahrt berichteten die Nachrichten in Chicago vom Selbstmord eines sechzehnjährigen Jugendlichen. Der Junge war vom Oberdeck eines Luxuskreuzers (entweder der Carnival- oder der Crystal-Linie) in den Tod gesprungen, der Medienversion nach aus Liebeskummer, als Reaktion auf eine unglückliche Liebelei an Bord. Ich persönlich aber glaube, dass noch etwas anderes im Spiel war, etwas, über das man in einer Nachrichtenstory nicht schreiben kann.

Denn alle diese Kreuzfahrten umgibt etwas unerträglich Trauriges. Und wie bei den meisten unerträglich traurigen Sachen ist die Ursache komplex und schwer zu fassen, auch wenn man die Wirkung sofort spürt: An Bord der *Nadir* überkam mich – vor allem nachts, wenn der beruhigende Spaß- und

Lärmpegel seinen Tiefpunkt erreichte – regelrecht Verzweiflung. Zugegeben, das Wort Verzweiflung klingt mittlerweile ziemlich abgegriffen, doch es ist ein ernstes Wort, und ich verwende es im Ernst. Für mich bedeutet Verzweiflung zum einen Todessehnsucht, aber verbunden mit dem vernichtenden Gefühl der eigenen Bedeutungslosigkeit, hinter der sich wiederum die Angst vor dem Sterben verbirgt. Elend ist vielleicht der bessere Ausdruck. Man möchte sterben, um der Wahrheit nicht ins Auge blicken zu müssen, der Wahrheit nämlich, dass man nichts weiter ist als klein, schwach und egoistisch – und dass man mit absoluter Sicherheit irgendwann sterben wird. In solchen Stunden möchte man am liebsten über Bord springen.

Ich wage einmal die Voraussage, dass der Redakteur die letzten Sätze streichen wird. Aber egal, so viel zur Person muss erlaubt sein. Denn für einen wie mich, der bis zu dieser Kreuzfahrt noch nie auf See gewesen ist, war der Ozean immer gleichbedeutend mit Grauen und Tod. Als Kind lernte ich die Einzelheiten sämtlicher bekannt gewordener Haiangriffe auswendig. Aber nicht einfach nur Angriffe, sondern vornehmlich solche mit tödlichem Ausgang. Beispielsweise den Fall Albert Kogler vor Baker's Beach, Kalifornien 1959 (Weißer Hai). Oder das Schlachtfest nach dem Untergang der USS

Indianapolis, 1945 als Folge eines Torpedoangriffs in philippinischen Gewässern (beteiligt: eine Vielzahl von Arten, laut offizieller Darstellung hauptsächlicher Tiger- und Blauhaie).[5] Oder der Hai mit der höchsten Opferrate, 1916 vor Matawan/Spring Lake, New Jersey (abermals ein Weißer Hai; aber sie fingen auch einen Menschenhai, in dessen Gastrointestinaltrakt menschliche Körperteile gefunden wurden (ich weiß sogar, welche und von wem)). In der Schule habe ich drei verschiedene Aufsätze über das Kapitel »Der Verstoßene« aus *Moby-Dick* geschrieben, wo Pip, der Schiffsjunge, über Bord geht und in der unendlichen Leere des Ozeans den Verstand verliert. Und wann immer ich heute als Lehrer vor einer Schulklasse stehe, gebe ich den Schülern Stephen Cranes »Das offene Boot« zu lesen – und verstehe jedes Mal die Welt nicht mehr, wenn die Kids diese Alptraum-Geschichte entweder langwei-

5 Ich zitiere aus dem Gedächtnis, ein Buch brauche ich nicht. Ich kann immer noch die gesamte Verlustliste der *Indianapolis* herunterbeten, zum Teil mit Personenkennziffer und Heimatort. (Hunderte von Toten, 80 davon eindeutig durch Haiattacken, Zeitraum: 7.–10. August 1945. Ironiker, aufgepasst: Die *Indianapolis* hatte auf der Insel Tinian soeben eine Bombe namens Little Boy gelöscht, zur Weiterbeförderung – per Luftfracht – nach Hiroshima. Robert Shaw als Quint erzählt die Geschichte 1975 in *Der Weiße Hai,* ein Film, der, wie man sich unschwer vorstellen kann, für einen Dreizehnjährigen reine Fetisch-Pornographie war.)

lig oder viel zu reißerisch finden. Dabei möchte ich ihnen doch nur etwas von demselben ozeanischen Grauen vermitteln, das auch ich immer empfunden habe, eine Ahnung vom Meer als urzeitlichem *nada*, als bodenlosem Nichts, von Tiefen, aus denen feixende, zahnbewehrte Kreaturen zu dir aufsteigen, so schnell, wie eine Feder zu Boden schwebt. Jedenfalls meldete sich auf dieser Luxus-Kreuzfahrt[6] mein atavistischer und lange unterdrückter Hai-Horror-Tick verstärkt zurück und ließ mich wegen der einen (mutmaßlichen) Haiflosse, die ich steuerbords entdeckt hatte, ein solches Theater aufführen, dass mir meine Tischgenossen von Tisch 64 schließlich mit größtmöglichem Takt bedeuteten, ich möge endlich die Klappe halten.

Ebenfalls kein Zufall ist, dass diese 7NC-Luxus-Kreuzfahrten vor allem ältere Leute ansprechen. Ich meine nicht steinalt-abgelebt, sondern die Al-

---

[6] Jawohl, ich gebe es zu: Am ersten Abend meiner 7NC fragte ich die Küchen-Mannschaft des bordeigenen Fünf-Sterne-Restaurants *Caravelle,* ob sie vielleicht einen Eimer Bratfett *au jus* erübrigen könnten, um damit von der Heck-Reling aus Haie anzulocken. Die Bitte erschien jedoch allen, vom Küchenchef angefangen bis hinunter zum Tellerwäscher, als kränkend, ja, als krank, und heute sehe ich sie als kapitalen journalistischen Fehler. Denn ich bin mir fast sicher, mein an sich harmloses Ansinnen wurde sogleich an Mr. Dermatitits weitergeleitet und hatte meine Verbannung aus Küche und Mannschaftsquartier zur Folge. Wenn ich also nicht von der Welt hinter den Kulissen der

tersgruppe der Über-Fünfzigjährigen, denen die eigene Hinfälligkeit kein abstrakter Begriff mehr ist. Tagsüber fiel es besonders auf: Die teilentblößten Leiber, die ich auf der *Nadir* zu sehen bekam, befanden sich in mannigfaltigen Stadien körperlichen Zerfalls. Wie ja da Meer überhaupt eine einzige große Zersetzungsmaschine ist. (Das Wasser, wie ich feststellen musste, so rachenspülungssalzig, sein Gischthauch so korrosiv, dass ich die Gelenke meiner Brille wohl reparieren lassen muss.) Meerwasser zerstört jedes Schiff in erstaunlichem Tempo, verwandelt Stahl in Rost, lässt Farben sich pellen, Lacke bröseln, vernichtet Glanz, überzieht Bordwände mit Muscheln und Algen und einem allgegenwärtigen maritimen Schmodder, der wie der Tod selber scheint. In den Häfen ließ sich das ganze Elend gut beobachten. Der Horror: Kähne, die aussahen wie in Säure und Scheiße getaucht,

---

Nadir berichten kann, dann liegt es an meiner eigenen Dummheit. (Und es zeigte auch, wie wenig Ahnung ich von den tatsächlichen Dimensionen eines Kreuzfahrtschiffs hatte. Ein Eimer mit Bratenfett, über die Reling von Deck 12 gekippt, also aus zirka fünfzig Metern Höhe, wäre bestenfalls als feiner bräunlicher Schleier auf der Wasseroberfläche niedergegangen, mit einer Blut- und Gewebekonzentration, über die ein richtiger Hai nur hätte lachen können. Außerdem wäre aus dieser Entfernung die Rückenflosse eines Hais kaum größer gewesen als ein Stecknadelkopf.)

über und über mit Ausschlag bedeckt, Rost und Schleim, zerfressen von dem, worin sie schwimmen.

Nicht so die Schiffe der Megalines. Sie sind allesamt weiß und sauber, denn ihr Zweck ist nicht zuletzt, den calvinistischen Triumph von Kapital und Industrie über die archaische Zerstörungskraft der See zu repräsentieren. Die *Nadir* beschäftigte ein ganzes Bataillon von wuseligen Drittwelt-Gestalten, die in ihren blauen Overalls tagein, tagaus das Schiff nach etwaigen Zeichen beginnenden Gammels absuchten. Der Autor Frank Conroy (»Alle Zeit der Welt«) schreibt in einer Art Werbeessay auf den ersten Seiten des Celebrity-Cruises-Katalogs: »Ich betrachtete es als eine Art persönliche Herausforderung, irgendwo an Bord ein Zeichen mangelhafter Wartung zu entdecken, ein angelaufenes Messingteil, eine angestoßene Reling, ein Schmutzfleck auf dem Deck, ein lockeres Kabel, irgendetwas, das nicht hundertprozentig tipptopp war. Endlich, gegen Ende der Reise, fand ich, was ich suchte, ein Gangspill[7] mit einer etwa halbdollargroßen Roststelle auf der Außenbordseite. Allerdings wurde meine Freude über den winzigen Makel jäh unter-

---

7 (offenbar eine Schiffswinde, so etwas wie ein anabolgedopter Flaschenzug)

brochen, als ein Matrose mit Farbeimer und -roller anrückte. Ich konnte zusehen, wie er die komplette Gangspill frisch anstrich und sich mit einem kurzen Nicken wieder entfernte.«

Denn darum geht es. Ein Urlaub bedeutet Schonung vor den Unannehmlichkeiten des Lebens, und da das Wissen um Tod und Untergang mit ziemlicher Sicherheit unangenehm ist, mag es verwundern, warum der alternative amerikanische Traumurlaub ausgerechnet darin besteht, in eine archaische Todesmaschine gepfercht zu werden. Doch auf einer 7NC-Luxus-Kreuzfahrt arbeitet man geschickt am Traum vom Sieg über eben diesen Tod und Untergang. *Eine* Methode des Siegs über den Tod besteht in eiserner Ertüchtigung; die überbordenden Wartungsanstrengungen der *Nadir*-Mannschaft finden ihre plumpe Entsprechung im Aufbauprogramm für die Passagiere: Diät, Fitnessübungen, Megavitamin-Nahrungergänzungs-Schnickschnack, kosmetische Chirurgie, Frank-Quest-Zeitmanagement-Seminare usw.

Natürlich gibt es, Stichwort Tod, noch eine zweite Möglichkeit. Nicht durch Ertüchtigung, sondern durch Erregung. Nicht durch harte Arbeit, sondern durch gnadenloses Vergnügen. Schier unübersehbar ist der 7NC-Veranstaltungskalender mit seinen Spiel- und Spaßaktivitäten. Bordfeste, Disco und Bühnenshows verbreiten eine permanente Partylaune, kitzeln das Adrenalin, machen müde Knochen munter. Hier spielt die Musik, pulsiert das Leben. Welche unglaublichen Weiterungsmöglichkeiten der Existenz![8] Allerdings wird die Todesfurcht nicht so sehr überwunden als ausgeblendet. »Nach dem Dinner treffen Sie sich mit Ihren Freunden[9] in der Lounge, ehe es heißt ›Vorhang auf für unser Showprogramm!‹ Doch damit nicht genug. Spätestens nach dem begeisterten Applaus wird jemand aus Ihrem Freundeskreis[10] die Frage stellen: ›Und was machen wir jetzt?‹ Wie wäre es mit einem Abstecher ins Casino oder in die Disco? Oder lieber zu einem ›Absacker‹ in unsere stilvolle Piano-Bar? Oder was halten Sie von einem Spaziergang auf Deck, unter dem sternglänzenden Nachthimmel? Der Möglichkeiten sind viele, und es wäre nicht verwunderlich, wenn Sie am Ende

---

8 Auf dem Deck der *Nadir,* vor jedem Aufzug, an jeder Kreuzung in den Gängen, hängen sie, diese Übersichtskarten, jede mit einem roten Punkt und dem Hinweis SIE SIND HIER. Wirklich, es sind Hunderte. Aber schon bald ahnte man, dass sie weniger der Orientierung als der Beruhigung dienen.

9 Auffällig in diesem Katalog der ständige Verweis auf irgendwelche »Freunde«. Unverzichtbarer Bestandteil der Erlösung von der Todesfurcht ist, dass auf einem Kreuzschiff niemand je allein bleibt.

10 Q. e. d.

sagten: ›Warum nicht alles zusammen? *Let's do it all!*‹«

Okay, das klingt nicht gerade nach Dante, und dennoch ist der 7NC-Katalog ein geniales und wirkmächtiges Mittel der Verführung. Katalog ist übrigens untertrieben, das Ding ist ein veritables Hochglanzmagazin mit aufwendigem Layout und künstlerisch gestalteten Fotostrecken von niveauvollen, braungebrannten Paaren[11] unter dem Einfluss eines Grinskrampfs der Verzückung. Alle großen Kreuzfahrtlinien geben solche Kataloge heraus, und sie sind im Grunde austauschbar. Im Mittelteil findet man eine Aufstellung der verschiedenen Routen und Reiseangebote. Auf einer 7NC-Standardver-

---

[11] Man sieht in diesen Katalogen immer nur Paare, selbst auf den Gruppenaufnahmen, lauter Paare. Einen Katalog für Single-Kreuzfahrten habe ich noch nicht entdeckt, aber der Gedanke lässt mich nicht los. Dafür gab es, gleich am ersten Abend, eine Singles-Get-Together-Party in der Scorpio-Disco auf Deck 8. Es bedurfte meinerseits einer vollen Stunde der Selbsthypnose und entspannender Atemübungen, ehe ich mich dazu aufraffen konnte, aber sogar dort waren dreiviertel der Gäste Paare, und wir wenigen echten Singles unter siebzig machten eine ziemlich elende Figur. Kurz, das Get-Together war ein Selbstmord-Anreiz allererster Güte, und bereits nach einer halben Stunde trat ich den Rückzug an, weil im bordeigenen Kabel-TV an diesem Abend *Jurassic Park* lief. Ich hatte bloß noch nicht in die Fernsehvorschau geguckt, sonst wäre mir aufgefallen, dass der Film in der darauffolgenden Woche noch etliche Dutzend Male wiederholt wurde.

sion geht es entweder in die westliche Karibik (mit Jamaika, den Kaiman-Inseln, Cozumel), in deren östlichen Teil (Puerto Rico, Jungferninseln) oder in Gewässer namens »Deep Caribbean« (mit Martinique, Barbados, Mayreau). Außerdem gibt es auch zehn- oder elftägige, sogenannte »Ultimate Caribbean Packages«, sie führen an so ziemlich jeden exotischen Küstenstreifen zwischen Miami und dem Panama-Kanal. Eine detailliertere Preisliste[12], Pass- und Zollbestimmungen und allgemeine Reisehinweise beschließen den Katalog.

Der Anfangsteil hingegen ist derjenige, der einen wirklich packt: diese Fotos, diese kursiv gesetzten (ausschließlich begeisterten) Zitate aus Reiseführern und Fachpresse, diese Traumkulissen und lyrischen Schilderungen der Celebrity-Cruises-Erlebniswelt! Man kann sagen, was man will, aber diese Hefte machen Lust auf mehr. Allein die goldunterlegten Hypertext-Kästen, in denen Sachen stehen wie EINFACH DIE SEELE BAUMELN LASSEN oder ENTSPANNUNG WIRD IHNEN ZUR ZWEITEN NATUR... oder DEN ALLTAGSSTRESS VERGESSEN.

[12] Eine gewöhnliche 7NC auf einem Megaschiff wie der *Nadir* kostet zwischen 2500 und 4000 Dollar. Wer eine Präsidentensuite vorzieht, mit Skylight, einer richtigen Bar (nicht nur Mini-) samt automatischen Palmwedeln etc. muss etwa doppelt so viel hinlegen.

[…]

VI

Um 16:30 Uhr legt die *Nadir* ab, ein hübsches Schauspiel mit flatternden Kreppgirlanden und Sirenengetute. Jedes Deck verfügt über eine eigene Promenade mit einer Reling aus irgendeinem hochwertigen Hartholz. Der Himmel hat sich bezogen, und das Meer unten schäumt und gibt farblich wenig her usw. Es riecht eigentlich weniger nach Fisch oder Meer als einfach nur nach Salz. Unser Signalhorn blökt noch um einiges lauter als das der *Westerdam.* Die meisten Leute, die uns zuwinken, tun dies von der Reling anderer 7NC-Megaschiffe aus, die ebenfalls in diesem Moment in See stechen – eine beinahe surreale Szene, denn die Vorstellung liegt nahe, dass es endlos so weitergehen könnte und wir uns die ganze Zeit in der Westkaribik von Schiff zu Schiff zuwinken werden. An- und Ablegen sind praktisch die einzigen Gelegenheiten, an denen der Kapitän persönlich das Schiff steuert, Kapitän G. Panagiotakis hat die *Nadir* unterdessen gegen die offene See gedreht, und wir, groß, weiß und sauber, nehmen Fahrt auf.

Während der ersten beiden Tage herrscht schlechtes Wetter mit Sturmböen, schwerer See und Gischt,[27] die gegen das Bullauge meiner Kabine peitscht usw. Mehr als vierzig Stunden lang habe ich den Eindruck, ich hätte einen Nordsee-Törn gebucht. Das Celebrity-Personal reagiert mitfühlend-bedauernd, doch in keiner Weise so, als sei hier eine Entschuldigung fällig.[28] Was okay ist, denn man kann Celebrity Cruises fairerweise nicht für das Wetter haftbar machen.[29]

An Sturmtagen wie diesen rät man den Passagieren, die Aussicht aufs Meer von der Leeseite aus zu genießen. Dem einen Gleichgesinnten, der sich wie ich auf die Luvseite wagt, bläst es prompt die Brille weg. Auf meine Empfehlung, bei starkem Wind nur Brillen mit Sportbügeln zu tragen, reagiert er eher ungnädig. Die Erwartung, Matrosen

---

27 Das schönste neue Wort, das ich in dieser Woche gelernt habe: *Gischt.* Das zweitschönste ist *Scheißer,* geäußert von einem deutschen Rentner, der gegen einen anderen deutschen Rentner wiederholt beim Dart verlor.

28 (Der begleitende Gesichtsausdruck war so etwas wie ein mimisches Achselzucken: Ist eben Schicksal.)

29 (Obwohl ich ja doch sagen muss: Im Katalog sah das Wetter wesentlich besser aus.)

im traditionellen gelben Ölzeug zu sehen, erfüllt sich übrigens nicht. Mein Lieblings-Ausguck ist auf Deck 10, also schon ganz schön weit oben, so dass die gegen die Bordwand krachenden Brecher im allgemeinen Meeresrauschen untergehen. Optisch erinnert das Ganze an die Wasserspülung im Klo. Keine Rückenflosse weit und breit.

Bei Sturm haben Hypochonder generell gut zu tun, denn etwa alle fünf Sekunden augurieren sie aus ihren Eingeweiden zumindest erste Anzeichen einer beginnenden Seekrankheit oder bestimmen, je nachdem, deren aktuellen Schweregrad. In puncto Nausea verhält es sich jedoch wie vor der ersten Schlacht: Niemand vermag vorherzusagen, wie man genau reagieren wird, es ist eine Probe auf tiefenschichtliche Abläufe. Ich persönlich bleibe von Seekrankheit verschont, was ein halbes Wunder ist, wenn man bedenkt, dass ich so ziemlich unter jeder anderen Form Reisekrankheit leide, die in den einschlägigen Medikamentenführern überhaupt erwähnt wird, ohne dass ich irgendetwas dagegen einnehmen könnte.[30] Ein Rätsel war mir am ersten Tag des Sturms, warum jeder zweite Passagier sich

---

30 Dramamine, das Mittel der Wahl, haut mich regelrecht um und kann sogar Krampfanfälle auslösen, so dass ich auf der *Nadir* vollkommen schutzlos bin.

beim Rasieren an derselben Stelle unterhalb des linken Ohrs geschnitten hatte (die Frauen übrigens auch). Bis sich herausstellte: Die kleinen runden Klebedinger waren Wirkstoff-Pflaster, ohne die kein richtiger Kreuzfahrer je an Bord eines 7NC-Luxusliner gehen würde.

Pflaster hin oder her, einem Großteil der Gäste war an diesen beiden Tagen sterbenselend. Was mich überraschte, war lediglich, dass der seekranke Mensch tatsächlich grün anläuft, obwohl es eher ein gespenstisches Grün ist, ein blässliches, hässliches Krötenschlucker-Grün, welches dem seekranken Menschen insbesondere in Kombination mit großer Abendgarderobe leicht etwas Leichenhaftes verleiht.

Seekrankheit war folglich auch das alles beherrschende Thema am Tisch 64 in unserem Fünf-Sterne-Caravelle-Restaurant[31] – wer sie hat und wer nicht, und wer sie zwar gehabt hat, aber jetzt darüber hinweg ist oder zumindest beschwerdefrei, doch ihre Wiederkehr befürchtet. Gemeinsames Leid oder die Angst davor ist ein hervorragender Eisbrecher. Die Menschen rücken zusammen, und

[31] Dieses befindet sich auf Deck 7 und wird niemals einfach »Caravelle-Restaurant« (oder gar nur »Restaurant«) genannt, sondern immer mit seinem vollen Namen, das »Fünf-Sterne-Caravelle-Restaurant«.

das ist wichtig, denn während der gesamten 7NC isst man ständig am selben Tisch mit denselben Leuten zusammen.[32] Jedenfalls waren Gespräche über Übelkeit und Erbrechen in diesem Gourmet-Tempel überhaupt kein Tabu.

---

32 An Tisch 64 saßen noch sieben weitere Leute, allesamt aus Südflorida, genauer gesagt aus Miami, Tamarac und Fort Lauderdale. Vier davon kannten sich bereits privat und hatten den Wunsch geäußert, am selben Tisch platziert zu werden. Die restlichen drei waren ein altes Ehepaar samt achtzehnjähriger Enkelin mit Namen Mona.
Ich war der einzige Kreuzfahrt-Neuling an Tisch 64 und auch der Einzige, der nie von »Dinner« sprach, sondern immer nur von »Abendbrot«, eine Angewohnheit aus der Kindheit, von der ich nicht lassen wollte.
Mit Ausnahme dieser Mona waren mir meine Tischgenossen allesamt sympathisch, und ich möchte in dieser Fußnote kurz auf unsere Mahlzeiten eingehen, wobei ich mich bei Personenbeschreibungen jedoch auf das Nötigste beschränke, um niemandes Gefühle zu verletzen. Auffällig an Tisch 64 war zunächst einmal, dass alle diesen unverkennbaren New Yorker Akzent hatten, und das, obwohl sie heilige Eide schworen, in Südflorida geboren und aufgewachsen zu sein. (Indes zeigte sich, dass ihre Eltern einst New Yorker gewesen waren, was wieder einmal beweist, wie tief dieser Dialekt sitzen kann.) Außer mir saßen also fünf Frauen und zwei Männer mit am Tisch. Die Männer hielten meistenteils den Mund, es sei denn, es ging um Golf, Business, Pflaster gegen Übelkeit und Erbrechen und Zollbestimmungen und wie sie sich umgehen ließen. Die eigentliche Unterhaltung an Tisch 64 war Frauensache. Und ein Grund, warum ich die Damen (außer Mona) so sehr schätzte, war, dass sie laut und bereitwillig über meine Witze lachten, sogar über die schwachen. Ihre Lachsalven hingegen waren furchterregend, denn sie begannen immer mit einem regelrechten Aufschrei, sodass ich im ersten Moment nie wusste, ob dies nur die Einleitung zu einem Heiterkeitsschub war oder ob sie hinter mir in der Tiefe des 5*C.R. gerade eine grausige Entdeckung gemacht

Zwar wird man bei schwerem Seegang in einem 7NC-Megaship nicht wild hin und her geschleudert, und auch Suppenteller rutschen nicht unkontrolliert über den Tisch. Und doch merkt man auf Schritt und Tritt, dass einem der Boden unter den

---

hatten. Bis zum Schluss kam ich damit nicht klar. Und wie so viele 7NC-Passagiere verfügten auch sie über einen schier unglaublichen Vorrat an Anekdoten und sketchartigen Witzen, die sie mit vollem Körpereinsatz, schauspielerischem Gespür und bestem Timing zu präsentieren wussten.

Die Netteste am Tisch war Trudy, deren Mann aufgrund einiger unvorhergesehener Schwierigkeiten in ihrem Handy-Geschäft zu Hause bleiben musste und sein Ticket auf Tochter Alice übertragen hatte, eine etwas füllige, aber stets apart gekleidete Studentin aus Miami, die gerade Semesterferien hatte und aus irgendeinem Grund mir gegenüber ständig durchblicken ließ, dass sie einen festen Freund hatte. Der Freund hieß Patrick. Alices Beitrag zu unseren Tischgesprächen bestand in Bemerkungen wie »Ach, du magst keinen Fenchel? So ein Zufall, mein Freund (Patrick) kann Fenchel ebenfalls nicht ausstehen!« Oder »Wie, du bist aus Illinois? So ein Zufall, mein Freund (Patrick) hatte eine Tante, und der ihr erster Mann war aus Indiana, das liegt gleich neben Illinois.« Oder »Wie, du hast zwei Hände und zwei Füße? So ein Zufall ...« Dass Alice ihre Beziehungskiste derart penetrant vor sich hertrug, mag eine reine Verteidigungsmaßnahme gewesen sein – gegen Mutter Trudy, die mir, in Alices Gegenwart, immer wieder ateliergefertigte 10 x 15-Hochglanzfotos ihrer Tochter zeigte und schon bei dem Wort Patrick unwillkürlich einen Eckzahn bleckte. Trudy war 56, also genauso alt wie meine eigene Mutter und sah aus wie – und ich meine das keineswegs abfällig – sie sah aus wie das Sechzigerjahre-Sitcom-Schwergewicht Jackie Gleason im Fummel. Bei ihrem Auftakt-Schrei stockte mir zwar regelmäßig das Herz, aber ihr verdanke ich sowohl die Conga-Polonaise an jenem denkwürdigen Mittwochabend als auch mein Snowball-Jackpot-Bingo-Fieber. Sie war – auf ihrer sechsten 7NC in zehn Jahren – eine echte Autorität

Füßen nicht denselben Halt gewährt wie festes Land. Ein unwirkliches Gefühl ist das, ein Boden wie in 3-D, der erhöhte Aufmerksamkeit erfordert. Ähnlich wie das Maschinengeräusch praktisch nicht zu hören und doch ständig gegenwärtig ist.

---

in Sachen Kreuzfahrt, ebenso wie ihre Freundin Esther (die etwas verhärmte Sprecherin des Rentnerehepaars aus Miami). Sie beide wussten jede Menge Horrorgeschichten zu erzählen, über Carnival Princess, Crystal und Cunard, Geschichten, bei deren Wiederholung ich mir sogleich eine Unterlassungsklage einhandeln würde, außerdem einen richtigen Gruselschocker über die wohl schlechteste Kreuzfahrtlinie aller Zeiten, eine gewisse »American Family Cruises«, die nach nur sechzehn Monaten nicht ohne Grund in die Pleite geschippert war, so haarsträubend müssen die Zustände an Bord gewesen sein und buchstäblich unglaublich, wenn ein weniger erfahrenes und kritisches Duo sie erzählt hätten. Aber richtig *glauben* können solche Geschichten sowieso nur Experten mit jahrelanger Erfahrung wie Trudy und Esther. Im Übrigen habe ich noch nie jemanden erlebt, der Menü und Service einer derart gnadenlosen Beurteilung unterzog wie die beiden. Rein gar nichts entging der Aufmerksamkeit von Trudy und Esther, weder die Anordnung der Petersiliensträußchen auf den Babykarotten noch die Konsistenz des Brots noch Geschmack und Kaufreundlichkeit der diversen Fleischgerichte noch Fixigkeit und Flambiertechnik der Patisserie-Jungs, die jedes Mal mit ihren Kochmützen am Tisch erschienen (ein Großteil der Desserts im 5*C.R. musste nämlich in Brand gesetzt werden). Und so weiter und so weiter. Und während Kellner und Commis in Reichweite ständig aufs Neue fragen musste: »Fertig? Darf ich abräumen?«, erhoben sich zwischen Esther und Trudy Gespräche wie dieses:
»Honey, was ist los mit dir? Waren die Meeresschnecken nicht gut?«
»Doch, schon. Alles in Ordnung. Kein Problem.«
»Ach, erzähl mir doch nichts. Du machst so ein Gesicht, da weiß ich sofort: Irgendetwas stimmt nicht. Hab ich nicht recht, Frank? Mit einem Gesicht wie Trudy, da kann man gar nicht lügen. Was war es

Vor allem im Stehen ist es körperlich spürbar – als dumpfer, seltsam beruhigender Herzschlag.

Herumlaufen auf so einem Schiff ist bei Sturm ebenfalls ein surreales Erlebnis. Dauernd gerät irgendetwas aus dem Lot. Kommen die Wellen von

---

denn, die Kartoffeln oder die Meeresschnecken? Die Meeresschnecken, stimmt's, es sind die Meeresschnecken?«

»Esther, ich sag dir doch, es ist alles in Ordnung.«

»Das sieht mir aber nicht danach aus.«

»Okay, es *sind* die Meeresschnecken.«

»Hab ich's dir nicht gleich gesagt? Frank, *habe* ich es ihr gesagt oder nicht?«

[Frank pult derweil mit dem kleinen Finger im Ohr.]

»Siehst du, ich hatte mal wieder recht. Weil man dir eben sofort ansieht, wenn irgendetwas nicht in Ordnung ist.«

»Na ja, die Kartoffeln sind ja in Ordnung. Nur die Meeresschnecken nicht.«

»Hab ich dir nicht gleich gesagt, dass man mit Saisonfischen vorsichtig sein soll, gerade auf einem Schiff? *Hab* ich's gesagt oder nicht?«

»Aber die Kartoffeln sind einwandfrei.«

Mona ist achtzehn. Seit ihrem fünften Lebensjahr nehmen sie ihre Großeltern jedes Frühjahr mit auf Kreuzfahrt. Mona verschläft regelmäßig Frühstück und Mittagessen, denn sie haut sich in der Skorpio Disco und an den Einarmigen Banditen im Casino die Nächte um die Ohren. Sie ist mindestens einsfünfundachtzig. Im Herbst wechselt sie zur Penn State University – aus dem einzigen Grund, weil abgemacht war, dass sie einen allradgetriebenen Wagen bekommt, wenn sie einmal in eine Gegend mit einer gewissen Schnee-Wahrscheinlichkeit zieht. Sie schämte sich nicht einmal, als sie mir den tieferen Sinn hinter ihrer Uni-Wahl erklärte. Sie war ein ungeheuer anspruchsvoller Passagier, doch ihrer Kritik fehlte das Augenmaß von Trudy und Esther, sie klang am Ende nur patzig. Mona sah äußerlich irgendwie seltsam aus: ein Body wie von Brigitte Nielsen oder einem dieser Anabol-Models, aber gekrönt von einem kleinen, blassen unglücklich-

vorn, wippt das Schiff über seine Querachse. Diesen Vorgang nennt man *Stampfen.* Subjektiv hat man den Eindruck, als ginge es erst leicht bergab, dann ein Weilchen einfach geradeaus, schließlich wieder leicht bergauf. Doch irgendein entwick-

---

verwöhnten Puppengesichtchen mit fisseligen Goldhaaren. Ihre Großeltern, die nach dem Abendessen normalerweise sofort ins Bett gingen, machten jedes Mal eine kleine Schau um die hundert Dollar, die sie ihr nach dem Nachtisch überreichten – als »Spielgeld«, wie sie sagten. Diese Hundertdollarnote steckte immer in einem offiziellen Bankumschlag – mit einem Benjamin Franklin, der einem aus dem bullaugenartigen Fensterchen entgegenstarrte. Und stets hatten sie mit rotem Magic Marker auf den Umschlag geschrieben: *»We love you, Honey.«* Mona bedankte sich kein einziges Mal, sondern verdrehte nur genervt die Augen. Über so gut wie alles, was ihre Großeltern sagten, verdrehte sie die Augen, eine Unart, die mich nach einiger Zeit ziemlich in Harnisch brachte.
Anders als bei Trudy und Alice oder Esther mit ihrem stumm lächelnden Mann Frank sehe ich bei Mona nicht ein, warum ich allzu große Rücksicht auf sie nehmen sollte.
Ihre Spezialität auf diesen Reisen besteht offenbar darin, dem Kellner weiszumachen, sie hätte am Donnerstag auf See Geburtstag, woraufhin das 5*Caravelle-Team natürlich das große Festprogramm abspulte, mit Fähnchen, einem heliumgefüllten Herz-Ballon an ihrem Stuhl, einer großen Geburtstagstorte und einem Ständchen von der ganzen Belegschaft. Dabei, so versichert mir Mona am Montag, sei ihr Geburtstag erst am 29. Juli, und als ich anmerke, der 29. Juli sei auch der Geburtstag von Benito Mussolini, wirft mir Monas Großmutter einen giftigen Blick zu. Mona selbst hingegen ist geschmeichelt, vermutlich weil sie Mussolini mit Maserati verwechselt. Dummerweise hat aber am besagten Donnerstag, dem 16. März, jemand anders am Tisch tatsächlich Geburtstag, nämlich Trudys Tochter Alice. Doch weil Mona nicht bereit ist, ihren falschen Geburtstag aufzugeben und stattdessen vorschlägt, gemeinsam zu feiern, angeblich, weil dies besonders »cool«

lungsgeschichtlich uralter Abschnitt unseres ZNS, Vermächtnis aus Reptilienzeiten, muss dafür verantwortlich sein, dass wir diese Bewegung kaum realisieren, sondern gehen wie im Traum.

Beim *Rollen* dagegen treffen die Wellen seitlich auf das Schiff und führen zu einer Schaukelbewegung auf der Längsachse.[33] Wenn die *Nadir* rollt, wird unversehens ein Bein stärker belastet als das andere, bis sich, nach einer Phase der Ausgeglichenheit, die Bewegungsrichtung ändert und die Muskeln des bisher unbeanspruchten Beins stärker belastet werden. Das Rollen vollzieht sich mit der Geschwindigkeit eines sehr schweren Pendels, die man fast nicht wahrnimmt, wenn man nicht alle inneren Sensoren darauf einstellt.

---

sei, wünscht Alice ihr die Krätze an den Hals. Bereits am Abend des 14. März (Dienstag) haben Alice und ich eine Anti-Mona-Allianz geschmiedet, und wir amüsieren uns über den Tisch hinweg mit kleinen Gesten (Erwürgen, Erstechen), sobald Mona auch nur den Mund aufmacht. Alice (»So ein Zufall…«) hat mir verraten, dass sie diese Gesten bei verschiedenen grausam steifen Festbanketten von ihrem festen Freund Patrick gelernt habe. Dieser Patrick isst offenbar ausschließlich mit Leuten, die er nicht ausstehen kann.

33 (Auch diese Bewegung ist bei einem Megaschiff derart schwach, dass kein Kronleuchter anfängt zu klingeln oder Gegenstände zu Boden fallen. Nur eine nicht ganz präzise eingebaute Schublade im Schrankmodul von Kabine 1009 wackelte dauernd in ihrer Führungsschiene – egal, wie viele Kleenex ich an strategischen Punkten unterschob.)

Das Rollen an sich ist also im Allgemeinen halb so schlimm, doch wird die *Nadir* ab und zu von einem Brecher der *Höllenfahrt-der-Poseidon-*Dimension erwischt. Dann nimmt die einseitige Belastung eines Beins so weit zu, wird der ersehnte Lastwechsel gleichzeitig so unwahrscheinlich, dass man nach allem greift, was irgendwie erreichbar ist, nur um nicht umzufallen.[34] Das alles geschieht sehr schnell und nie zweimal hintereinander. Der erste Abend bietet wellenmäßig einige heftige Angriffe von Steuerbord, so dass später im Casino kaum festzustellen ist, wer übermäßig dem 71er Richebourg zugesprochen hat oder lediglich seegangsbedingt durch den Saal torkelt. Bedenkt man dazu, dass die meisten Frauen Stöckelschuhe tragen, wird die Einzigartigkeit der Szene vielleicht deutlicher: Mehr Wanken/Schwanken und hilfloses In-der-Luft-Rudern war nie. Da die *Nadir* hauptsächlich von Pärchen frequentiert wird, klammert man sich aneinander wie in jungen Jahren an die erste College-Liebe. Man sieht den Leuten an, dass ihnen

---

34 Die Entscheidung, sich irgendwo festzuhalten, fällt in einem ähnlich heiklen Moment, in dem auch aus einem einfachen Juckreiz in der Nase ein Niesen wird, das heißt, eine Weile steht es durchaus auf Messers Schneide, ob sich der Mensch seinen übermächtigen Reflexen überlässt. (Die Analogie erscheint vielleicht etwas schräg, wird aber u.a. von Trudy bestätigt.)

das gefällt. Die Frauen hängen sich den Männern an den Hals, und die Männer gewinnen im Gegenzug an Statur. Sie dürfen einen auf Beschützer machen und kommen sich toll vor. Immer wieder bietet eine 7NC-Luxus-Kreuzfahrt diese unerwartet romantischen Momente, was mit ein Grund sein dürfte, warum sie gerade von älteren Menschen so geschätzt werden.

Darüber hinaus ist schweres Wetter auf See eine ideale Einschlafhilfe. An den ersten beiden Morgen sieht man kaum jemanden beim ersten Frühstück. Alles schläft. Leute mit therapieresistenten Schlafstörungen berichten von neun-, sogar zehnstündigen Tiefschlaf-Phasen, und ihre Augen leuchten kindlich ob so viel Glück. Wer viel schläft, sieht einfach jünger aus. Auch tagsüber wird hemmungslos geratzt. Nach einer Woche mit den unterschiedlichsten Wetterlagen war mir klar, was es mit Sturm und erholsamem Schlummer auf sich hat: Die Wellen wiegen einen in den Schlaf. Geborgen hinter gischtgepeitschten Kabinenfenstern, fühlt man den fernen Rhythmus der Schiffsmaschinen wie den Herzschlag einer Mutter.

F. Scott Fitzgerald

Stürmische Überfahrt

1

Wenn man erst einmal auf dem langen, überdachten Pier steht, befindet man sich in einem gespenstischen Land, das nicht mehr das Hier und noch nicht das Dort ist. Besonders nachts. Man sieht ein dunstiges gelbes Gewölbe voll rufender, widerhallender Stimmen. Man hört das Dröhnen von Lastwagen, das Rumpeln von Überseekoffern, das durchdringende Kreischen eines Krans, man riecht die salzige Meerluft. Man eilt hindurch, obgleich genug Zeit ist. Die Vergangenheit, der Kontinent, liegt hinter einem; die Zukunft ist das hell beleuchtete Maul in der Seite des Schiffs; diese trübe, turbulente Gasse ist die allzu verworrene Gegenwart.

Man geht die Gangway hinauf, und die Sicht auf die Welt verändert und verengt sich. Man ist Bürger einer Gemeinschaft, kleiner als Andorra. Man ist sich keiner Sache mehr ganz sicher. Eigenartig unbewegt die Männer am Zahlmeistertisch, zellengleich die Kabine, geringschätzig die Blicke der anderen Reisenden und ihrer Freunde, ernst der Offizier, der auf dem verlassenen Promenadendeck steht, auf die Menge hinabsieht und seinen eigenen Gedanken nachhängt. Ein letzter seltsamer Gedanke, dass man doch eigentlich gar nicht hätte hierherkommen müssen, dann ertönen laute, klagende Sirenen, und das Ding – nicht das Schiff, sondern eine Idee, eine Gemütsverfassung – setzt sich in Bewegung, hinein in die gewaltige dunkle Nacht.

Adrian Smith, einer der Prominenten an Bord – nicht sehr prominent, aber wichtig genug, um von einem Fotografen, dem man seinen Namen genannt hatte, ohne zu verraten, was er eigentlich »machte«, in Blitzlicht gebadet zu werden –, Adrian Smith und seine blonde Frau Eva stiegen hinauf zum Promenadendeck, gingen an dem melancholischen Offizier vorbei und stützten, als sie einen ruhigen Aussichtspunkt gefunden hatten, die Ellbogen auf die Reling.

»Wir fahren!«, rief er, und beide lachten ausgelassen. »Wir haben's geschafft. Jetzt können sie uns nicht mehr kriegen.«

»Wer?«

Er wies mit einer unbestimmten Bewegung auf das Diadem der Stadt.

»Die Leute. Sie werden kommen mit ihrem Polizeiaufgebot, ihren Haftbefehlen, ihrer Auflistung der Verbrechen, die wir begangen haben, und sie werden an unserer Tür in der Park Avenue läuten und nach Mr. und Mrs. Adrian Smith fragen, aber na so was! – die Smiths haben sich mitsamt Kindern und Kindermädchen nach Frankreich davongemacht.«

»Wenn man dich so hört, könnte man glauben, wir hätten tatsächlich unzählige Verbrechen begangen.«

»Du bist für sie nicht mehr zu haben«, sagte er stirnrunzelnd. »Das ist eines der Verbrechen, die sie mir vorwerfen: Sie wissen, dass du für sie unerreichbar geworden bist, und das macht sie fuchsteufelswild. Unter anderem darum bin ich ganz froh, von hier wegzukommen.«

»Liebling«, sagte Eva.

Sie war sechsundzwanzig – fünf Jahre jünger als er. Und für jeden, der sie kannte, war sie ein Juwel.

»Mir gefällt dieses Schiff besser als die *Majestic* oder die *Aquitania*«, bemerkte sie und beging damit Verrat an den Schiffen, auf denen sie ihre Flitterwochen verbracht hatten.

»Es ist viel kleiner.«

»Aber sehr schnittig, und es gibt hier diese vielen kleinen Geschäfte rechts und links der Korridore. Und außerdem sind die Privatkabinen größer, glaube ich.«

»Ist dir schon aufgefallen, wie steif die Leute

sind? Als würden sie denken, alle anderen sind Falschspieler. Und in ungefähr vier Tagen wird die eine Hälfte die andere mit Vornamen anreden.«

Vier dieser Leute kamen jetzt vorbei – vier junge Frauen, die nebeneinander gingen und über das Deck promenierten. Der Blick ihrer acht Augen richtete sich kurz auf Adrian und Eva und glitt dann gleichmütig weiter, nur ein Augenpaar verharrte kurz leicht verwundert. Es gehörte einem der Mädchen in der Mitte – sie war die Einzige der vier, die mitfahren würde. Eine kleine dunkle Schönheit, höchstens achtzehn, über deren Haar ein zarter, kristallener Schimmer lag, womit die Brünetten das helle Leuchten der Blondinen wettmachen.

»Wer war das?«, fragte Adrian. »Ich hab sie irgendwo schon mal gesehen.«

»Sie ist hübsch«, sagte Eva.

»Ja.« Er grübelte noch immer, und Eva überließ ihn für eine kurze Weile seinen Gedanken; dann lächelte sie zu ihm auf und zog ihn wieder in ihre intime Zweisamkeit.

»Erzähl weiter«, sagte sie.

»Worüber?«

»Über uns – darüber, was für eine schöne Zeit wir verleben werden, und dass es uns immer besser gehen wird und dass wir immer glücklicher und einander immer ganz nah sein werden.«

»Wie könnten wir einander noch näher sein?« Er drückte sie an sich.

»Ich meine, wir werden uns nicht mal mehr über irgendwelche albernen Sachen streiten. Weißt du, letzte Woche, als du mir das Geburtstagsgeschenk gegeben hast« – ihre Finger liebkosten die Halskette aus kleinen Perlen –, »hab ich beschlossen, dass ich versuchen werde, nie mehr etwas Gemeines zu dir zu sagen.«

»Das hast du doch auch nicht, mein Schatz.«

Doch noch während er sie umarmte, wusste sie, dass der Augenblick äußerster, von allen anderen abgeschiedener Zweisamkeit vorüber war, kaum dass er begonnen hatte. Adrian hatte bereits die Antennen ausgefahren und tastete diese neue Welt ab.

»Ich finde die meisten dieser Leute hier ziemlich schrecklich«, sagte er. »Klein und dunkel und hässlich. Früher sahen Amerikaner nicht so aus.«

»Ja, langweilig«, stimmte sie ihm zu. »Wir machen einfach keine neuen Bekanntschaften und bleiben unter uns.«

Ein Gong wurde geschlagen, und Stewards gingen über die Decks und riefen: »Alle Gäste von Bord, bitte!« Das Stimmengewirr schwoll an. Für eine Weile herrschte Gedränge auf den Gangways, dann waren sie leer, und hinter den Absperrungen standen dicht an dicht winkende Menschen und riefen Unverständliches. Als die Arbeiter sich an den Leinen zu schaffen machten, traf in großer Eile ein irgendwie betrunken wirkender junger Mann mit flachem Gesicht ein. Ein Träger und ein Taxifahrer halfen ihm die Gangway hinauf. Das Schiff nahm ihn so gleichmütig auf, als wäre er ein Missionar unterwegs nach Beirut, und dann ging ein tiefes, dunkles Beben durch den Rumpf. Der Pier und die Gesichter darauf wichen zurück, und für einen Augenblick war es, als wäre das Schiff ein versehentlich abgespaltenes Stück Land; dann wurden die Gesichter immer entrückter, stimmloser, und der Pier war nur noch einer von vielen gelben Flecken am Ufer. Nun weitete sich der Hafen rasch zum offenen Meer.

Auf einem nördlichen Breitengrad braute sich ein schwerer Sturm zusammen, der, mit einem Vorboten aus starkem Westwind, in südsüdöstlicher Richtung zog. Er sollte die *Peter 1. Eudim* aus Amsterdam mit sechsundsechzig Mann Besatzung verschlingen, einen Ladebaum des größten Schiffs der Welt abbrechen und den Frauen von Hunderten Seeleuten Kummer und Not bringen. Der Liniendampfer, der New York am Sonntagabend verließ, würde das Tiefdruckgebiet am Dienstag erreichen und am Mittwochabend in den eigentlichen Sturm geraten.

11

Am Dienstagabend suchten Adrian und Eva zum ersten Mal den Salon auf. Das stand im Widerspruch zu ihrer ursprünglichen Absicht – nachdem sie Amerika hinter sich gelassen hatten, wollten sie »nie mehr einen Cocktail sehen«, doch sie hatten nicht mit der stampfenden Einsamkeit gerechnet, der man auf Schiffen ausgesetzt ist, und aller gesellschaftlicher Verkehr fand dort statt, wo sich die Bar befand. Also gingen sie mal kurz hinein.

Es war voll. Es gab Leute, die seit dem Mittagessen hier saßen, und welche, die bis zum Abendessen bleiben würden, und natürlich auch einige treue Seelen, die seit neun Uhr morgens da waren. Es war eine wohlhabende Klientel, die sich die Zeit mit Bridgepartien, Patiencen und Kriminalromanen, mit Alkohol, Wortgefechten und Liebesgeflüster vertrieb. Insofern hätte sie in jeden Club und jedes Casino jeden beliebigen Landes gepasst, wenn nicht über allem eine unterdrückte Anspannung gelegen hätte, eine kaum beherrschte Ungeduld, die Jung und Alt erfasst hatte. Die Überfahrt hatte begonnen, und anfangs hatte man das genossen, doch die Möglichkeiten zur Ablenkung waren nicht vielfältig genug für diese sechs Tage, und so sehnte man jetzt schon die Ankunft herbei.

An einem Tisch in der Nähe entdeckte Adrian das hübsche Mädchen, das ihn am ersten Abend angestarrt hatte. Wieder war er fasziniert von ihrer Schönheit; der strahlende Schimmer auf ihrem Haar leuchtete ungetrübt durch das verrauchte Durcheinander des Raums. Nach einem Blick auf die Passagierliste waren er und Eva zu dem Schluss gekommen, dass es sich vermutlich um »Miss Elizabeth D'Amido und Dienstmädchen« handelte, und als er an einer Decktennispartie vorbeigeschlendert war, hatte er gehört, dass man sie Betsy genannt hatte. In der etwa gleichaltrigen Gesellschaft an ihrem Tisch befand sich auch der junge Mann mit der flachen Nase, der es mit knapper Not an Bord geschafft hatte; gestern war er mürrisch an Deck auf und ab spaziert, aber offenbar ging es ihm inzwischen besser. Miss D'Amido flüsterte ihm etwas zu, worauf er die Smiths neugierig musterte. Seine Rolle als Prominenter war für Adrian noch so neu, dass er sich verlegen abwendete.

»Wir haben ein bisschen Seegang«, sagte Eva. »Spürst du es auch?«

»Vielleicht sollten wir uns eine Flasche Champagner teilen.«

Als er sie bestellte, fand am anderen Tisch eine kurze Besprechung statt; dann erhob sich ein junger Mann und trat an Adrians und Evas Tisch.

»Sind Sie nicht Adrian Smith?«

»Ja, der bin ich.«

»Wir haben uns gefragt, ob Sie vielleicht Lust haben, an einem Decktennisturnier teilzunehmen. Wir wollen nämlich eins veranstalten.«

»Tja...« Adrian zögerte.

»Mein Name ist Stacomb«, platzte der junge Mann heraus. »Wir alle kennen Sie – Ihre Stücke, was Sie geschrieben haben und so – und wollten Sie fragen, ob Sie sich nicht an unseren Tisch setzen wollen.«

Adrian war ziemlich geschmeichelt und lachte. Der beredte, sanfte Mr. Stacomb stand mit hängenden Schultern da und wartete – offenbar in dem Glauben, ein überaus elegantes Kompliment gemacht zu haben.

Adrian, der dies begriff, antwortete: »Danke, aber vielleicht möchten Sie sich lieber an unseren Tisch setzen.«

»Unserer ist größer.«

»Aber wir sind älter – und gesetzter.«

Der junge Mann lächelte freundlich, als wollte er sagen: ›Das ist doch nicht so schlimm.‹

»Na gut, tragen Sie mich ein«, sagte Adrian. »Wie hoch ist das Startgeld?«

»Ein Dollar, Sir. Nennen Sie mich Stac.«

»Warum?«, fragte Adrian verdutzt.

»Das ist kürzer.«

Als er gegangen war, lächelten Adrian und Eva einander an.

»Du lieber Himmel«, stöhnte Eva, »ich glaube, Sie kommen tatsächlich herüber.«

So war es. Man trank aus, rief den Ober, rückte Stühle – drei junge Männer und zwei junge Frauen kamen an den Tisch der Smiths. Falls jemand verunsichert war, dann die Gastgeber. Die Hinzugekommenen nahmen erwartungsvoll Platz und betrachteten Adrian mit Respekt – zu viel Respekt –, als wollten sie sagen: »Es ist wahrscheinlich ein Fehler und wird nicht sehr amüsant sein, aber vielleicht wird etwas dabei herausspringen, das uns später mal weiterhilft, zum Beispiel in der Schule.«

Miss D'Amido tauschte noch rasch den Platz mit einem jungen Mann, so dass ihre bezaubernde Gestalt neben Adrian zu sitzen kam, und sah ihn mit unverhüllter Bewunderung an.

»Ich hab' mich vom ersten Moment in Sie verliebt«, sagte sie vernehmlich und ohne jede Scheu. »Es ist ganz meine Schuld, dass wir uns so aufgedrängt haben. Ich habe Ihr Stück viermal gesehen.«

Adrian winkte den Ober herbei, damit er die Bestellungen aufnahm.

»Wir steuern auf einen Sturm zu, müssen Sie wissen«, fuhr Miss D'Amido fort, »und es könnte sein, dass Sie den Rest der Reise im Liegen werden verbringen müssen – da konnte ich nicht länger warten.«

Er merkte, dass in dem, was sie sagte, kein Unterton, keine Anzüglichkeit mitschwang, und das war auch gar nicht nötig. Die Worte sprachen für sich selbst, und die Ehrerbietung, mit der Miss D'Amido die anderen jungen Männer ignorierte und ihre höfliche Aufmerksamkeit einzig auf Adrian konzentrierte, war irgendwie sehr anrührend. Er errötete leicht und fand das alles äußerst anregend.

Eva war weniger davon angetan, doch der junge Mann mit der flachen Nase, dessen Name Butterworth war, kannte Bekannte von ihr, und das schien die Sache weniger unverbindlich und oberflächlich zu machen. Sie lernte nicht gern neue Leute kennen, es sei denn, sie hatten »etwas beizutragen«, und oft langweilte sie der breite Strom aus Menschen aller Art, Bildung und Herkunft, der sich durch Adrians Leben wälzte. Sie »verfügte über alles« – was heißen sollte, dass sie sowohl Talent als auch Charme besaß –, und die bloße Tatsache, dass jemand »neu« war, erschien ihr kein ausreichender Grund dafür, sich ständig um ihn zu bemühen.

Als sie sich nach einer halben Stunde erhob, um nach den Kindern zu sehen, war sie froh, den Tisch zu verlassen. An Deck war es kühler und die Luft so feucht, dass es beinahe regnete; auch das Rollen des Schiffes war jetzt deutlicher zu spüren. Als sie die Tür ihrer Kabine erster Klasse öffnete, stellte sie überrascht fest, dass der Steward auf dem Bett zusammengesunken war und den Kopf auf das aufgeschüttelte Kissen gelegt hatte. Er sah sie apathisch an, machte jedoch keine Anstalten aufzustehen.

»Wenn Sie ausgeschlafen haben, könnten Sie mir einen neuen Kopfkissenbezug bringen«, sagte sie knapp.

Noch immer regte der Mann sich nicht. Sie sah, dass sein Gesicht grünlich verfärbt war.

»Wenn Sie seekrank sind, dann bitte nicht hier«, verkündete sie bestimmt. »Gehen Sie und legen Sie sich in Ihr eigenes Bett.«

»Ich hab's hier, in der Seite«, sagte er matt. Er versuchte, sich aufzurichten, gab aber einen kleinen, rasselnden Schmerzenslaut von sich und ließ sich wieder auf das Bett sinken. Eva läutete nach der Stewardess.

Ein stetiges Heben, Senken und Rollen hatte eingesetzt, und sie empfand keinerlei Sympathie für den Steward. Er sollte so schnell wie möglich verschwinden. Dass ein Mitglied der Mannschaft seekrank wurde, war unerhört. Als die Stewardess erschien, versuchte Eva ihr dies klarzumachen, doch inzwischen war ihr ebenfalls schwindlig, und sie warf sich auf das Bett und legte die Hand auf die Augen.

»Daran ist er schuld«, stöhnte sie, als der Mann, auf seine Kollegin gestützt, die Kabine verließ. »Mir ging's ganz gut, aber als ich ihn gesehen habe, ist mir übel geworden. Von mir aus soll er sterben.«

Einige Minuten später trat Adrian ein.

»O Gott, ist mir schlecht!«, rief sie.

»Ach, du armes Kind.« Er beugte sich zu ihr und nahm sie in die Arme. »Warum hast du mir das nicht gesagt?«

»Oben war ja noch alles in Ordnung, aber dann hab ich den Steward gesehen... Oh, mir ist so übel, dass ich gar nicht sprechen kann.«

»Du solltest dir das Abendessen lieber am Bett servieren lassen.«

»Abendessen! Um Gottes willen!«

Er verharrte besorgt, doch sie wollte seine Stimme hören – seine Stimme sollte das Ächzen der Spanten übertönen.

»Wo warst du?«

»Ich habe geholfen, Teilnehmer für das Tennisturnier zu werben.«

»Findet das bei diesem Seegang denn überhaupt statt? Wenn ja, kannst du mit mir nur verlieren.«

Er antwortete nicht; als sie die Augen aufschlug, sah sie, dass er die Stirn runzelte.

»Ich wusste nicht, dass du dich für das Doppel melden wolltest«, sagte er.

»Aber das ist doch das Einzige, was Spaß macht.«

»Ich habe dieser Miss D'Amido versprochen, mit ihr zusammen zu spielen.«

»Oh.«

»Ich habe gar nicht darüber nachgedacht. Du weißt, dass ich viel lieber mit dir spielen würde.«

»Warum hast du uns dann nicht eingetragen?«, fragte sie kühl.

»Es ist mir einfach nicht in den Sinn gekommen.«

Sie dachte daran, dass sie während ihrer Flitterwochen das Finale eines Turniers erreicht und einen Preis gewonnen hatten. Seither waren Jahre vergangen. Aber Adrian runzelte nur dann so reumütig die Stirn, wenn er sich ein bisschen schuldig fühlte. Er stolperte umher und nahm seine Abendgarderobe aus dem Schrankkoffer. Sie schloss die Augen.

Als ein besonders heftiges Schlingern sie aufschreckte, war er fertig angekleidet und band seine Krawatte. Er sah frisch und gesund aus, und seine Augen blickten hell und wach.

»Na, wie sieht's aus?«, fragte er. »Willst du mitkommen oder lieber nicht?«

»Nein.«

»Kann ich irgendwas für dich tun, bevor ich gehe?«

»Wohin gehst du denn?«

»Ich treffe mich mit diesen jungen Leuten aus der Bar. Kann ich irgendwas für dich tun?«

»Nein.«

»Schatz, ich lasse dich nicht gern allein in diesem Zustand.«

»Sei nicht albern. Ich will nur schlafen.«

Dieses besorgte Stirnrunzeln – dabei wusste sie, dass er nur aus dieser engen Kabine herauswollte. Sie war froh, als sich die Tür hinter ihm schloss. Was sie jetzt brauchte, was Schlaf, viel Schlaf.

Rauf – runter – zur Seite. He da, nicht so weit! Schieb mal hier ein bisschen! Und jetzt rollen, nach rechts – und jetzt nach links – und rum! Quietsch! Knarz!

Einige Stunden später wurde Eva undeutlich bewusst, dass Adrian sich über sie beugte. Sie wünschte sich, dass er die Arme um sie legte und sie aus dieser von Schwindel erfüllten Lethargie riss, doch noch bevor sie ganz bei sich war, hatte er die Kabine schon wieder verlassen. Er hatte nach ihr gesehen und war wieder gegangen. Als sie das nächste Mal erwachte, war es dunkel, und Adrian lag im Bett.

Der Morgen war frisch und kühl, und das Meer hatte sich gerade so weit beruhigt, dass Eva glaubte, aufstehen zu können. Sie frühstückten in der Kabine, und mit Adrians Hilfe gelang es ihr, sich halbwegs, aber nicht ganz befriedigend zurechtzumachen. Danach gingen sie aufs Bootsdeck. Das Tennisturnier hatte bereits begonnen und war ein Motiv für ein Dutzend Amateurfilmkameras, doch die meisten Passagiere lagen als reglose Bündel auf Liegestühlen, neben sich unberührte Tabletts.

Adrian und Miss D'Amido traten zu ihrem ersten Match an. Sie war geschickt und elegant und spielte auffallend gut. Unter ihrer elfenbeinblassen Haut war noch mehr Wärme als am Tag zuvor. Der Erste Offizier schlenderte vorbei, blieb stehen und unterhielt sich mit ihr; ein halbes Dutzend Männer, die sie bis vor drei Tagen nicht gekannt haben konnte, nannten sie Betsy. Bereits jetzt stand fest, dass sie die attraktivste Frau dieser Reise war, eine Augenweide für die nach Schönheit hungernden Reisenden.

Nach einer Weile betrachtete Eva jedoch lieber die Möwen auf den Antennenmasten und das langsame Auf und Ab des Himmelrouleaus. Die meisten Passagiere wirkten albern mit ihren Filmkameras, die sie in aller Eile geholt hatten und mit denen sie nun nichts anzufangen wussten, während die Seeleute, die stumm die Aufhängungen der Rettungsboote lackierten, mitgenommen und mitfühlend aussahen und das Ende dieser Reise vermutlich ebenso herbeisehnten wie sie selbst.

Butterworth setzte sich neben ihrem Stuhl auf das Deck.

»Sie operieren gerade einen der Stewards. Muss schrecklich sein bei diesem Seegang.«

»Operieren? Warum?«, fragte sie ohne großes Interesse.

»Blinddarm. Und sie müssen ihn jetzt operieren, weil das Wetter noch schlechter wird. Deswegen ist die Schiffsparty auch auf heute Abend vorverlegt worden.«

»Ach, der arme Mann!«, rief sie. Es musste sich wohl um ihren Steward handeln.

Adrian versuchte inzwischen, durch große Höflichkeit und Rücksicht Eindruck zu schinden.

»Tut mir leid. Haben Sie sich weh getan? ... Nein, es war meine Schuld ... Sie sollten sich schnell eine Jacke anziehen, liebe Partnerin, sonst holen Sie sich eine Erkältung.«

Das Spiel war vorbei, die beiden hatten gewonnen. Erhitzt und aufgekratzt kam Adrian zu Eva.

»Wie geht's dir?«

»Schrecklich.«

»Die Sieger müssen in der Bar einen ausgeben«, sagte er entschuldigend.

»Ich komme mit«, sagte Eva, doch ein plötzliches Schwindelgefühl ließ sie wieder auf den Stuhl sinken.

»Du solltest lieber hierbleiben. Ich lasse dir etwas hinaufbringen.«

Sie hatte das Gefühl, dass er sich ihr gegenüber in der Öffentlichkeit ein wenig distanziert verhielt.

»Kommst du dann zurück?«

»Ich bin gleich wieder da.«

Sie war allein auf dem Bootsdeck, nur ein einsamer Offizier ging mit wiegenden Schritten auf der Brücke auf und ab. Als man ihr den Cocktail gebracht hatte, zwang sie sich, ihn zu trinken, und fühlte sich gleich besser. Um sich mit angenehmen Gedanken abzulenken, dachte sie an die heiteren Gespräche, die sie und Adrian vor der Abreise geführt hatten: über das kleine Haus in der Bretagne und darüber, dass die Kinder Französisch lernen würden. Das war alles, woran sie sich erinnern konnte – das kleine Haus in der Bretagne, und die Kinder können Französisch lernen –, und darum wiederholte sie die Worte in Gedanken, bis sie so bedeutungslos waren wie der ferne weiße Himmel. Plötzlich wusste sie nicht mehr, warum sie überhaupt hier waren; sie fühlte sich unmotiviert und ausgeliefert und wünschte sich, Adrian möge schnell kommen, zärtlich und zugewandt, und sie trösten. Der Grund, warum sie ein Jahr in Frankreich verbringen wollten, war die Hoffnung, es gebe so etwas wie das Geheimnis eines Lebens in Anmut, einen echten Ersatz für die inzwischen verlorengegangene sorglose Zuversicht, wie sie sie mit einundzwanzig gehabt hatte.

Der Tag verging in Trübnis. Es waren weniger Leute zu sehen, und der feuchte Himmel senkte sich immer tiefer. Plötzlich war es fünf Uhr, und sie waren wieder in der Bar, wo ihr Mr. Butterworth Geschichten aus seiner Vergangenheit erzählte. Eva trank einige Gläser Champagner, spürte jedoch die ganze Zeit undeutlich die Seekrankheit, als wäre diese eine Äußerung ihrer Seele, die sich mühte, die zunehmende Verkrustung eines unnatürlichen Lebens zu durchbrechen.

»Äußerlich sind Sie in meinen Augen die Verkörperung einer griechischen Göttin«, sagte Butterworth.

Es war schön, in Butterworths Augen die Verkörperung einer griechischen Göttin zu sein, aber wo war Adrian? Er und Miss D'Amido waren auf eines der Decks am Bug gegangen, um die Gischt zu spüren. Eva hörte sich sagen, sie werde ihre Farben auspacken und für die Party am Abend einen Eiffelturm auf Butterworths Hemdbrust malen.

Als Adrian und Betsy D'Amido, von der Gischt

durchnässt, mit Mühe die Tür öffneten, gegen die der Wind immer heftiger drückte, und auf das Promenadendeck traten, das aus Sicherheitsgründen mit Planen überdeckt worden war, blieben sie stehen und sahen einander an.

»Und?«, fragte sie, doch er stand nur, an die Reling gelehnt, da, sah sie an und hatte Angst, etwas zu sagen. Auch sie schwieg, denn sie wollte, dass er zuerst sprach. Für eine kurze Weile geschah gar nichts. Dann machte sie einen Schritt auf ihn zu, und er nahm sie in die Arme und küsste sie auf die Stirn.

»Du hast nur Mitleid mit mir, sonst nichts.« Sie begann, ein wenig zu weinen. »Du willst nur nett sein.«

»Ich fühle mich schrecklich dabei.« Seine Stimme war angespannt und bebend.

»Dann küss mich.«

Das Deck war leer. Er beugte sich rasch zu ihr hinunter.

»Nein, einen richtigen Kuss.«

Er konnte sich nicht erinnern, je etwas so Junges und Frisches berührt zu haben wie ihre Lippen. Wie um ihn vergossene Tränen lagen Regentropfen auf ihren sanft schimmernden Porzellanwangen. Sie war ganz neu und makellos, und ihre Augen blickten herausfordernd.

»Ich liebe dich«, flüsterte sie. »Ich kann nichts dagegen tun. Schon als ich dich zum ersten Mal gesehen habe – nein, nicht hier auf dem Schiff, sondern vor über einem Jahr. Grace Heally hat mich zu einer Probe mitgenommen, und plötzlich bist du in der zweiten Reihe aufgesprungen und hast ihnen gesagt, was sie tun sollten. Damals habe ich dir einen Brief geschrieben, ihn dann aber zerrissen.«

»Wir müssen gehen.«

Sie weinte. Vor der Tür zu ihrer Kabine bot sie ihm noch einmal unbesonnen ihr Gesicht dar. Als er weiterging in Richtung Bar, toste das Blut durch seine Adern.

Er war froh, dass Eva ihn kaum wahrzunehmen schien und womöglich nicht einmal gemerkt hatte, dass er fort gewesen war. Er gab sich den Anschein, als interessierte er sich für das, was sie gerade tat.

»Was ist das?«

»Sie malt mir für heute Abend den Eiffelturm auf die Hemdbrust«, erklärte Butterworth.

»So«, sagte Eva, legte den Pinsel beiseite und wischte sich die Hände ab. »Na, wie finden Sie's?«

»Ein Meisterwerk.«

Ihr Blick glitt über die Umstehenden und verweilte wie zufällig bei Adrian.

»Du bist ganz nass. Zieh dich lieber um.«

»Komm mit.«

»Ich will noch einen Champagnercocktail.«

»Du hattest schon genug. Wir müssen uns für die Party umziehen.«

Widerwillig klappte sie den Farbkasten zu und ging voraus.

»Stacomb hat einen Tisch für neun Personen reserviert«, bemerkte er, als sie durch den Korridor gingen.

»Die jungen Leute«, sagte sie mit unnötiger Bitterkeit. »Ach, die jungen Leute. Und du amüsierst dich großartig – mit einem Kind.«

In der Kabine hatten sie eine lange Diskussion, in deren Verlauf Eva unangenehme Dinge sagte und Adrian Ausflüchte machte, und sie endete erst, als das Schiff sich plötzlich gewaltig hob und senkte und Eva, bei der die Wirkung des Champagners bereits nachgelassen hatte, wieder übel wurde. Es blieb ihnen nichts anderes übrig, als sich einen weiteren Cocktail in der Kabine servieren zu lassen. Danach beschlossen sie, zur Party zu gehen – sie glaubte ihm jetzt, oder es war ihr gleichgültig.

Adrian war als Erster fertig – er trug nie aufwendige Abendgarderobe.

»Ich gehe schon mal vor. Komm bald nach.«

»Bitte warte auf mich. Das Schiff schaukelt so.«

Er setzte sich auf das Bett und verbarg seine Ungeduld.

»Es macht dir doch nichts aus zu warten, oder? Ich will da oben nicht ganz allein auftreten.«

Sie zupfte an dem orientalischen Kostüm, das sie vom Bordfriseur ausgeliehen hatte.

»Schiffe machen die Leute ganz verrückt«, sagte sie. »Ich finde sie grässlich.«

»Ja«, murmelte er geistesabwesend.

»Wenn es ganz schlimm wird, stelle ich mir vor, ich sitze in einem Baumwipfel und schaukle hin und her. Aber dann muss ich nach und nach bei allem so tun, als ob, und es endet dann damit, dass ich so tue, als wäre ich geistig gesund, wenn ich genau weiß, dass ich es nicht bin.«

»Wenn du so denkst, wirst du wirklich verrückt.«

»Sieh mal, Adrian«, sagte sie und hielt die Perlenkette hoch, »sind sie nicht wunderschön?«

In seiner Ungeduld hatte Adrian den Eindruck, als bewegte sie sich in Zeitlupe durch die Kabine. Nach einer Weile fragte er: »Brauchst du noch lange? Es ist so stickig hier drinnen.«

»Dann geh doch!«, rief sie.

»Ich will nicht –«

»Geh, bitte! Wenn du mich so antreibst, machst du mich nur nervös.«

Mit gespieltem Widerwillen verließ er die Kabine. Nach kurzem Zögern ging er die Treppe zum nächsten Deck hinunter und klopfte an eine Tür.

»Betsy.«

»Einen Augenblick.«

In einer kurzen roten Jacke und einer Hose, beides vom Liftboy ausgeliehen, trat sie aus ihrer Kabine.

»Haben Liftboys Flöhe?«, wollte sie wissen. »Ich habe vorsichtshalber jede Menge andere Sachen daruntergezogen.«

»Ich musste dich sehen«, sagte er schnell.

»Vorsicht«, flüsterte sie. »Mrs. Worden soll ein Auge auf mich haben. Sie hat die Kabine gegenüber. Aber sie ist seekrank.«

»Und ich bin krank vor Sehnsucht nach dir.«

Sie küssten sich unvermittelt, klammerten sich auf dem engen Korridor aneinander und schwankten im Rhythmus des Schiffes.

»Geh nicht weg«, murmelte sie.

»Ich muss aber. Ich –«

Ihre Jugend schien in ihn hineinzufließen und trug ihn empor in eine zarte romantische Ekstase, die weiter ging als bloße Leidenschaft. Er konnte nicht davon ablassen, er hatte etwas entdeckt, von dem er gedacht hatte, er habe es mit seiner Jugend für immer verloren. Als er den Korridor entlangging, merkte er, dass er aufgehört hatte zu denken, dass er es nicht mehr wagte, zu denken.

Er traf Eva auf dem Weg zur Bar.

»Wo warst du?«, fragte sie ihn mit einem gezwungenen Lächeln.

»Ich habe einen Tisch reserviert.«

Sie sah wunderschön aus; ihre kühle Eleganz überstrahlte das banale Kostüm und erfüllte ihn wieder mit Freude und Stolz. Sie setzten sich an einen Tisch.

Der Sturm nahm mit jeder Stunde an Heftigkeit zu, und es wurde immer schwieriger, auch nur von einem Raum zum anderen zu gelangen. In jeder Kabine der ersten Klasse wurden Schrankkoffer an Waschtischen festgezurrt, und nervöse Damen, die sich seekrank und elend auf ihren Betten herumwälzten, erörterten die *Vestris*-Katastrophe in allen Details. Im Rauchsalon war ein stämmiger Passagier rückwärts gegen die Wand geschleudert worden und hatte eine schlimme Platzwunde davongetragen; jetzt waren die leichteren Tische und Stühle aufgestapelt und entlang der Wände mit Tauen festgezurrt worden.

Man hatte große Garderobe angelegt und nahm gemeinsam das Essen ein – die Gesellschaft war auf etwa sechzehn Personen angewachsen. Die einzige noch geltende Qualifikation für die Teilnahme bestand im Erreichen des Rauchsalons. Das Spektrum reichte von einem in Groton und Harvard ausgebildeten Rechtsanwalt bis hin zu einem vollkommen ungebildeten Börsenhändler, dem man den Spitznamen »Gyp der Bluthund« verpasst hatte, doch alle Unterschiede hatten sich verwischt. Im Augenblick waren sie Samurai, aus mehreren hundert Passagieren auserwählt aufgrund ihrer überragenden Widerstandskraft gegen den Sturm.

Das Galadinner, das unter wie zum Spott aufgehängten Wimpeln und Lampions stattfand, wurde von langen kollektiven Rutschpartien, überstürzten Rückzügen und verschütteten Getränken unterbrochen, während das Schiff ächzte und stöhnte: Es sei zwar herausgeputzt wie ein Palast, aber letztlich eben doch nur ein Schiff. Nach dem Essen versuchten ein Dutzend Paare im Salon auf einem oberen Deck zu tanzen. In einem verrückten Fandango glitten und galoppierten sie hierhin und dorthin, rücksichtslos hin und her geworfen von einem Willen, der dem ihren entgegengesetzt war. Angesichts des Zustandes, in dem sich Hunderte andere gefolterte Passagiere auf den unteren Decks befanden, hatte dieses Treiben etwas zunehmend Frivoles, als würde man eine ausgelassene Feier in einem Haus veranstalten, in dem getrauert wurde, und schließlich wandten sich die stark dezimierten Standhaften der Bar zu.

Evas Gefühl der Unwirklichkeit verstärkte sich im Verlauf des Abends. Adrian war verschwunden –

vermutlich mit Miss D'Amido –, und dieser Tatsache maß ihr durch Champagner und Seekrankheit strapazierter Geist immer mehr Bedeutung bei: Verärgerung verwandelte sich langsam in finster brütende Wut, Kummer in Verzweiflung. Sie hatte nie versucht, Adrian an sich zu binden, sie hatte nie das Bedürfnis dazu verspürt – sie waren schließlich zwei vernünftige Menschen, die alle möglichen Interessen teilten und einander genügten –, doch dies war ein Vertragsbruch, dies war grausam. Wie konnte er nur annehmen, sie würde es nicht bemerken?

Stunden später, wie ihr schien, als sie irgendeiner Frau einen leidenschaftlichen Vortrag über Babys hielt, beugte er sich in der Bar über ihren Sessel und sagte: »Eva, wir sollten zu Bett gehen.«

Sie verzog den Mund. »Damit du mich dort zurücklassen und zu deiner Achtzehnjährigen schleichen kannst.«

»Sei still.«

»Ich gehe nicht zu Bett.«

»Na gut. Gute Nacht.«

Die Zeit verging, die Besetzung des Tischs wechselte. Die Stewards wollten die Bar schließen. Eva dachte daran, dass Adrian – ihr Adrian – jetzt irgendwo einem schönen, frischen Mädchen Zärtlichkeiten ins Ohr flüsterte, und begann zu weinen.

»Er ist bestimmt zu Bett gegangen«, versicherten ihr die letzten anderen Gäste. »Wir haben ihn in Richtung Ihrer Kabine gehen sehen.«

Sie schüttelte den Kopf. Sie wusste es besser. Adrian war für sie verloren. Der lange, sieben Jahre währende Traum war vorüber. Wahrscheinlich war das die Strafe für etwas, das sie getan hatte, und bei diesem Gedanken begannen die Träger und Balken über ihr zu murmeln, dass sie endlich den wahren Grund gefunden hatte. Es war die Strafe für ihre Dickköpfigkeit gegenüber ihrer Mutter, die gegen die Heirat gewesen war, für alle Sünden und Unterlassungen, deren sie sich in ihrem Leben schuldig gemacht hatte. Sie erhob sich und sagte, sie müsse hinausgehen und etwas frische Luft schnappen.

Das Deck war dunkel und von Wind und Regen gepeitscht. Das Schiff stampfte durch Wellentäler und floh vor schwarzen, herandonnernden Wasserbergen. Eva sah, dass sie keine Chance hatten, es sei denn, sie brachte ein Opfer, um den Sturm zu beschwichtigen. Er forderte Adrians Liebe. Mit Bedacht öffnete sie den Verschluss der Halskette, küsste sie – denn sie wusste, dass sie den schönsten, frischesten Teil ihres Lebens symbolisierte – und warf sie in das Tosen.

III

Als Adrian erwachte, wurde gerade zum Mittagessen geläutet, doch er wusste, dass ihn ein stärkeres Geräusch geweckt hatte. Der Schrankkoffer hatte sich losgerissen und wurde zwischen dem Schrank und Evas Bett hin und her geworfen. Mit einem Schrei fuhr Adrian hoch, doch Eva war unversehrt – sie war noch angekleidet und schlief tief und fest. Als der Steward, der ihm half, den Koffer wieder zu sichern, gegangen war, öffnete sie ein Auge.

»Wie geht's?«, fragte er und setzte sich auf ihr Bett.

Sie schloss das Auge und öffnete es wieder.

»Wir haben jetzt schweren Sturm«, sagte er. »Der Steward sagt, es ist der schlimmste, den er in zwanzig Jahren erlebt hat.«

»Mein Kopf«, murmelte sie. »Halt meinen Kopf.«

»Wie?«

»An der Stirn. Meine Augen fallen gleich raus. Ich glaube, ich muss sterben.«

»Unsinn. Soll ich den Arzt holen?«

Sie stieß ein seltsames, leises Keuchen aus, das ihn beängstigte. Er läutete und schickte den Steward nach dem Arzt.

Der Arzt war jung, blass und müde. Er hatte einen Bartschatten. Als er eintrat, verbeugte er sich knapp, wandte sich an Adrian und sagte ohne höfliche Einleitung: »Worum geht es?«

»Meine Frau fühlt sich nicht wohl.«

»Und was soll ich tun? Ihr ein Beruhigungsmittel geben?«

Adrian war ein wenig verärgert darüber, dass er so kurz angebunden war, und sagte: »Sie sollten sie wohl lieber erst untersuchen, um zu sehen, was sie braucht.«

»Sie braucht ein Beruhigungsmittel«, sagte der Arzt. »Ich habe Anweisung gegeben, ihr hier keinerlei alkoholische Getränke mehr auszuschenken.«

»Warum nicht?«, fragte Adrian erstaunt.

»Wissen Sie denn nicht, was gestern Nacht passiert ist?«

»Nein, ich habe geschlafen.«

»Ihre Frau ist eine Stunde lang auf dem Schiff herumgeirrt, ohne zu wissen, was sie tat. Ein Matrose wurde abgestellt, um ihr zu folgen, und als eine Stewardess sie zu Bett bringen wollte, hat Mrs. Smith beleidigende Dinge gesagt.«

»Lieber Gott«, rief Eva leise.

»Die Krankenschwester und ich waren die ganze Nacht bei Steward Carton, der heute morgen gestorben ist.« Der Arzt nahm seine Tasche. »Ich werde Mrs. Smith ein Beruhigungsmittel bringen lassen. Guten Tag.«

Für einige Minuten war es still in der Kabine. Dann legte Adrian mit einer raschen Bewegung den Arm um Eva.

»Macht nichts«, sagte er. »Das bügeln wir wieder aus.«

»Jetzt weiß ich es wieder.« Ihre Stimme war ein andächtiges Flüstern. »Meine Perlen. Ich hab sie über Bord geworfen.«

»Du hast sie über Bord geworfen?«

»Und dann hab ich dich gesucht.«

»Aber ich war doch hier, im Bett.«

»Das konnte ich eben nicht glauben. Ich dachte, du wärst bei diesem Mädchen.«

»Ihr ist beim Essen übel geworden. Ich war hier und habe geschlafen.«

Stirnrunzelnd läutete er nach dem Steward und bestellte das Mittagessen und eine Flasche Bier.

»Es tut mir leid, Sir, aber wir dürfen keine alkoholischen Getränke in Ihre Kabine bringen.«

Als der Mann gegangen war, platzte Adrian heraus: »Das ist unerhört! Du warst einfach völlig durcheinander von diesem Sturm – das können die nicht einfach so beschließen. Ich werde mit dem Kapitän sprechen.«

»Ist das nicht schrecklich?«, murmelte Eva. »Der arme Mann ist gestorben.« Sie drehte sich um und weinte in das Kissen. Es klopfte an der Tür.

»Darf ich hereinkommen?« Der beflissene Mr. Butterworth, der erstaunlich gesund und frisch wirkte, trat in die wild schwankende Kabine.

»Nun, wie geht es unserer Mystikerin?«, fragte er in Evas Richtung. »Erinnern Sie sich, dass Sie gestern Abend in der Bar zu den Elementen gebetet haben?«

»Ich will mich an nichts erinnern, das gestern Abend geschehen ist.«

Sie erzählten ihm von der Stewardess, und diese Geschichte lockerte die Stimmung ein wenig auf. Sie lachten gemeinsam darüber.

»Ich hole Ihnen gleich eine Flasche Bier für Ihr Mittagessen«, sagte Butterworth. »Und Sie sollten ein bisschen an Deck gehen.«

»Gehen Sie nicht«, sagte Eva. »Sie sehen so nett und vergnügt aus.«

»Ich bin gleich wieder da.«

Als er gegangen war, läutete Adrian, um zwei Bäder vorbereiten zu lassen.

»Wir werden unsere besten Sachen anziehen und mit hocherhobenem Kopf drei Runden an Deck drehen«, sagte er.

»Ja.« Nach kurzem Schweigen fügte sie geistesabwesend hinzu: »Ich mag diesen jungen Mann. Als du gestern Abend verschwunden warst, war er sehr freundlich zu mir.«

Der Steward erschien mit der Information, das Baden sei heute zu gefährlich. Sie befänden sich mitten im schwersten Sturm, den es seit zehn Jahren im Nordatlantik gegeben habe; am Morgen hätten sich bereits zwei Passagiere bei dem Versuch, ein Bad zu nehmen, den Arm gebrochen. Eine ältere Dame sei eine Treppe hinuntergestürzt und werde ihre Verletzungen wohl nicht überleben. Außerdem habe man mehrere Notrufe anderer Schiffe aufgefangen.

»Werden wir ihnen zu Hilfe eilen?«

»Sie sind allesamt hinter uns, Sir, also werden wir sie der *Mauretania* überlassen. Die Bullaugen würden bersten, wenn wir bei diesem Seegang wenden würden.«

Diese Vielzahl von Katastrophen ließ ihre eigenen Sorgen kleiner erscheinen. Nachdem sie eine Art Mittagessen zu sich genommen und das von Butterworth besorgte Bier getrunken hatten, kleideten sie sich an und gingen an Deck.

Obwohl man nur mühsam einen Fuß vor den anderen setzen konnte und sich dabei an einem Geländer oder Seil festhalten musste, waren mehr Menschen unterwegs als am Tag zuvor. Die Angst hatte sie aus den Kabinen getrieben, wo die Koffer mit Getöse hin und her rutschten und die Wellen gegen die Bullaugen schlugen. Sie erwarteten jeden

Augenblick, zu den Booten gerufen zu werden. Und tatsächlich erklang, als Adrian und Eva auf dem Querdeck über der zweiten Klasse standen, ein Signal, und auf dem Deck unter ihnen versammelten sich Stewards und Stewardessen, doch das Schiff war unbeschädigt – es hatte länger durchgehalten als einer der Menschen, die es trug: Der Leichnam des Stewards James Carton wurde der See übergeben.

Es war sehr britisch und traurig. Die Männer und Frauen standen, in Reihen angetreten, diszipliniert und steif im strömenden Regen, und zwischen ihnen lag eine Gestalt, eingehüllt in die Fahne jener Meeresnation. Der Zahlmeister sprach ein Gebet, ein Choral wurde gesungen, und der Leichnam glitt in die tosenden Wogen. Eva brach bei dieser schlichten Zeremonie in haltloses Weinen aus – es war, als würde in ihr ein letzter Faden reißen. Nun war ihr wirklich alles gleichgültig. Butterworths Angebot, Champagner in die Kabine der Smiths zu bringen, nahm sie ohne zu zögern an. Ihre Stimmung machte Adrian Sorge; sie war es nicht gewohnt, so viel zu trinken, und er fragte sich, was er dagegen tun sollte. Auf seinen Vorschlag, sie sollten lieber ein wenig schlafen, reagierte sie nur mit Lachen, und das Beruhigungsmittel, das der Arzt hatte bringen lassen, stand unberührt auf dem

Waschtisch. Er tat, als hörte er den Schwachsinnigkeiten mehrerer Mr. Stacombs zu, ließ Eva jedoch nicht aus den Augen. Überrascht und bedrückt stellte er fest, dass zwischen ihr und Butterworth ein vertrautes, ja intimes Verhältnis zu bestehen schien, und fragte sich, ob das eine Art Rache für die Aufmerksamkeit war, die er Betsy D'Amido hatte zuteil werden lassen.

Die Kabine war verraucht, es wurde unaufhörlich geredet. Die Tatsache, dass alle Aktivitäten eingestellt waren und man auf das Ende des Sturms warten musste, begann Adrian auf die Nerven zu gehen. Sie waren erst seit vier Tagen unterwegs, doch es kam ihm vor wie ein Jahr.

Die beiden Mr. Stacombs gingen schließlich, aber Butterworth blieb. Eva drängte ihn, eine weitere Flasche Champagner zu besorgen.

»Wir haben genug getrunken«, widersprach Adrian. »Wir sollten etwas schlafen.«

»Ich will nicht schlafen!«, rief sie. »Du musst verrückt sein! Du vergnügst dich nach Herzenslust, und wenn ich jemanden finde, den ich … den ich mag, willst du, dass ich schlafe!«

»Du bist hysterisch.«

»Ganz im Gegenteil: Ich bin noch nie so klar bei Verstand gewesen.«

»Ich glaube, Sie sollten jetzt lieber gehen, Butterworth«, sagte Adrian. »Eva weiß nicht, was sie sagt.«

»Er geht nicht, ich will nicht, dass er geht.« Sie griff leidenschaftlich nach Butterworths Hand. »Er ist der Einzige, der einigermaßen anständig zu mir war.«

»Sie sollten jetzt gehen, Butterworth«, wiederholte Adrian.

Der junge Mann sah sich unschlüssig um.

»Mir scheint, Sie tun Ihrer Frau unrecht«, wandte er ein.

»Meine Frau ist nicht bei Sinnen.«

»Das ist kein Grund, sie zu bevormunden.«

Adrian verlor die Geduld. »Raus mit Ihnen!«, rief er.

Die beiden Männer starrten einander schweigend an. Dann wandte Butterworth sich zu Eva, sagte: »Ich komme später noch einmal«, und verließ die Kabine.

»Eva, du musst dich zusammenreißen«, sagte Adrian, als die Tür sich geschlossen hatte.

Sie gab keine Antwort und sah ihn mit halb geschlossenen Augen schmollend an.

»Ich werde das Abendessen für uns beide bestellen, und danach versuchen wir, etwas zu schlafen.«

»Ich will rauf und ein Funktelegramm schicken.«

»An wen?«

»An einen Anwalt in Paris. Ich will mich scheiden lassen.«

Trotz seiner Verärgerung musste er lachen. »Sei nicht albern.«

»Und dann will ich nach den Kindern sehen.«

»Also gut, sieh nach den Kindern. Ich werde das Abendessen bestellen.«

Zwanzig Minuten lang wartete er in der Kabine auf sie. Dann öffnete er ungeduldig die Tür zur gegenüberliegenden Kabine; das Kindermädchen sagte ihm, Mrs. Smith sei nicht da gewesen.

Plötzlich überkam ihn die Vorahnung einer bevorstehenden Katastrophe. Er rannte die Treppe hinauf, sah in die Bar, die Salons, klopfte sogar an Butterworths Tür. Dann eine schnelle Runde über die Decks – er tastete sich durch Finsternis, Gischt und Regen. An einer Seilabsperrung wurde er von einem Matrosen aufgehalten.

»Ich habe Befehl, niemanden durchzulassen, Sir. Der Funkraum hat einen Brecher abgekriegt.«

»Haben Sie eine Dame gesehen?«

»Ja, eben war eine hier.« Er hielt inne und sah sich um. »Nanu – jetzt ist sie weg.«

»Sie ist hinaufgegangen«, rief Adrian voller Angst. »Zum Funkraum.«

Stolpernd und rutschend kletterte der Matrose die Treppe zum Bootsdeck hinauf. Adrian folgte ihm. Als er aus dem Schutz des Treppenaufgangs trat, versetzte ein riesiger Brecher dem Schiff einen so heftigen Stoß, dass es sich um fünfundvierzig Grad neigte. Adrian wurde hilflos über das vom Wasser überspülte Deck geschleudert und blieb benommen und zerschlagen an der Reling liegen.

»Eva!«, schrie er. Seine Stimme verhallte in der Schwärze des Sturms. Im schwachen Licht, das durch das Fenster des Funkraums schien, sah er den Matrosen, der sich mühsam vorarbeitete.

»Eva!«

Der Sturm wehte ihn wie ein Segel gegen ein Rettungsboot. Dann erbebte das Schiff abermals, und hoch über ihm, über dem Schiff, türmte sich eine gigantische, weiß schimmernde Welle auf. Sie verharrte für den Bruchteil einer Sekunde, und in diesem Augenblick sah er Eva, die etwa sechs Meter entfernt neben einem Belüfter stand. Er stieß sich von der Reling ab und stürzte sich auf sie, doch da brach die Woge krachend und brüllend über das Schiff herein. Das Deck stand eineinhalb Meter tief unter Wasser, Adrian wurde mit gewaltiger Kraft zur Seite geschleudert und stieß mit einem Körper zusammen, den er fest an sich drückte, während er ein zweites Mal an die Reling gespült wurde. Er spürte einen mächtigen Schlag, hielt seine Last aber in verzweifeltem Griff, und als das Schiff sich langsam wieder aufrichtete, wurden die beiden, noch immer umklammert, erschöpft auf die nassen Planken gespült. Für einen Augenblick verlor er das Bewusstsein.

IV

Zwei Tage später, als der Schiffszug gemächlich in Richtung Süden nach Paris fuhr, versuchte Adrian die Kinder zu überreden, durch die Fenster einen Blick auf die Normandie zu werfen.

»Es ist schön hier«, sagte er. »All die kleinen Bauernhöfe sehen wie Spielzeug aus. Warum wollt ihr euch das denn nicht ansehen?«

»Mir hat's auf dem Schiff besser gefallen«, sagte Estelle.

Ihre Eltern wechselten einen Blick – sie hätten dem Kind den Hals umdrehen mögen.

»Ich habe noch immer das Gefühl, als würde das Schiff unter mir schwanken«, sagte Eva und erschauerte. »Und du?«

»Nein. Irgendwie erscheint mir das alles ganz weit entfernt. Am Zoll kamen mir die anderen Passagiere vor wie Fremde.«

»Die meisten hatten sich ja vorher auch nicht blicken lassen.«

Er zögerte. »Übrigens habe ich Butterworth seinen Scheck eingelöst.«

»Das war dumm. Du wirst das Geld nie wicder sehen.«

»Er muss es ziemlich dringend gebraucht haben, sonst wäre er nicht zu mir gekommen.«

Ein blasses, zartes Mädchen ging auf dem Gang vorbei, erkannte sie und streckte den Kopf durch die Schiebetür. »Wie geht es Ihnen?«

»Schrecklich.«

»Mir auch«, sagte Miss D'Amido. »Ich hoffe nur, dass mein Verlobter mich an der Gare du Nord noch wiedererkennt. Wussten Sie, dass der Funkraum zwei Wellen abbekommen hat?«

»Das haben wir gehört«, antwortete Adrian trocken.

Anmutig ging sie weiter und verschwand aus ihrem Leben.

»In Wirklichkeit ist das alles gar nicht passiert«, sagte Adrian nach einer kurzen Pause. »Es war ein Alptraum, ein unglaublich schrecklicher Alptraum.«

»Und wo sind dann meine Perlen?«

»In Paris gibt es schönere, Liebling. Ich übernehme die Verantwortung für deine Perlen. Ich bin fest davon überzeugt, dass du das Schiff gerettet hast.«

»Wir machen einfach nie wieder neue Bekanntschaften, Adrian. Wir bleiben immer zusammen – nur wir zwei.«

Er nahm ihren Arm und drückte sich an sie. »Wer waren bloß dieser Adrian Smith und Gemahlin dort auf dem Schiff?«, sagte er. »Ich jedenfalls nicht.«

»Ich auch nicht.«

»Muss wohl jemand anders gewesen sein«, sagte er und nickte. »Es gibt ja so viele Smiths.«

Joseph Conrad

Jugend

Die im Folgenden erzählten Ereignisse hätten sich nirgendwo anders als in England zutragen können, wo Menschen und Meer einander sozusagen durchdringen: Das Meer greift in das Leben der meisten Menschen ein, und die Menschen sind völlig oder doch einigermaßen mit dem Meere vertraut, sei es durch Sport und Spiel, durch Seereisen oder durch ihren Broterwerb.

Wir saßen mit aufgestützten Ellbogen rund um einen Mahagonitisch, der die Flasche, die Rotweingläser und unsere Gesichter widerspiegelte: ein Firmendirektor, ein Buchhalter, ein Rechtsanwalt, Marlow und ich. Der Direktor war Kadett auf der *Conway* gewesen, der Buchhalter war vier Jahre zur See gefahren und der Rechtsanwalt, ein überzeugter alter Tory und Anglikaner, ein prächtiger alter Kerl, die Seele von einem Ehrenmann, Erster Offizier auf der P&O-Linie in der guten alten Zeit gewesen, als die Postdampfer noch an mindestens zwei Masten Rahsegel führten und mit unten und oben gesetzten Leesegeln vor einem günstigen Monsunwind das Chinesische Meer herabfuhren. Wir alle hatten unsern Lebensweg in der Handelsmarine begonnen. Uns fünf verband stark und dauerhaft das Erlebnis der See, vereinte der Gemeinschaftsgeist des Berufs, den keine noch so große Begeisterung für Sportsegeln, Kreuzfahrten und Ähnliches erzeugen kann, da das eine nur zu den Annehmlichkeiten des Lebens zählt, das andere aber das Leben selbst ist.

Marlow – wenigstens glaube ich, dass er sich so schrieb – bot uns die Geschichte oder vielmehr den Bericht einer Seefahrt:

»Ja, von den fernöstlichen Meeren, da habe ich schon ein bisschen was gesehen, aber was mir noch heute am lebhaftesten vor Augen steht, das ist meine erste Fahrt dorthin. Ihr alten Knaben wisst ja, es gibt Fahrten, die sehen ganz so aus, als sollten sie ein Bild des Lebens abgeben, als stellten sie ein Sinnbild des Daseins dar: Man kämpft, arbeitet, schuftet, bringt sich fast um, und manchmal bringt sich einer wirklich dabei um, versucht, etwas zu vollbringen – und es geht einfach nicht. Nicht etwa, dass man selber daran schuld wäre. Man bringt einfach nichts zustande, weder was Großes noch was Geringes – einfach gar nichts –, kriegt es nicht mal fertig, 'ne alte Jungfer zu heiraten oder lumpige sechshundert Tonnen Kohle in den Bestimmungshafen zu bringen.

Die Sache war denkwürdig in jeder Hinsicht. Für mich war es die erste Fahrt in den Fernen Osten und dazu meine erste als Zweiter Steuermann. Auch für meinen Kapitän war es das erste Kommando – spät genug, wie ihr zugeben werdet; er war nämlich mindestens sechzig; ein kleiner Mann mit breitem, nicht eben geradem Rücken und hängenden Schultern; das eine seiner Säbelbeine war stärker gebogen als das andere – im Ganzen hatte er die eigenartig verkrümmte Gestalt von Menschen, die schwer auf den Feldern arbeiten müssen. Sein Nussknackergesicht – Kinn und Nase versuchten über einem eingesunkenen Mund zusammenzukommen – war von einem flaumigen eisengrauen Haarkranz umrahmt, der wie ein mit Kohlenstaub besprenkelter baumwollener Kinnriemen aussah. Und aus diesem alten Gesicht strahlten blaue Augen, richtige Jungenaugen, mit jenem aufrichtigen Ausdruck, den manche im Übrigen ganz alltägliche Menschen durch eine seltene Herzenseinfalt und Redlichkeit bis ans Ende ihrer Tage bewahren. Dass er sich bewogen fühlte, mich einzustellen, war ein reines Wunder. Ich war nämlich auf einem rassigen australischen Schnellsegler Dritter Steuermann gewesen, und er schien solche Klipper von vornherein als aristokratisch und sündhaft vornehm abzulehnen. Er sagte zu mir: ›Wissen Sie, auf dem Schiff hier werden Sie arbeiten müssen.‹ Ich erwiderte, ich hätte bisher auf jedem Schiff, auf dem ich gewesen war, arbeiten müssen. ›Ach, das hier ist was andres, und ihr feinen Herren von den großen Schiffen … aber, na ja! Ich glaube, Sie werden's schaffen. Kommen Sie morgen an Bord.‹

Also ich kam ›morgen an Bord‹. Das ist nun zweiundzwanzig Jahre her, und damals war ich gerade zwanzig. Wie doch die Zeit vergeht! Es war einer der glücklichsten Tage meines Lebens. Stellt euch nur vor: zum ersten Mal Zweiter Steuermann – ein Offizier mit wirklicher Verantwortung! Nicht für ein Vermögen hätte ich meinen neuen Posten aufgegeben. Der Erste Steuermann musterte mich von oben bis unten. Auch er war ein alter Knacker, aber von anderer Machart. Er hatte eine Adlernase, einen schneeweißen langen Bart und hieß Mahon, legte aber Wert darauf, dass sein Name wie ›Mann‹ ausgesprochen wurde. Er hatte einflussreiche Beziehungen, muss aber so was wie ein Pechvogel gewesen sein und war nie vorangekommen.

Was den Kapitän anlangt, so war er jahrelang bei der Küstenschifffahrt gewesen, dann im Mittelmeer und schließlich im Westindien-Handel. Um die Kaps war er nie herumgekommen. Er hatte eine recht unbeholfene Handschrift und schrieb überhaupt nicht gern. Die beiden waren natürlich erfahrene, tüchtige Seeleute, und ich kam mir zwischen den beiden alten Seebären wie ein kleiner Junge zwischen zwei Großvätern vor.

Auch das Schiff war alt. Es war die *Judäa* – ein komischer Name, was? Der Eigentümer hieß Wilmer, Wilcox oder so ähnlich, aber er ist schon seit zwanzig Jahren oder noch länger bankrott und tot, und sein Name spielt hier keine Rolle. Das Schiff hatte wer weiß wie lange im Hafenbecken von Shadwell aufgelegen. Ihr könnt euch vorstellen, in welchem Zustand es war. Alles war rostig, schmutzig, schmierig – oben verrußt, unten verdreckt. Mir war es, als käme ich aus einem Palast in eine verfallene Hütte. Unsere Bark von ungefähr vierhundert Tonnen hatte ein primitives Ankerspill, hölzerne Klinken an den Türen, keine Spur von Messingbeschlägen und ein großes quadratisches Achterschiff. Unter den großen Lettern des Schiffsnamens war eine umfangreiche Schnörkelverzierung angebracht, deren Vergoldung abgeblättert war, und darunter eine Art Wappen mit dem Motto ›Tat oder Tod‹. Ich weiß noch heute, wie gewaltig das auf meine Phantasie einwirkte. Es lag ein Schimmer Romantik darin, etwas, was mich den alten Kasten lieben ließ, etwas, was meine Jugend ansprach.

Wir liefen aus London mit Ballast aus – Sandballast –, um in einem nördlichen Hafen eine Ladung Kohle für Bangkok aufzunehmen. Bangkok! Mir ging es durch und durch! Ich war nun schon sechs Jahre zur See gefahren, hatte aber erst Melbourne und Sidney gesehen, sicher sehr beachtliche Ortschaften und in ihrer Art sogar reizend – aber Bangkok!

Wir liefen unter Segel aus der Themse aus und hatten einen Nordseelotsen an Bord. Er hieß Jermyn, drückte sich den ganzen Tag in der Kombüse herum und trocknete sein Taschentuch am Herd. Anscheinend schlief er nie. Er war ein trübsinniger Mensch, dem ständig ein Tropfen an der Nasenspitze hing. Entweder hatte er Kummer gehabt oder hatte eben jetzt Kummer oder erwartete demnächst Kummer – jedenfalls fühlte er sich nicht wohl, wenn nicht irgendetwas schiefging. Er misstraute meiner Jugend, meinem Wirklichkeitssinn und meinen seemännischen Fähigkeiten und ließ keine Gelegenheit aus, mich das durch hundert kleine Nadelstiche spüren zu lassen. Nun, er wird im Grunde schon recht gehabt haben. Ich habe damals wohl wirklich wenig verstanden und verstehe auch jetzt nicht viel mehr, aber diesen Jermyn hasse ich noch heute aus tiefstem Herzensgrund.

Es kostete uns eine Woche, bis zur Reede von

Yarmouth hochzukreuzen, und dann gerieten wir in einen Sturm – den berühmten Oktobersturm vor zweiundzwanzig Jahren, mit tollen Windstärken, Blitzen, Graupelschauern, Schnee und einer entsetzlichen See. Wir fuhren mit zu wenig Ballast, und ihr könnt euch vorstellen, wie schlimm es wurde, wenn ich euch sage, dass das Schanzkleid eingedrückt war und das Deck dauernd überflutet wurde. In der zweiten Nacht ging der Ballast in Lee nach vornüber, und inzwischen waren wir in die Gegend der Doggerbank abgetrieben. Es blieb uns nichts übrig, als mit Schaufeln hinunterzusteigen und zu versuchen, das Schiff wieder in die richtige Lage zu bringen. Da standen wir nun in dem riesigen Laderaum, wo es düster wie in einer Höhle war, Talgkerzen auf den Balken staken und flackerten; über uns heulte der Sturm, und das Schiff taumelte mit Schlagseite wie toll. Alle waren wir unten, Jermyn und der Kapitän genau wie jeder andere auch; wir konnten uns bei unsrer Totengräberarbeit kaum auf den Beinen halten, wenn wir versuchten, Schaufeln voll feuchtem Sand luvwärts zu schleudern. Jedes Mal, wenn das Schiff stark rollte, sah man bei dem düsteren Licht undeutlich, wie Männer stürzten und dabei mit den Schaufeln wild umherfuchtelten. Einen der Schiffsjungen – wir hatten zwei – nahm die unheimliche Szene so mit, dass er herzzerbrechend weinte. Wir konnten ihn irgendwo im Schatten schluchzen hören.

Am dritten Tage legte sich der Sturm, und bald danach nahm uns ein nordenglischer Schlepper auf den Haken. Wir brauchten alles in allem sechzehn Tage, um von London zum Tyne zu gelangen! Als wir zum Pier kamen, hatten wir unsern Ladetermin versäumt und verloren. Wir wurden zu einem Liegeplatz geschleppt, wo wir einen Monat lang warten mussten. Mrs. Beard – der Kapitän hieß Beard – kam von Colchester, um den Alten zu besuchen. Sie wohnte an Bord. Die für diese Fahrt angeheuerte Mannschaft hatte abgemustert. An Bord blieben nur die Offiziere, ein Junge und ein Mulatte, der Steward und Koch in einer Person war und auf den Namen Abraham hörte. Mrs. Beard war eine alte Frau mit einem Gesicht wie ein Winterapfel, ganz verrunzelt und rosig, und der Figur eines jungen Mädchens. Einmal sah sie, wie ich gerade einen Knopf annähte, und bestand darauf, dass ich ihr meine Hemden zum Ausbessern brächte. Das war schon was anderes als die Kapitänsfrauen, die ich auf den vornehmen Klippern kennengelernt hatte. Als ich ihr die Hemden brachte, sagte sie: ›Und die Socken? Die müssen doch sicher gestopft werden, und mit Johns – Kapitän Beards – Sachen bin ich jetzt fertig. Ich möchte immer gern was zu tun haben.‹ Gott segne die alte Frau! Sie brachte meine gesamte Ausstattung in Ordnung, und ich las zum ersten Mal *Sartor Resartus* und Burnabys *Fahrt nach Chiwa.* Von dem ersten Buch habe ich damals nicht viel verstanden. Ich weiß nur noch, dass mir der soldatische Verfasser des zweiten lieber war als der Philosoph, eine Einschätzung, die sich in meinem weiteren Leben nur noch gefestigt hat. Der eine war ein Mann, und der andere war entweder mehr – oder weniger. Na ja, jetzt sind sie beide tot, und auch Mrs. Beard ist tot; und Jugend, Kraft, Geist, Denken, Erfolg, Herzenseinfalt – alles stirbt und vergeht … Ist ja im Grunde auch gleichgültig.

Endlich wurden wir beladen. Wir heuerten eine Mannschaft an, acht Vollmatrosen und zwei Schiffsjungen. Eines Abends hatten wir zu den Tonnen an den Schleusentoren verholt und waren klar zum Auslaufen, hatten also begründete Aussicht, unsere Reise am nächsten Tag endlich anzutreten. Mrs Beard sollte sich mit dem Abendzug auf den Heimweg machen. Als das Schiff festgemacht hatte, setzten wir uns zum Tee nieder. Wir verbrachten die Mahlzeit ziemlich schweigsam – Mahon, das alte Paar und ich. Ich war zuerst fertig und machte mich davon, um ein paar Züge zu rauchen. Meine Kammer lag in einem Deckshaus genau gegenüber der Achterhütte. Es war Hochwasser, und bei frischem Wind ging ein leichter Nieselregen nieder. Beide Schleusentore waren geöffnet, und die Kohlendampfer liefen in der Dunkelheit mit hellen Positionslichtern ein und aus. Ringsum platschten Schiffsschrauben, rasselten Ladewinden und lärmte es auf den Molenköpfen. Ich sah zu, wie hoch oben Topplichter und unten grüne Lichter durch die Nacht wie ein Fackelzug vorüberglitten, als plötzlich vor mir ein roter Schein aufblitzte, wieder verschwand, erneut aufleuchtete und sichtbar blieb. Der Bug eines Dampfers ragte als undeutlicher Schatten dicht vor mir auf. Ich schrie zur Kajüte hinunter: ›Kommt schnell rauf!‹, und dann hörte ich in der Dunkelheit eine erschrockene Stimme aus der Ferne rufen: ›Stoppen Sie, Sir!‹ Eine Glocke schrillte. Eine zweite warnende Stimme schrie: ›Vorsicht, wir laufen direkt auf die Bark da unten auf!‹ Als Antwort kam ein rauhes ›Schon gut!‹, und gleich darauf gab es einen lauten Krach, als der Dampfer uns mit seinem Bug heftig rammte und die Takelung unseres Fockmastes streifte. Dann folgte ein kurzes Durcheinander, Geschrei und Gerenne. Dampf strömte zischend aus. Darauf hörte man jemanden sagen: ›Alles klar, Sir.‹ – ›Alles klar bei euch?‹, fragte die raue Stimme. Ich war nach vorn gelaufen, um den Schaden zu besehen, und schrie zurück: ›Ich glaube schon!‹ – ›Langsame

Fahrt zurück‹, schrie die raue Stimme. Eine Glocke schrillte. ›Wie heißt der Dampfer?‹, schrie Mahon. Jetzt war er nur noch als Riesenschatten zu sehen, der ein Stück seitab manövrierte. Sie riefen uns irgendeinen Namen zu – einen Frauennamen, Miranda oder Melissa oder so ähnlich. ›Das bedeutet, dass wir noch einen Monat in diesem elenden Loch liegen müssen‹, sagte Mahon zu mir, als wir uns mit Lampen das zersplitterte Schanzkleid und die gebrochenen Brassen ansahen. ›Aber wo steckt der Kapitän?‹

Die ganze Zeit über hatten wir von ihm nichts gehört und nichts gesehen. Wir gingen nach achtern, um nach ihm Ausschau zu halten. Eine klägliche Stimme erhob sich irgendwo mitten im Hafenbecken: ›*Judäa* ahoi!‹… Wie zum Teufel war er dorthin geraten? ›Hallo!‹, brüllten wir. ›Ich treibe in einem Boot ohne Riemen‹, rief er. Ein verspäteter Jollenführer bot seine Dienste an, und Mahon wurde mit ihm handelseinig, dass er für eine halbe Krone unsern Kapitän längsschleppte – aber es war Mrs. Beard, die zuerst die Leiter heraufkam. Sie waren fast eine Stunde lang in diesem kalten Nieselregen im Hafen umhergetrieben. Es war die Überraschung meines Lebens. Er schien sogleich im Bilde gewesen zu sein, als er mich ›Kommt sofort rauf!‹ schreien hörte. Er packte seine Frau, rannte quer übers Deck und sauste hinunter in unser Boot, das an der Leiter festlag. Keine schlechte Leistung für einen Sechzigjährigen. Stellt euch bloß vor, wie der alte Bursche heroisch die alte Frau in seinen Armen rettete – die Frau seines Lebens. Er setzte sie auf der Ruderbank ab und wollte eben an Bord zurückklettern, als die Fangleine sich irgendwie löste, und ab ging es mit den beiden. In der allgemeinen Verwirrung hörten wir ihn natürlich nicht rufen. Er stand beschämt und verlegen da, sie aber sagte frohgemut: ›Ich glaube, nun ist es nicht mehr so schlimm, dass ich meinen Zug verpasst habe.‹ – ›Nein, Jenny – geh nur runter und wärm dich‹, knurrte er. Und dann zu uns: ›Ein Seemann sollte sich eben nicht mit einer Frau belasten – hier sieht man's wieder. Da war ich nun grade mal nicht auf dem Schiff. Na ja, Ernstliches ist wohl diesmal nicht passiert. Also woll'n wir uns mal anschaun, was der blöde Dampfer alles kaputtgemacht hat.‹ Viel war es nicht, aber es hielt uns drei Wochen auf.

Als die Wartezeit zu Ende war, trug ich Mrs. Beards Koffer zur Bahn und brachte sie in einem Wagen Dritter Klasse bequem unter – der Kapitän hatte gerade eine Besprechung mit seinen Reedereivertretern. Sie ließ das Fenster herunter, um mir zu sagen: ›Sie sind ein anständiger junger Mann.

Wenn Sie sehen, dass John – der Kapitän – abends seinen Wollschal nicht umhat, erinnern Sie ihn in meinem Namen daran, dass er seinen Hals immer schön warm halten soll.‹ – ›Aber gern, Mrs. Beard‹, sagte ich. ›Sie sind ein anständiger junger Mann; ich habe gemerkt, wie aufmerksam Sie zu John sind, ich meine, zum Kapitän.‹ Der Zug fuhr plötzlich an. Ich nahm vor der alten Frau die Mütze ab. Ich habe sie nie wiedergesehen … Reicht mal die Flasche rüber.

Am nächsten Tag stachen wir in See. Als wir damit endgültig unsere Fahrt nach Bangkok antraten, waren wir schon drei Monate aus London fort. Wir hatten mit ungefähr vierzehn Tagen gerechnet – allerhöchstens.

Wir hatten Januar, und das Wetter war prächtig – das schöne, sonnige Winterwetter, das man mehr genießt als schönes Wetter im Sommer, weil es unverhofft kommt, voller Frische ist und weil man weiß, dass es nicht lange anhalten kann. Es ist wie ein unerwarteter Segen, wie ein Gottesgeschenk, wie ein unverhoffter Glücksfall.

Es hielt die ganze Nordsee hinab und den ganzen Ärmelkanal hindurch an; es hielt an, bis wir ungefähr dreihundert Seemeilen westlich von Kap Lizard waren. Da sprang der Wind nach Südwest um und begann aufzufrischen. In zwei Tagen hatten wir den schönsten Sturm. Die *Judäa* hatte beigedreht und rollte auf dem Atlantik wie eine alte Seifenkiste. Der Sturmwind wehte Tag für Tag; er wehte bösartig, pausenlos, gnadenlos, ruhelos. Die Welt bestand nur noch aus einer Unendlichkeit riesiger, schäumender Wogen, die auf uns zustürmten, unter einem Himmel, der so niedrig hing, dass man ihn mit der Hand berühren konnte, und schmutzig war wie eine verräucherte Zimmerdecke. Im sturmdurchtosten Raum um uns war ebenso viel hochspritzende Gischt wie Luft. Tag für Tag und Nacht für Nacht umgab das Schiff nichts als das Geheul des Windes, das Rasen der See und der Lärm der Wassermassen, die sich über sein Deck ergossen. Für das Schiff gab es keine Ruhepause und für uns auch nicht. Es warf sich herum, es taumelte, es stand Kopf, es saß auf seinem Heck, es rollte, es stöhnte, und wir mussten uns auf Deck festhalten und uns an unsre Kojen klammern, wenn wir unten waren – Körper und Geist waren in steter Spannung begriffen.

Eines Nachts sprach mich Mahon durch das Bullauge meiner Kammer an, das direkt auf meine Koje ging, worin ich in Stiefeln schlaflos lag und das Gefühl hatte, als hätte ich jahrelang nicht geschlafen und könnte es nicht mehr, selbst wenn ich es wollte. Er sagte aufgeregt: ›Haben Sie den Peilstock hier, Marlow? Die Pumpen saugen nicht an. Bei Gott, das ist kein Kinderspiel!‹

Ich gab ihm den Peilstock, legte mich wieder hin und versuchte, an dies und jenes zu denken – aber ich dachte nur an die Pumpen. Als ich an Deck kam, waren sie noch daran, und meine Wache löste an den Pumpen ab. Im Schein der Laterne, die an Deck gebracht worden war, um den Peilstock richtig ablesen zu können, erfasste mein Blick kurz die abgespannten, ernsten Gesichter. Wir pumpten die ganzen vier Stunden unserer Wache hindurch. Wir pumpten die ganze Nacht, den ganzen Tag, die ganze Woche – Wache um Wache. Das Schiff arbeitete sich zu Schanden und leckte bedenklich – nicht genug, um uns sofort zu ersäufen, aber hinreichend, um uns durch die Schinderei an den Pumpen umzubringen. Und während wir pumpten, fiel uns das Schiff immer mehr auseinander. Das Schanzkleid musste dran glauben, die Stützen wurden herausgerissen, die Lüfter zertrümmert, die Kajütentür eingedrückt. Auf dem ganzen Schiff gab es keinen trockenen Fleck. Es wurde vom Wasser Stück für Stück ausgeweidet. Das große Beiboot verwandelte sich in seiner Zurrung wie durch Zauberei in Kleinholz. Und dabei hatte ich es selbst festgezurrt und war ziemlich stolz auf das Werk meiner Hände gewesen, das so lange der Tücke des

Meeres widerstanden hatte. Und wir pumpten. Das Wetter machte keine Anstalten, sich zu ändern. Die See war weiß wie ein Betttuch aus Schaum, wie ein Kessel kochender Milch. In den Wolken zeigte sich keine Lücke, nein, nicht mal ein handbreiter Riss, nein, nicht auch nur eine Sekunde lang. Für uns gab es keinen Himmel, für uns gab es keine Sterne, keine Sonne, kein Universum – nichts als wütende Wolken und eine rasende See. Wir pumpten Wache für Wache um des lieben Lebens willen, und es schien Monate zu dauern, Jahre, eine ganze Ewigkeit, als ob wir gestorben und in eine Seemannshölle gekommen wären. Wir vergaßen den Wochentag, den Monat, das Jahr und wussten nicht mehr, ob wir jemals an Land gewesen waren. Die Segel flogen davon, das Schiff schlug quer zur See unter einem Wetterschutz, der Ozean ergoss sich darüber, und uns war alles gleich. Wir drehten die Pumpengriffe und blickten wie Idioten stier vor uns hin. Sobald wir an Deck gekrochen waren, wand ich ein Tau um die Männer, die Pumpen und den Großmast, und wir lenzten, wir lenzten unaufhörlich, und das Wasser reichte uns bis zur Hüfte, bis zum Hals und schlug uns über dem Kopf zusammen. Es war uns alles eins. Wir hatten vergessen, wie man sich in trockenen Sachen fühlt.

Und irgendwo regte sich in mir der Gedanke:

›Bei Gott, das ist ja ein tolles Abenteuer – etwas, was man sonst nur in Büchern liest; und es ist meine erste Fahrt als Zweiter Steuermann – und ich bin erst zwanzig, und trotzdem zeige ich genauso viel Ausdauer wie jeder andere hier und halte außerdem meine Leute bei der Stange.‹ Ich war mit mir zufrieden. Nicht um die Welt würde ich auf dieses Erlebnis verzichtet haben. Manchmal hätte ich geradezu herausjauchzen können. Jedes Mal, wenn die alte, halb abgewrackte Bark mit dem ausfallenden Heck heftig und hoch in die Luft stieß, schien sie mir den mitleidlosen Wolken die Worte an ihrem Heck entgegenzuschleudern wie einen Anruf, wie einen trotzigen Hohnruf, wie einen Aufschrei: Judäa, London. Tat oder Tod.

O Jugend, deine Kraft, deine Vertrauensseligkeit, deine Traumseligkeit! Für mich war die Bark kein alter Klapperkasten, der eine Ladung Kohle gegen Frachtgebühr in der Welt herumschleppte – mir bedeutete sie das Mühen, die Bewährungsprobe, die Schicksalsprüfung des Lebens. Ich denke an das Schiff mit Freude zurück, mit Rührung, mit Bedauern – wie man an einen Toten denkt, den man geliebt hat. Ich werde es nie vergessen … Reicht die Flasche rüber!

Eines Nachts – wir hatten uns am Mast festgebunden, wie ich schon sagte – pumpten wir wie üblich. Wir waren taub vom Wind und hatten nicht mal mehr die Energie, uns den Tod zu wünschen; da brach eine schwere See über Bord und fegte über uns hinweg. Sobald ich wieder zu Atem gekommen war, rief ich pflichtgemäß: ›Macht weiter, Jungs!‹ Da spürte ich plötzlich etwas Hartes, das über Deck trieb und an meine Wade schlug. Ich fasste danach und griff vorbei. Ihr müsst verstehen: Es war so dunkel, dass wir auf einen Fuß Entfernung nicht das Gesicht des anderen sehen konnten.

Nach dem letzten großen Anprall lag das Schiff eine Weile ruhig. Da stieß das unbekannte Ding wieder an mein Bein. Diesmal erwischte ich es – es war ein Kochtopf. Ich war vor Übermüdung abgestumpft und hatte nur die Pumpen im Kopf. So begriff ich zuerst gar nicht, was ich da in der Hand hielt. Doch plötzlich dämmerte es mir, und ich brüllte: ›Jungs, das Deckhaus ist fort! Lasst das jetzt, wir wollen erst mal nach dem Koch sehn!‹ Vorn war ein Deckhaus, das die Kombüse, die Koje des Kochs und Unterkünfte der Mannschaft enthielt. Da wir schon seit Tagen befürchteten, es könnte weggespült werden, waren die Matrosen angewiesen worden, in der Kajüte zu schlafen – dem einzig sicheren Platz auf dem Schiff. Der Steward und Koch Abraham jedoch ließ sich, stur wie ein Maulesel, aus seiner Koje nicht vertreiben – ich glaube, einfach aus Angst, wie ein Tier, das seinen Stall nicht verlassen will, auch wenn er bei einem Erdbeben einstürzt. Wir gingen also los und suchten ihn. Wir riskierten dabei das Leben, denn ohne Sicherheitsleine waren wir dem Wetter wie auf einem Floß preisgegeben. Doch wir gingen. Das Deckhaus war zertrümmert, als ob innen eine Granate explodiert wäre. Das meiste davon war über Bord gegangen – der Herd, das Mannschaftslogis mit dem gesamten Hab und Gut der Leute, alles war hin; aber wie durch ein Wunder waren zwei Pfosten stehengeblieben, die einen Teil des Schotts hielten, woran Abrahams Koje befestigt war. Wir wühlten in den Trümmern herum und stießen endlich darauf, und da war er. Er saß in seiner Koje, von Schaum und Wrackteilen umgeben, und plapperte fröhlich vor sich hin. Er war von Sinnen, vollständig und unwiderruflich verrückt. Der plötzliche Schock hatte seiner ohnehin angeschlagenen Widerstandskraft den Rest gegeben. Wir rissen ihn hoch, schleppten ihn nach achtern und stießen ihn kopfüber den Kajütenniedergang hinunter. Ihr werdet verstehen, dass keine Zeit war, ihn mit aller Vorsicht hinunterzutragen und abzuwarten, wie er sich benehmen würde. Die da unten würden ihn schon vom Boden aufheben. Wir mussten so schnell wie möglich zu den Pumpen zurück. Das war einfach vordringlich. Ein großes Leck ist nun einmal etwas Schreckliches.

Man könnte denken, der einzige Zweck dieses höllischen Sturms sei es gewesen, den armen Teufel von einem Mulatten irrsinnig werden zu lassen. Der Wind legte sich noch vor Tagesanbruch, und am nächsten Morgen klarte der Himmel auf, und als die See ruhig wurde, da zog das Leck nicht mehr so viel Wasser. Als neue Segel angeschlagen werden sollten, verlangte die Mannschaft, dass wir umkehrten – und wirklich blieb nichts anderes übrig. Die Boote waren fort, die Decks blank gefegt, das Logis zertrümmert. Die Mannschaft hatte nichts anzuziehn, als was sie auf dem Leibe trug, die Vorräte waren verdorben, und das Schiff war stark beschädigt. So gingen wir auf Heimatkurs, aber – ihr werdet's kaum glauben – jetzt wehte uns der Wind von Osten her direkt entgegen. Er wehte frisch, er wehte ausdauernd. Wir mussten jeden Zoll unseres Weges durch Aufkreuzen gewinnen, aber das Schiff nahm nicht mehr so viel Wasser auf, weil die See verhältnismäßig ruhig blieb. Zwei von je vier Stunden zu pumpen ist auch kein reines Vergnügen, aber wir hielten damit das Schiff bis Falmouth über Wasser.

Die guten Leute dort leben von den Seeschäden anderer und waren zweifellos über unsere Ankunft erfreut. Eine hungrige Meute von Schiffszimmerleuten schärfte beim Anblick des Schiffsskeletts die Meißel. Und verdammt noch mal, sie holten dann auch ein hübsches Sümmchen heraus, bis sie mit uns fertig waren. Ich glaube, der Schiffseigner war schon damals ganz schön in der Klemme. Es gab unvorhergesehene Verzögerungen. Dann entschloss man sich noch, einen Teil der Ladung von Bord zu geben und die oberen Bordwände zu kalfatern. Das geschah auch, und als die Reparatur beendet und die Ladung wieder eingenommen war, kam eine neue Mannschaft an Bord, und wir liefen aus – nach Bangkok. Nach einer knappen Woche waren wir schon wieder zurück. Die Mannschaft erklärte, sie dächte nicht daran, eine Überfahrt von einhundertfünfzig Tagen nach Bangkok auf so einem alten Kahn zu machen, der tagtäglich acht Stunden lang leer gepumpt werden müsste; und die Seeamtsmitteilungen rückten wieder die kleine Meldung ein: ›*Judäa.* Bark; Tyne nach Bangkok; Kohle; mit Leck und dienstverweigernder Mannschaft zurück nach Falmouth gebracht.‹

Es gab immer neue Verzögerungen – immer neues Herumgeflicke. Der Eigentümer kam auf einen Tag herüber und behauptete, das Schiff sei aufs Beste in Schuss. Der arme alte Kapitän Beard sah nur noch wie das Gespenst eines Kohlenkahnführers aus – so nahmen ihn der ewige Ärger und die Demütigung mit. Vergesst nicht, er war sechzig, und es war sein erstes Kommando. Mahon sagte, die ganze Sache wäre von vornherein Blödsinn gewesen und würde ein schlimmes Ende nehmen. Ich hing an dem Schiff mehr denn je und wäre außerdem so schrecklich gern nach Bangkok gekommen. Bangkok! Ein Märchen, eine Verheißung! Mesopotamien war nichts im Vergleich damit. Vergesst nicht, ich war zwanzig, und es war meine erste Fahrt als Zweiter Steuermann, und der Osten wartete auf mich!

Wir legten ab und ankerten mit einer neuen Mannschaft – der dritten – auf der Außenreede. Das Schiff leckte schlimmer als je zuvor. Es war, als hätten die verdammten Schiffszimmerleute geradezu ein Loch hineingeschlagen. Diesmal liefen wir gar nicht erst aus. Die Mannschaft weigerte sich einfach, das Ankerspill zu bemannen.

Sie schleppten uns in den Innenhafen zurück, und wir wurden zu einem Inventarstück, einem Wahrzeichen, einer stehenden Einrichtung des Ortes. Die Leute zeigten uns fremden Besuchern als Sehenswürdigkeit und sagten dazu: ›Der Kahn da, der soll nach Bangkok – liegt schon ein halbes Jahr hier und ist schon dreimal reumütig zurückgekehrt.‹ In den Schulferien riefen die kleinen Jungen, die im

Hafen herumruderten, das Schiff an: ›*Judäa,* ahoi!‹, und wenn sich ein Kopf über der Reling zeigte: ›Wo sollt ihr hin? Etwa nach Bangkok?‹, und lachten uns schallend aus. Wir waren nur zu dritt an Bord. Der arme alte Kapitän saß geistesabwesend in der Kajüte. Mahon übernahm das Kochen und entwickelte wider Erwarten das ganze Talent eines Franzosen, leckere kleine Gerichte zu bereiten. Ich überprüfte gelangweilt die Takelage. Wir wurden Bürger von Falmouth. Jeder Ladeninhaber kannte uns. Beim Barbier oder im Tabakladen wurden wir freundschaftlich angesprochen: ›Glaubt ihr wirklich, dass ihr jemals nach Bangkok kommt?‹ Inzwischen lagen sich in London der Schiffseigner, die Versicherer und die Befrachter in den Haaren, und unsere Heuer musste weitergezahlt werden… Reicht die Flasche rüber.

Es war grauenhaft. Moralisch war es schlimmer, als um das liebe Leben Wasser zu pumpen. Es sah aus, als wären wir von der Welt vergessen, als gehörten wir zu niemandem und würden nie irgendwohin gelangen. Es sah aus, als wären wir dazu verdammt, für immer und ewig dort im Innenhafen zu liegen, zum Spott und Hohn und als Gegenstand der Verachtung für Generationen von Hafenbummlern und betrügerischen Bootsverleihern. Ich bekam Heuer für drei Monate und dazu fünf Tage

Urlaub und machte einen kurzen Abstecher nach London. Ich brauchte einen Tag hin und einen reichlichen zweiten Tag zurück – aber die Heuer für drei Monate ging trotzdem drauf. Ich weiß nicht mehr, was ich damit angestellt habe. Ich ging in ein Varieté, glaube ich, aß zu Mittag, zu Abend, verzehrte in einem vornehmen Restaurant in der Regent Street mein Nachtmahl, war rechtzeitig zurück, und alles, was ich für drei Monate Arbeit mitbrachte, waren Byrons Sämtliche Werke und eine neue Reisedecke. Der Jollenführer, der mich zum Schiff hinüberruderte, sagte: ›Hallo! Ich dachte schon, Sie wären aus dem alten Kasten ausgestiegen. Der kommt nie bis Bangkok.‹ – ›Sie reden, wie Sie es verstehen‹, entgegnete ich hochnäsig – aber gefallen hat mir die Prophezeiung ganz und gar nicht.

Plötzlich erschien ein Mann, eine Art Agent von irgendwem, mit einer Vollmacht an Bord. Er hatte eine Schnapsnase, einen unbezähmbaren Tatendrang und war überhaupt ein fideler Kerl. Mit einem Mal kam wieder Leben in uns. Ein Hulk legte sich längsseits und übernahm die Ladung. Dann ging's ins Trockendock, wo unser Kupferbeschlag abgenommen werden sollte. Kein Wunder, dass das Schiff leckte! Das arme alte Ding war vom Sturm weit über das erträgliche Maß strapaziert worden und hatte wie im Ekel alles Kalfaterwerg zwischen seinen unteren Plankengängen ausgespien. Es wurde neu kalfatert, neu mit Kupferblech beschlagen und dicht wie eine Flasche gemacht. Dann ging's zurück zum Hulk, und wir übernahmen unsere Fracht wieder.

Dann verließen in einer klaren Mondnacht alle Ratten das Schiff. Sie waren eine Plage gewesen. Sie hatten uns die Segel zerfressen, vom Proviant mehr als die Mannschaft verzehrt, mit uns netterweise unsere Kojen und unsere Gefahren geteilt, und nun, nachdem das Schiff seetüchtig gemacht worden war, entschlossen sie sich auszusteigen. Ich rief Mahon, das Schauspiel mit mir zu genießen. Eine Ratte nach der andern erschien auf der Reling, warf einen letzten Blick hinter sich und sprang mit dumpfem Aufprall in den leeren Hulk. Wir versuchten, sie zu zählen, gaben es aber bald auf. Mahon sagte: ›Na schön, jetzt soll mal einer kommen und mir was über die Intelligenz der Ratten erzählen. Die hätten schon viel früher das Schiff verlassen müssen, als wir kurz vorm Absacken waren. Da haben wir den Beweis, wie dumm der Aberglaube an sie ist. Sie verlassen ein gutes Schiff und springen in einen alten, verrotteten Hulk, wo sie außerdem nichts zu fressen finden, die dummen Viecher!… Ich glaube nicht mehr dran, dass sie besser wissen als wir, was gut oder sicher für sie ist.‹

Nach kurzer Diskussion kamen wir zu dem Schluss, dass die Klugheit der Ratten weit überschätzt worden sei und dass sie in Wirklichkeit auch nicht klüger seien als die Menschen.

Inzwischen hatte sich die Geschichte des Schiffes die ganze Kanalküste entlang von Kap Land's End bis zu den Forelands herumgesprochen, und wir konnten an der Südküste keine Besatzung bekommen. So wurde uns eine vollständige Mannschaft aus Liverpool geschickt, und wir gingen wieder einmal in See – nach Bangkok.

Wir hatten bis in die Tropen günstigen Wind und glatte See, und die alte *Judäa* schleppte sich brav im Sonnenschein dahin. Wenn sie acht Knoten machte, krachte und knackte es oben in der Takelage, und wir banden die Mützen fest; meistens aber zuckelte sie mit drei Meilen in der Stunde dahin. Konnte man mehr von ihr verlangen? Das alte Schiff war einfach müde. Seine Jugend war ebenso vergangen wie jetzt die meine – und wie eure auch, ihr alten Knaben, die ihr hier meinem Seemannsgarn lauscht, und welcher Freund brächte es wohl übers Herz, euch ins Gesicht zu sagen, wie alt und müde ihr seid? Wir jedenfalls nörgelten nicht an unserer Bark herum. Zumindest uns auf dem Achterdeck wollte es scheinen, als wären wir auf ihr geboren und aufgewachsen, hätten seit einer

Ewigkeit darauf gelebt und nie ein anderes Schiff kennengelernt. Genauso gut hätte ich ja der alten Dorfkirche in meiner Heimat vorwerfen können, dass sie keine Kathedrale war.

Und was mich anlangte, so war es außerdem meine Jugend, die mich geduldig bleiben ließ. Der ganze Osten lag ja vor mir und das ganze Leben, und der Gedanke beschwingte mich, dass ich auf diesem Schiff auf die Probe gestellt worden war und sie einigermaßen gut bestanden hatte. Und ich dachte an die Männer, die früher, vor Jahrhunderten schon, dieselbe Strecke in Schiffen befahren hatten, die auch nicht besser segelten – hinunter ins Land der Palmen und Gewürze, der gelben Sandbänke und braunen Völkerschaften, die von Königen regiert wurden, grausamer als der Römer Nero und prächtiger als der Jude Salomo. Die alte Bark schleppte sich weiter, müde von der Last ihrer Jahre und ihrer Ladung, während ich einfältig und hoffnungsfroh mein Jugendleben genoss. Das Schiff schleppte sich weiter durch eine endlose Reihe von Tagen, und die frische Vergoldung warf die Strahlen der untergehenden Sonne zurück und schien die Inschrift auf dem Heck über die dunkler werdende See hinausschreien zu wollen: ›Judäa, London. Tat oder Tod!‹

Dann kamen wir in den Indischen Ozean und

steuerten mit nördlichem Kurs die Spitze von Java an. Der Wind wehte schwach. Wochen vergingen. Das Schiff kroch weiter – Tat oder Tod –, und die Leute daheim machten sich allmählich mit dem Gedanken vertraut, uns als überfällig zu melden.

Eines Samstagabends – ich hatte gerade Freiwache – baten mich die Leute um einen zusätzlichen Eimer Wasser, um ihre Sachen zu waschen. Da ich so spät die Frischwasserpumpe nicht in Gang setzen wollte, ging ich mit dem Schlüssel in der Hand pfeifend nach vorn, um die Vorspiekluke aufzuschließen und das Wasser einem Reservetank zu entnehmen, den wir dort stehen hatten.

Der Geruch da unten war ebenso unerwartet wie besorgniserregend. Man hätte denken können, Hunderte von Petroleumlampen hätten tagsüber in dem Loch geblakt und gerußt. Ich war froh, als ich wieder draußen war. Mein Begleiter hustete und sagte: ›Komischer Geruch das, Sir.‹ Ich antwortete gleichgültig: ›Soll aber gut für die Gesundheit sein‹, und ging wieder nach achtern.

Als Erstes steckte ich dann den Kopf in die quadratische Öffnung des mittleren Lüfters. Als ich den Deckel hob, kam sichtbar Rauch heraus, etwas wie ein dünner Nebel, ein Wölkchen von leichtem Dunst. Die aufsteigende Luft war heiß und roch durchdringend nach Ruß und Öl. Ich schnupperte kurz hinein und machte den Deckel sachte wieder zu. Es hatte ja keinen Zweck, mich zu vergiften. Die Ladung hatte sich entzündet.

Am folgenden Tag begann das Schiff ernstlich zu qualmen. Seht ihr, das war ja eigentlich zu erwarten gewesen, denn obgleich es sich um eine ursprünglich ungefährliche Kohlensorte handelte, war man mit unserer Ladung so umgegangen, hatte man sie durch das dauernde Umladen so zerkleinert, dass sie mehr wie Schmiedekohle aussah als sonst was. Und dann war sie auch noch feucht geworden – mehr als einmal. Es hatte die ganze Zeit geregnet, als wir sie aus dem Hulk wieder übernommen hatten, und nun hatte sie sich auf der langen Fahrt erhitzt – ein typischer Fall von Selbstentzündung.

Der Kapitän rief uns in die Kajüte. Auf dem Tisch hatte er eine Karte ausgebreitet und sah sehr elend aus. Er sagte: ›Die Küste von Westaustralien ist nahe, aber ich will unbedingt unsern Bestimmungsort erreichen. Zwar haben wir gerade den Wirbelsturmmonat, aber wir halten trotzdem Kurs auf Bangkok und bekämpfen das Feuer. Jetzt ist Schluss mit dem ewigen Umkehren, und wenn wir alle lebendig gebraten werden. Wir werden erst einmal versuchen, das verdammte Feuer durch Luftmangel zu ersticken.‹

Wir versuchten es. Wir verschalkten alles, und doch qualmte das Schiff. Der Rauch drang weiter durch unsichtbare Spalten nach außen; er bahnte sich einen Weg durch Schotten und Deckplanken; da und dort, überall drang er in dünnen Fäden als unsichtbarer Schleier auf unbegreifliche Art und Weise hindurch. Er fand seinen Weg in die Kajüte, ins Logis; er vergiftete die geschützten Stellen an Deck; er war bis zur Großrahe hinauf zu riechen. Eins war klar: Wenn der Rauch herauskam, konnte auch Luft hinein. Es war zum Verzweifeln. Das Feuer ließ sich einfach nicht ersticken.

Wir entschlossen uns, es mit Wasser zu versuchen, und hoben die Lukendeckel ab. Ungeheure Rauchschwaden, weißlich, gelblich, dick, schmierig, dunstig und erstickend, stiegen bis zu den Mastknöpfen empor. Die gesamte Mannschaft verzog sich nach achtern. Dann wehte die giftige Wolke davon. Wir gingen zurück und arbeiteten nun in einem Qualm, der nicht dicker war als der eines gewöhnlichen Fabrikschornsteins.

Wir stellten die Druckpumpe auf und legten den Schlauch aus, der jedoch bald platzte. Nun ja, er war so alt wie das Schiff, sozusagen ein prähistorischer Schlauch, der sich nicht mehr flicken ließ. So pumpten wir eben mit der schwachen Pumpe im Bug, schöpften das Wasser mit Eimern und brachten es auf diese Weise bald fertig, große Mengen des Indischen Ozeans in die Großluke zu schütten. Der helle Wasserstrahl blitzte in der Sonne auf, fiel in eine weißgraue, über der Ladung kriechende Rauchschicht und verschwand schließlich auf der schwarzen Kohlenfläche. Mit Wasserdampf vermischter Rauch stieg hoch. Wir schütteten Salzwasser hinein wie in ein Fass ohne Boden. Es war unser Schicksal, auf diesem Schiff zu pumpen – herauszupumpen und hineinzupumpen; nachdem wir Wasser herausgeholt hatten, um nicht zu ertrinken, schütteten wir nun wie verrückt Wasser hinein, um nicht zu verbrennen.

Und das Schiff kroch weiter – Tat oder Tod – bei heiterstem Wetter. Der Himmel war ein wahres Wunder an Reinheit, ein Wunder an Bläue. Die See war spiegelblank, war blau, war klar, funkelte wie ein kostbarer Stein und erstreckte sich nach allen Seiten ringsum bis zum Horizont – als wäre der ganze Erdball ein einziger Edelstein, ein riesiger Saphir, ein einziges, als Planet gestaltetes Juwel. Und über den Glanz der gewaltigen, stillen Wassermassen glitt die *Judäa* unmerklich dahin, in flauen, schmutzigen Nebeldunst gehüllt, in eine träge Wolke, die leewärts driftete, weißlich und langsam, eine pestschwangere Wolke, die den Glanz von Meer und Himmel besudelte.

Natürlich sahen wir die ganze Zeit über keine Flammen. Die Ladung schwelte irgendwo ganz unten. Einmal, als wir Seite an Seite arbeiteten, sagte Mahon mit etwas gezwungenem Lächeln zu mir: ›Wenn sie nur ein hübsches kleines Leck bekäme wie damals, als wir zum ersten Mal den Kanal verließen, das würde das Feuer bald zum Stehen bringen, nicht wahr?‹ Da entschlüpfte mir ganz unvermittelt die Bemerkung: ›Denken Sie noch an die Ratten?‹

Wir bekämpften das Feuer und bedienten dabei das Schiff so gewissenhaft, als ob nichts geschehen wäre. Der Steward kochte, und er bediente uns. Von den übrigen zwölf Mann arbeiteten jeweils acht, während vier ausruhten. Jeder tat reihum seinen Dienst, der Kapitän nicht ausgenommen. Unter uns herrschte Gleichheit und wenn auch nicht gerade Brüderlichkeit, so doch Verträglichkeit und guter Wille. Manchmal rief wohl einer der Männer, wenn er einen Eimer Wasser in die Luke goss, laut heraus: ›Hurra, auf nach Bangkok!‹, und die andern lachten. Aber im Allgemeinen waren wir schweigsam und ernst – und durstig. Und wie durstig! Wir mussten mit dem Wasser sparsam umgehen. Strenge Zuteilung. Das Schiff qualmte, und die Sonne brannte… Reicht die Flasche rüber!

Wir probierten alles. Wir versuchten sogar, uns

bis zum Brandherd durchzugraben. Natürlich ging das nicht. Keiner konnte es da unten länger als eine Minute aushalten. Mahon, der als Erster hinunterstieg, wurde ohnmächtig, ebenso der Mann, der ihn herausholen wollte. Wir zerrten sie an Deck. Dann sprang ich hinunter, um zu beweisen, wie leicht es zu schaffen wäre. Nun waren die andern aber schlau geworden und begnügten sich damit, nach mir mit einem Kettenhaken – ich glaube, er war an einem Besenstiel befestigt – zu angeln. Ich meldete mich nicht freiwillig, noch einmal hinunterzuspringen, um die Schaufel zu holen, die unten geblieben war.

Die Lage wurde allmählich kritisch. Wir ließen das große Beiboot zu Wasser. Das zweite Boot war klar zum Ausschwingen. Wir hatten noch ein drittes Boot, vierzehn Fuß lang, das achtern in den Davits hing, wo es ganz sicher war.

Und siehe da, der Qualm nahm plötzlich ab. Wir verdoppelten unsere Anstrengungen, den Schiffsboden unter Wasser zu setzen. Nach zwei Tagen war überhaupt kein Rauch mehr zu sehen. Jeder grinste über das ganze Gesicht. Das war an einem Freitag. Am Sonnabend gab es nichts zu tun, nur die normale Schiffsarbeit wurde natürlich erledigt. Die Männer wuschen sich zum ersten Mal seit vierzehn Tagen das Gesicht und ihre Sachen und bekamen ein Feiertagsessen. Von der Selbstentzündung sprachen wir nur noch mit Verachtung, was besagte, dass man *ihnen* mit so was nicht kommen könne. Irgendwie war allen zumute, als hätten sie eine große Erbschaft gemacht. Aber ein scheußlicher Brandgeruch hing immer noch über dem Schiff. Kapitän Beard hatte hohle Augen und hohle Wangen. Nie zuvor hatte ich bemerkt, wie krumm und gebeugt er war. Er und Mahon strichen, von der allgemeinen Freude unberührt, misstrauisch um Luken und Lüfter herum und schnüffelten. Mir fiel plötzlich auf, dass der arme Mahon doch ein sehr, sehr alter Kerl war. Ich aber war stolz und mit mir zufrieden, als ob ich geholfen hätte, eine große Seeschlacht zu gewinnen. Ja, die Jugend!

Die Nacht war schön. Am Morgen passierte uns weit entfernt ein Schiff auf der Heimreise – das erste, das wir seit Monaten gesichtet hatten; aber wir kamen endlich in Landnähe – die Spitze von Java lag nur noch ungefähr hundertneunzig Meilen entfernt und fast genau nördlich von uns.

Am nächsten Tag hatte ich von acht bis zwölf Wache an Deck. Beim Frühstück bemerkte der Kapitän: ›Es ist doch seltsam, wie stark der Geruch sich in der Kajüte festgesetzt hat.‹ Ungefähr um zehn Uhr – der Erste Steuermann war zufällig gerade auf dem Achterdeck – stieg ich für einen Augenblick aufs Hauptdeck hinunter. Die Werkbank des Schiffszimmermanns stand am Großmast. Ich lehnte mich dran, sog an meiner Pfeife, und der Zimmermann, ein junger Bursche, kam mit mir ins Gespräch. Er sagte: ›Ich glaube, wir haben uns recht gut gehalten, nicht wahr?‹, und dann bemerkte ich mit Missvergnügen, dass der Dummkopf versuchte, die Bank umzukippen. Ich sagte barsch: ›Lassen Sie das, Chips‹, und wurde mir gleich darauf einer sonderbaren Wahrnehmung bewusst, einer lächerlichen Sinnestäuschung – es kam mir nämlich vor, als schwebte ich in der Luft. Es hörte sich an, als ob ringsum ein mit Gewalt zurückgehaltener Atemzug ruckartig ausgestoßen würde – als ob tausend Riesen gleichzeitig ›Uff‹ gesagt hätten, und ich fühlte eine dumpfe Erschütterung, worauf mir plötzlich die Rippen weh taten. Es gab keinen Zweifel mehr – ich befand mich wirklich in der Luft, und mein Körper beschrieb eine kurze Parabel. Aber so schnell das alles vor sich ging, hatte ich doch die Zeit, mehrere Gedanken zu fassen, und zwar, soweit ich mich erinnern kann, in dieser Reihenfolge: ›Das kann doch nicht der Zimmermann gewesen sein! – Was ist denn los? – Ein Unfall? – Ein unterseeischer Vulkan? – Kohle – Gas? – Lieber Himmel! Wir fliegen in die Luft! – Alle sind tot. – Ich falle genau in die Achterluke! – Da brennt's drin.‹

Der in der Luft des Laderaums schwebende Kohlenstaub war im Augenblick der Explosion in mattem Rot aufgeglüht. Im Handumdrehen, im Bruchteil einer Sekunde seit dem ersten Kippen der Bank, lag ich auf der Kohleladung, alle viere von mir gestreckt. Ich riss mich hoch und kroch hinaus. Das ging so schnell wie bei einem Rückprall. Das Deck war ein einziges Gewirr von Spanten und Balken, die überkreuz lagen wie Waldbäume nach einem Wirbelsturm. Ein Riesenvorhang aus schmutzigen Lumpen wehte träge vor mir – es war das in Streifen zerfetzte Großsegel. Ich dachte, die Masten würden mir gleich auf den Kopf fallen, und kroch weiter auf allen vieren zur Leiter zum Achterdeck, um ihnen auszuweichen. Der Erste, den ich sah, war Mahon mit weit aufgerissenen Augen und offenem Mund; das lange weiße Haar stand ihm um den Kopf herum zu Berge wie ein silberner Heiligenschein. Er hatte eben hinuntersteigen wollen, als der Anblick des Hauptdecks, das in Bewegung geriet, sich hob und vor seinen Augen in Splitter auflöste, ihn auf der obersten Stufe zu Stein erstarren ließ. Ich glotzte ihn ungläubig an, und er glotzte mit seltsam erschrockenem Staunen zurück. Ich wusste ja nicht, dass ich kein Haar mehr hatte, keine Augenbrauen, keine Augenwimpern, dass mein jugendlicher Schnurrbart abgesengt und mein Gesicht geschwärzt war, eine Wange klaffte, die Nase zerschnitten war und mein Kinn blutete. Ich hatte meine Mütze und einen Schuh verloren, und das Hemd hing mir in Fetzen herab. Von alldem wusste ich nichts. Ich wunderte mich nur, dass das Schiff noch schwamm, das Achterdeck unversehrt und vor allem, dass noch jemand am Leben war. Auch der friedliche Himmel und die stille Klarheit der See kamen mir überraschend unwirklich vor. Ich erwartete wohl, auch sie von Entsetzen aufgewühlt zu sehen… Reicht die Flasche rüber!

Eine Stimme rief das Schiff von irgendwoher an – aus der Luft, vom Himmel – ich wusste es nicht. Da sah ich plötzlich den Kapitän, und der war nicht mehr ganz beieinander. Er fragte mich dringend: ›Wo ist der Kajütstisch?‹ – eine Frage, die mich zutiefst erschütterte. Ihr müsst verstehen, ich war eben durch die Luft geflogen und zitterte am ganzen Leibe über diese Erfahrung, ja ich war mir nicht einmal sicher, ob ich wirklich noch lebte. Mahon stampfte mit dem Fuß auf und schrie ihn an: ›Großer Gott, sehen Sie denn nicht, dass das Deck in die Luft geflogen ist?‹ Da fand ich meine Stimme wieder und stammelte wie im Bewusstsein einer groben Pflichtverletzung. ›Ich weiß nicht, wo der Kajütstisch ist.‹ Es war wie in einem unsinnigen Traum.

Wisst ihr, was er als Nächstes verlangte? Nun ja, er wollte die Rahen getrimmt haben. Und sehr ruhig, wie in Gedanken verloren, bestand er darauf, die Fockrah vierkant brassen zu lassen. ›Ich weiß nicht, ob noch jemand am Leben ist‹, sagte Mahon weinerlich. ›Aber ganz gewiss‹, sagte darauf sanftmütig der Kapitän, ›werden doch noch genug übriggeblieben sein, um die Fockrah vierkant zu brassen.‹

Wahrscheinlich war der alte Knabe in seiner Kammer gerade dabei gewesen, die Chronometer aufzuziehen, als der Stoß ihn rundum wirbelte. Sofort kam ihm der Gedanke – wie er uns später sagte –, das Schiff sei mit irgendetwas zusammengestoßen, und er stürzte in die Kajüte hinaus. Dort sah er, dass der Kajütstisch verschwunden war. Als das Deck hochging, war der Tisch natürlich in den Vorratsraum hinuntergefallen. Wo wir noch heute Morgen unser Frühstück eingenommen hatten, sah er nichts als ein großes Loch im Fußboden. Das war ihm so schrecklich geheimnisvoll erschienen und hatte einen solchen Eindruck auf ihn gemacht, dass alles, was er danach an Deck sah und hörte, ihm vergleichsweise unerheblich vorkam. Aber, wohlgemerkt, er stellte sofort fest, dass das Ruder nicht besetzt war und seine Bark nicht auf dem richtigen Kurs lag – sein einziger Gedanke war, diesen elenden, abgetakelten, abgedeckten, schwelenden Schiffsrumpf wieder mit der Nase auf seinen Bestimmungshafen zu richten. Bangkok! Nur das wollte er! Ich muss euch sagen, dieser ruhige, krumme, säbelbeinige, fast verkrüppelte kleine Mann beeindruckte ungeheuer durch seine beharrliche Zielstrebigkeit und seine gelassene Weigerung, unsre Aufregung zur Kenntnis zu nehmen. Mit einer gebieterischen Geste wies er uns nach vorn und nahm selbst das Steuerrad in die Hand.

Ja, und dann war es tatsächlich das Erste, was wir taten – wir trimmten die Rahen, die Rahen dieses Wracks! Keiner war umgekommen oder auch nur arbeitsunfähig, aber jeder war mehr oder weniger verletzt. Ihr hättet sie sehen sollen! Einige trugen nur noch Lumpen, hatten schwarze Gesichter wie Kohlenträger, wie Schornsteinfeger, und scheinbar kahlgeschorene Kugelköpfe, die jedoch in Wirklichkeit bis auf die Haut abgesengt waren. Andere, wie die von der Freiwache, waren aufgewacht, als sie aus ihren zerfallenden Kojen herausgeschleudert wurden, sie zitterten unaufhörlich und stöhnten auch dann noch, als sie sich wieder an die Arbeit machten: Aber gearbeitet haben sie alle. Diese Mannschaft aus Liverpool war bestimmt schwierig, aber sie hatte das richtige Zeug in sich. Meiner Erfahrung nach ist das immer so. Das bringt die See mit sich, die Weite, die Einsamkeit, die ihre verschlossenen, schwerfälligen Gemüter umgibt. Ja also, wir stolperten, wir krochen, wir fielen hin, wir schürften uns die Schienbeine an den Wrackteilen ab, wir holten die Brassen an. Die Masten standen zwar, aber wir wussten nicht, wie weit sie unten verkohlt waren. Es war fast windstill, aber eine lange Dünung rollte von West und schaukelte das Schiff. Die Masten konnten also jeden Augenblick herunterkommen. Wir betrachteten sie voller Besorgnis. Man konnte nicht vorhersagen, in welche Richtung sie fallen würden.

Dann verzogen wir uns nach achtern und sahen uns um. Das Deck war ein Gewirr durcheinander- und übereinanderliegender Planken, von Splittern und Balkenwerk. Die Masten erhoben sich aus diesem Chaos wie große Bäume aus verfilztem Unterholz. In den Spalten der Trümmermasse wogte träge etwas Weißliches, etwas wie ein schmutziger Nebel. Der Rauch des unsichtbaren Feuers stieg nun wieder in langsam dahinziehenden Schwaden hoch wie giftiger, dicker Nebel in einem Tal voll von totem Holz. Schon begannen träge Rauchstreifen sich in der Splittermasse hochzuwinden. Ein hier und da noch aufrecht stehender Balken sah wie eine Säule aus. Die halbe Nagelbank war durch die Fock hindurchgeschossen, und der

Himmel glänzte als leuchtend blauer Fleck durch das schmählich verschmutzte Segeltuch. Einige noch zusammenhaltende Bretter waren auf der Reling hängen geblieben, und ein über Bord ragendes Ende sah wie eine ins Nichts führende Gangway aus, wie eine Laufplanke über die Tiefe, zum Tode – als wollte sie uns einladen, sie sogleich zu betreten und unsere lächerlich kleinen Sorgen ein für alle Mal hinter uns zu lassen. Und immer wieder, immer noch rief der Himmel, die Luft, ein Geist – jedenfalls etwas Unsichtbares, das Schiff mit Namen an.

Einer war so vernünftig, auch einmal aufs Wasser zu schauen, und da sah er den Rudergänger, der instinktiv über Bord gesprungen war und nun den Drang in sich spürte, zurückzukehren. Er schrie, schwamm munter wie ein Nix und hielt mit dem Schiff Schritt. Wir warfen ihm ein Tau zu, und sehr bald stand er triefend und ganz ausgepumpt mitten unter uns. Der Kapitän hatte das Ruder übergeben und lehnte mit aufgestützten Ellbogen, das Kinn in der Hand, einsam an der Reling und blickte wehmütig aufs Meer hinaus. Wir fragten uns: ›Was nun?‹ Ich aber dachte bei mir: ›Das ist wenigstens mal was. Das ist ganz groß. Ich bin bloß gespannt, wie es weitergeht.‹ Ja, die Jugend!

Plötzlich sichtete Mahon weit achteraus einen Dampfer. Kapitän Beard sagte: ›Vielleicht lässt sich mit unserm Schiff doch noch was machen.‹ Wir setzten zwei Flaggen, das internationale Schiffssignal für ›Feuer an Bord. Brauchen dringend Beistand.‹ Der Dampfer wurde schnell größer und zeigte alsbald als Antwort ebenfalls zwei Flaggen am Fockmast: ›Ich komme zu Hilfe.‹

In einer halben Stunde lag er leicht rollend, mit gestoppten Maschinen in Rufweite luvwärts. Wir verloren die Fassung und schrien alle aufgeregt durcheinander: ›Wir sind in die Luft geflogen!‹ Ein Mann mit weißem Helm auf der Brücke rief: ›Ja, ja, schon gut, schon gut‹, nickte uns lächelnd zu und machte beruhigende Handbewegungen, als habe er eine Schar verängstigter Kinder vor sich. Eins der Boote wurde zu Wasser gelassen und strebte mit seinen langen Riemen auf uns zu. Vier Kalaschen ruderten mit kräftigen Schlägen. Es war das erste Mal, dass ich malaiische Seeleute sah. Ich habe sie später besser kennengelernt, aber was mir damals an ihnen auffiel, war ihre Teilnahmslosigkeit. Sie kamen längsseits, und nicht einmal der Bugmann, der aufstand und mit dem Bootshaken nach unseren Großpüttingen langte, geruhte seinen Kopf auch nur für einen kurzen Blick zu heben. Ich hätte gedacht, Leute, die in die Luft geflogen sind, verdienten etwas mehr Aufmerksamkeit.

Ein kleiner Mann, ausgedörrt wie Leder und

behende wie ein Affe, kletterte herauf. Es war der Erste Offizier des Dampfers. Er schenkte dem Schiff nur einen kurzen Blick und rief: ›Ach Jungs – ihr solltet lieber aussteigen!‹ Wir waren still. Er nahm den Kapitän beiseite und sprach eine Zeit lang mit ihm – schien ihm gut zuzureden. Dann fuhren sie zusammen zum Dampfer hinüber.

Als unser Kapitän zurückkam, erfuhren wir, dass der Dampfer die *Somerville,* Kapitän Nash, von Westaustralien nach Singapore via Batavia mit Post unterwegs war und dass man ausgemacht hatte, er solle uns, wenn irgend möglich, bis Anjer oder Batavia ins Schlepptau nehmen, wo wir dann die Ladung durch Bohrlöcher unter Wasser setzen, das Feuer auf diese Weise löschen und unsere Reise fortsetzen könnten – nach Bangkok! Der alte Mann schien außer sich. ›Wir schaffen es doch noch!‹, sagte er grimmig zu Mahon. Er drohte dem Himmel mit der Faust. Von uns sagte keiner ein Wort.

Zu Mittag begann der Dampfer mit dem Schleppen. Schlank und hoch ragte er vor uns auf, und was von der *Judäa* noch übrig war, folgte ihm am Ende von siebzig Faden Schlepptau, folgte ihm geschwind als Rauchwolke, aus der oben die Mastspitzen herausragten. Wir enterten auf, um die Segel zu bergen. Wir husteten auf den Rahen und nahmen uns beim Aufnehmen der Segelbäuche sehr in Acht. Könnt ihr euch vorstellen, dass wir die Segel dieses Schiffes, das verurteilt war, nirgendwo anzukommen, kunstgerecht bargen? Da war keiner, der nicht dachte, die Masten könnten jeden Augenblick über Bord gehn. Von oben konnten wir das Schiff vor Rauch nicht sehen, und trotzdem arbeiteten alle gewissenhaft, nahmen die Beschlagzeisinge ruhig und gleichmäßig herum. ›Hafenfest bergen – da oben!‹, rief Mahon von unten.

Versteht ihr das? Ich glaube nicht, dass auch nur einer von den Burschen da oben annahm, er würde auf normale Weise wieder herunterkommen. Als wir dann doch wieder unten waren, hörte ich einen zum anderen sagen: ›Na ja, ich dachte, wir würden mit den Masten und dem ganzen übrigen Kram über Bord gehn, verdammt noch mal, das dachte ich.‹ – ›Genau das hab ich auch gedacht‹, antwortete eine andere stark mitgenommene und bandagierte Vogelscheuche erschöpft. Und bedenkt, das waren alles Leute, denen keine eingebleute Disziplin in Fleisch und Blut übergegangen war. Einem Außenstehenden wären sie lediglich als ein Haufen gottloser Taugenichtse ohne jeden versöhnenden Charakterzug erschienen. Was veranlasste sie, so zu handeln – was veranlasste sie, mir zu gehorchen, als ich mir sehr tüchtig vorkam, wenn ich sie zweimal aufforderte, den Bauch der Fock wieder loszulassen und noch einmal zu versuchen, ob es sich nicht besser machen ließe. Was wohl? Sie hatten keinen Ruf zu verlieren, hatten kein Leitbild, keinen Ansporn. Es war auch nicht etwa Pflichtgefühl – sie alle wussten genau, wie sie sich drücken, wie sie faulenzen und bummeln konnten, wenn sie dazu aufgelegt waren – und meist waren sie es. Oder waren es die zwei Pfund zehn Schilling monatlich, die sie dazu veranlassten? Sie empfanden ihre Heuer als nicht einmal halbwegs angemessen. Nein, es war etwas, was in ihnen steckte, etwas Angeborenes, schwer Fassbares, aber doch Beständiges. Ich will nicht behaupten, dass die Mannschaft eines französischen oder deutschen Handelsschiffs nicht auch so gehandelt hätte, weiß aber nicht, ob es in derselben Gesinnung vollbracht worden wäre. Es lag eine innere Haltung darin, etwas Festes, durch ursprüngliche Veranlagung Gegebenes, etwas Gebieterisches wie ein Instinkt – die Offenbarung einer geheimen Kraft, eines geheimnisvollen Etwas, jener guten oder bösen Naturgabe, die den Unterschied zwischen den Völkern ausmacht und deren Schicksal bestimmt.

Es war in jener Nacht um zehn Uhr, als wir das offene Feuer erblickten – zum ersten Mal, seit wir den Brand bekämpften. Die Geschwindigkeit der Schleppfahrt hatte die schwelende Kraft der Zerstörung angefacht. Zunächst zeigte sich ein blauer Schimmer im Vorschiff; es leuchtete schwach unter den Trümmern des Decks. Stellenweise flackerte er auf, schien sich zu bewegen und dahinzustreichen wie das Licht eines Glühwurms. Ich sah es zuerst und machte Mahon darauf aufmerksam. ›Dann ist das Spiel aus‹, sagte er. ›Wir sollten die Schleppfahrt lieber beenden, sonst lodert es auf einmal vorn und achtern gleichzeitig hoch, ehe wir uns davonmachen können.‹ Wir schrien gemeinsam, läuteten Glocken, um ihre Aufmerksamkeit zu erregen, aber sie schleppten uns ruhig weiter. Schließlich mussten Mahon und ich nach vorn kriechen und die Trosse mit einer Axt kappen. Die Trosse loszuwerfen blieb keine Zeit. Schon leckten unter unseren Füßen zwischen dem Splittergewirr rote Zungen hoch, als wir mühsam zum Achterdeck zurückstolperten.

Natürlich merkten sie auf dem Dampfer bald, dass die Trosse weg war. Er gab einen lauten Pfeifton von sich, man sah seine Lichter einen weiten Bogen beschreiben, und dann kam er dicht längsseits und stoppte. Wir standen alle zusammengedrängt auf dem Achterdeck und blickten zum Dampfer hinüber. Jeder hatte ein kleines Bündel oder einen Seesack ergriffen. Plötzlich schoss vorn eine kegelförmige Flamme mit zwiegeteilter Spitze hoch und warf auf die schwarze See einen Lichtkreis, in dessen Mitte die beiden Fahrzeuge sich Seite an Seite sanft hoben und senkten. Kapitän Beard hatte stundenlang still und stumm auf der Gräting gesessen, doch jetzt erhob er sich langsam und ging an uns vorbei zu den Besanwanten. Kapitän Nash rief ihn an: ›Kommen Sie schnell her, und passen Sie auf: Ich habe Postsäcke an Bord. Ich will Sie und Ihre Boote aber trotzdem nach Singapore bringen.‹

›Vielen Dank, nein!‹, sagte unser Kapitän. ›Wir müssen abwarten, bis es mit dem Schiff zu Ende geht.‹

›Ich kann aber nicht länger hier herumliegen‹, schrie der andere zurück. ›Post – Sie wissen ja.‹

›Wohl, wohl! Mit uns geht's in Ordnung.‹

›Schön, ich will Sie in Singapore melden… Leben Sie wohl!‹

Er winkte uns zu. Unsere Leute stellten ihre Bündel still wieder ab. Der Dampfer setzte sich in Bewegung und verschwand sofort aus unserem Blickfeld, sobald er den Lichtkreis verlassen hatte – so blendete uns der grelle Schein des lodernden Feuers. Und da wurde mir klar, dass ich zum ersten Mal den Osten als Kommandant eines kleinen Ruderboots erblicken würde. Mir kam das großartig vor, genauso großartig wie meine Anhänglichkeit an das alte Schiff. Wir würden es untergehn sehn. Mit welchem Zauber die Jugend uns doch berückt! Welch ein Feuer sie in uns entfacht, blendender als die Flammen des brennenden Schiffs; es wirft sein Zauberlicht über die ganze Erde und schwingt sich kühn zum Himmel empor – um gar bald wieder von der Zeit erstickt zu werden, von der Zeit, die grausamer ist, erbarmungsloser und härter als die See – und wie die Flamme des brennenden Schiffs von einer undurchdringlichen Nacht umgeben.

Der alte Mann machte uns in seiner verbindlichen und zugleich starrsinnigen Art und Weise darauf aufmerksam, dass es zu unseren Pflichten gehöre, dem Versicherungsträger so viel wie nur möglich von der Schiffsausrüstung zu erhalten. Demgemäß machten wir uns achtern an die Arbeit, während das Schiff vorn lohte, um uns ausreichend mit Licht zu versorgen. Wir klaubten einen Haufen Gerümpel heraus. Was haben wir da nicht alles gerettet! Ein altes, mit unsinnig vielen Schrauben festgemachtes Barometer kostete mich beinahe das Leben, als eine Rauchwolke mich plötzlich einhüllte und ich mich gerade noch rechtzeitig davonmachen konnte; ferner Material aller Art, Bolzen, Segeltuch und Tauwerksrollen – das Achterdeck sah aus wie ein Marinemagazin, und die Boote waren bis zum Dollbord vollgepfropft. Es schien, als wollte der alte Mann von seinem ersten Kommando so viel er nur konnte mitnehmen. Er wirkte sehr, sehr ruhig, war aber offensichtlich innerlich aus dem Gleichgewicht geraten. Ihr werdet es kaum für möglich halten, aber da wollte er doch tatsächlich ein Ende altes Wurfankertau und einen Wurfanker mit ins Großboot nehmen! Wir sagten respektvoll: ›Jawohl, Sir‹, und ließen das Zeug dann heimlich über Bord fallen. Der schwere Medizinkasten ging denselben Weg, zwei Sack grüner Kaffee folgten sowie Farbbüchsen – stellt euch das vor: Anstreichfarbe! – und eine ganze Menge anderer Kram. Dann wurde ich mit zwei Matrosen in die Boote beordert, um alles kunstgerecht zu stauen und sie für den Zeitpunkt bereitzumachen, wo es angebracht sein würde, das Schiff zu verlassen.

Wir brachten alles in Ordnung, richteten den Mast des Großboots für unseren Kapitän auf, der hier das Kommando übernehmen sollte, und dann setzte ich mich nur zu gern einen Augenblick hin. Mein Gesicht war wund, alle Gliedmaßen schmerzten, als ob sie gebrochen wären, ich spürte meine Rippen und hätte schwören können, dass ich mir das Rückgrat verstaucht hatte. Die Boote waren achtern festgemacht und lagen in tiefem Schatten, während ringsumher auf der See der vom Feuer erleuchtete Kreis zu sehen war. Eine riesige Flamme erhob sich vorne kerzengerade und klar. Sie loderte wild empor, es rauschte wie von Flügelgeschwirr, dröhnte wie von Donnerschlägen. Es krachte und knackte, dazwischen knallte es laut, und vom Flammenkegel flogen Funken ziellos empor, gleichwie der Mensch ins Unglück geboren wird, auf lecke Schiffe und auf Schiffe, die in Flammen stehn.

Das Schiff lag quer zur Dünung und zum Wind – wenn er auch ein bloßer Hauch war – und so waren es die Boote, die mir am meisten zu schaffen machten; sie wollten einfach nicht achtern bleiben, wo sie sicher lagen, sondern wollten unbedingt – stur, wie Boote nun einmal sind – unter dem ausfallenden Heck hindurch – und dann längsseits schwojen. Sie prallten gefährlich an und gerieten in die Nähe der Flamme, während das Schiff über ihnen rollte und natürlich immer die Gefahr bestand, dass die Masten jeden Augenblick gerade hier über Bord gingen. Ich und meine beiden Bootsgasten hielten sie, so gut wir konnten, mit Riemen und Bootshaken klar vom Schiff, aber auf die Dauer bekam man das gründlich satt, zumal nicht einzusehen war, weshalb wir nicht sofort losfuhren. Wir konnten die an Bord nicht sehen und uns auch nicht vorstellen, was der Grund der Verzögerung war. Die Bootsgasten fluchten leise vor sich hin, und ich hatte nicht nur meinen Anteil an der Arbeit zu leisten, sondern auch noch zwei Mann bei der Stange zu halten, die sich zweifellos am liebsten hingelegt und den Dingen ihren Lauf gelassen hätten.

Endlich rief ich: ›He, ihr da an Deck‹, und jemand guckte herunter. ›Wir sind hier fertig‹, sagte ich. Der Kopf verschwand und tauchte sehr bald wieder auf. ›Der Kapitän sagt, das ist recht, Sir, und Sie sollen die Boote nur schön klar vom Schiff halten.‹

Eine halbe Stunde verging. Plötzlich gab es einen fürchterlichen Krach, es rasselte, Ketten klirrten, Wasser zischte, und Millionen Funken flogen hinauf in die flatternde Rauchwolke, die etwas schräg über dem Schiff stand. Die Kranbalken waren weggebrannt, die beiden rotglühenden Anker waren im Meer versunken und hatten zweihundert Faden rotglühender Kette hinter sich hergerissen. Das Schiff erbebte, die Flammenmasse wankte, als wolle sie in sich zusammenfallen, und die vordere Bramstenge fiel herunter. Sie schoss wie ein Feuerpfeil durch die Luft und unter Wasser, sprang eine Riemenlänge von den Booten entfernt gleich wieder hoch und trieb dann ruhig und ganz schwarz auf der hell erleuchteten See. Ich rief nochmals das

Deck an. Nach einiger Zeit machte uns ein Mann unerwartet fröhlich und stark mummelnd – als versuche er, mit geschlossenem Mund zu sprechen – die Mitteilung: ›Wir kommen gleich, Sir‹, und verschwand wieder. Lange Zeit hörte ich nichts als das Sausen und Brüllen des Feuers. Auch pfeifende Geräusche waren dazwischen zu vernehmen. Die Boote schossen hin und her, zerrten an den Fangleinen, prallten seitlich aneinander oder trieben trotz unserer Anstrengungen allesamt gegen den Schiffsrumpf. Ich konnte das einfach nicht länger mit ansehen und kletterte an einem Tau übers Heck an Bord.

Es war taghell. Für mich, der ich aus dem Schatten heraufkam, war die Feuerwand vor mir ein furchterregender Anblick, und die Hitze erschien zunächst kaum erträglich. Auf einem Polsterkissen, das man aus der Kajüte herausgeschleppt hatte, schlief mit angezogenen Beinen, einen Arm unter dem Kopf, vom Lichtschein umspielt, Kapitän Beard. Und wisst ihr, was die andern taten? Sie saßen achtern um eine offene Kiste, aßen Brot und Käse und tranken Porterbier aus Flaschen.

Mit den Flammen im Hintergrund, die sich wild züngelnd über ihren Köpfen verzweigten, erschienen sie wie Salamander in ihrem Element und sahen wie eine Bande verwegener Seeräuber aus. Das

Feuer funkelte im Weiß ihrer Augen, schimmerte auf den Flecken weißer Haut, die durch die zerfetzten Hemden sichtbar waren. Jeder war von Verletzungen gezeichnet wie nach einer Schlacht – verbundene Köpfe, hochgebundene Arme, ein schmutziger Lumpenverband ums Knie –, und jeder hielt eine Flasche zwischen den Beinen und ein Trumm Käse in der Hand. Mahon stand auf. Mit seinem eindrucksvollen, wilden Kopf, seinem Adlerprofil, seinem langen weißen Bart und mit der entkorkten Flasche in der Hand sah er aus wie ein wilder Seeräuber aus alter Zeit, der sich's inmitten von Gewalttätigkeit und Elend wohl sein lässt. ›Die letzte Mahlzeit an Bord‹, erklärte er feierlich. ›Wir sind den ganzen Tag nicht zum Essen gekommen, und es hat ja auch keinen Sinn, das hier alles zurückzulassen.‹ Er schwenkte die Flasche und deutete auf den schlafenden Kapitän. ›Er sagte, er könne keinen Bissen runterkriegen, drum brachte ich ihn dazu, sich ein bisschen hinzulegen‹, fuhr er fort, und als ich ihn fassungslos anstarrte: ›Ich weiß nicht, junger Mann, ob Sie sich darüber im Klaren sind: Was der Mann in den letzten Tagen an Schlaf gehabt hat, war nicht der Rede wert – und in den Booten wird man verdammt wenig dazu kommen.‹ – ›Es werden bald keine Boote mehr da sein, wenn ihr hier noch länger herumtrödelt‹, sagte ich aufgebracht. Ich ging zum Kapitän und rüttelte ihn an der Schulter. Endlich schlug er die Augen auf, rührte sich aber nicht. ›Es wird Zeit, hier auszusteigen, Sir‹, sagte ich gleichmütig.

Er erhob sich mühsam, blickte auf die Flammen, aufs Meer, das rings um das Schiff funkelte und dahinter schwarz, schwarz wie Tinte lag; er blickte nach den Sternen, die von einem schwarzen Himmel – schwarz wie der Erebus – durch einen dünnen Rauchschleier matt herabschienen.

›Die Jüngsten zuerst‹, sagte er.

Der Leichtmatrose wischte sich den Mund mit dem Handrücken, stand auf, kletterte über die Heckreling und verschwand. Andere folgten. Einer, der sich eben hinüberschwingen wollte, hielt kurz inne, um seine Flasche bis zur Neige hinterzukippen, dann schleuderte er sie mit weitem Schwung ins Feuer. ›Das sollst du haben!‹, rief er. Der betrübte Kapitän zauderte immer noch, und wir ließen ihm eine Weile Zeit, allein von seinem ersten Kommando Abschied zu nehmen. Doch endlich ging ich zu ihm und brachte ihn weg. Es war auch Zeit. Die Eisenteile des Achterdecks fühlten sich schon ganz heiß an.

Dann wurde die Fangleine des Großboots gekappt, und die drei aneinandergebundenen Boote trieben vom Schiff weg. Genau sechzehn Stunden nach der Explosion verließen wir es. Mahon führte das Kommando über das zweite Boot, und ich hatte das kleinste – vierzehn Fuß lang. Das Großboot hätte uns alle zusammen aufnehmen können, aber der Kapitän sagte, wir müssten so viel Schiffseigentum retten wie nur irgend möglich – für den Versicherungsträger –, und auf diese Weise kam ich zu meinem ersten Kommando. Ich hatte zwei Mann bei mir, einen Sack Schiffszwieback, ein paar Büchsen Fleisch und ein Fass Wasser. Ich erhielt den Befehl, mich dicht beim Großboot zu halten, damit wir bei schlechtem Wetter von ihm aufgenommen werden könnten.

Und wisst ihr, was ich vorhatte? Ich hatte vor, mich sobald wie möglich von den anderen zu trennen. Ich wollte mein erstes Kommando ganz für mich haben. Ich wollte keine Geschwaderfahrt, wenn ich Gelegenheit bekäme, unabhängig von den anderen zu kreuzen. Ich wollte das Land ganz allein ansteuern. Ich wollte die anderen Boote schlagen. Jugend – ganz die Jugend! Die törichte, bezaubernde, wundervolle Jugend!

Wir machten uns jedoch nicht sofort auf die Reise. Zunächst mussten wir ja den Untergang des Schiffs abwarten. So trieben denn die Boote in der Nacht umher, hoben und senkten sich mit der Dünung. Die Männer dösten, erwachten wieder, seufzten, stöhnten. Ich hatte nur Augen für das brennende Schiff.

Zwischen dem Dunkel des Himmels und dem Dunkel der Erde loderte es wild auf einer Scheibe purpurroter, von blutrotem Strahlenspiel durchschossener See, auf einer glitzernden, unheildrohenden Wasserscheibe. Eine hohe, klare Flamme, eine riesige, einsame Flamme stieg aus dem Ozean empor, und von ihrem Scheitel strömte ständig der schwarze Rauch himmelwärts. Das Schiff brannte ungestüm, trauervoll und ehrfurchtgebietend wie ein Scheiterhaufen bei Nacht – umschlossen vom Meer, behütet von den Sternen. Ein großartiger Tod war diesem alten Schiff am Ende seiner mühseligen Tage wie eine Gnade, wie ein Geschenk, wie eine Belohnung beschieden. Die Hingabe seiner müden Seele an die Obhut des Meeres und der Sterne war erhebend wie der Anblick eines ruhmvollen Triumphs. Die Masten fielen kurz vor Tagesanbruch, und einen Augenblick lang schien ein Funkensturm und Funkenwirbel die geduldige, schlaflose Nacht mit stiebendem Feuer zu erfüllen – die unermessliche Nacht, die still über dem Meere lag. Bei Tageslicht war vom Schiff nur der verkohlte Rumpf vorhanden, der immer noch unter einer Rauchwolke dahintrieb und eine glühende Kohlenmasse in sich barg.

Dann wurden die Riemen ausgelegt, und die Boote bewegten sich wie eine Prozession in Linie um die Überreste der Bark – das Großboot voran. Als wir am Heck vorbeiruderten, zielte ein dünner Feuerpfeil tückisch auf uns, und plötzlich ging das Schiff mit gewaltigem Dampfzischen über den Bug unter. Das vom Feuer nicht verzehrte Heck sank zuletzt, aber die Bemalung war weg, war abgesprungen, abgeblättert, und mit keinem Buchstaben, keinem Wort, keinem unbeugsamen Wahlspruch, der seine Seelenhaltung wiedergab, blitzte es der aufgehenden Sonne sein Glaubensbekenntnis und seinen Namen entgegen.

Wir steuerten nordwärts. Eine Brise kam auf, und um die Mittagszeit trafen die Boote zum letzten Mal zusammen. Das meine hatte keinen Mast und kein Segel, ich machte mir aber einen Mast aus einem Reserveriemen und hisste eine Persenning als Segel, wobei ein Bootshaken als Rah diente. Ganz gewiss war das Boot übertakelt, aber ich hatte das stolze Bewusstsein, dass ich mit dem Wind von achtern die beiden andern schlagen konnte. Vorläufig musste ich noch auf sie warten. Dann warfen wir alle einen Blick auf die Seekarte des Kapitäns und erhielten nach einer gemeinsamen frugalen Mahlzeit aus hartem Brot und Wasser unsere letzten Anweisungen. Die waren einfach genug: nach

Norden halten und so nahe wie möglich zusammenbleiben! ›Seien Sie vorsichtig mit dieser Nottakelung da, Marlow‹, sagte der Kapitän, während Mahon die Adlernase rümpfte, als ich stolz an seinem Boot vorbeisegelte, und herüberrief: ›Sie werden Ihr Boot noch unter Wasser segeln, wenn Sie nicht Acht geben, junger Mann!‹ Er war ein boshafter alter Kerl – möge die tiefe See, auf deren Grund er jetzt ruht, ihn sanft wiegen, ihn zärtlich wiegen bis ans Ende der Tage!

Vor Sonnenuntergang zog eine dichte Regenbö über die beiden andern weit zurückliegenden Boote hin, und das war das Letzte, was ich vorläufig von ihnen sah. Am nächsten Tag saß ich da und steuerte meine Nussschale – mein erstes Kommando! – und sah ringsumher nichts als Himmel und Wasser. Zwar erblickte ich am Nachmittag die Toppsegel eines Schiffes in weiter Ferne, sagte aber nichts, und meine Leute bemerkten es nicht. Seht ihr, ich hatte einfach Angst, es könne auf Heimatkurs sein, und ich hatte keine Lust, an der Pforte zum Osten wieder umzukehren. Ich hielt auf Java zu – ihr wisst ja, auch so ein zauberhafter Name wie Bangkok. Ich steuerte viele Tage lang.

Euch brauche ich nicht zu erzählen, was es bedeutet, sich in einem offenen Boot auf dem Meere herumzutreiben. Mir sind windstille Nächte und

Tage noch gegenwärtig, wo wir ruderten und ruderten und das Boot dennoch mitten im Seehorizontkreis wie verhext stillzustehn schien. Ich denke an die Hitze, an die Sintflut von Regenböen, die uns zwang, um des lieben Lebens willen zu schöpfen – aber unser Wasserfässchen füllte –, und ich erinnere mich noch deutlich der sechzehn endlosen Stunden, in denen der Mund trocken wie Zunder war und ein Riemen als Steuerruder über das Heck gelegt werden musste, um mein ›erstes Kommando‹ mit dem Bug gegen die Wellen zu halten. Bis dahin hatte ich nicht gewusst, ein wie guter Mann ich war. Ich sehe die angespannten Gesichter, die mutlose Haltung meiner beiden Begleiter noch deutlich vor mir, und ebenso lebhaft empfinde ich die Erinnerung an meine Jugend und das unwiederbringliche Gefühl – das Gefühl, ich könnte ewig leben und die See, die Erde und alle Menschen überdauern, das trügerische Gefühl, das uns zu Freuden verlockt, zu Gefahren, zu Liebesabenteuern, zu fruchtloser Anstrengung – zum Tode; das triumphale Kraftbewusstsein, die Lebenswärme in dieser Hand voll Staub, die Herzensglut, die doch mit jedem Jahr matter wird, kälter wird, geringer wird und erlischt – allzu bald erlischt –, noch vor dem eigentlichen Leben.

Und genauso sehe ich immer noch den Fernen Osten. Ich habe seitdem seine entlegensten Winkel kennengelernt und ihm tief in die Seele geschaut, aber ich sehe ihn auch heute noch von einem kleinen Boot aus: eine hohe Gebirgskette, blau und fern am Morgen, ein schwacher Nebelstreif in den Mittagsstunden, eine gezackte purpurne Mauer bei Sonnenuntergang. Ich fühle noch das Ruder in meiner Hand, spüre noch das Brennen der grellen blauen See in den Augen. Und ich sehe eine Bucht, eine weite Bucht, glatt wie Glas und glitzernd wie Eis, durch das Dunkel schimmern. Weit, weit hinten, auf der dunklen Landmasse, brennt ein rotes Licht, und die Nacht ist weich und warm. Wir zerren mit schmerzenden Armen an den Riemen, und plötzlich entströmt der stillen Nacht ein Windhauch, ein schwacher, lauwarmer Hauch, beladen mit dem Duft unbekannter Blüten, dem Duft würzigen Holzes – der erste Atemzug des Ostens trifft mein Gesicht. Das kann ich nie vergessen. Es war unfassbar, es umgarnte wie ein Zauber, wie die geflüsterte Verheißung geheimnisvollen Entzückens.

Elf Stunden Rudern kostete uns diese letzte Strecke. Zwei ruderten, und wer mit Ausruhen an der Reihe war, saß am Steuerriemen. Wir hatten das rote Licht in der Bucht ausgemacht und steuerten es an, weil wir dachten, es müsse einen kleinen Küstenhafen anzeigen. Wir fuhren an zwei fremdartigen Schiffen mit hohem Heck vorbei, die vor Anker schliefen, und als wir uns dem jetzt sehr schwachen Licht näherten, stießen wir mit dem Boot gegen das Ende einer vorspringenden Kaimauer. Wir waren blind vor Übermüdung. Meine Leute ließen die Riemen fahren und fielen wie tot von den Ruderbänken. Ich machte das Boot an einem Pfahl fest. Eine leichte Strömung warf kleine Wellen. Aus dem duftenden Dunkel des Küstenstrichs hoben sich größere Massen ab, wahrscheinlich riesige Vegetationsballungen – stumme, phantastische Formen. Und am Fuße dieser Schattenberge leuchtete der Halbkreis einer Bucht in schwachem Schimmer wie ein Traumgebilde auf. Kein Licht war zu sehen, keine Regung zu spüren, kein Laut zu vernehmen. Der geheimnisvolle Osten lag unmittelbar vor mir, voller Duft wie eine Blume, stumm wie der Tod, dunkel wie das Grab.

Und ich saß da – unaussprechlich müde, triumphierend wie ein Sieger, schlaflos und entrückt wie vor einem tiefsinnigen, schicksalsträchtigen Rätsel.

Ein Plätschern, ein gleichmäßiger Ruderschlag, der auf der Wasserfläche widerhallte und von der Stille der Küste zu lautem Klatschen verstärkt wurde, ließ mich hochfahren. Ein Boot, ein europäisches Boot kam herein. Ich beschwor den Namen der Toten, ich rief sie an: ›*Judäa* ahoi!‹ Eine dünne Stimme antwortete.

Es war der Kapitän. Ich hatte das Flaggschiff um drei Stunden geschlagen! Ich freute mich, die Stimme des Alten wieder zu hören, zittrig und müde. ›Sind Sie das, Marlow?‹ – ›Nehmen Sie sich vor dem Ende der Kaimauer hier in Acht!‹, rief ich zurück.

Er kam vorsichtig näher und machte mithilfe der Tiefseelotleine fest, die wir gerettet hatten – für den Versicherungsträger. Ich lockerte meine Fangleine etwas und brachte mein Boot längsseits. Er hockte im Heck, eine gebrochene Gestalt, feucht vom Tau, die Hände im Schoß gefaltet. Seine Leute schliefen schon. ›Das war ein schreckliches Stück Weg‹, murmelte er. ›Mahon ist hinter uns – nicht sehr weit.‹ Wir flüsterten nur, ganz leise, als hätten wir Angst, das Land aufzuwecken. Doch wären weder Kanonen, Donnerschläge noch Erdbeben imstande gewesen, die Männer aus ihrem Schlaf zu reißen.

Wir sahen uns um, während wir miteinander sprachen, und ich erblickte auf See ein helles Licht, das durch das Dunkel glitt. ›Da fährt ein Dampfer an der Bucht vorüber‹, sagte ich. Er fuhr aber nicht vorüber, sondern kam herein, ja er kam sogar ganz in unsere Nähe und warf Anker. ›Ach, würden Sie wohl feststellen‹, sagte der alte Mann, ›ob es ein Engländer ist. Vielleicht könnten die uns irgendwohin mitnehmen.‹ Das schien ihm ganz besonders am Herzen zu liegen. So erweckte ich einen meiner Männer durch Knüffe und Tritte wenigstens bis zum Zustand des Schlafwandelns, drückte ihm einen der Riemen in die Hand, ergriff selbst den anderen und hielt auf die Lichter des Dampfers zu.

Von da hallte uns undeutliches Stimmengewirr entgegen, sodann hohles, metallisches Klirren aus dem Maschinenraum und das Geräusch von Schritten auf Deck. Die Bullaugen des Dampfers leuchteten uns rund wie weit aufgerissene Augen an. Undeutliche Gestalten bewegten sich hin und her, und schattenhaft stand ein Mann oben auf der Brücke. Er hörte unser Rudergeräusch. Und da, ehe ich die Lippen öffnen konnte, sprach der Osten zu mir, jedoch mit einer westlichen Stimme. Ein Sturzbach von Worten ergoss sich in die rätselhafte, schicksalsträchtige Stille; fremdartige, wutschäumende Worte, untermischt mit Wörtern, ja ganzen Sätzen in fließendem Englisch, was weniger fremdartig als überraschend wirkte. Die Stimme fluchte und lästerte leidenschaftlich, sie durchlöcherte mit einer Schimpfwortkanonade die feierliche Stille der Bucht. Sie begann damit, mich Schwein zu nennen, und steigerte sich danach in ein Crescendo nicht wiederzugebender Eigenschaftswörter, und zwar in englischer Sprache. Der Mann da oben tobte seine Wut in zwei Sprachen aus und war in seinem Zorn so aufrichtig, dass er mich beinahe überzeugt hätte, ich müsste mich irgendwie gegen die Harmonie des Universums versündigt haben. Ich konnte ihn kaum sehen, fürchtete aber allmählich, er würde sich in einen Schlaganfall hineinsteigern.

Plötzlich hörte er auf, und ich konnte ihn schnaufen und blasen hören wie einen Schweinswal. Ich sagte: ›Wie heißt der Dampfer, bitte?‹

›He? Was soll das? Und wer seid ihr?‹

›Schiffbrüchige Mannschaft einer englischen Bark, die auf See in Brand geraten ist. Wir sind in der Nacht hier angelangt. Ich bin der Zweite Steuermann. Der Kapitän ist da drüben im Großboot und lässt fragen, ob Sie uns irgendwohin mitnehmen können.‹

›Ach du meine Güte! Na so was … Also dies hier ist die *Celestial* aus Singapore auf der Rückfahrt. Ich werde es morgen früh mit Ihrem Kapitän besprechen … und … na ja, haben Sie gehört, was ich soeben von mir gegeben habe?‹

›Das wird wohl die ganze Bucht mitgehört haben.‹

›Ich dachte, ihr wärt ein Eingeborenenboot. Nun sehen Sie sich das an – dieser gottverdammte faule Lump von einem Strandwächter ist schon wieder mal eingeschlafen – der Teufel soll ihn holen! Das Leuchtfeuer ist aus, und ich hätte beinahe das Ende dieser verdammten Kaimauer gerammt. Das ist nun schon das dritte Mal, dass er mir diesen Streich spielt. Nun frage ich Sie: Kann sich jemand so was gefallen lassen? Das ist ja zum Verrücktwerden. Den Kerl bring ich zur Meldung... Ich werde den stellvertretenden Statthalter veranlassen, dass er ihn rausfeuert, zum...! Sehen Sie selbst – kein Licht da. Es ist aus – oder etwa nicht? Ich nehme Sie zum Zeugen, dass das Leuchtfeuer aus ist. Es müsste aber ein Licht da sein, wissen Sie, ein rotes Licht auf dem...‹

›Vorhin war ein Licht da‹, sagte ich begütigend.

›Aber jetzt ist es aus, Mann! Was soll das Gerede? Sie können sich selber überzeugen, dass es aus ist – oder etwa nicht? Wenn Sie einen wertvollen Dampfer an diese gottverlassene Küste bringen müssten, würden Sie auch ein Leuchtfeuer verlangen. Ich werde den Kerl mit Fußtritten vom einen Ende dieses miserablen Hafens zum andern jagen. Da können Sie sich drauf verlassen. Ich will...‹

›Ich kann also meinem Kapitän berichten, dass Sie uns mitnehmen?‹, warf ich ein.

›Ja, ich nehme euch mit. Gute Nacht‹, sagte er schroff.

Ich ruderte zurück, machte wieder an der Kaimauer fest und kam endlich zu meinem Schlaf. Ich hatte das Schweigen des Ostens erlebt. Ich hatte auch etwas von seiner Sprache vernommen. Doch als ich die Augen wieder aufschlug, war das Schweigen noch so vollkommen, als wäre es niemals gebrochen worden. Ich lag in einer Flut von Licht, und der Himmel war mir nie so fern, so hoch erschienen wie eben jetzt. Ich schlug die Augen auf und blieb still liegen.

Und da sah ich die Menschen des Ostens – sie blickten mich an. Der Kai in seiner ganzen Länge wimmelte von Menschen. Ich sah braune, bronzefarbene, gelbe Gesichter, sah die schwarzen Augen, das Glitzern, die Farbigkeit einer östlichen Menschenmenge. Und alle diese Wesen starrten uns mit großen Augen an, ohne Gemurmel, ohne Atmen, ohne Bewegung. Sie starrten die Boote da unten an, die schlafenden Männer, die bei Nacht vom Meere her zu ihnen gekommen waren. Nichts regte sich. Die Palmwedel hoben sich reglos gegen den Himmel ab. Nicht ein Zweig rührte sich auf der Küstenlinie, und die braunen Dächer verborgener Häuser lugten durch das grüne Laubwerk, zwischen den großen Blättern hindurch, die leuchtend und starr, wie aus schwerem Metall gehämmert, herabhingen. So hatten die Seefahrer vergangener Zeiten den Osten erblickt, so alt, so geheimnisvoll, so voller Licht und Schwermut, so lebendig und unverändert starr, so erfüllt von Gefahr und Verheißung.

Und dies also waren die Menschen. Ich richtete mich unvermittelt auf. Da lief eine Bewegung wellenförmig durch die Menschenmenge von einem Ende zum andern, glitt über die Köpfe, ließ die Körper sich wiegen, pflanzte sich den Kai entlang wie eine Kräuselwelle auf dem Wasser fort, wie ein Windhauch in einem Ährenfeld – und alles war wieder still. Ich sehe es noch vor mir – den weiten Bogen der Bucht; den leuchtenden Sandstreifen, das unendliche und vielfältige Grün, das Meer blau wie das Meer eines Traums, die Unzahl starrender Gesichter, die Pracht der lebhaften Farben – und das Wasser, in dem sich das alles widerspiegelte, die geschwungene Küstenlinie, den Kai, die fremdländischen Fahrzeuge mit hohem, schmalem Heck, die nach wie vor ruhig auf dem Wasser lagen, und die drei Boote mit den müden Männern aus dem Westen, die ohne Ahnung von Land und Leuten und der Gewalt der Sonnenglut schliefen... Sie schliefen, wie sie quer über die Ruderbänke gesunken waren, sie schliefen zusammengekrümmt auf den Bodenbrettern, in der gleichgültigen Lage von Toten. Der alte Kapitän saß zurückgelehnt im Heck des Großboots, der Kopf war ihm auf die Brust gesunken; er machte den Eindruck, als wolle er nie mehr aufwachen. Ein Stück weiter war das Gesicht des alten Mahon zum Himmel gekehrt; der lange weiße Bart breitete sich auf seiner Brust – es sah aus, als wäre er auf seinem Sitz an der Ruderpinne erschossen worden. Und ein Mann, der sich im Bug zusammengekauert hatte, umklammerte im Schlaf mit beiden Armen den Vorstevenkopf und hatte seine Wange auf das Dollbord gebettet. Der Osten blickte sie lautlos an. Ich habe auch später noch seinen Zauber kennengelernt. Ich habe die geheimnisvollen Küsten gesehen, das stille Wasser, die Länder der braunen Völker, wo eine Nemesis heimlich auf der Lauer liegt, Jagd macht auf so viele der Eroberer und sie, die stolz sind auf ihre Klugheit, ihr Wissen und ihre Macht, dann vernichtet. Doch ist und bleibt für mich der ganze Osten in diesem Traumbild meiner Jugend beschlossen. Alles drängt sich in den Augenblick zusammen, da ich meine jungen Augen vor ihm aufschlug. Ich hatte mich soeben mit der See herumgeschlagen, als ich darauf stieß – und ich war jung – und ich sah, wie er mich anblickte. Und das ist alles, was mir davon geblieben ist! Nur ein Augenblick; ein Augenblick der Stärke, der Romantik, der Verzauberung – der Jugend!... Ein flüchtiger Sonnenschein über einer fremden Küste – eine kleine Weile für die Erinnerung – eine kleine Weile für einen Seufzer, und dann – lebt wohl! – Nacht – Lebt wohl auf ewig...!«

Er trank.

»Ja, die gute alte Zeit – die gute alte Zeit. Jugend und die See. Jugendzauber und die See! Die gute, starke See, die salzige, bittere See, die einem zärtlich zuflüstern, die einen anbrüllen und vernichten konnte.«

Er trank wieder.

»Und alles, was daran so wundervoll ist, bewirkt die See, glaube ich, die See selber – oder macht es allein die Jugend? Wer weiß es zu sagen? Aber ihr, die ihr hier sitzt – ihr habt doch alle dem Leben etwas abgewonnen: Geld, Liebe – alles, was man an Land gewinnen kann –, und nun sagt mir ehrlich: War es nicht die schönste Zeit, die Zeit damals, als wir jung waren und zur See fuhren? Als wir jung waren und nichts hatten zur See, die nichts austeilt als harte Schläge und manchmal die Gelegenheit bietet, sich der eigenen Kraft bewusst zu werden – ist es nicht das, und nur das, woran ihr alle noch mit Wehmut zurückdenkt?«

Und wir alle nickten und stimmten ihm zu, der Mann aus der Finanzwelt, der Mann des Rechnungswesens, der Mann der Rechtspflege, wir alle nickten ihm über den polierten Tisch zu, der wie der Spiegel eines stillen braunen Gewässers unsere gefurchten, runzligen Gesichter widerspiegelte, unsere von Mühsal, von Selbsttäuschungen, von Erfolg, von Liebe gezeichneten Gesichter und unsere müden Augen, die immer noch, die ohne Unterlass, die begierig nach etwas Ausschau halten, was ihnen das Leben noch bieten könnte, was jedoch schon vorbei ist, während man noch darauf wartet – was ungesehen vorbeigehuscht ist in einem Seufzer, in einem kurzen Aufblitzen – zugleich mit der Jugend, mit der Kraft, mit dem Zauber der schönen Täuschungen.

Joachim Ringelnatz

In See

Die Besatzung der *Elli* bestand insgesamt aus fünfzehn Mann.

Da war also erstens Kapitän Pommer, von dessen Tracht nur ein knetbarer Rinaldo-Hut sowie zwei elegante, purpurrote Sammetpantoffeln hervorzuheben sind. Der Steuermann Karstens war erst kürzlich von der Papenburger Steuermannsschule gekommen. Er hatte früher wohl einmal ein Gymnasium gestreift und liebte es, mit gebildeten Brocken um sich zu werfen. Er schlief wie der Kapitän im hinteren Schiff, wo sich auch die Kammer für den Bootsmann befand.

Zu dem Personal gehörte erstens der Koch, ein ehemaliger Matrose von etwa zwanzig bis dreiundzwanzig Jahren. Er stammte, wie er mir bei Gelegenheit etwas verschämt erklärte, aus Sachsen. In dem Bestreben, seinen Heimatdialekt möglichst zu verleugnen, hatte er sich ein höchst lächerliches Gemisch von Platt und Hochdeutsch angewöhnt. Seine Küche, ein Raum von etwa 3 qm, bildete die eine Hälfte eines kleinen, hölzernen Häuschens, das in der Mitte des Schiffes auf Deck stand. Die andere Hälfte diente als Schlafkammer und Wohnung für den Koch und mich. Es befanden sich zwei Kojen darin, die übereinanderlagen. Die obere, vorteilhaftere, hatte sich der Koch eingeräumt. Mir wurde die untere zugewiesen.

Vorn im Matrosenraum, oder wie die Seeleute sagen, im Logis, wohnte vorläufig auch der Bootsmann, der seinem Range nach die vermittelnde Stufe zwischen Kapitän oder Steuermann und der Mannschaft repräsentierte. Er war dabei nach oben ebenso schüchtern und devot wie nach unten anmaßend und roh. Im gleichen Range mit ihm stand der Segelmacher, der auch bei den Matrosen »vorn« logierte. Das war ein alter Norweger, der bereits 50 Jahre zur See gefahren war und alle Länder der Welt verschiedene Male gesehen hatte. Gleich den übrigen Matrosen war er kein großer Freund der Arbeit, aber was er tat, das verrichtete er mit großer Sorgfalt und mit der kaltblütigen Ruhe und Geschicklichkeit, die alten, erfahrenen Seeleuten eigen ist. Das harte, unfreundliche Leben, das hinter ihm lag, hatte ihn so griesgrämig gemacht, dass er uns allen höchst unangenehm war. Wenn er lachte, war man nie sicher, ob es Grimm oder Humor war, und mit dem gleichen Lächeln, mit dem er irgendeinen beißenden Witz losließ, warf er jemandem einen Gegenstand, den er gerade in der Hand hielt, an den Kopf. Außerdem soff er mörderlich. Er sprach fertig Norwegisch, Englisch, Deutsch und in betrunkenem Zustand ein aus diesen drei Sprachen zusammengesetztes Ragout.

Unter den Matrosen besaß die meiste Achtung Jahn, weil er sehr stark war, seine Arbeit gut verstand und der Roheste war. Ich glaube, er stammte aus einer Fischerfamilie, so dass ihm das schwere Seeleben etwas ganz Natürliches war. Sein trockener Witz und treffender Spott machten ihn unter den Kollegen gleichzeitig beliebt und gefürchtet. Gustav hieß ein großer, starker Ostpreuße aus der Tilsiter Gegend. Er hatte ein paar riesenhafte Hände, arbeitete für drei und leistete Erstaunliches im Schlafen. Während unserer Überfahrt auf der *Thérèse et Marie* hatte er fast ununterbrochen geschlafen. Bei seiner ungeheuren Kraft war er doch glücklicherweise sehr gutmütig, und selbst, wenn er sich den Anschein gab, über etwas wütend zu sein, leuchtete ein gutmütiges Lächeln aus seinen runden Schweinsäuglein.

Dann schliefen vorn noch Willy, ein mit dem Kapitän verwandter Ostfriese, Matrose Paul und Hermann Klein, der zarte Leichtmatrose mit dem Mädchengesicht.

In Le Havre kam noch ein kleiner, dicker Franzose von etwa 15 Jahren an Bord, der gleich mir zur See wollte und als Schiffsjunge auf der *Elli* angemustert wurde. Er war aus guter Familie. Seine Mutter brachte ihn selbst an Bord. Ich hatte mich mit dem jungen Mann sehr schnell angefreundet. Er teilte mit mir einen großen Napfkuchen, den er von seiner Mutter mitbekam. Er mochte ihr wohl von unserer Freundschaft erzählt haben, denn die Dame drückte mir, als sie ihn einmal besuchte, freundlich die Hand und sagte, sie wünsche, dass ich ihrem Sohn ein guter Freund bleiben möchte, was ich verstand und worauf ich meinen französischen Kenntnissen durch ein sehr lautes *»Oui, monsieur«* Luft machte.

Der Kapitän bestimmte mich zunächst zum Kajütsteward. Als solchem fiel mir die Aufgabe zu, die Kajüte und die anstoßenden Kammern in Ordnung zu halten, das Essen aus der Kombüse zu holen und alle möglichen Dienste zu verrichten, die für das Achterschiff in Betracht kamen.

Napoleon, wie der Franzose von unseren Matrosen getauft war, wurde Decksjunge, das heißt, sein Wirkungskreis war das vordere und mittlere Deck und das Logis. Im Letzteren hatte er die Backschaft für die Matrosen zu besorgen, Essen zu holen, Geschirr aufzuwaschen, auszufegen und so weiter.

An dem Tag, an welchem ich an Bord der *Elli* kam, erhielt ich abends die Erlaubnis, an Land zu gehen. Es hatte den ganzen Tag Bindfaden geregnet. Der Kai, an dem wir lagen, bot ein trübseliges Bild. Die gewaltigen, eisernen Kräne, nicht minder die schweren, schwarzen Waggons standen öde und verlassen da. Kein Mensch war weit und breit zu sehen, bis auf einen Zollbeamten, der die Kapuze seines Regenmantels tief ins Gesicht gezogen hatte. Er stand in einer Art Schilderhäuschen wie eine Statue. Ich hatte meinen blauen Seemannsanzug an und den Kernerschen Lederriemen mit dem Scheidemesser um.

So tappte ich schweren Ganges in die Stadt. Zunächst beschloss ich, meinen knurrenden Magen auf eine gute Manier zur Ruhe zu bringen.

Damals wusste ich noch nicht, welchen Ruf die Seeleute in den Hafenstädten genießen, sonst hätte ich wohl nicht in meinem derben Seemannskostüm ein so nobles Restaurant betreten. So aber tat ich das mit der unbefangensten Miene, und erst die zweifelhaften Blicke, mit denen mich Gäste und Kellner empfingen, und der Umstand, dass man mich im Voraus das von mir bestellte Souper zu 6 Franken und eine Flasche teuren Weines bezahlen ließ, machte mir die Situation klarer. Als man aber sah, dass ich Geld besaß, bediente man mich sehr freundlich, und die Geschäftsführerin des Lokals knüpfte ein liebenswürdiges Gespräch mit mir an. Leider verstand ich auch nicht ein einziges Wort, aber ich lächelte, wenn sie lächelte, und ich nickte sehr ernst, wenn sie ernst wurde.

Mein Souper bestand aus zwölf Gängen, von denen nur einer meine Billigung fand, weil ich wusste, was es darstellte, Spinat mit Schinken. Aber der Wein war köstlich und brachte mich in vergnügte Stimmung. Ich setzte nun meine Studienreise durch Le Havre fort; da mich aber meine volle Börse zu dem Prinzip verleitete, möglichst wenig im Freien zu studieren, trat ich bald in das »Café Anglais« ein.

Hier schien der Treffpunkt einer höchst bedenklichen Demimonde zu sein, aber es waren sehr hübsche Damen, die ich hier kennenlernte. Schwarzhaarige, lebhaft, mit französischem Schick gekleidet und frisiert. Ich kam sehr bald mit der Gesellschaft ins Gespräch, denn ich war schon in dem Stadium des Benebeltseins angelangt, da man jede Schüchternheit verliert. Die Mädchen lachten über mein furchtbares Scheidemesser, das an meinem Leibriemen hing und auf das ich nicht wenig stolz war. Wir sprachen von Burenpolitik, und dann sangen wir gemeinsam, lachten und waren sehr vergnügt. Eine der Französinnen tauschte ihr Taschentuch mit dem meinen zum Andenken. Ich suchte der vielgerühmten deutschen Trinklust alle Ehre zu machen.

Die Nacht verlief wüst. *»Voulez-vous tirer un coup?«*, hörte ich in den Gassen schreien, nach denen ich mich verschämt hingefragt hatte. Ein Ehemann bot mir mit ergreifender Großmut seine Frau Gemahlin für wenige Franken an, und ich fand in sehr üblen Häusern sehr saubere Zimmer mit sehr hoch geschichteten sauberen Betten.

Als ich um viereinhalb Uhr von irgendeiner polizeilichen Macht geleitet wieder an Bord kam, blutete meine Nase, war alles um mich herum betrunken, und ich wusste ungefähr, dass mir das Geld, welches ich nicht verjubelt hatte, von verschiedenen Seiten gestohlen war.

Um fünf Uhr musste ich schon wieder meinen Dienst antreten. – –

Die Koje, die mir zugewiesen, war so klein, dass ich nur mit eingezogenen Beinen schlafen konnte. Jede Nacht fast bekam ich Beinkrämpfe.

Ich musste morgens den Kapitän wecken, seine Kammer aufräumen und den Kajütentisch decken, an dem auch der Bootsmann und der Steuermann aßen. Unglaublich schien es mir anfangs, dass die Mannschaft Margarine statt Butter erhielt. Ich half mir heimlich mit Kapitänsbutter über diese Klippe und konnte mich überhaupt nicht über das Essen beklagen.

Meine Aufgabe war es auch, den Tisch abzuräumen, Geschirr aufzuwaschen, Gläser zu putzen, Staub zu wischen; kurz gesagt, ich war für die Kajütsbewohner das Mädchen für alles.

Ich gab mir Mühe, fleißig zu sein, machte aber doch vieles verkehrt und bekam das dann auch ziemlich deutlich zu hören. Es fiel mir sehr schwer, mich an die Demütigungen zu gewöhnen, die ein Schiffsjunge erdulden muss. Obgleich ich mir sagen durfte, dass ich in meiner Allgemeinbildung hoch über den andern stand, musste ich doch als Achtzehnjähriger mich von allen anderen duzen und schimpfen lassen, während ich den Kapitän sowie den Boots- und Steuermann mit »Sie« anreden musste. Der Steuermann gefiel mir. Er priemte, spuckte und lachte viel und riet mir davon ab, Seemann zu werden.

Eines Tages rief ich große Bestürzung dadurch hervor, dass ich in der ehrlichsten Absicht den großen Kompass, welcher unterm Kajütskylight in der sogenannten kardanischen Aufhängung angebracht war, aus den Angeln hob und in die Kajüte trug, um ihn dort mit Putzstein und Öl zu bearbeiten. Der Kapitän traf mich dabei, geriet in furchtbare Wut und schimpfte, ob ich verrückt sei, weil ich ein so empfindliches Instrument wie eine Seekiste herumschleppe. Ich erhielt vom Bootsmann noch Ohrfeigen für die unerhörte Tat, und die ganze Besatzung hatte für ein paar Tage zu lachen.

Wir lagen nun schon über eine Woche in Le Havre und waren inzwischen auf dem deutschen Konsulat feierlichst angemustert, das heißt, wir hatten einen Schiffskontrakt unterschrieben, der uns für die Reise nach Zentralamerika und zurück nach Europa an Bord verpflichtete.

Ich hatte mich herzlich mit dem kleinen Franzosen angefreundet. Er beklagte sich oft darüber, wie schlecht er es im Logis vorn habe und beneidete mich um meinen Kajütsposten.

Eine Katze, die sich an Bord befand, musste ich über Bord werfen, da sie verrückt geworden war. Der Kapitän hatte mir nahegelegt, ich möchte, um einen Ersatz zu schaffen, einmal versuchen, an Land einen Hund einzufangen. Eines Morgens sah ich denn auch am Kai unter einem Eisenbahnwagen solch ein Tier, das herrenlos herumlungerte und sehr verhungert aussah, eine Art Pinscher. Dieses Tier fing ich und schleppte es mit der einen Hand an Bord, während ich mit der anderen meine Hosen festhalten musste. Später bereute ich allerdings diesen Fang sehr; denn einesteils musste ich sehen, wie das arme Tier von der rohen Besatzung, besonders vom Bootsmann ganz schrecklich gequält wurde, anderenteils hatte ich selbst an ihm viel Ärger, weil ich ihm immer mit Schaufel und Besen folgen musste.

»Zigarre an Deck!«, war bald ein oft gebrauchtes Kommando des Kapitäns, und dann ging ich Würstchen suchen.

Am 18. April endlich, frühmorgens, verließ die *Elli* Le Havre und stach in See. Sie führte als Ballast Steine mit sich, die in Amerika zu Straßenbauzwecken verkauft werden sollten.

Ich musste zum ersten Mal in den Wanten hoch ins Segelwerk klettern, um ein Segel loszubinden, und tat das mit stolzer Lust, obgleich es sehr anstrengend war.

Das Leben gestaltete sich nun für uns ganz anders.

Zunächst wurde die Mannschaft in zwei Seewachen eingeteilt, welche einander Tag und Nacht alle vier Stunden ablösten.

Als Kajütsjunge wurde ich bei dieser Einteilung nicht berücksichtigt, sondern blieb von acht Uhr abends bis vier Uhr morgens dienstfrei. Statt frischen Brotes gab es von nun an Hartbrot, ein keksartiges Gebäck, das mir anfangs, weil neu, ganz gut schmeckte, obgleich es wahrscheinlich der Hauptsache nach aus Knochenmehl bestand. In Le Havre hatten uns die Straßenjungen oft darum angebettelt, und wir hatten ihnen gern, wenn sie an das Schiff herankamen und unaufhörlich *»Bisquit!«* – *»Bisquit!«* riefen, dic harten Stücke hinuntergeworfen, um uns dann darüber zu amüsieren, wie sie sich darum balgten. Kapitän und Steuermann durften das aber nicht sehen.

So eine Art Straßenjunge, wenn auch besser angezogen, war unser Napoleon. Ein äußerst verschmitzter, rotbackiger Bengel, der, wenn er irgendetwas verbrochen hatte, eine unbeschreiblich heuchlerische Unschuldsmiene aufsetzen konnte, sonst aber immer lachte. Er war im Grunde temperamentvoll, geschickt und sehr gutmütig und blieb deshalb mein Freund.

Einmal wurde er mit mir ins Zwischendeck geschickt, um Zwiebeln zu sortieren. Das war uns angenehm, denn wir konnten uns dort unbehelligt unterhalten. So saßen wir denn zwischen Bergen von Zwiebeln, und während wir die verfaulten von den guten aussortierten, schütteten wir uns gegenseitig unser Herz aus. Wir klagten, wie hart und schlecht das Leben auf der *Elli* sei, und kamen dann auf die Heimat und unsere Lieben zu sprechen. Auf einmal fing Paul zu weinen an. Auch mir kamen sofort die Tränen in die Augen, und so saßen wir Hand in Hand eine Weile schweigend in den Zwiebeln, bis uns wieder das Komische der Situation zum Bewusstsein kam und wir herzlich lachten.

Ja, es war hässlich, das Leben, das ich führte. Von frühmorgens bis spätabends schwere oder unwürdige Arbeit verrichten zu müssen, vom Steuermann oder Bootsmann geschlagen, von den Matrosen wegen meiner seemännischen Unkenntnis und meines sächsischen Dialektes unausgesetzt verspottet zu werden, das war alles andere, nur nicht ermutigend. Dazu machte ich noch die Erfahrung, dass meine Augen doch nicht so scharf waren, wie sie ein Seemann braucht, und häufig wurde ich von den Matrosen ausgelacht, wenn ich ein Schiff oder bei Nacht ein Feuer am Horizont noch nicht finden konnte, das die anderen längst entdeckt hatten.

Und wie vieles musste ich lernen, ohne dass man mir die Erklärung oder Anweisung dazu gab! Der Seemann hat eine vollkommen eigene Sprache. Die zahllosen fremden Ausdrücke für alles an Bord Befindliche gingen mir wie Kraut und Rüben durcheinander. Meine Sachen musste ich natürlich selbst waschen und flicken, und dazu fehlte es an Material, Platz und Zeit. Manchmal bereute ich, den Seemannsberuf eingeschlagen zu haben, von dem mir ja auch alle abgeraten hatten. Dann dachte ich wieder an die Kosten, die ein Berufswechsel meinem

Vater bringen würde, und wie man mich auslachen würde, wenn ich nach der ersten Reise schon die Lust verloren hätte.

Wie schön hatten es doch die an Land! Kaufleute, Maler, Schriftsteller!

Über solchen Gedanken saß ich oft stundenlang des Nachts in meiner Koje wach und wurde so verbittert mit der Zeit, dass ich einige Male ernsthaft erwog, ob es nicht besser sei, meinem, wie mir schien, verfehlten Leben ein schnelles Ende zu bereiten. – – –

Orhan Pamuk

Den Bosporus durchfahrende Schiffe, Bräuche, Armut, Umzüge und andere Katastrophen

Wir zogen damals oft um. Bei jedem Umzug stieg die Spannung im Haus an, und meine Mutter, vollauf damit beschäftigt, jeden Teller und jede Schüssel einzeln in Zeitungspapier einzuwickeln, konnte auf uns Kinder nicht so achtgeben wie sonst, so dass wir nach Herzenslust spielen durften. Wenn dann die Büfetts, Schränke und Tische, die uns als unverrückbare Elemente unserer Wohnszenerie gegolten hatten, von den Möbelpackern nach und nach abtransportiert wurden, blickte ich traurig auf die immer leerer werdenden Räume, in denen wir Jahre unseres Lebens verbracht hatten, aber ein Trost war mir, dass ich meist unter irgendeinem Möbel einen längst vergessenen Stift, eine Murmel oder ein geliebtes Spielzeugauto wiederfand. In manchen der Wohnungen, in die wir zogen, herrschte vielleicht nicht der Komfort, den wir vom Pamuk Apartmanı in Nişantaşi her gewohnt waren, aber man hatte dafür – in Cihangir und Beşiktaş – einen phantastischen Ausblick auf den Bosporus, so dass mich diese Umzüge nicht weiter betrübten und mir unser gesellschaftlicher Abstieg gar nicht richtig auffiel.

Außerdem hatte ich ja gegen die Wechselfälle des Lebens so meine Mittelchen parat. Sie beruhten auf einer ganz bestimmten Logik, in der es darauf ankam, einer festen Ordnung entweder durch systematische Wiederholung symbolisch treu zu bleiben (nicht auf bestimmte Linien treten, manche Türen nie ganz zumachen) oder ganz im Gegenteil radikal davon abzuweichen (mich mit dem anderen Orhan treffen, mich in die andere Welt flüchten, malen oder mit meinem Bruder einen Streit vom Zaun brechen und damit selbst eine Katastrophe auslösen), und eine dieser Methoden bestand darin, die durch den Bosporus fahrenden Schiffe zu zählen.

Dieses Schiffezählen betreibe ich seit jeher. Ob rumänische Öltanker, sowjetische Kreuzer, Fischkutter aus Trabzon, bulgarische Passagierschiffe, Schwarzmeerschiffe der Türkischen Schifffahrtsgesellschaft, sowjetische Beobachtungsschiffe, elegante italienische Ozeandampfer, Kohlenfrachter, Küstenfahrzeuge aus Varna, verrostende Frachtschiffe, verrottende, flaggenlose dunkle Schiffe: Ich zähle sie alle. Was ich hingegen nicht zähle, sind die Motorboote, mit denen Beamte und Hausfrauen mit Einkaufsnetzen sich von einem Ende des Bosporus zum anderen bringen lassen, und die Stadtdampfer, auf denen in sich versunkene Fahrgäste rauchen und Tee trinken, denn die kenne ich mittlerweile so gut wie seinerzeit mein Vater, und so wie das Mobiliar in unserer Wohnung gehören sie unzertrennlich zu meiner Welt.

Ich zählte die Schiffe aus irgendwelchen Befürchtungen heraus, manchmal voller Eifer und meistens, ohne überhaupt zu merken, was ich da tat. Beim Zählen hatte ich das Gefühl, dass ich die Ordnung in meinem Leben zu bewahren half. Wenn ich dagegen in Augenblicken besonderer Wut oder Melancholie vor mir selbst, vor der Schule, vor dem Leben davonlief und in den Straßen Istanbuls umherstromerte, ließ ich das Zählen sein. Dann verspürte ich viel eher die Sehnsucht nach einer Katastrophe, einem Großbrand, nach einem anderen Leben, nach dem anderen Orhan.

Vielleicht wird mein Hang zu der Zählerei etwas nachfühlbarer, wenn ich erzähle, wie ich damit begann. Meine Eltern, mein Bruder und ich lebten damals, Anfang der sechziger Jahre, in einem Mietshaus in Cihangir, das mein Großvater hatte errichten lassen, in einer kleinen Wohnung mit Blick auf den Bosporus. Ich war in der letzten Klasse der Grundschule, also elf Jahre alt. Einmal im Monat stellte ich abends meinen Wecker, auf dem das Bild einer großen Glocke prangte, so, dass er ein paar Stunden vor Sonnenaufgang läutete. So erwachte ich gegen Ende der Nacht in einer dunklen Stille, und da ich den Ofen, der vor dem Schlafengehen immer ausgemacht wurde, nicht allein anzünden konnte, ging ich, um nicht zu frieren, in das leere Zimmer, in dem manchmal der Hausangestellte schlief, setzte mich auf das Bett, schlug mein Türkischbuch auf und wiederholte das Gedicht, das ich bis Schulanfang auswendig können musste.

»O Flagge, ruhmreiche Flagge,
Flattere du im Wind!«

Wie jeder weiß, der schon mal einen Text, ein Gebet, ein Gedicht auswendig gelernt hat, gibt man dabei nicht besonders acht auf das, was man gerade vor Augen hat. Die »Augen unseres Verstandes«, wenn dieser Ausdruck einmal erlaubt sei, sind ganz mit den Bildern beschäftigt, die uns das Auswendiglernen erleichtern sollen. Unsere »normalen Augen« wandern indessen nach eigenem Gutdünken umher. So saß ich an jenen Wintertagen zitternd und memorierend da und sah dabei auf das Dunkel des kaum erkennbaren Bosporus hinaus.

Zwischen den vier- bis fünfstöckigen Mietshäusern, den Dächern und Schornsteinen der verfallenden Holzhäuser, die in den darauffolgenden zehn Jahren samt und sonders niederbrennen sollten, und den Minaretten der Cihangir-Moschee sah man den Bosporus, doch da um diese Zeit die Stadtdampfer noch nicht verkehrten, lag er in fast völliger Dunkelheit. Nur die Lichter der alten Hebekräne in Haydarpaşa, auf der asiatischen Seite, die Scheinwerfer vereinzelter Frachtschiffe, diffuser Mondenschein oder die Lampe eines dahintuckernden Motorbootes spendeten manchmal genug Licht, damit ich die mit Moos überwachsenen, muschelbedeckten Pontons und den gespenstisch anmutenden weißen Leanderturm sehen konnte. Meist aber war das Meer in geheimnisvolle Finsternis getaucht. Selbst wenn es, noch vor Sonnenaufgang, bei den Häusern und den zypressenbestandenen Friedhöfen auf den Hügeln der asiatischen Seite schon langsam hell wurde, war der Bosporus noch so dunkel, dass ich meinte, seine Wasser würden ewig so bleiben.

Während also in dunkler Nacht mein Kopf vollauf mit dem geheimnisvollen Mechanismus des Gedächtnisses beschäftigt war, blieb mein Auge manchmal an einer seltsamen Silhouette haften, die schwerfällig durch den Bosporus pflügte. Und obwohl ich dem Gegenstand keine ernsthafte Beachtung schenken konnte, schien mein Auge ihn gleichsam unwillkürlich zu kontrollieren und ihn nur passieren zu lassen, wenn er eine wohlbekannte Form aufwies: Ja, das ist ein Frachtschiff, sagte ich mir dann, oder ein Fischerboot mit ausgeschaltetem Scheinwerfer. Ja, das ist ein Motorboot, das die ersten Fahrgäste von Asien nach Europa hinüberbefördert; ja, das ist ein altes Küstenschiff, unterwegs zu einem fernen sowjetischen Hafen...

Eines Morgens nun, als ich wieder, unter die Bettdecke verkrochen, ein Gedicht auswendig lernte, blieben meine Augen an etwas ganz Außergewöhnlichem hängen. Ich weiß noch gut, wie ich das Buch in meiner Hand vergaß und erstarrte. Was ich aus dem Nachtdunkel auftauchen und fürchterlich anwachsen sah, war ein alptraumhaft auf mich zukommender Riese, ein großes unförmiges Monster: ein sowjetisches Kriegsschiff! Eine wie im Märchen aus finsteren Nebelschwaden auftauchende gigantische schwimmende Festung! Auch wenn das Schiff mit gedrosselten Motoren sehr langsam fuhr, ging doch so viel Energie von ihm aus, dass die Fenster- und Türrahmen und die Holzböden zu knarzen begannen und neben dem Ofen die schief hängende Feuerzange und in der dunklen Küche nacheinander alle Töpfe und Pfannen klirrten und in den Schlafzimmern, in denen meine Eltern und mein Bruder wohlig warm schliefen, die Fenster zitterten und in der Pflasterstraße, die zum Bosporus hinunterführte, die Mülltonnen vibrierten, so als ob in diesen frühen Morgenstunden das düster daliegende Viertel von einem leichten Erdbeben heimgesucht würde. Es stimmte also, was man sich im Istanbul des Kalten Krieges gerne zuraunte: Nach Mitternacht zogen durch den Bosporus lautlos russische Kriegsschiffe.

Da packte mich plötzlich das Verantwortungsbewusstsein. Die ganze Stadt schlief, und ich war der Einzige, der das riesige Schiff sah, das zu wer weiß welchen Untaten aufbrach. Ich musste Istanbul, ach was, die ganze Welt aufwecken und warnen. Das war genau so eine Situation, wie ich sie aus meinen Heftchen kannte, in der ein unerschrockener Junge eine schlafende Stadt vor einem Unglück bewahrte, vor einer Überschwemmung, einem Brand oder einem feindlichen Heer. Andererseits war mir in dem Bett gerade erst warm geworden, so dass ich eigentlich keine Lust hatte aufzustehen.

So verfiel ich in meiner Aufregung auf eine andere Lösung, die mir schließlich zur Gewohnheit wurde: Mit meinem noch ganz aufs Auswendiglernen eingestellten Verstand machte ich mich daran, das langsam vorbeiziehende sowjetische Schiff zu zählen. Was ich damit meine? So wie die amerikanischen Spione, die angeblich von einem Hügel aus alle kommunistischen Schiffe fotografierten (eine weitere Istanbuler Legende dies, aber vermutlich sogar eine wahre), registrierte ich alle Einzelheiten des Schiffes, aber eben nur im Kopf. Ich brachte dieses Schiff mit anderen Schiffen in Zusammenhang, mit der Strömung des Bosporus, ja mit dem Lauf der Welt: Indem ich es mitzählte, machte ich das riesige Gefährt zu etwas Gewöhnlichem. Ich wusste, dass nur ungezählte, unregistrierte, nicht genauestens identifizierte Dinge Anlass zu furchtbaren Katastrophen geben konnten. Indem ich nicht nur dieses, sondern von nun an sämtliche den Bosporus befahrenden »nennenswerten« Schiffe eifrigst zählte, bemühte ich mich, die Ordnung der Welt und mein eigenes Glück unter Kontrolle zu bringen. Wer immer uns schon in der Schule beigebracht hatte, der Bosporus sei der Schlüssel zur Eroberung der Welt und das Herzstück der internationalen Geopolitik und werde daher von allen Völkern und Heeren und insbesondere von den Russen so ganz besonders begehrt, der hatte also recht gehabt.

Ich habe seither stets auf einer Anhöhe gewohnt, von der ich, und sei es auch nur von ferne und zwischen Häusern, Hügeln und Moscheenkuppeln hindurch, einen Ausblick auf den Bosporus hatte. Es kommt auch nicht von ungefähr, dass in Istanbuler Haushalten aufs Meer hinausgehende Fenster die Stelle der Gebetsnische in einer Moschee (des Altars in einer Kirche, des Tevas in einer Synagoge) einnehmen und daher in den Wohnzimmern Sessel und Stühle, Sofas und Esstische auf jenes Fenster ausgerichtet sind. Diese Anordnung führt außerdem dazu, dass ein Schiff, das aus dem Marmarameer kommend in den Bosporus einfährt, die Stadt Istanbul als millionenfache Ansammlung von gierig geöffneten Fenstern wahrnimmt, die auf dieses Schiff und den ganzen Bosporus spähen und sich dabei gnadenlos gegenseitig die Sicht versperren.

Als ich später begann, meine Gewohnheit und die damit verbundene innere Unruhe anderen Menschen anzuvertrauen, merkte ich bald, dass ich beileibe nicht der einzige war, der dieses seltsame Verhalten an den Tag legte, sondern dass eine ganze Reihe von Istanbulern jeden Alters gleich mir die Angewohnheit hatte, im Lauf des Tages immer wieder mal kurz vom Fenster oder vom Balkon aus auf den Bosporus hinunterzusehen und die Schiffe zu zählen, um festzustellen, ob nicht ein Unglück, ein Todesfall, irgendeine Umwälzung im Anzug war. Ein entfernter Verwandter von mir, der in Beşiktaş (wohin später auch wir ziehen sollten) in der steil zum Bosporus abfallenden Serencebey-Straße wohnte, sah es geradezu als seine Pflicht an, jedes vorbeiziehende Schiff in ein Heft zu notieren. Und ein Schulkamerad von mir behauptete immer von jedem Schiff, das ihm in irgendeiner Weise suspekt vorkam – weil es alt oder verrostet aussah oder kein Hoheitszeichen trug –, dass es bestimmt unterwegs sei, um irgendwo auf der Welt von der Sowjetunion unterstützte Aufständische mit Waffen zu versorgen oder mit einer Ladung Erdöl die internationalen Märkte zu erschüttern.

Solche Obsessionen könnten einfach als Relikte aus frühen, fernsehlosen Zeiten angesehen werden, als das Hinaussehen aus dem Fenster noch ein wichtiger Zeitvertreib war, oder als Nebenprodukt der zahllosen Freuden, die der Blick auf den Bosporus nun einmal bietet. Es verbirgt sich aber hinter meiner Schiffszählerei und den Marotten vieler anderer auch eine Furcht, die allen Istanbulern irgendwie in den Knochen steckt. Dass ihre Stadt, die früher einmal alle Reichtümer des Orients in sich aufsog, durch die vielen Kriege mit den westeuropäischen Staaten und Russland mit der Zeit auf den Hund kam und nun so ein trauriges Bild bot, hat die Istanbuler zu in sich gekehrten, nationalistisch veranlagten Menschen gemacht, die allem, was von außen, aus der Ferne, aus dem Westen kommt, ja allem Fremden überhaupt erst einmal voller Misstrauen begegnen. Daher werden sie seit hundertfünfzig Jahren das Gefühl nicht los, das auch mich in meiner Kindheit plagte, nämlich dass jeden Augenblick über die Stadt ein irgend geartetes Unglück hereinbrechen und zu neuem Ruin führen könnte.

Wenn ich nicht in Istanbul bin, überkommt mich manchmal der Gedanke, ich müsse so schnell wie möglich zurück, um mit dem Zählen weiterzumachen. Auch scheint mir bisweilen, dass ich rascher vom *hüzün* der Stadt erfasst werde, wenn ich die Schiffe gerade nicht zähle. Der *hüzün* mag für jemanden, dessen Leben sich zu meiner Zeit in Istanbul abspielt, unausweichliches Schicksal sein. Nichtsdestoweniger hat das Bemühen, dagegen anzukämpfen, allein schon deshalb seine Berechtigung, weil es dem müßigen Starren auf den Bosporus den Anschein der Pflichterfüllung verleiht.

Die Art von Katastrophe, die den Istanbulern ganz besonders in Erinnerung bleibt und vor der sie sich am meisten fürchten, sind die Schiffsunglücke, die sich immer wieder auf dem Bosporus ereignen und von der Stadt in einem großen Gemeinschaftsgefühl erlebt werden. Da bei solchen Gelegenheiten die üblichen Lebensregeln außer Kraft gesetzt wurden, uns aber letztendlich doch nichts geschehen konnte, empfand ich klammheimlichen Spaß an diesen Unglücken, fühlte mich deswegen aber auch schuldig.

Als uns eines Nachts durch eine gewaltige Explosion und eine riesige, den Sternenhimmel verdunkelnde Rauchwolke angezeigt wurde, dass mitten auf dem Bosporus zwei Tankschiffe zusammengestoßen waren und brannten, war ich acht Jahre alt und verspürte weniger Furcht als Schaulust. Aus Telefonanrufen erfuhren wir dann, es hätten sich auch die umliegenden Öllager entzündet, und den ganzen Bosporus entlang stehe »alles, alles« in Flammen. Wie bei allen größeren Bränden hatte zuerst irgendjemand Rauch und Feuer gesichtet, dann waren Gerüchte in Umlauf gekommen, von denen die meisten natürlich falsch waren, und schließlich half alles Protestieren der Mütter und Tanten nichts mehr, wir mussten uns den Brand ganz einfach ansehen.

Mein Onkel weckte die ganze Familie, steckte uns ins Auto und fuhr uns über die Hügel, die sich den Bosporus entlangziehen, nach Tarabya. Vor dem damals im Bau befindlichen großen Hotel war die Uferstraße von der Polizei gesperrt worden, und das verstörte und erregte mich nicht weniger als der Brand selbst. Später erfuhr ich voller Neid, ein Klassenkamerad sei durch den Polizeikordon gelangt, da sein Vater großspurig »Presse!«

gesagt und seinen Ausweis vorgezeigt habe. So stand ich also an einem sehr frühen Herbstmorgen des Jahres 1960 da und sah zwischen den neugierigen Menschen, die in Nachthemden, Schlafanzügen, eilig übergezogenen Hosen und Pantoffeln mit Babys auf dem Arm und Taschen und Tüten in der Hand auf die Straßen geströmt waren, auf den brennenden Bosporus. Wie ich es auch später noch des Öfteren in ähnlichen Fällen erleben sollte, in denen der Bosporus mit seinem Wasser, seinen Yalıs und seinen Schiffsbränden ein so prächtiges Schauspiel bot, mischten sich urplötzlich auch Waffel-, Simit-, Wasser-, Würstchen-, Sonnenblumenkern-, Köfte- und Sorbet-Verkäufer unter die Menge und machten munter Geschäfte.

Der Tanker *Peter Zoraniç,* der mit einer Ladung von zehntausend Tonnen Kerosin vom sowjetischen Hafen Tuapse nach Jugoslawien unterwegs war und – wie es später in den Zeitungen hieß – im Bosporus von seinem Kurs abkam, war mit dem griechischen Tanker *World Harmony,* der in der Sowjetunion Erdöl laden sollte, zusammengestoßen, und ein paar Minuten später war das aus dem jugoslawischen Tanker auslaufende Kerosin mit einem in ganz Istanbul vernehmlichen Knall explodiert. Da der Teil der Besatzungen, der nicht sofort umgekommen war, sich an Land gerettet hatte, trieben die beiden Schiffe führerlos dahin, den starken, unberechenbaren Strömungen und Strudeln des Bosporus hilflos ausgeliefert, und die beiden Feuerbälle wurden zu einer akuten Gefahr für zahlreiche Orte an beiden Ufern, für Emirgân etwa, für die Yalıs von Yeniköy, für Kanlıca, die Erdöl- und Benzindepots von Çubuklu, die Holzhäuser von Beykoz. Was Melling als Paradies abgebildet und A. Ş. Hisar als »Bosporus-Zivilisation« bezeichnet hatte, war in schwarzen Qualm gehüllt und von Flammen bedroht.

Wo es die Schiffe gerade hintrieb, da packten die Bewohner der Yalıs und Holzhäuser panikartig ihre Kinder, liefen notdürftig bekleidet auf die Straßen und flüchteten vom Ufer weg. Der jugoslawische Tanker wurde zunächst von der asiatischen hinüber zur europäischen Seite getragen und stieß dort mit dem auf der Höhe von Istinye vor Anker liegenden Passagierschiff *Tarsus* zusammen, das ebenfalls sogleich Feuer fing. Als die brennenden Schiffe auf Beykoz zutrieben, rannte die Bevölkerung dort in Schlafröcken und Regelmänteln und mit eilig zusammengerafften Bettdecken auf die Hügel zu. Das Meer leuchtete in gelbem Flammenschein. Die Schiffe waren zu rotglühenden Eisenhaufen geworden und ihre Schornsteine, Masten und Kommandotürme in der Hitze zusammengeschmolzen. Den

Himmel schien glutroter Schein aus den Schiffen heraus zu beleuchten. Hin und wieder ertönte eine Explosion, und deckengroße Blechteile taumelten nebeneinander ins Meer, und vom Ufer und den Hügeln her vernahm man ein Rufen und Schreien und das Weinen der Kinder.

Wo man sich sonst zwischen Judasbaum und Geißblatt in Frühlingsdüften erging, unter Maulbeerbäumen paradiesisch süß schlief, in Vollmondnächten auf wie Seide glänzendem Meer durch viele Boote hindurch kräftig ruderte, um an das Boot heranzukommen, von dem Musik erklang, und dabei den silbrigen Tröpfchen zusah, die von den Ruderblättern abperlten, und in Gärten und Hainen voller Zypressen und Pinien sich am Anblick der noch nicht abgebrannten großen, alten Yalıs weidete, da wurde plötzlich alles zum Schauplatz von Explosionen und Bränden, von blutrotem Himmel und klagenden Menschen, die im Nachtgewand aus ihren Häusern stürzten. Was könnte lehrreicher sein als solch ein Anblick?

Später sagte ich mir, zu alledem habe es nur kommen können, weil ich damals noch keine Schiffe zählte.

Rafik Schami

Am Meer

Wir waren eine Woche bei meinem Onkel in Beirut. Eine wunderschöne Stadt. Ich liebe das Meer. Meine Mutter hat fürchterliche Angst davor. Sie verbot mir, ans Wasser zu gehen, aber das Haus meines Onkels war so nahe, und das Meer ist eine einzige Verlockung.

Als ich das erste Mal vom Strand zurückkam, schrie mich meine Mutter an, weil ich sie angeflunkert hatte, ich sei im Park gewesen. Mein sonnenverbranntes Gesicht hatte mich verraten, und so gab es keinen Nachtisch für mich. Am nächsten Tag zog es mich wieder zum Meer, aber ich blieb im Schatten. Als ich zurückkam und fröhlich vom Park erzählte, befahl meine Mutter: »Zieh deine Schuhe aus«, und sie klopfte den Sand heraus. Ich verlor meinen zweiten Nachtisch. In der Nacht beschloss ich, nicht mehr zum Meer zu gehen, aber als ich am nächsten Morgen aufwachte, hörte ich das Rauschen der Wellen und eilte wieder hinaus. Diesmal beschloss ich, meine Mutter zu überlisten. Ich spielte im Wasser und rannte immer wieder in den Schatten. Bevor ich das Haus meines Onkels betrat, klopfte ich meine Schuhe so lange, bis kein Körnchen Sand mehr drin war, und ging mit einem Lächeln hinein.

»Was für ein schöner Park«, rief ich meiner Mutter herausfordernd zu. Sie schaute mich prüfend an, und ich schwärmte noch mehr von der Schönheit des Gartens. Ich lachte innerlich, als sie meine Schuhe ausklopfte. Da sagte sie: »Komm her!« Sie nahm meinen Arm und leckte daran. »Du warst am Meer. Nur Meersalz schmeckt so!« Aber merkwürdigerweise gab sie mir an jenem Tag eine doppelte Portion Vanilleeis.

Ray Bradbury

Das Nebelhorn

Jeden Abend warteten wir dort draußen im kalten Wasser, weit fort vom Lande, dass der Nebel kam, und er kam, und wir ölten die Messingmaschinerie und zündeten oben im steinernen Turm das Nebellicht an. Wir fühlten uns wie zwei Vögel am grauen Himmel, McDunn und ich, und wir sandten den Lichtfühler aus, rot, weiß und wieder rot, um die einsamen Schiffe zu erspähen. Und wenn sie unser Licht nicht sahen, dann hörte man doch immer unsere Stimme, den mächtigen, tiefen Ruf unseres Nebelhorns, der bebend durch die Nebelschwaden stieß, die Möwen aufscheuchte, dass sie auseinanderflogen wie ein verstreutes Kartenspiel, und die Wogen hoch aufschäumen ließ.

»Es ist ein einsames Leben, aber du hast dich jetzt daran gewöhnt, nicht wahr?«, fragte McDunn.

»Ja«, sagte ich, »du bist Gott sei Dank ein guter Unterhalter.«

»Na, morgen kommst du dran, musst an Land

gehen, die Damen betanzen und Gin trinken«, sagte er lächelnd.

»Woran denkst du, McDunn, wenn ich dich hier allein lasse?«

»An die Geheimnisse des Meeres.« McDunn zündete sich seine Pfeife an. Es war an einem kalten Novemberabend um Viertel nach sieben, die Heizung war in Gang, das Licht schwang seinen Schweif in alle Richtungen, und hoch oben in der Kehle des Turms dröhnte das Nebelhorn. Auf hundert Meilen gab es an der Küste keine Stadt, nur eine wenig befahrene Straße, die einsam durch ödes Land zum Meer führte, und dann eine Zwei-Meilen-Strecke kalten Wassers bis zu unserem Felsen und selten ein paar Schiffe. »Die Geheimnisse des Meeres«, wiederholte McDunn nachdenklich. »Weißt du, der Ozean ist die größte Schneeflocke, die's gibt. Er wogt und schwillt an in tausend Formen und Farben, und keine gleicht der anderen. Seltsam. Eines Nachts – es ist Jahre her – war ich hier allein; da kamen alle Fische des Meeres da draußen an die Oberfläche. Aus irgendeinem Grunde schwammen sie herein, standen in der Bucht und starrten zitternd zum Turmlicht hinauf, das rot-weiß, rot-weiß über sie hinstrich, so dass ich ihre sonderbaren Augen sehen konnte. Mich überlief es kalt. Sie sahen aus wie ein großer Pfauenschwanz, der sich da draußen bewegte bis Mitternacht. Dann glitten sie geräuschlos davon, und der ganze Millionenschwarm war verschwunden. Ich denk mir, vielleicht kamen sie die vielen Meilen hierher, um jemanden anzubeten. Seltsam. Aber stell dir doch mal vor, wie der Turm für sie aussehen muss; er steht einundzwanzig Meter über ihnen, und das Gott-Licht blitzt in ihm auf, und der Turm spricht mit Ungeheuerstimme. Sie sind nie wiedergekommen, die Fische, aber glaubst du nicht auch, dass sie eine Weile dachten, sie stünden vor Seinem Angesicht?«

Mich fröstelte. Ich sah hinaus auf die lange graue Rasenfläche des Meeres, die sich ins Nichts und Nirgends erstreckte.

»Oh, das Meer ist voll.« McDunn paffte nervös blinzelnd seine Pfeife. Er war schon den ganzen Tag lang unruhig gewesen, hatte aber nicht gesagt, warum. »Trotz aller unserer Maschinen und der sogenannten Unterseeboote wird es noch zehntausend Jahrhunderte dauern, bevor wir wirklich den Fuß auf den Boden der versunkenen Länder setzen können, in das Feenreich dort unten, und das *echte* Grausen kennenlernen. Du musst bedenken, dort unten ist noch immer das Jahr 300 000 vor Christus. Während wir mit Trompeten herummarschierten und uns gegenseitig die Länder fort- und die Köpfe abrissen, haben jene Geschöpfe zwölf Meilen tief in der Kälte unter dem Meer gelebt, in einer Zeit so alt wie der Bart eines Kometen.«

»Ja, es ist eine alte Welt.«

»Komm mit. Ich habe was Besonderes für dich aufgehoben und will es dir jetzt erzählen.«

Wir stiegen die achtzig Stufen hinauf, unterhielten uns und ließen uns Zeit. Oben schaltete McDunn die Lichter im Raum aus, damit kein Widerschein im Glas der Scheiben entstand. Das große Lichtauge summte und drehte sich leicht in seinem geölten Lager. Das Nebelhorn blies regelmäßig alle fünfzehn Sekunden.

»Klingt wie ein Tier, nicht?« McDunn nickte vor sich hin. »Ein großes einsames Tier, das jede Nacht schreit. Es sitzt hier am Rande von zehn Milliarden Jahren und ruft in die Tiefen hinaus: Ich bin hier, ich bin hier, ich bin hier. Und die Tiefen antworten, ja, das tun sie. Du bist jetzt drei Monate lang hier gewesen, Johnny, darum bereite ich dich lieber vor. Um diese Zeit des Jahres«, sagte er und durchforschte Dunkelheit und Nebel, »kommt etwas den Leuchtturm besuchen.«

»Die Fischschwärme, von denen du erzähltest?«

»Nein, dies ist etwas anderes. Ich habe dir bisher nichts davon gesagt, weil du meinen könntest, ich sei verrückt. Aber heute Abend kann ich es nicht länger aufschieben, denn wenn ich es in meinem

Kalender vom letzten Jahr richtig vermerkt habe, kommt es heute Nacht. Ich will es nicht im Einzelnen schildern, du musst es selbst sehen. Setz dich hierher. Wenn du willst, kannst du morgen dein Zeug packen, das Motorboot zum Land nehmen, in deinen Wagen steigen, der dort am Kap an der Mole für die Dingiboote geparkt ist, in irgendeine kleine Stadt im Landesinnern zurückfahren und deine Lichter über Nacht brennen lassen – ich werde dich deswegen nicht zur Rede stellen und es dir nicht übelnehmen. Es wiederholt sich nun schon seit drei Jahren, und dies ist das einzige Mal, dass jemand bei mir ist und es bestätigen kann. Wart's ab und schau.«

Eine halbe Stunde verging, in der wir nur ein paar Worte flüsterten. Als wir des Wartens müde wurden, begann McDunn mir einige seiner Gedanken darzulegen. Er hatte seine eigene Theorie über das Nebelhorn an sich.

»Eines Tages vor vielen Jahren ging ein Mann an einer kalten sonnenleeren Küste entlang und sagte angesichts des brausenden Meeres: ›Wir brauchen eine Stimme, die über das Wasser hinruft, um die Schiffe zu warnen; ich werde eine erschaffen. Eine Stimme wie die aller Zeiten und aller Nebel, die es jemals gab; eine Stimme wie ein leeres Bett, das die ganze Nacht lang neben einem steht, und wie ein leeres Haus, wenn man die Tür öffnet, und wie Bäume ohne Blätter im Herbst. Einen Laut wie Vögel, die schreiend nach Süden fliegen, einen Laut wie der Novemberwind und das Meer an der harten, kalten Küste. Ich erschaffe einen Laut, der so einsam ist, dass niemand ihn überhören kann, dass jeder, der ihn hört, in seiner Seele weint und der Herd ihm wärmer scheint, und alle, die den Laut in den fernen Städten hören, werden lieber im Hause sein. Ich will mir einen Laut erschaffen und einen Apparat, und sie werden ihn Nebelhorn nennen, und wer immer es hört, erkennt die Schwermut der Ewigkeit und die Kürze des Lebens.‹«

Das Nebelhorn blies.

»Ich habe diese Geschichte erfunden«, sagte McDunn ruhig, »um zu erklären, warum dieses Ding jedes Jahr wieder zum Leuchtturm kommt. Ich glaube, das Nebelhorn ruft es, und dann kommt es…«

»Aber…«, sagte ich.

»Sssst!«, machte McDunn. »Da!« Er wies mit dem Kopf auf die Tiefen hinaus.

Irgendetwas schwamm auf den Leuchtturm zu.

Es war, wie gesagt, eine kalte Nacht, im Turm war es kühl, das Licht kam und ging, und das Horn rief wieder und wieder durch den brodelnden Nebel. Man konnte nicht deutlich sehen, aber das tiefe

Meer rollte weiter um die nächtliche Erde, flach, ruhig, wie grauer Schlamm, und hier standen wir beide im hohen Turm, und dort, erst noch weit draußen, kam ein Kräuseln, dann folgte eine Welle, ein Wogen, Luftblasen, etwas Schaum. Dann stieg aus der Oberfläche des kalten Meeres ein Kopf auf, ein großer Kopf, dunkel, mit riesigen Augen, und dann ein Hals. Und dann – nicht ein Körper, sondern immer noch mehr Hals! Der Kopf erhob sich ganze zwölf Meter über dem Wasser auf einem schlanken, schönen, schwarzen Hals. Danach erst tauchte der Körper wie eine kleine Insel schwarzer Korallen und Muscheln und Krebse triefend aus den unterirdischen Tiefen empor. Der Schwanz glitzerte. Im Ganzen, vom Kopf bis zur Schwanzspitze, schätzte ich das Ungeheuer auf etwa siebenundzwanzig bis dreißig Meter.

Ich weiß nicht mehr, was ich sagte. Ich sagte irgendetwas.

»Ruhig, Junge, ruhig!«, flüsterte McDunn.

»Das ist unmöglich!«, sagte ich.

»Nein, Johnny, *wir* sind unmöglich. *Es* ist genau so, wie es immer war, vor zehn Millionen Jahren. *Es* hat sich nicht geändert. *Wir* und das Land haben uns geändert und sind unmöglich geworden. *Wir!*«

Es schwamm langsam, groß, dunkel, majestätisch hinaus ins eisige Wasser, weit fort. Der Nebel wehte über ihm hin und her und verwischte für einen Augenblick seine Gestalt. Eines der ungeheuren Augen fing unser riesiges Licht auf, hielt es fest und gab es blitzartig zurück, rot-weiß, rot-weiß, wie eine hochgehobene Scheibe, die eine Botschaft in urzeitlichem Code aussandte. Es war genauso still wie der Nebel, durch den es schwamm. »Es ist irgendein Dinosaurier!« Ich kauerte mich nieder und hielt mich am Treppengeländer fest.

»Ja, etwas von der Art.«

»Aber die sind doch längst ausgestorben!«

»Nein, sie haben sich nur in den Tiefen verborgen. Tief, tief unten in den tiefsten Tiefen. Ist *das* nicht ein Wort, Johnny, ein richtiges Wort, es sagt so viel: die Tiefen. In einem solchen Wort steckt die ganze Kälte und Dunkelheit und Tiefe.«

»Was sollen wir tun?«

»Tun? Wir haben unsere Arbeit, wir können nicht fort. Außerdem sind wir hier sicherer als in jedem Boot, das versuchen würde, das Land zu erreichen. Das Ding dort ist so groß wie ein Zerstörer und fast genauso schnell.«

»Aber warum kommt es hierher?«

Im nächsten Augenblick hatte ich meine Antwort.

Das Nebelhorn blies.

Und das Ungeheuer antwortete.

Ein Schrei stieg über Millionen Jahre und Nebel empor. Ein Schrei, so einsam und gequält, dass er meinen Kopf und meinen Körper durchbebte. Das Ungeheuer schrie zum Turm hinauf. Das Nebelhorn blies. Das Ungeheuer brüllte wieder. Das Nebelhorn blies. Das Ungeheuer öffnete sein großes riesenzähniges Maul, und der Laut, der daraus hervorkam, war der Laut des Nebelhorns. Einsam und gewaltig und von weit her. Der Laut von Verlassenheit, einer trüben See, einer kalten Nacht, von Abgeschiedenheit. Das war der Laut.

»Weißt du jetzt, warum es hierherkommt?«, flüsterte McDunn.

Ich nickte.

»Das ganze Jahr lang, Johnny, liegt dieses arme Ungeheuer weit draußen, tausend Meilen vom Land entfernt und vielleicht zwanzig Meilen tief, und wartet seine Zeit ab, vielleicht ist dieses Geschöpf eine Million Jahre alt. Stell dir vor, eine Million Jahre zu warten; könntest *du* so lange warten? Vielleicht ist es das letzte seiner Art. Ich glaube fast, so ist es. Jedenfalls, hier kommen vor fünf Jahren Menschen her und bauen diesen Leuchtturm. Und bringen ihr Nebelhorn und blasen es und blasen bis dahin, wo du dich in Schlaf eingegraben hast und in Erinnerungen an eine Meereswelt, in der es Tausende deinesgleichen gab, doch jetzt bist du allein, ganz allein in einer Welt, die nicht für dich geschaffen ist und in der du dich verbergen musst.

Aber der Klang des Nebelhorns kommt und geht, kommt und geht, und du regst dich am schlammigen Grund der Tiefen, und deine Augen öffnen sich wie Linsen von Sechzig-Zentimeter-Kameras, und du rührst dich, langsam, langsam, denn der Ozean liegt schwer auf deinen Schultern. Aber dieses Nebelhorn klingt durch tausend Meilen Wasser, schwach und vertraut, und der Ofen in deinem Bauch wird warm, und du steigst auf, langsam, langsam. Du nährst dich mit großen Schlucken von Dorsch und Elritzen, von Quallenströmen, und du steigst langsam auf, durch die Herbstmonate, durch den September, wenn die Nebel kommen, durch den Oktober mit dichterem Nebel, während das Horn dich immer wieder ruft, und dann, spät im November, nachdem du Tag für Tag den Druck ausgeglichen hast, jede Stunde etwas höher, bist du nahe an der Oberfläche und lebst noch. Du musst langsam aufsteigen; denn wenn du ganz plötzlich an die Oberfläche kämest, würdest du explodieren. So brauchst du drei ganze Monate, um hochzukommen, und dann noch ein paar Tage, um durch das kalte Wasser zum Leuchtturm zu schwimmen. Und da bist du dann draußen in der Nacht, Johnny, das größte Ungeheuer der Schöpfung. Und hier steht der Leuchtturm und ruft dich, mit einem langen Hals so wie dein Hals, der hoch über das Wasser hinausragt, und einem Leib wie dein Leib und vor allem mit einer Stimme wie deine Stimme. Verstehst du jetzt, Johnny, verstehst du?«

Das Nebelhorn blies.

Das Ungeheuer antwortete.

Ich begriff das alles, ich kannte das alles – die Million Jahre einsamen Wartens, dass jemand wiederkäme, der nie wiederkam. Die Million Jahre der Abgeschiedenheit am Meeresgrund, der Wahnsinn Zeit dort unten, während die Reptilien-Vögel von den Himmeln verschwanden, die Sümpfe auf den Kontinenten austrockneten, die Faultiere und Säbelzahntiger ihre Zeit erlebten und in Teergruben sanken und die Menschen wie weiße Ameisen über die Hügel liefen.

Das Nebelhorn blies.

»Letztes Jahr«, sagte McDunn, »schwamm dieses Geschöpf hin und her, hin und her, die ganze Nacht. Es kam nicht zu nah, ich glaube, es war verwirrt. Vielleicht auch ängstlich. Und ein bisschen ärgerlich, nachdem es so weit hergekommen war. Aber am nächsten Tag stieg unerwartet der Nebel, die Sonne kam hervor, der Himmel war blau wie ein Bild. Und das Ungeheuer schwamm fort von der Hitze und der Stille und kam nicht wieder. Ich nehme an, es hat jetzt ein Jahr lang darüber nachgegrübelt und alles von jeder Seite bedacht.«

Das Ungeheuer war nur neunzig Meter vom Nebelhorn entfernt, und beide heulten sich gegenseitig an. Wenn das Licht auf die Augen des Ungeheuers fiel, waren sie Feuer und Eis, Feuer und Eis.

»So ist das Leben«, sagte McDunn. »Immer wartet einer auf einen anderen, der nie wiederkommt. Immer liebt einer irgendetwas mehr, als dieses Etwas ihn liebt. Und nach einer Weile möchtest du es zerstören, ganz gleich, was es ist, damit es dich nicht länger quälen kann.«

Das Ungeheuer stürmte auf den Leuchtturm zu.

Das Nebelhorn blies.

»Wir wollen mal sehen, was jetzt geschieht«, sagte McDunn. Er schaltete das Nebelhorn aus.

Die folgende Minute der Stille war so spannungsgeladen, dass wir unsere Herzen im verglasten Raum des Turmes pochen und das langsame ölige Schwenken des Lichtes hören konnten.

Das Ungeheuer hielt inne und erstarrte. Seine großen Laternenaugen blinkten. Sein Maul öffnete sich. Es gab einen grollenden Laut von sich wie ein Vulkan. Sein Kopf ruckte hin und her, als suchte es die Töne, die jetzt im Nebel verklungen waren. Es spähte zum Leuchtturm hinauf. Es grollte wieder. Dann fingen seine Augen Feuer. Es richtete sich auf, peitschte das Wasser und stürzte auf den Turm zu, die Augen voll Wut und Qual.

»McDunn!«, schrie ich. »Schalte das Horn ein!«

McDunn tastete nach dem Schalter. Aber eben als er ihn anknipste, richtete sich das Ungeheuer noch höher auf. Ich erblickte seine riesigen Tatzen mit dem Fischhautgewebe, das zwischen den fingerartigen Fortsätzen schimmerte; sie griffen nach dem Leuchtturm. Das riesige Auge an der rechten Seite seines schmerzerfüllten Kopfes glitzerte wie ein Kessel, in den ich schreiend fallen konnte. Der Turm erzitterte. Das Nebelhorn schrie, das Ungeheuer schrie. Es packte den Turm und zermalmte das Glas, das zersplitternd auf uns fiel.

McDunn packte meinen Arm. »Hinunter!«

Der Turm schwankte, bebte und begann nachzugeben. Das Nebelhorn und das Ungeheuer brüllten. Wir stolperten und fielen beinahe die Stufen hinunter. »Schnell!«

Wir kamen unten an, als der Turm einknickte, und duckten uns unter den Stufen in dem kleinen, steinernen Keller. Tausend Stöße erschütterten ihn, als die Steine herunterregneten; das Nebelhorn verstummte plötzlich. Das Ungeheuer raste gegen den Turm. Der Turm stürzte ein. Wir knieten nebeneinander, McDunn und ich, und hielten uns fest, während unsere Welt zerbarst.

Dann war es vorbei, und es blieb nichts als Finsternis und der Wellenschlag gegen die unbehauenen Steine.

Das und ein anderes Geräusch.

»Horch«, sagte McDunn ruhig. »Horch.«

Wir warteten einen Augenblick. Und dann hörte ich es. Zuerst ein großes, rauschendes Lufteinsaugen, dann die Klage, die Bestürzung, die Einsamkeit des großen Ungeheuers, das sich über uns krümmte, so dass der Ekel erregende Gestank seines Leibes die Luft erfüllte, nur einen Stein breit von unserem Keller entfernt. Das Ungeheuer keuchte und schrie. Der Turm war fort. Das Licht war fort. Das Ding, das ihm durch eine Million Jahre zugerufen hatte, war fort. Und das Ungeheuer öffnete sein Maul und sandte mächtige Laute aus, die Laute des Nebelhorns, immer wieder. Und die Schiffer, die weit draußen auf dem Meer vorbeifuhren und das Licht nicht fanden und nicht sahen und in die späte Nacht hinaushorchten, müssen gedacht haben: Da ist er, der einsame Laut, das Horn der Lonesome Bay. Es ist alles in Ordnung. Wir haben das Kap hinter uns.

Das dauerte die ganze Nacht lang.

Am nächsten Nachmittag, als die Rettungsleute kamen, um uns aus dem von Steinen verschütteten Keller auszugraben, war die Sonne heiß und gelb.

»Er ist auseinandergefallen, weiter nichts«, sagte McDunn ernst. »Ein paar schwere Brecher kamen, und da stürzte er einfach zusammen.« Er kniff mich in den Arm.

Es war nichts zu sehen. Das Meer war ruhig, der Himmel blau. Nur der starke Algengeruch hing in der grünen Schicht, die die herabgefallenen Steine des Turmes und die Felsbrocken von der Küste bedeckte. Fliegen summten herum. Das Meer zog sich von den Ufern zurück.

Im nächsten Jahr bauten sie einen neuen Leuchtturm, aber inzwischen hatte ich eine Arbeit in der kleinen Stadt, eine Frau und ein schönes warmes kleines Haus, das an Herbstabenden gelblich leuchtete; die Türen waren verschlossen, der Kamin stieß Rauch aus. McDunn war Herr des neuen Leuchtturms, der nach seinen besonderen Anweisungen erbaut worden war, aus stahlverstärktem Beton. »Für alle Fälle«, sagte er.

Der neue Leuchtturm war im November fertig. Ich fuhr an einem späten Abend allein hin, parkte meinen Wagen, sah über das graue Wasser und lauschte dem neuen Horn, das dort draußen ganz für sich einmal, zweimal, dreimal, viermal in der Minute erscholl.

Das Ungeheuer? Es kam nie wieder.

»Es ist fort«, sagte McDunn. »Es ist in die Tiefen

zurückgekehrt. Es hat verstanden, dass man auf dieser Welt nichts zu sehr lieben darf. Es ist in die tiefsten Tiefen zurückgekehrt, um wieder eine Million Jahre zu warten. Ach, das Ärmste! Dort draußen zu warten, während die Menschen auf diesem jämmerlichen kleinen Planeten kommen und gehen. Warten und warten.«

Ich saß in meinem Wagen und horchte. Ich sah weder den Leuchtturm noch das Licht weit draußen in der Lonesome Bay. Ich hörte nur das Horn, das Horn, das Horn. Es klang wie der Ruf des Ungeheuers.

Ich saß da und wünschte, ich könnte irgendetwas sagen.

Alfred Andersch

Ein Vormittag am Meer

Sie hatten sich vorgenommen, im Urlaub früh aufzustehen, schon morgens am Strand zu sein, wenn noch niemand am Strand war, aber stattdessen schliefen sie lange und frühstückten spät. Die Kinder waren schon vor ihnen auf, und sie hörten im Halbschlaf, wie sie in dem Garten hinter dem Haus spielten. Der Garten war weiter nichts als ein Stück gerodeter Waldboden mit ein paar Büschen darauf, von Maschendraht umzäunt.

Nach dem Frühstück ging seine Frau mit den Kindern, zwei kleinen Mädchen von vier und fünf Jahren, zum Strand. Er sah ihr zu, wie sie die große rote Badetasche packte. Sie trug ein kurzes blaues Kleid und Leinenschuhe in der Farbe ihrer Haare, einem verschossenen ausgebleichten Blond. Ihre Arme und Beine waren braungebrannt.

Die Place Gambetta, an der das Haus stand, das sie gemietet hatten, war gar kein Platz, sondern bloß eine weite sandige Fläche, von Kiefern bestanden, unter denen seine Frau und die Kinder davongingen, auf die Düne zu. Die Kiefern warfen lichte Schatten auf sie. Die Kinder drehten sich manchmal nach ihm um und schrien ihm irgendetwas zu. Auch seine Frau wandte sich einmal zu ihm zurück und winkte. Sie trug eine große dunkle Sonnenbrille, die ihr braungebranntes Gesicht noch kleiner und fester machte, als es ohnehin schon war.

Er ging ins Haus, um sich sein Buch zu holen. Das Haus war geschmacklos möbliert, mit neuen, falsch geschwungenen Eisenstühlen und billigen polierten Furnieren. Es kostete für drei Wochen 1500 Francs. Seine Frau hatte es für viel zu teuer gehalten, aber er hatte ihr nachgewiesen, dass sie es sich leisten konnten. Er war Tiefbauingenieur, Angestellter am Bauamt in Dortmund. Alles in allem verbrauchte er für diese Reise an die Atlantikküste, seinen Jahresurlaub, nur wenig mehr als ein Monatsgehalt.

Er ließ sich in einem Liegestuhl vor dem Haus nieder, nachdem er den Sonnenschirm so gestellt hatte, dass er ihm Schatten gab. Er hätte seinen Urlaub lieber nicht in einem Seebad verbracht. Seiner sehr empfindlichen Haut wegen konnte er nicht den ganzen Tag am Strand verbringen. Außerdem langweilte er sich dort, auf einem Badetuch im Sand liegend. Er veränderte immer wieder seine Lage; von Sandkörnern oder der Sonne gepeinigt, sprang er stets von neuem auf, um kurze nutzlose Gänge zu machen. Nur das Baden selbst befriedigte ihn. Aber seine Frau liebte Seebäder, das Meer, und für die beiden kleinen Mädchen war es das Beste.

Ehe er zu lesen begann, beobachtete er die Franzosen, die über den Platz zum Strand gingen. Sie erschienen in geschlossenen Familien oder in Kameraderien. Es gab keine Einzelgänger, fast keine einzelnen Ehepaare. In ihrem Auftreten, ihren Stimmen waren sie schärfer, selbstbewusster als die Deutschen. Sie waren eine Nation. Er war froh darüber, dass ihm nur selten der Gedanke kam, einer Nation anzugehören. Die französischen Kinder aus den Ferienlagern im Wald zogen in geordneten Scharen, Lieder singend, über die Place Gambetta.

Er las ein Buch über die Katharer. Das Thema des Katharismus interessierte ihn, seitdem er vor einiger Zeit im Fernsehen einen Kulturfilm über katharische Kultstätten in Südfrankreich gesehen hatte. Die Katharer gaben eine Erklärung für die Existenz des Bösen: Sie glaubten, oder vielmehr sie hatten geglaubt, denn sie waren vollständig ausgerottet worden, die Schöpfung sei nicht das Werk Gottes, sondern des Teufels. Er dachte: Wenn ich religiös wäre, wäre ich Katharer. Er hatte das Buch mitgenommen, weil er festgestellt hatte, dass das

Seebad, in das sie fuhren, in einem Gebiet lag, in dem der katharische Glaube geherrscht hatte; aber auf seinen Spazierfahrten in das Hinterland hatte er nichts gefunden, was an diese Vergangenheit erinnerte. Vielleicht hätte er sich an einen Heimatforscher wenden müssen, aber dafür sprachen er und seine Frau zu wenig Französisch.

Er las nur wenige Seiten, konnte sich nicht auf die Lektüre konzentrieren. Der Himmel über den Kiefernwipfeln war zu grell, zu hellblau, zu flach. Auch die Badegäste, die Jugendlichen auf ihren Fahrrädern, die Autos passten nicht zu dem Thema. Er ging in das Haus, trank ein Glas Mineralwasser, obwohl er keinen Durst hatte. Er setzte sich an den Esstisch, zog seine Reiseschreibmaschine über die Platte aus billigem poliertem Furnierholz heran und schrieb einen Brief an seine Bank. Er war vor der Abreise nicht mehr dazu gekommen, seine Zahlungen zu erledigen. Folgende Zahlungen waren zu leisten: DM 231.50 für Licht und Strom im zweiten Vierteljahr 1970, DM 4880.– für Hypothekenzinsen plus Amortisation seines Hauses in einer Dortmunder Stadtrandsiedlung, DM 115.20 für die Inspektion seines Autos (VW 1500 bei Kilometerstand 25 000), DM 72.80 für Telefon, einige kleinere Ratenzahlungen. Am längsten dachte er über die Zahlung für sein Haus nach. Er hatte, um es erwerben zu können, eine Hypothek von 80 000 Mark aufnehmen müssen, zu 8 Prozent, so dass er also halbjährlich 3200 Mark zu zahlen hatte, zuzüglich 2000 Mark Amortisation für jedes Halbjahr. (Der Betrag verringerte sich also mit der Zeit, wenn auch unbeträchtlich.) Seine Frau hatte ihm vor drei Jahren, als er den Entschluss fasste, das Haus zu kaufen, davon abgeraten, doch er hatte ihr vorgerechnet, dass sie – wenn man die Zinsen als Miete betrachtete – monatlich nur DM 533.– bezahlten, nach zwei Jahren Kapitalabzahlung beispielsweise nur noch DM 480.–. Ja, aber, hatte sie gesagt, du zahlst an Zinsen insgesamt mehr als den Betrag der Hypothek, das Haus kostet dich also mindestens das Doppelte von dem, was sein Bau wirklich gekostet hat. Seine Frau war vor ihrer Heirat Sekretärin gewesen.

Er schrieb die Aufstellung, adressierte den Umschlag, schloss den Brief. Er war stolz darauf, dass er alle seine Zahlungen regelmäßig von den Rücklagen aus seinem Gehalt bestreiten konnte. Er war überhaupt stolz auf sich, auf die vollkommen geordneten, klaren Verhältnisse, in denen er sich befand. Obwohl er nur die Ingenieurschule besucht hatte, nicht die Technische Hochschule, war es ihm gelungen, einen nicht subalternen Posten am Stadtbauamt zu bekommen. Er würde eines Tages ins

Beamtenverhältnis übernommen werden. Nach den Examen hatte er ein paar Jahre für private Baufirmen gearbeitet, aber ihre Profitgier widerte ihn an, und er strebte instinktiv nach Sicherheit. Er war der Ansicht, das gesamte Bauwesen, zu dem er auch die Hypothekenbanken rechnete, müsse, nach Art der Bahn oder Post, in eine große staatliche Behörde verwandelt werden. Aus diesem Grunde war er auch Mitglied der Sozialdemokratischen Partei; obwohl die Pläne der Partei nichts dergleichen vorsahen, fühlte er sich mit seinen Gedanken doch bei ihr aufgehoben.

Er streifte seine Hose ab, zog die Badehose an, dann die Hose wieder darüber. Er schloss das Haus ab und ging, Sandalen an den Füßen, zum Strand. Von der Höhe der Düne aus stellte er, wie jeden Tag, befriedigt fest, dass der Stand zu riesig war, als dass die Badegäste, selbst in der Hochsaison, ihn bedecken konnten. Sie bildeten da und dort Kolonien, lockere, sich ständig verändernde Aggregatzustände aus Körpern und Sonnenschirmen, aber zwischen ihnen blieb die gelbe und weiße Fläche leer; leer verlor sie sich nach Süden und Norden in Horizonte aus hellgrauem Wasserstaub. Das Meer gliederte seinen Saum heute in einige lange, in weiten Abständen sich nähernde Wogen, deren weiß schäumende Kammhöhe er von hier oben aus nicht schätzen konnte; offenbar waren sie nicht gefährlich, denn die Strandwächter hatten am Mast neben ihrer Hütte den grünen Wimpel gesetzt, der das Baden freigab. Er schob einen Augenblick lang seine Sonnenbrille auf die Stirne, um die wirkliche Farbe des Ozeans festzustellen: Er war eine einzige stählerne Masse, eigentlich farblos, unter einem Himmel aus Milchglas, so leer und bedeutungslos wie die Kinderschreie, die vom Strand zu ihm heraufdrangen.

Er fand seine Frau und die Kinder an der gleichen Stelle wie immer vor, unter dem blauen Sonnenschirm, den sie gemietet hatten. Die beiden kleinen Mädchen sprangen erfreut auf, als er kam, und er ging mit ihnen eine halbe Stunde lang am Strand spazieren, half ihnen, Muscheln zu finden. Als sie zurückkehrten, hatte seine Frau sich in die Sonne gelegt. Er zog sich aus und setzte sich in den Schatten des Sonnenschirms. Sie unterhielten sich halblaut über die Kinder und über die Badegäste, die in ihrer Nähe saßen oder lagen. Er war fünfunddreißig Jahre alt und im Jahre 1935 geboren. Er kannte seine Frau seit sieben Jahren, also seit 1963, geheiratet hatten sie vor fünf Jahren, sie war jetzt dreißig. Sie war noch immer schlank, und die Farbe ihrer Haare hatte sich nicht verändert; zu einem ›Pferdeschwanz‹ zusammengefasst, lagen sie in einem verschossenen, ausgebleichten Blond auf ihrem braunen Rücken. Irgendwo hatte er einmal gelesen, eine Frau mit solchen Haaren werde auf Französisch eine *fille aux cheveux de lin* genannt, und etwas später hatte er im Radio ein Klavierstück von Debussy gehört, das diesen Titel trug. Er hatte eine Plattenaufnahme davon besorgt, und eine Zeitlang hatten sie sich das Stück häufig zusammen angehört. Er nahm sich vor, die Platte herauszusuchen und sie ihr wieder einmal vorzuspielen, nach dieser Reise.

Sie hatte schon gebadet, so dass er ohne sie zum Wasser ging, nur die beiden kleinen Mädchen liefen hinter ihm her. Er kam an den beiden Strandwächtern vorbei, Polizisten aus Toulouse, die einen Kurs in Rettungsschwimmen gemacht hatten. Sie standen wie immer bewegungslos mit verschränkten Armen und blickten aufs Meer, Götterbilder ohne Hirn. Einer von ihnen sagte zu ihm: *»Attention, monsieur!«* Er wandte sich um und bemerkte, dass inzwischen der gelbe Wimpel gesetzt worden war, der den Badenden Vorsicht empfahl. Er nickte. Die beiden kleinen Mädchen blieben vor den ersten Schaumgirlanden zurück.

Er sah, dass die erste – oder die letzte! – Woge sich weit draußen und riesengroß brach. Entschlossen ging er auf sie zu; er wollte heute unbedingt schwimmen. Wenn der gelbe Wimpel flatterte, war es eigentlich verboten, zu schwimmen. Er hatte bereits Erfahrungen mit diesen Wellen gemacht und wusste, dass man sie untertauchen musste, um sie zu überwinden. Eine Weile beobachtete er sie, wie sie hoch über ihm stand. Dann, als ihre inneren Massen sich wieder einmal erhoben, stieß er sich waagrecht in ihre grüne Basis hinein, fühlte eine Sekunde lang die Schwere ihres Sogs, kam aber sofort frei. Er bereitete sich sogleich auf die zweite dieser Wogen vor, durchstieß auch sie und befand sich danach auf dem hohen Ozean, der keine weiteren Schwierigkeiten bot. Sorgfältig schwimmend ließ er sich aus tiefen Tälern auf die Höhen des Wassers tragen. Er wusste, dass er sich, wenn er sich wieder dem Strand zuwandte, in Gefahr begab. Um diesen Augenblick hinauszuzögern, schwamm er immer weiter nach Westen. Er versuchte zu überlegen, wie er bei der Rückkehr mit dem Gegensog der vom Strand zurückflutenden Wassermassen fertig werden könne, kam aber zu keinem Schluss.

Draußen verwandelten sich die Wogen in eine Dünung, von deren Höhe aus er den Strand als schmalen Strich erblickte, eine dünne zitternde Horizontale aus Schirmen und Schatten, sehr weit weg. Er entschloss sich umzukehren. Er war sehr überrascht, als ihn noch auf offener See, noch lange vor der Zone der Brandungswellen, eine Sturzsee im Rücken traf und ihn in den Katarakt ihres Zusammenbruchs schleuderte. Er schluckte Wasser. Er kam frei, aber nur, um zu erkennen, dass bereits die nächste der großen Wände über ihm war. Sie drückte ihn zu ihrem Grund hinab, wo er voller Entsetzen wahrnahm, wie sein Körper sich zu drehen begann. Er verlor die Richtung, einmal spürte er den Sand des Meerbodens, dann war nur noch Wasser um ihn, eine fließende Schwere, seine Augen füllten sich mit der Farbe Grün.

Doris Dörrie

Bin ich schön?

Mein Vater hat meiner Mutter verboten zu fragen. Aber jedes Mal, wenn eine Frau im Bikini an uns vorbeigeht, sehe ich, wie die Wörter sich in den Mund meiner Mutter drängen, mit aller Macht herauswollen und wie sie versucht, sie herunterzuschlucken, die Zähne zusammenbeißt und die Lippen aufeinanderpresst.

Ich brauche dann nur noch bis zehn zu zählen, und schon höre ich meine Mutter sagen: Sagt mir die Wahrheit: Ist mein Hintern so fett wie bei der da? Sind meine Beine auch so voller Dellen? Sehe ich aus wie die da? Bin ich hübscher? Oder hässlicher? Genauso? Ich will es nur wissen. Sagt es mir. Ich bin nicht beleidigt. Bestimmt nicht. Ich will nur wissen, woran ich bin.

Lucy, stöhnt mein Vater, bitte.

Meine Mutter schweigt einen Moment. Angelina, ruft sie dann, komm her, deine Schultern sind schon ganz rot!

Mit schnellen, harten Bewegungen reibt sie

Sonnenmilch in meine Haut, bis ich ihr davonlaufe, runter zum Wasser, dicht vorbei an all den Mädchen in geblümten Bikinis, die mit geschlossenen Augen auf flauschigen Handtüchern liegen, in der einen Hand einen Pappbecher mit Strohhalm, in der anderen ihren Walkman. Ein Mädchen richtet sich auf und sieht mir zu, wie ich mit dem Zeh große Kreise in den Sand male, ein Stück schneeweißer Busen quillt unter ihrem Oberteil hervor. Sie trägt eine goldene Bitex-Brille, die sich an ihre Wangenknochen anschmiegt und sie aussehen lässt wie ein gefährliches Insekt. Ich möchte auch eine Bitex-Brille.

Ich bin alt, sagt meine Mutter. Mein Vater seufzt. Versprecht mir, dass ihr mir sagt, wenn ich anfange, im Bikini unmöglich auszusehen.

Der Körper meiner Mutter ist seltsam. Sie hat schlanke Arme und Beine, aber einen dicken Bauch, der wie ein Polster auf ihr draufsitzt und nie richtig braun wird, weiße Streifen durchziehen ihn wie Flüsse. Er ist hässlich, aber manchmal würde ich ihn gern berühren, er wirkt so weich und empfindlich.

Ich hasse meinen Bauch, sagt meine Mutter. Ich kann machen, was ich will, er geht nicht weg, das hat man nun vom Kinderkriegen.

Wenn sie ihn so hasst, warum zeigt sie ihn allen Leuten? Ich frage mich, wie sie es fertigbringt, so herumzulaufen. Warum trägt sie nicht einen Badeanzug oder ein Strandkleid? Warum will sie ihren Bauch unbedingt in die Sonne halten? Jeden Tag gehen wir an den Strand, und jeden Tag sehe ich ihren Bauch.

Ah, sagt meine Mutter, schön ist es hier. Ich möchte nie mehr zurück.

Das ist das Stichwort. Ich sehe meinen Vater an, er kneift die Augen zusammen. Mein Bruder Philip stöhnt. Ben ist noch zu klein, er erinnert sich wahrscheinlich nicht. Letztes Jahr wollte sie nicht mehr aus Italien zurück, vorletztes nicht mehr aus Portugal, jetzt also nie mehr aus Florida.

Am Nachmittag sehe ich sie bereits die Immobilienanzeigen der Zeitungen durchblättern. Nur so, sagt sie, nur aus Interesse.

So fängt es immer an. Seit sie vor vier Jahren das Geld meiner Großmutter geerbt hat, hat sie die Macht, unser aller Leben zu verändern.

Bodo, sagt sie und hält meinem Vater die Annoncen unter die Nase, schau dir das an, für das Geld bekommt man zu Hause noch nicht einmal eine Garage!

Mein Vater nickt und schweigt, wie er immer schweigt, wenn es uns allen an den Kragen geht.

Stellt euch doch mal vor, wie das wäre, unter Palmen zu leben!, ruft meine Mutter begeistert.

Jeden Morgen aufzuwachen, und die Sonne scheint! Niemals mehr Strumpfhosen tragen zu müssen, Angelina, denk doch mal!

Ich wende mich ab.

Zieh dir ein T-Shirt an, sagt meine Mutter, dein Rücken ist schon ganz rot. Sie hält mir lächelnd mein T-Shirt entgegen, ich ziehe es über den Kopf.

Ich kann nichts sehen, als sie flüstert: Angelina, ganz woanders leben, wäre das nicht toll?

Getrocknetes Salz scheuert bei jeder Bewegung am Rücken unter dem Hemd, ich hasse das Gefühl.

Mädchen und Jungen auf rosa Vespas summen auf der Straße am Strand vorbei wie ein Schwarm Bienen. Die Mädchen lachen und haben die Münder weit aufgerissen, sie tragen silberne und goldene Bitex-Brillen, die Jungen grinsen und werfen sich heimlich Blicke zu. Sie tragen zerrissene Jeans, keine Hemden, ihre glatten braungebrannten Rücken schimmern wie Maikäferflügel in der Sonne.

Ben wirft mit Sand, Philip gräbt ein fünf Meter tiefes Loch, mein Vater starrt schweigend aufs Wasser, meine Mutter lässt die Zeitung sinken.

Sie sieht plötzlich aus, als würde sie gleich in Tränen ausbrechen, aber vielleicht habe ich mich auch geirrt, denn sie schnauft nur kurz, hebt das Kinn und klatscht in die Hände: Ist vielleicht irgendjemand hungrig?

Im Motel stehe ich in meinem hellblauen Bikini vorm Spiegel, das Oberteil liegt flach auf meinen taubeneigroßen Brüsten, eine gerade Linie geht von meinen Achseln bis zu meinen Füßen. Ich bin dünn, meine Rippen stehen hervor, die klassische Bügelbrettfigur, aber mir gefällt sie. Ich möchte nicht anders sein. Meine Haut ist weich und hellbraun wie Vollmilchschokolade. Ich streiche über meinen flachen, harten Bauch. Wenn ich mich vorbeuge, werden die dünnen Hautfältchen schwarz. Meine Beine sind lang und gerade. Ich sehe gut aus. Ich lächle mich im Spiegel an, meine Zähne leuchten weiß in meinem braungebrannten Gesicht, meine Augen wirken blauer als sonst. Hätte ich eine Bitex-Brille, wäre ich richtig schön.

Angelina, ruft meine Mutter, hilf mir gefälligst!

In den Ferien kocht sie immer dasselbe, Spaghetti und Salat, ganz gleich, in welchem Land wir uns befinden. Sie glaubt, wir Kinder sind verrückt nach Spaghetti, dabei sind wir nur wie ausgehungert nach einem Tag am Strand, wir würden alles essen. Ben darf sich nackt an den Tisch setzen und sich die Tomatensoße auf die Brust kleckern.

Ist das nicht toll?, fragt meine Mutter ihn schon zum dritten Mal. Sie ist ganz begeistert und lacht albern, wenn er mit der Soße um sich spritzt. Philip liest unter dem Tisch ein Comic-Heft, mein Vater fordert ihn zweimal auf, es wegzulegen, aber seine Stimme klingt müde, und Philip sieht noch nicht einmal auf.

Meine Eltern sehen sich über den Tisch hinweg an.

Ich bin glücklich, sagt meine Mutter.

Gut, sagt mein Vater.

Du sollst dich nicht dauernd mit anderen vergleichen, ermahnt mich meine Mutter. Wenn alle Bitex-Brillen haben, heißt das noch lange nicht, dass du unbedingt auch eine brauchst. Frag dich, welche Wünsche wirklich aus deinem Herzen kommen und welche dir von der Werbung eingeredet werden. Haben, haben, haben – das macht nicht glücklich.

Tief aus meinem Innern kommt der Wunsch nach einer Bitex-Brille. Mit ihr, das weiß ich, wäre ich ein anderer Mensch.

Meine Mutter und ich fahren zum Supermarkt, die ruhigen kleinen Straßen entlang, an denen die Holzhäuser mit ihren Verandas stehen, umsäumt von riesigen Hibiskusbüschen mit Blüten so groß wie Untertassen.

Ab und zu wird meine Mutter so langsam, dass die Autos hinter uns wütend hupen. Angestrengt sieht sie aus dem Seitenfenster, beugt sich weit hinaus, hält die Hand über die Augen. Beim dritten

Mal kapiere ich. Immer wenn sie langsamer wird, hat sie an einem Haus ein Schild entdeckt, größer und bunter als in Italien und Portugal, aber es steht dasselbe drauf: ZU VERKAUFEN.

Warum willst du immer unbedingt woanders leben?, frage ich sie.

Sie sieht mich erstaunt an, als hätte ich ihr innerstes Geheimnis erraten. Sie hält mich für ziemlich beschränkt.

Will ich ja gar nicht, sagt sie, ich will es mir nur vorstellen dürfen, ist das denn so schlimm? Man wird sich wohl doch noch etwas vorstellen dürfen, verdammt noch mal.

Sie tritt unvermittelt aufs Gas, dass der Wagen davonschießt und ich in den Sitz gedrückt werde, als würde ich in den Weltraum geschossen.

Ich stelle mir vor, dass ich eine schmale, große Frau von fünfundzwanzig bin, in einem langen schwarzen Kleid aus Chiffon, es weht bei jedem Schritt um meine Knöchel. Ich habe ein Champagnerglas in der Hand und lächle. Meine Ohrringe klingeln leicht bei jeder Bewegung, mein Lippenstift leuchtet feuerrot, ich brauche niemanden.

Als wir auf den Highway einbiegen, sehe ich den Mann mit dem Kreuz. Ich habe ihn schon einmal gesehen, kurz nach Miami, als Ben das Auto vollgekotzt hat, weil ihm zu heiß war. Der Mann ist groß und dick, seine Haare wirken schlecht gefärbt, gelb wie eine Ananas. Er trägt ein riesiges hölzernes Kreuz auf den Schultern, etwa fünf Meter lang, Rucksack und Schlafsack sind auf dem Kreuz festgeschnallt. Er geht auf dem Grünstreifen in der Mitte der Fahrbahnen, der Verkehr donnert an ihm vorbei.

Dieser Wahnsinnige, sagt meine Mutter und schüttelt den Kopf.

Mir gefällt er. Er tut immerhin etwas Außergewöhnliches, obwohl ich keine Ahnung habe, warum er das Kreuz durch die Gegend schleppt, und was tun wir?

Im Supermarkt liegen ganze Stapel von Bitex-Brillen in allen Farben. Ich setze eine auf, sie sind so leicht, man spürt sie kaum, die Gläser meergrün, und der Supermarkt versinkt unter Wasser. Meine Mutter sieht mich grün an und schüttelt den Kopf.

O bitte, flehe ich sie an, aber sie sieht mich kaum an, abwesend murmelt sie etwas vor sich hin, dass sie auf keinen Fall den Joghurt für Bodo vergessen darf und dass ich sie daran erinnern soll, schon schiebt sie ihren Wagen weiter.

Ich bleibe zurück und sehe ihr nach, als würde ich Abschied nehmen, ich könnte in diesem Augenblick verlorengehen, mich von da an allein durchschlagen. Allein in Amerika.

In zehn Jahren würde ich anrufen, das spinatgrüne Telefon im Flur würde klingeln, meine Mutter würde wütend aus der Küche rufen: Warum geht denn niemand dran? Mit nassen Händen käme sie den Flur entlanggelaufen, gerade als sie nach dem Hörer greift, hört das Klingeln auf.

Sie schubst mich mit dem Einkaufswagen absichtlich in den Po, Angelina, meckert sie, steh nicht da wie ein Ölgötze, hilf mir gefälligst.

Neben dem Supermarkt entdeckt sie einen Schuhladen. Verträumt betrachtet sie ein paar dunkelblaue hochhackige Sandalen.

Nur mal reinschauen, sagt sie.

Sie trippelt in den Schuhen vor dem Spiegel auf und ab und streckt die Brust raus. Ich sehe, wie sich ihr Bauch unter dem dünnen Kleid wölbt. Sie reißt eine Schachtel auf und drückt mir ein paar rote Sandalen in die Hand. Probier doch mal, sagt sie, sind die nicht süß?

Ich schüttle den Kopf.

Jetzt will ich dir schon was schenken, sagt sie, und du ziehst nur ein Gesicht. Wütend packt sie die Sandalen wieder in die Schachtel, läuft barfuß im Laden herum und probiert ein Paar knallgelbe Stöckelschuhe an. Ihre Beine sind wirklich hübsch, sie sind wie meine. Sie sind jünger als ihr Gesicht. Sie lacht und betrachtet sich in den Schuhen, sie tänzelt auf und ab, und im Spiegel sehe ich die Frau, die ich sonst nur von alten Fotos kenne. Da ist sie jung, ihre Haut straff wie bei den Mädchen am Strand, sie trägt ein enges geblümtes Kleid und hält ein dickes Baby im Arm, mich. Als du klein warst, sagt sie manchmal zu mir, hast du mich umarmt und geküsst und mir gesagt, wie sehr du mich liebhast.

Ich kann mich an die beiden Menschen, von denen sie redet, nicht erinnern. Es ist mir unangenehm und auch ein bisschen peinlich, wenn sie das sagt, ich fühle mich dann wie jemand, der auf den Kopf gefallen ist und alles vergessen hat.

Wie findest du diese Schuhe?, fragt sie mich und dreht sich zu mir um.

Geil, sage ich, weil ich sehe, wie sehr sie ihr gefallen.

Wirklich?, sagt sie und grinst. Ich nicke.

Sie kommt auf mich zu, flüstert: Sehe ich nicht bescheuert aus mit solchen Schuhen? Alte Kuh macht auf jung? Sie lächelt unsicher. Ich möchte sie umarmen und küssen und ihr sagen, wie sehr ich sie liebe. Ich zucke die Achseln und sehe weg. Es entsteht eine Pause.

Na ja, sagt sie, was soll's. Sie zieht die Schuhe aus und stellt sie ordentlich weg, schlüpft in ihre alten Sandalen und geht aus dem Geschäft, ohne sich nach mir umzusehen.

Am nächsten Tag hat sie einen Termin zur Hausbesichtigung. Nur so, sagt sie, aus Interesse. Es verpflichtet uns doch zu nichts.

Mein Vater schweigt.

O Gott, ruft sie und stampft mit dem Fuß auf, ich möchte einfach nur mal so ein Haus von innen sehen, weiter nichts!

Wo sollen wir denn dann zur Schule gehen?, fragt Philip.

Sie starrt ihn an. Ihr bringt mich um, schreit sie, ihr bringt mich einfach um!

Sie verschwindet in der Küche und wäscht scheppernd das Geschirr ab.

Was hat sie denn?, fragt Philip. Ich zucke die Achseln. Mein Vater macht den Fernseher an.

Eine dicke schwarze Frau in einem senfgelben Kostüm hält Jugendlichen ein Mikrophon unter die Nase.

Was reden sie?, frage ich meinen Vater.

Sie fragt sie, ob sie lieber attraktiv oder intelligent wären, wenn sie es sich aussuchen könnten, übersetzt er. Was würdet ihr wählen?

Attraktiv, sagen Philip und ich wie aus einem Mund.

Mein Vater seufzt und macht den Fernseher wieder aus. Lucy, ruft er, wenn du es dir aussuchen könntest, wärst du lieber attraktiv oder intelligent?

Sie kommt aus der Küche, ein Sieb auf dem Kopf, zwei Spaghetti über den Ohren, den Zeigefinger im Mund. Ich glaube, ich wäre gern intelligent, sagt sie, attraktiv bin ich schon.

Der Makler ist jung und cool. Er hat tiefschwarze, längere Haare und trägt eine blaumetallene Bitex-Brille mit silbernen Gläsern. Seine Nike-Turnschuhe stehen offen, damit macht er großen Eindruck auf Philip, nur wirklich megacoole Leute tragen seiner Meinung nach die Turnschuhe offen.

Sind Sie Frau Winter?, fragt der Makler meine Mutter.

Sie trägt ihr bestes Kleid und Lippenstift. Ihr Kragen ist verkrempelt, man sieht das Etikett. Ja, flötet sie auf Englisch, und das ist meine Familie.

Ich kann es nicht ausstehen, wenn sie englisch spricht.

Er drückt uns allen fest die Hand. Meine ist verschwitzt, seine auffallend kühl in der Hitze. Sein Name ist Douglas. Meine Mutter stellt uns alle vor, selbst Ben, den mein Vater auf den Schultern trägt. Angelina, wiederholt Douglas meinen Namen langsam, als lutsche er einen Bonbon.

Er schließt das Haus auf und geht voran. Es ist dunkel und riecht nach Katzenpisse und nassem Hund. Antiquitäten stehen überall herum, an den

Wänden hängen Bilder von toten Hasen und düsteren Wäldern. Das Bett im Schlafzimmer ist mit grüner Seide bezogen, im Badezimmer stecken Fotos von zwei Männern mit Schnauzbärten am Spiegel, sie haben Hunde und Katzen im Arm. An einem Stück Stacheldraht hängen dutzendweise glitzernde Ohrringe. Meine Mutter geht sofort wieder hinaus, mein Vater sieht sich das Badezimmer gar nicht erst an.

Einen Moment lang bin ich allein, ich überlege, ob ich ein wie Weintrauben geformtes Paar Ohrringe einstecken soll, aber ich könnte sie nie tragen, meine Mutter würde mich verhören wie die Polizei, wo ich die herhabe.

Douglas führt uns in den Garten. Auf einer alten, zerfetzten Couch sitzen drei Hunde, zwei große und ein winzig kleiner, und sehen fern. Sie wenden kaum die Köpfe nach uns, der kleine kläfft kurz. Es läuft eine Reklame für Tampons. Neben dem Swimmingpool liegt überall Hundescheiße.

Douglas entschuldigt sich lahm. Meine Mutter sieht keinen von uns an. Lächelnd betrachtet sie alles und nickt.

Tja, sagt sie schließlich, ich glaube, wir haben es gesehen, nicht? Sie wendet sich an meinen Vater. Er nickt stumm.

Im Flur vor der Haustür steht ein Paravent.

Philip sieht hinter den Paravent und kommt nicht wieder hervor, bis ich dahinterschaue und ihn grinsend in einer schwarzen Lederschaukel sitzen sehe. Über ihm hängen an Eisenketten zwei Lederschlaufen. Jetzt schauen alle hinter den Paravent.

Hm, sagt Douglas.

Jedem Tierchen sein Pläsierchen, sagt mein Vater.

Philip, komm sofort da raus, sagt meine Mutter.

Wir stehen stumm vor dem Haus. Philip tritt gegen die Reifen unseres Mietwagens. Mein Vater zeigt Ben eine Biene, die an einer Hibiskusblume saugt.

Man könnte etwas aus dem Haus machen, sagt Douglas.

Bestimmt, sagt meine Mutter, es ist nicht so ganz das, was wir uns vorgestellt haben. Mein Vater sieht sie von der Seite an.

Erzählen Sie mir von Ihren Vorstellungen, sagt Douglas und spielt mit seiner Bitex-Brille. Ben greift nach ihr.

Nicht, sagt meine Mutter.

Oh, sagt Douglas, lassen Sie ihn ruhig, diese Brillen sind unzerbrechlich. Er grinst. Wir können doch offen sein: Dieses Haus ist schrecklich. Meine Firma besteht darauf, dass ich es immer als Erstes zeige, als Schock, sozusagen, danach wirken alle anderen Häuser hübsch und sauber.

Meine Mutter kichert. Ach so, sagt sie.

Ich würde Ben gern die Bitex-Brille aus den Fingern reißen, sie aufsetzen, davonrennen.

Das nächste Haus, sagt Douglas, hat besonders ruhige Nachbarn. Es liegt am Friedhof.

Meine Mutter strahlt ihn an. Mein Vater entwendet Ben die Brille und gibt sie Douglas. Ben schreit.

Könnte ich bei Ihnen im Auto mitfahren?, fragt Douglas.

Aber natürlich!, ruft meine Mutter. Mein Vater zieht die Augenbrauen hoch.

Douglas sitzt neben mir, ich rieche sein zitroniges Aftershave.

Er trommelt mit den Fingern auf die Armlehne. Angelina, sagt er, was für ein hübscher Name.

Ich antworte nicht, ich spreche nicht gern Englisch. Die Wörter passen nicht in meinen Mund, und ich hasse es, Fehler zu machen. Sein Schenkel drückt leicht gegen meinen. Mit Absicht oder notgedrungen, weil es so eng ist auf dem Rücksitz? Ich atme tief ein und ziehe mein Bein einen Millimeter zurück. Eine Weile geschieht nichts, dann beugt Douglas sich vor, und sein Knie presst hart gegen meins.

Suchen Sie ein reines Ferienhaus, oder beabsichtigen Sie, sich länger in Florida aufzuhalten?, fragt er meine Eltern.

Meine Mutter macht den Mund auf. Eigentlich wollen wir ganz hierherziehen, sagt sie, Europa wird zu einem unheimlichen Ort. Krieg und Depression überall, verstehen Sie?

Es wird still im Auto. Mein Vater sieht meine Mutter von der Seite an.

Sie reckt sich und lächelt in den Rückspiegel.

Verstehe, sagt Douglas und lässt sich in den Sitz zurückfallen, sein Oberarm drückt gegen meinen.

Sorry, sagt er, zieht seinen Oberarm wieder weg und setzt seine Bitex-Brille auf.

Wir sehen noch sieben Häuser. In dem einen hängen Babykleider unter Glas an der Wand, in einem anderen steht ein großer leerer Käfig in einem makellos sauberen Schlafzimmer. Um den Käfig herum sieht man die Staubsaugerspuren auf dem Teppich.

Was meinst du, Bodo?, fragt meine Mutter in jedem Haus. Mein Vater zuckt die Achseln und lächelt geduldig.

Ich habe Durst, mault Philip.

Morgen sehen wir uns nur fünf Häuser an, sagt Douglas zu ihm.

Philip stöhnt, ich halte den Atem an. Morgen?, sagt mein Vater.

Meine Mutter sieht uns lächelnd an. Bis morgen, sagt sie zu Douglas.

Er deutet eine kleine Verbeugung an. Ciao, Angelina, sagt er zu mir.

Stellt euch doch nur mal vor, sagt meine Mutter, nach der Schule könntet ihr an den Strand gehen, am Wochenende würden wir ein Boot mieten und auf dem Meer Picknick machen. Wir würden immer alle ganz braun und gesund aussehen, und nie wieder hätten wir Erkältungen. Wir würden uns selbst besser leiden können.

Wir müssen Douglas sagen, dass wir es nicht ernst meinen, sagt mein Vater.

Morgen, sagt meine Mutter, morgen sagen wir es ihm.

Im ersten Haus, das wir uns am nächsten Tag ansehen, sitzt eine alte Frau mit verschmiertem Lippenstift im Nachthemd vorm Fernseher. Ich setze mich neben sie, mein Vater gibt mir Ben auf den Schoß. Ben streckt die Hand nach der alten Frau aus, und zitternd reicht sie ihm ihre. Hunde laufen über die Mattscheibe. Wuff, sagt die alte Frau zu Ben, und Ben sieht sie nachsichtig an.

Ihre Kinder wollen das Haus verkaufen, sagt Douglas leise zu meiner Mutter, sie haben es eilig, der Preis ist günstig.

Aber meiner Mutter gefällt die Raumaufteilung nicht, und außerdem hat das Haus keine Veranda.

Die alte Frau küsst Ben zum Abschied auf den Kopf, Ben fängt an zu schreien.

Douglas hat die Autotür auf Philips Seite schon in der Hand, da überlegt er es sich anders, geht noch einmal ums Auto herum und öffnet die Tür auf meiner Seite. Er sieht mich nicht an, als er einsteigt.

Was ist schlimmer, sagt Philip, ein haariges Männerbein ablecken oder ein Kuhauge verschlucken?

Lass das, sage ich.

Was ist schlimmer, sagt er, Achselschweiß trinken oder Fußschweiß?

Philip!, ruft meine Mutter vom Fahrersitz.

Was ist schlimmer, flüstert er, in Hundescheiße ausrutschen oder einen Makler küssen?

Meine Mutter liegt im Liegestuhl am Strand und blättert in Katalogen. Häuser, klein wie Spielzeug, sind dort abgebildet, eins neben dem anderen. Mein Vater hockt neben ihr im Sand, er spendiert nur einen Liegestuhl am Tag, sie sind unverschämt teuer, sagt er.

Ich höre meine Eltern undeutlich durch die Musik aus meinem Walkman miteinander sprechen. Die Batterien neigen sich dem Ende zu, die Musik fängt an zu leiern. Ich mache den Walkman aus, aber setze den Kopfhörer nicht ab.

Eine Palme hätte ich gern vorm Haus, eine große Palme, sagt meine Mutter.

Wie lange willst du dieses Spiel noch weiterspielen?, fragt mein Vater.

Nur noch einen Tag, bitte, sagt sie.

Ich verstehe dich nicht, sagt er, warum steigerst du dich in Träume hinein, die niemals wahr werden können?

Warum eigentlich nicht?, sagt sie, erklär mir das mal.

Wie stellst du dir das denn vor?

Wir könnten, wenn wir wollten, ein ganz anderes Leben führen, sagt sie und legt die Hände auf ihren Bauch.

Mein Vater wendet sich ab und stochert mit einem Stöckchen im Sand. Ich kann dich nicht glücklich machen, sagt er, steht auf und geht zum Wasser. Seine Oberschenkel und sein Rücken sind mit Sand bepudert, von hinten sieht er aus wie ein paniertes Schnitzel.

Meine Mutter blickt sich um, sie wirkt verwirrt, als hätte sie sich verlaufen. Angelina, brüllt sie dann, weil sie meint, ich könne sie nicht hören, creme dir die Schultern ein!

Ich sitze in der Schaukel auf der Veranda, alle andern sind im Haus. Es ist ein altes Haus, die Farbe bröckelt von den Holzschindeln, Küchenschaben so groß wie Frösche krabbeln über den Boden. Der Zement im Boden auf der Veranda hat große Risse, aus denen Gras wächst.

Douglas setzt sich zu mir in die Schaukel. Sein Zitronengeruch schwappt wie eine Welle über mich.

Ich lege den Kopf in den Nacken, weil ich nicht weiß, wohin ich gucken soll. Über unseren Köpfen hängen die Zweige einer tieflila Bougainvillea.

Meine Mutter tritt in die Tür.

Ich glaube, ich bin dabei, mich zu verlieben, sagt sie, habt ihr das Zimmer im ersten Stock gesehen? Sie verschwindet wieder im Haus.

Douglas balanciert die Bitex-Brille auf seinem Schenkel. Ich nehme sie und setze sie auf. Sechs Uhr, Exxon-Tankstelle, sagt er.

Ich sehe ihn durch seine Bitex-Brille an, seine Haut schimmert bläulich, als wäre sie kalt. Ich fühle mich selbstbewusst, erwachsen, schön.

Er nimmt die Brille von meiner Nase. *Mrs. Winter,* ruft er, *I'm coming!* Wie von einem Gummiband gezogen, gehe ich widerwillig hinter ihm her.

Ein junges Mädchen mit strohblonden Haaren sitzt im Wohnzimmer an einer Nähmaschine. Ein ebenso blonder Hund mit blauen Augen liegt zu ihren Füßen.

Es ist ein gutes Haus, sagt sie zu meiner Mutter,

es hat gute Schwingungen. Menschen mit bösen Herzen halten es nicht lang hier aus. Wir hatten mal 'nen Typen hier, der machte Zettel an seine Sachen im Kühlschrank. Er blieb nur 'ne Woche. Als er ging, hat er meine Uhr geklaut. Sie seufzt, krault ihren Hund hinter den Ohren und rattert dann weiter auf ihrer Nähmaschine.

Vom Zimmer im ersten Stock aus sieht man das Meer. Douglas klettert aus dem Fenster aufs Dach und reicht erst meiner Mutter, dann mir die Hand. Er drückt meine Hand leicht, bevor er sie loslässt.

Die Dachpappe glüht unter meinen Füßen. Zwei große Palmen ratteln leicht im Wind. Unten vor der Veranda steht mein Vater. Ben spielt zu seinen Füßen mit abgefallenen Bougainvilleablüten. Das blonde Mädchen kommt aus dem Haus und schließt sein Fahrrad auf. Sie setzt Ben auf den Fahrradsitz und fährt mit ihm im Kreis. Mein Vater steht in der Mitte des Kreises, der helle Hund läuft hinter dem Fahrrad her. Von hier oben sehen sie zusammen aus wie die perfekte kleine Familie. Sie lieben sich und essen Cornflakes zum Frühstück in einem lichtdurchfluteten Zimmer, sie laufen lachend über Frühlingswiesen, ihre glänzenden Haare wehen im Wind, sie kuscheln sich in schneeweißen Bademänteln am Kaminfeuer, dicke Socken an den Füßen.

Meine Mutter hebt die Hand, um ihnen zu winken, und lässt sie wieder sinken. Stell dir doch bloß mal vor, sagt sie zu mir.

Douglas sieht mich an und leckt sich über die Lippen.

Er lehnt an der Zapfsäule von Super bleifrei, von weitem sieht er arrogant und schlecht gelaunt aus. Er hat die Arme vor der Brust verschränkt, seine Augen hinter der Bitex-Brille verborgen. Er bemerkt mich nicht. Hinter einer Reklametafel für Reisen nach Mexiko bleibe ich stehen. Der lauwarme Wind streicht mir um die Beine, fährt mir unters Kleid, bauscht den Stoff, als wäre ich schwanger. Ich habe eine frische Unterhose an, mein Bauch verkrampft sich, als hätte ich etwas Falsches gegessen.

In einer Dreiviertelstunde, bei Einbruch der Dunkelheit, muss ich wieder zu Hause sein. Ich sehe jede Minute bis dorthin vor mir liegen wie die Stufen der Maja-Ruine auf dem Plakat vor mir. Sie führen geradewegs ins Nichts, in einen leeren Himmel. Es gibt keinen Grund, sie hinaufzusteigen. Man sieht von unten, was einen oben erwartet.

Ich mag Douglas noch nicht mal.

Als ich genau weiß, dass ich ihn noch nicht einmal besonders mag, beruhigt sich mein Magen. Ich bin stärker als Douglas. Ich setze mich in Bewegung.

Hi, sage ich.

Wir fahren zu einer einsamen Stelle in den Mangrovensümpfen, rechts und links vom Weg dümpelt braunes Wasser, in der Entfernung schimmert das türkisblaue Meer. Über uns fliegen Pelikane.

Während er mich anfasst, verfolge ich ihren Flug. Sie stürzen plötzlich ab wie abgeschossen, schießen mit dem Schnabel zuerst ins Wasser, verschwinden, dann kommen sie wieder hoch, schlucken kurz, man sieht eine Verdickung in ihren Hälsen, sie sehen sich um, als hätten sie bei einer feinen Gesellschaft heimlich die Verzierung von der Torte geklaut, lassen sich noch einen Moment auf den Wellen treiben, dann starten sie wieder, mühsam wie ein altes Flugzeug steigen sie nach oben, und das Spiel beginnt von neuem.

Seine Hand rutscht tiefer, erst spielt sie mit dem Gummiband der Unterhose, lässt sie gegen meine Haut schnippen, dann taucht sie unvermittelt in meine Unterhose hinein.

Ich halte sie mit einer blitzschnellen Bewegung fest, als wollte ich einen Fisch fangen.

Please, flüstert er in mein Ohr, *please. You are so beautiful. You are driving me crazy.*

Forty-eight dollars, sage ich.

Draußen fällt die Sonne wie eine Apfelsine ins Meer, im Auto ist es eiskalt, die Air-condition läuft, ich sehe die Gänsehaut auf meinem Bauch. Er legt das grüne Geld auf die Ablage, er lacht. Was kostet dein Herz?, sagt er. Leg dich zurück.

Ich bezahle die Brille heimlich an der Kasse, während meine Mutter noch Milch und Joghurt holt. Ich stecke sie unter mein Hemd. Die Brille berührt meine Brust, die jetzt ein Mensch mehr kennt als gestern noch.

Als meine Mutter nicht wiederkommt, schlendere ich langsam durch die Reihen von Cornflakes und Crackers zurück in die Milchabteilung.

Sie hat die Arme auf das Regal mit den Fruchtjoghurts gestützt, ihr Kopf hängt herunter, ihr Atem bildet weiße Wölkchen in der Kälte der riesigen Kühltruhe, an ihren Beinen laufen kleine rote Rinnsale entlang.

Mama, sage ich und fühle mich so hilflos, als wäre ich drei Jahre alt. Mama.

Sie richtet sich auf, Schweißperlen stehen auf ihrer Stirn, ihr Gesicht ist weiß wie Wachs. Sie verzieht ihr Gesicht. Mist, sagt sie, auf nichts ist mehr Verlass. Mit einem Taschentuch tupft sie sich die Beine ab, dann holt sie einen Plastikkanister Milch aus der Kühltruhe, hievt ihn in den Einkaufswagen und schiebt damit zur Kasse, als wäre nichts geschehen.

Mein Vater geht nicht mit an den Strand, er bleibt im Bett und liest die Zeitung. Philip boxt ihn zum Abschied in die Rippen.

Mein Vater sieht auf. Lucy?, sagt er, aber meine Mutter ist schon mit Ben samt Sandeimerchen, Schaufel und Handtüchern aus der Tür. Ich laufe mit Philip hinter ihr her.

Am Strand zieht sie sich nicht aus, sie setzt sich im Kleid im Schneidersitz in den Sand und gräbt schweigend für Ben ein Loch.

Sehen wir uns heute keine Häuser an? frage ich.

Sie schüttelt den Kopf. Ich stehe neben ihr, mein Schatten fällt auf ihren Schoß. Mein Hals schwillt an von langen, komplizierten Sätzen, die ich ihr gern sagen würde. Mama, fange ich an.

Sie streckt die Hand aus. Guckt doch mal, sagt sie, der Mann mit dem Kreuz!

Er zieht sein Kreuz dicht am Wasser durch den Sand, vorbei an all den hübschen Mädchen in ihren geblümten Bikinis, den jungen Männern in Bermudas und mit ihren Bitex-Brillen. Er stellt sein Kreuz gegen einen Felsen und beginnt, kleine Karten zu verteilen.

Schließlich kommt er auch zu uns. Meine Mutter streckt ihm die Hand entgegen. Auf der Karte ist er selbst mit dem Kreuz auf dem Rücken abgebildet, darunter steht ›Warum?‹.

Erklären Sie mir das, sagt meine Mutter und sieht ihn ernsthaft an.

Er kommt noch einen Schritt näher, geht vor ihr in die Hocke. Er fährt sich durch das ananasgelbe Haar und lächelt schüchtern.

Ich war ein Arschloch, sagt er, ein Alkoholiker und ein Arschloch. Bis mich Jesus gerufen hat. Er gab mir eine Aufgabe. 6000 Meilen bin ich für Ihn schon gegangen, bis runter nach Mexiko. Fünf Kreuze hat man mir bereits gestohlen. Ich habe nichts, aber Er sorgt für mich. Jeder Tag bringt das, was er bringt. Er verstummt.

Ich bewundere Sie, sagt meine Mutter.

Er lächelt. Ich tue nur meinen Job, sagt er. Gott segne Sie, Ma'am. Er steht auf und geht weiter.

Meine Mutter sieht ihm nach, dann wendet sie kurz den Kopf zu mir und sagt zusammenhanglos: Als du zwei Jahre alt warst, waren wir einmal in Spanien am Meer. Ich ging schwimmen, und du standest in einer rosa Badehose heulend am Strand, du wolltest mich nicht gehen lassen. Immer hast du hinter mir hergeschrien. Keinen Schritt durfte ich allein tun. Ich brauchte mich manchmal nur zu bewegen, schon fingst du an zu schreien. Länger als alle anderen Kinder hast du das gemacht, und ich wusste nicht, warum. Ich hatte dich nie allein gelassen, nie. Zwei Jahre lang habe ich dich herumgetragen, weil ich ein Buch gelesen hatte, in dem behauptet wurde, dass Kinder, die dauernd herumgetragen werden wie bei den Indiofrauen oder Afrikanerinnen, zuversichtlicher und angstfreier sind als andere Kinder.

Ich schwamm immer weiter hinaus, und draußen war alles so friedlich, der Mond stand schon am Himmel, obwohl es erst früh am Nachmittag war, ich war allein, zum ersten Mal seit deiner Geburt ganz allein. Ich fühlte mich wie ein Mensch, den ich mal gut gekannt, aber dann aus den Augen verloren hatte. Es war so still und schön da draußen, dass ich immer weiterschwamm, immer weiter, wie unter Zwang. So lange, bis meine Nägel dunkelblau waren und ich vor Anstrengung zu zittern begann. Ich wollte nie mehr zurück. – Du hast das gewusst. Als ich aus dem Wasser kam, hörte ich dich weinen, und Bodo sagte, er habe dich einfach nicht beruhigen können. Alle Leute am Strand sahen mich vorwurfsvoll an.

Sie macht eine Pause und putzt Ben den Sand aus dem Gesicht.

Du hast das immer von mir gewusst, sagt sie. Aber es hat nichts mit euch zu tun, verstehst du das?

Ich fahre mit der einen Hand in meinen Rucksack und umklammere meine Bitex-Brille. Ja, sage ich, verstehe ich.

Eine Frau in einem silbernen Bikini mit einem fetten Arsch geht an uns vorbei.

Angelina, sagt meine Mutter, sag mir die Wahrheit, ist mein Hintern so dick wie der da?

In der Nacht, als alle schlafen, setze ich im Dunkeln die Brille auf. Ich lächle, und die Ränder der Gläser schaben leicht an meinen Wangen. Ich höre den schnellen Babyatem von Ben, das Schnarchen meines Vaters, Philips unruhige Bewegungen im Schlaf. Nur meine Mutter höre ich nicht. Sie schläft vollkommen geräuschlos.

Ich lege mich ins Kissen zurück, die Nacht ist goldenschwarz. Ich schließe die Augen hinter der Brille und weiß, ich werde nie wieder dieselbe sein.

Italo Calvino

Der nackte Busen

Herr Palomar geht einen einsamen Strand entlang. Vereinzelt trifft er auf Badende. Eine junge Frau liegt hingebreitet im Sand und sonnt sich mit nacktem Busen. Herr Palomar, ein diskreter Zeitgenosse, wendet den Blick zum Horizont überm Meer. Er weiß, dass Frauen in solchen Situationen, wenn ein Unbekannter daherkommt, sich häufig rasch etwas überwerfen, und das findet er nicht schön: weil es lästig ist für die Badende, die sich in Ruhe sonnen will; weil der Vorübergehende sich als ein Störenfried fühlt; weil es implizit das Tabu der Nacktheit bekräftigt und weil aus halbrespektierten Konventionen mehr Unsicherheit und Inkohärenz im Verhalten als Freiheit und Zwanglosigkeit erwachsen. Darum beeilt er sich, sobald er den rosigbronzenen Umriss eines entblößten weiblichen Torsos auftauchen sieht, den Kopf so zu halten, dass die Richtung der Blicke ins Leere weist und dergestalt seinen zivilen Respekt vor der unsichtbaren Grenze um die Personen verbürgt.

Allerdings – überlegt er, während er weitergeht und, kaum dass der Horizont wieder klar ist, die freie Bewegung seiner Augäpfel wieder aufnimmt –, wenn ich mich so verhalte, bekunde ich ein Nichthinsehenwollen, und damit bestärke am Ende auch ich die Konvention, die den Anblick des Busens tabuisiert, beziehungsweise ich errichte mir eine Schranke, eine Art geistigen Büstenhalter zwischen meinen Augen und jenem Busen, dessen Anblick mir doch, nach dem Schimmern zu urteilen, das am Rande meines Gesichtsfeldes aufleuchtete, durchaus frisch und wohlgefällig erschien. Kurzum, mein Wegsehen unterstellt, dass ich an jene Nacktheit denke, mich in Gedanken mit ihr beschäftige, und das ist im Grunde noch immer ein indiskretes und rückständiges Verhalten.

Auf dem Heimweg von seinem Spaziergang kommt Herr Palomar wieder an jener sonnenbadenden Frau vorbei, und diesmal hält er den Blick fest geradeaus gerichtet, so dass er mit gleichbleibender Gelassenheit den Schaum der rückwärts fließenden Wellen streift, die Planken der an Land gezogenen Boote, den Frotteestoff des über den Sand gebreiteten Badetuches, den Vollmond von hellerer Haut mit dem braunen Warzenhof und die Konturen der Küste im Dunst, grau gegen den Himmel.

Jetzt – denkt er mit sich zufrieden, während er seinen Weg fortsetzt –, jetzt ist es mir gelungen, mich so zu verhalten, dass der Busen ganz in der Landschaft aufgeht und dass auch mein Blick nicht schwerer wiegt als der einer Möwe oder eines fliegenden Fisches.

Aber ist eigentlich – überlegt er weiter – dieses Verhalten ganz richtig? Bedeutet es nicht, den Menschen auf die Stufe der Dinge niederzudrücken, ihn als Objekt zu betrachten, ja, schlimmer noch, gerade das an seiner Person als Objekt zu betrachten, was an ihr spezifisch weiblich ist? Perpetuiere ich damit nicht gerade die alte Gewohnheit der männlichen Suprematie, die mit den Jahren zu einer gewohnheitsmäßigen Arroganz verkommen ist?

Er dreht sich um und geht noch einmal zurück. Wieder lässt er den Blick mit unvoreingenommener Sachlichkeit über den Strand gleiten, aber diesmal richtet er es so ein, dass man, sobald die Büste der Frau in sein Sichtfeld gelangt, ein Stocken bemerkt, ein Zucken, fast einen Seitensprung. Der Blick dringt vor bis zum Rand der gewölbten Haut, weicht zurück, wie um mit leichtem Erschauern die andersartige Konsistenz des Erblickten zu prüfen und seinen besonderen Wert einzuschätzen, verharrt für einen Moment in der Schwebe und beschreibt eine Kurve, die der Wölbung des Busens in einem gewissen Abstand folgt, ausweichend, aber zugleich auch beschützend, um schließlich weiterzugleiten, als sei nichts gewesen.

So dürfte nun meine Position – denkt Herr Palomar – ziemlich klar herauskommen, ohne Missverständnissen Raum zu lassen. Doch dieses Überfliegenlassen des Blickes, könnte es nicht am Ende als eine Überlegenheitshaltung gedeutet werden, eine Geringschätzung dessen, was ein Busen ist und was er bedeutet, ein Versuch, ihn irgendwie abzutun, ihn an den Rand zu drängen oder auszuklammern? Ja, ich verweise den Busen noch immer in jenes Zwielicht, in das ihn Jahrhunderte sexbesessener Prüderie und als Sünde verfemter Begehrlichkeit eingesperrt haben!

Eine solche Deutung stünde quer zu den besten Absichten des Herrn Palomar, der, obwohl Angehöriger einer älteren Generation, für welche sich Nacktheit des weiblichen Busens mit der Vorstellung liebender Intimität verband, dennoch mit Beifall diesen Wandel der Sitten begrüßt, sei's, weil sich darin eine aufgeschlossenere Mentalität der Gesellschaft bekundet, sei's, weil ihm persönlich ein solcher Anblick durchaus wohlgefällig erscheinen kann. So wünscht er sich nun, dass es ihm gelingen möge, genau diese uneigennützige Ermunterung in seinem Blick auszudrücken.

Er macht kehrt und naht sich entschlossenen Schrittes noch einmal der Frau in der Sonne. Diesmal wird sein unstet über die Landschaft schweifender Blick mit einer besonderen Aufmerksamkeit auf dem Busen verweilen, aber er wird sich beeilen, den Busen sogleich in eine Woge von Sympathie und Dankbarkeit für das Ganze mit einzubeziehen: für die Sonne und für den Himmel, für die gekrümmten Pinien, das Meer und den Sand, für die Düne, die Klippen, die Wolken, die Algen, für den Kosmos, der um jene zwei aureolengeschmückten Knospen kreist.

Das dürfte genügen, um die einsame Sonnenbadende definitiv zu beruhigen und alle abwegigen Schlussfolgerungen auszuräumen. Doch kaum naht er sich ihr von neuem, springt sie auf, wirft sich rasch etwas über, schnaubt und eilt mit verärgertem Achselzucken davon, als fliehe sie vor den lästigen Zudringlichkeiten eines Satyrs.

Das tote Gewicht einer Tradition übler Sitten verhindert die richtige Einschätzung noch der aufgeklärtesten Intentionen, schließt Herr Palomar bitter.

Judith Hermann

Hurrikan
(Something farewell)

Das Spiel heißt »Sich-so-ein-Leben-vorstellen«. Man kann es spielen, wenn man auf der Insel abends bei Brenton sitzt, man sollte zwei, drei Zigaretten rauchen und Rum-Cola trinken. Gut ist es, ein kleines, schlafendes Inselkind auf dem Schoß zu haben, dessen Haar nach Sand riecht. Auch der Himmel müsste hoch sein, am besten sternenklar, es sollte sehr heiß sein, vielleicht auch schwül. Das Spiel heißt »Sich-so-ein-Leben-vorstellen«, es hat keine Regeln.

»Stell dir vor«, sagt Nora. »Stell dir vor.«

Im Radio kommen die Hurrikanmeldungen vier Mal am Tag. Kaspar sagt, es sei erst dann kritisch, wenn stündlich über den Hurrikan berichtet werde. Die Inselbewohner würden aufgefordert, sich in spezielle Schutzzonen zu begeben, Deutsche könnten sich von der Botschaft in die Vereinigten Staaten fliegen lassen. Kaspar sagt sehr entschlossen: »Ich verlasse die Insel nicht.« Er will bleiben, er rechnet damit, dass ganz Stony und Snow Hill bei ihm Zuflucht suchen werden. Die Insel liegt im Tiefdruckgebiet der tropischen Depression. Nora und Christine sitzen auf den sonnentrockenen Holzdielen der Veranda und sprechen das andächtig vor sich hin – »Tropische Depression, tropische …«

Es ist unerträglich heiß. Über den Blue Mountains bewegungslos dicke und weiße Wolken. Der Hurrikan, von den Meteorologen »Berta« genannt, bläht sich weit entfernt über der Karibik auf, auch er bewegt sich nicht, er scheint Kraft zu sammeln für Kuba, Costa Rica, die Insel.

Cat schlägt Lovy, schreibt Nora später an Christine, diese schon wieder in der Stadt, *Cat schlägt Lovy, und Lovy schlägt Cat, liebe Christine, du bist nicht wirklich schuld. Kaspar redet zu viel, I like you, I like you, schnitzt Holzvögel und soll mich nur ein Mal alleine lassen, liebste Christine, ich vermisse dich…*, Christine liest am Küchentisch, die Beine an den Körper gezogen, aus den Briefseiten rieselt Sand. Sie wundert sich, dass die Dinge immer ihre Wirkung haben, fühlt sich weit weg von der Insel, müde auch.

Kaspar weiß, dass Christine Cat geküsst hat, an ihrem letzten Abend auf der Insel. Sie waren mit dem Jeep hinunter nach Stony Hill gefahren, »Lass uns zu Brentons Platz fahren, ja?«, hatte Christine gebettelt, Augen weit aufgerissen, Kaspar ließ sich überreden. Er mochte Christines Ausdruck »Brentons Platz« für dessen Laden, Holzhütte im Dorf, Schatten vom Brotfruchtbaum, man konnte braunen Rum trinken und Craven-A-Zigaretten einzeln kaufen, die alten Männer spielten verbissen und konzentriert Domino, und aus Brentons Radio zog sich langgezogenens, hohes Pfeifen.

Sie waren mit dem Jeep hinunter nach Stony Hill gefahren, die Wolken rückten beiseite und gaben den Blick auf den hohen, sternenübersäten Himmel frei.

Brenton hatte einen neuen Kühlschrank, Christine bewunderte ihn gebührend, war aber unruhig und starrte immer wieder angestrengt in die Dunkelheit hinaus, zu Cats Bank am Rand der Lichtung hinüber – »Sitzt er da, oder sitzt er da nicht?«

Kaspar wusste genau, dass Cat da saß. Cat saß da immer, Kaspar sagte dennoch: »Keine Ahnung« und weidete sich an Christines ängstlicher Unentschlossenheit. Christine war nervös, trank hastig braunen Rum, zupfte an Noras Kleid, lief dann los in die Dunkelheit, wurde verschluckt, war schließlich wiederzuerkennen an ihren weißen, vom Sitz der Bambusbank herunterbaumelnden Beinen.

»Weil er mit seinem Feuerzeug geklickert hat«, sagte sie später, stolz auf ihr Kombinationsvermögen, und Kaspar erinnert sich wieder an den hellen Schatten ihres Gesichts, der sich irgendetwas zuwandte und mit irgendetwas verschmolz; er hatte später, als er und Nora nach Hause fahren wollten, ihren Namen gerufen, sie hatte zuerst überhaupt nicht geantwortet und dann Minuten später »Ja?« gesagt, mit einer ganz verschlafenen und weichen Stimme, war von der Bank gesprungen und hatte sich stumm in den Jeep gesetzt. Kaspar weiß, dass sie Cat geküsst und ihm Gott-weißwas für Versprechungen gemacht hat, er findet's nicht gut.

Aber Nora und Christine zum ersten Mal auf der Insel. Kaspar versäumt nicht, das jeden Tag zu sagen, er singt es vor sich hin, nach einer Woche sagt Nora angestrengt: »Kaspar, das reicht jetzt.«

»Ihr staunt immer so«, sagt Kaspar. »Immerzu Staunen über jede Kleinigkeit, schau die Guaven, und sieh mal, der Abendhimmel, das ist auch lächerlich.«

Christine gähnt schläfrig in der Hängematte, sagt: »Kaspar, du bist eben schon zu lange hier, du lebst hier, das macht den Unterschied«, und Kaspar, triumphierend: »Darum muss ich es sagen – Nora und Christine zum ersten Mal auf der Insel.«

Kaspar staunt nicht mehr. Guaven, Mangos, Papayas, Zitronen groß wie Kindsköpfe. Kokosnüsse, Wassernüsse, Lianen, Azaleen. Spinnen, die wie Frösche durchs Zimmer hüpfen, kleinste Salamander und giftige Tausendfüßler. Die Akifrucht sieht aus wie ein Apfel und schmeckt gebraten wie ein Ei. Mangos werden in der Mitte aufgeschnitten und dann ausgelöffelt. »Habt ihr Durst«, sagt Kaspar gnädig, holt eine Wassernuss aus dem Garten, schlägt sie auf, gießt die weiße, milchige Flüssigkeit in Gläser. »Gut«, sagt Nora, macht ein Alles-zum-ersten-Mal-Gesicht, sagt: »Kaspar. Hör auf, mich zu beobachten.«

Christine hebt alles auf. Kokosnussschalen, schwarze Muscheln, Akikerne, Palmblätter, Streichhölzer, Schmetterlingsflügel. »Was willst du damit«, fragt Kaspar, und Christine sagt: »Na, denen zeigen. Zu Hause«, Kaspar antwortet: »Das wird sie nicht interessieren.«

Cat kommt nach Noras und Christines Ankunft fast jeden Tag zu Kaspar. Das ist nichts wirklich Neues, Cat kommt oft, er ist mit Kaspar befreundet, er hilft auf der Farm. Diese Beharrlichkeit aber, mit der Cat sich jetzt jeden Morgen, Mangos, Papayas, Zitronen im Rucksack und bei glühender Hitze, auf den steilen und steinigen Weg zu Kaspars Haus macht, die Früchte stumm auf den Küchentisch legt und sich dann auf die Veranda setzt, um in Bewegungslosigkeit zu verfallen, erstaunt Kaspar. Er beobachtet Cat. Cat sitzt zurückgelehnt auf dem blauen Verandastuhl, die Augen wie immer halb geschlossen, raucht sehr viel Haschisch, klickt sein Feuerzeug mit dem Daumen auf und zu und beobachtet Nora und Christine. Die bleiben ungerührt, bemerken nichts, es ist heiß auch, und sie sind sich viel zu nah, um das Bemühen eines Fremden spüren zu können.

Sie trinken am Morgen ungesüßten, schwarzen Kaffee, rauchen fünf Craven-A-Zigaretten hintereinander, schnorren Kaspar um Wassernüsse an, wollen immer irgendetwas machen, rennen die Wiese hinunter, bleiben verschwunden. Kaspar fühlt sich ausgeschlossen und ist ärgerlich, hätte Nora gerne mehr für sich gehabt, schließlich war das doch der Grund ihres Besuches. Er sagt »Damals«. Er sagt »Weißt du noch«, er sagt »wir« und »wir damals in der Stadt«, so komische Worte, Christine zieht die Augenbrauen spöttisch hoch, und Nora schaut weg.

»Das war mal, Kaspar«, sagt sie, küsst ihn auf die Wange, will vielleicht eine neue Art von Freundschaft, vielleicht auch gar nichts mehr.

»Warum seid ihr überhaupt gekommen«, fragt Kaspar dann, Nora antwortet leichthin: »Weil du uns eingeladen hast«, oder: »Weil ich Lust hatte, dich zu sehen. Wie du hier lebst, ob du dich verändert hast.«

»Habe ich mich verändert?«, fragt sich Kaspar. »Bin ich hierher gegangen, um mich zu *verändern?*«, er weiß keine Antwort und fühlt sich beleidigt, allein gelassen.

Nora und Christine fahren täglich mit dem Jeep hinunter an den Hafen und dann an irgendeinen Strand, »Kaspar, kommst du mit?«, Kaspar bleibt oben, ebenso Cat, erst gar nicht gefragt, unbeweglich im blauen Stuhl.

»Also gut, dann bis später«, aus Noras Stimme klingt nicht die geringste Enttäuschung, sie lenkt den Jeep in Schlangenlinien die Wiese hinunter auf die kleine Sandstraße zu, Christine winkt übertrieben, noch zwei, drei Minuten lang hört man den Motor, dann wird es still.

Kaspar legt sich in die Hängematte, schaut durch die Maschen hindurch Cat an, der zieht den linken

Fuß zurück, schiebt den rechten vor, kratzt sich am Kopf, sitzt wieder still. Er wird bleiben bis zum Abend, bis Nora und Christine zurückkommen. Er wird bis nach dem Essen bleiben, und vermutlich wird er auch hier schlafen, das hat er gestern schon getan, auf dem alten Sofa in der Küche. Dass Cat in Kaspars Haus schläft, ist neu. Kaspar stört es nicht. Inselbewohner kommen, bleiben ungefragt einen oder zwei Tage lang, verschwinden wieder. Es ist üblich. Kaspar könnte sich in Brentons Haus in dessen Bett legen, dort vier Tage bleiben und dann wieder nach Hause gehen, Brenton würde ihn nichts fragen. Kaspar fragt Cat auch nicht. Aber er will wissen, ob Cat an Christine denkt oder an Nora. Christine?

Christine und Nora schauen Cat beim Essen zu. Cat isst alles mit immer dem gleichen Gesichtsausdruck, ein stoisches Die-Gabel-zum-Mund-Führen mit leicht zum Teller geneigtem Kopf, seine linke Hand liegt flach auf dem Tisch, während er mit der rechten die Gabel hält, er isst alles, ohne eine Miene zu verziehen, er sagt nie, das hier ist gut oder das schmeckt komisch; »Er isst, weil er Hunger hat«, denkt Christine, »weil Essen das Stillen von Hunger ist, und sonst nichts«, sie schaut ihm zu, und manchmal sieht er sie mit schmalen Augen an, bis sie den Blick senkt. Sie füllt ihm Reis auf den Teller, Aki und Salzfisch, sie mag es, Cat Essen auf den Teller zu tun.

Die Abende sind lang, und dann wird Christine unruhig. Nora liegt in der Hängematte und spielt Digeridoo, bläst lange, dumpfe, vibrierende Töne in die Nacht hinaus. Sie kann damit Stunden verbringen und lässt sich selbst von Christine nicht beirren, die mit vor der Brust verschränkten Armen auf der Veranda hin und her läuft, nervös, gelangweilt, »Kaspar, warum lebst du hier?«

Kaspar steht auf der Wiese und gießt die Azaleen, Christine lehnt sich an die Verandasäule zwei Meter von ihm entfernt und macht ein konzentriertes Gesicht. Kaspar mag diese Fragen nicht. Er mag Christines Unruhe nicht, er sagt trotzdem: »Ich schätze, weil ich hier glücklich bin. Glücklicher als anderswo, meine ich.«

»Wieso«, sagt Christine, versucht zuzuhören und ist doch schon wieder gelangweilt.

»Schau dich um«, sagt Kaspar, richtet sich auf und zeigt auf den Dschungel, aufs Meer, Feuerschein in den Bergen, unten in der Bucht die diesigen, orangefarbenen Lichter des Hafens. Christine folgt seinem Blick, Kaspar denkt daran, wie sie nach ihrer Ankunft in der ersten Nacht mit angezogenen Knien auf der Veranda gehockt und in die Dunkelheit gestarrt hatte, wirklich lange, sehr still.

»Ja«, sagt sie jetzt trotzig. »Ja, ich weiß. Aber du musst etwas vermissen. Herbst meinetwegen, Schnee und Jahreszeiten, du bist nicht von hier. Ich meine, du musst die Stadt vermissen, deine Freunde, deine alte Wohnung, all das – vermisst du das nicht?«

»Nein, das vermisse ich nicht«, sagt Kaspar, Verärgerung in der Stimme.

Christine rutscht langsam von der Veranda herunter und läuft hinter ihm her.

»Worüber reden die hier schon, Kaspar. Ich will nicht mein Leben lang über Papayas und Brotfrüchte reden müssen. Über Mangos. Sex, Kinder.«

»Du musst nicht«, sagt Kaspar, und Christine sagt: »Man muss sich entscheiden«, dreht sich um und läuft die Wiese hinunter.

»Christine!«, ruft Kaspar ihr hinterher, ein Versuch, versöhnlich zu sein, »morgen kommt der Drachenflieger!« Und Christine, schon nicht mehr zu sehen, ruft zurück: »Und wann kommt der gottverdammte Hurrikan?«

Der Drachenflieger kommt früh am Morgen, die Inselbewohner sind dennoch schon vor ihm da. Sie müssen sich in der Morgendämmerung auf den

Weg gemacht haben, denn als der Drachenflieger in einem kleinen, roten Auto den Berg hinaufgekrochen kommt, sitzen die Dorfgemeinschaften von Stony und Snow Hill schon auf der Veranda versammelt, schweigend. »Flyman«, sagt Cat, wie immer auf dem blauen Stuhl, und bricht in Gelächter aus, Christine beobachtet ihn aus den Augenwinkeln. Nora kauert im Schatten, raucht Craven-A und trinkt schwarzen Kaffee, der Drachenflieger faltet auf der Wiese Plastikplanen auseinander, zieht Stangen hervor, schwitzt, stößt Metall in Metall.

Es ist heiß. Die Sonne drängt vom Himmel herunter, es ist fast windstill. Kaspar fragt sich, wie der Flyman hier überhaupt abheben will, den Hügel hinunter bis zum Hafen, er hat sich den großen Taxiparkplatz zur Landung ausgesucht. Der Flyman setzt sich einen Helm auf und steigt in ein schlafsackähnliches Bündel hinein, »Flugsack«, denkt Kaspar, der Flyman sieht jetzt aus wie ein riesiges, zorniges Insekt vor einer seltsamen Art der Entpuppung, und auf der Veranda breitet sich unterdrückte Heiterkeit aus.

»Flyman fly«, singt Nora leise, Christine hockt sich neben sie und kichert, über dem Hügel steigen Adler auf, weit draußen auf dem Meer blinkt ein

Schiff. Cat verscheucht sachte die Fliegen und macht die Augen zu. Der Flyman läuft los, das Gras unter seinem Flugsack raschelt. Der Drachen hebt sich, ein Raunen geht durch die Reihen von Stony und Snow Hill, die Adler über dem Hügel segeln gleitend. Der Flyman bäumt sich auf, der Flugsack knattert, der Drachen fliegt vier Meter weit und fällt dann im Schilf am Rand der Wiese mit dumpfem Schlag zu Boden.

Irgendjemand steht auf und läuft ins Haus. Christine sagt: »Ich geh mal duschen«, der Morgen wird Mittag, unbemerkt. Das Schiff weit draußen nimmt Kurs auf den Hafen. Nora steht in der Küche, presst Mangos und Guaven aus, schlägt Eis klein. Christine singt unter der Dusche, Cat auf dem blauen Stuhl neigt den Kopf und macht die Augen auf. Die Inselbewohner gehen mit Kaspar hinter das Haus, um die neuen Ziegen zu begutachten, von den Bergen kommt ein kleiner Wind. Der Flyman geht noch einmal in die Knie, der Drachen knattert und steigt. Er steigt einen Meter hoch, dann zwei, er schimmert blau, steigt auf, gleitet in gerader, schöner Linie über die Wiese auf den Dschungel zu, gleitet schräg, steigt immer höher. Nur Cat sieht ihn verschwinden, kleines Flügelpaar über den Bäumen, das Sonnenlicht fängt sich in einem Stahlstreben, es glitzert kurz, dann ist er fort, verschmolzen mit dem Blau des Meeres; Cat sieht das Schiff schon fast vorm Hafen, den weißen Bananenfrachter, der nach England fahren wird.

»Du musst lernen zu warten«, sagt Cat am Abend, Nora und Christine sind enttäuscht, weil sie den Abflug des Flyman nicht gesehen haben. »Auch auf die kleinen Ereignisse.« Christine starrt ihn an, es ist das erste Mal, dass Cat überhaupt mit ihr redet, sie weiß nicht, ob sie das jetzt unverschämt finden soll. Sie sagt »Was soll das denn sein – die kleinen Ereignisse«, Cat antwortet nicht, aber Kaspar lacht und sagt: *»Slow motion. Like a ship over the ocean«*, und Christine verlässt beleidigt die Küche.

Das Radio erhöht die Anzahl der Hurrikanmeldungen auf zwölf am Tag. Auf Costa Rica werden die ersten Evakuierungsmaßnahmen getroffen, die Deutschen unten am Hafen setzen sich mit der Botschaft in Verbindung und melden Flüge in die Vereinigten Staaten an. Das Auge des Hurrikans, sagt Kaspar, sei still. Er kauft Spiritus, Kerzen, Benzin, Jod und Wundpflaster, Büchsenfleisch und Reis.

»Wenn der Hurrikan kommt«, sagt Christine zögernd, »kann ich nicht nach Hause fliegen«, und Nora, die ohnehin länger bleiben will, schweigt.

Cat wartet siebzehn Tage lang. Am achtzehnten Tag schnellt er aus dem blauen Verandastuhl empor und packt Christine, die, Schreibpapier und Stift in der Hand, Zigarette im Mund, gerade ins Haus gehen will, am Handgelenk. Er sagt: »Ich mag dich«, seine Stimme klingt rauh und wie unbenutzt. Christine bleibt stehen, nimmt mit der freien Hand die Zigarette aus dem Mund und starrt ihn an, seine Wimpern sind in einem unwahrscheinlichen Schwung nach oben gebogen, die Iris seiner Augen ist vom Haschischrauchen gelb, sein Gesicht ist sehr nah an ihrem, Christine schüttelt sich, er riecht gut.

Cat wiederholt: »Ich mag dich«, und Christine lacht sehr plötzlich, sagt: »Ja. Ich weiß«, windet ihr Handgelenk aus seiner Hand und läuft ins Haus.

Kaspar sagt: »Cat hat eine Frau und ein Kind.«

Christine sitzt auf der Veranda neben ihm, barfuß, die Knie wie oft an den Körper gezogen, schält letztes Fruchtfleisch von einem Mangokern, sagt: »Ich weiß. Brenton hat es mir erzählt.«

Kaspar sagt: »Und was machst du damit, dass du's weißt?«

Christine lässt den Mangokern sinken, schaut ihn irritiert an, sagt: »Nichts. Was soll ich damit machen – ich weiß es einfach. Vermutlich ist es mir egal.«

Kaspar sagt: »Seine Frau heißt Lovy. Sie ist nicht da. Sie ist vor zwei Wochen zurück zu ihrer Familie gegangen, weil Cat etwas mit einem anderen Mädchen angefangen hat.«

Christine pult an dem Mangokern herum, leckt sich die Finger ab, schaut geistesabwesend zum Hafen hinunter: »Brenton sagt, Cat würde das bestreiten.«

Kaspar kickt ihr den Kern aus der Hand, erwartet Empörung, aber Christine reagiert nicht. Der Kern fällt ins Gras. Kaspar sagt: »Darum geht es nicht«, er könnte Christine ins Ohr schreien, er hat das Gefühl, dass sie ihm nicht wirklich zuhört. »Lovy wollte nach einer Woche zurückkommen, und sie ist bis heute noch nicht wieder da. Cat wartet. Ob er lügt oder nicht, er wartet, verstehst du. Auf sie und auf sein Kind.«

»Auf die kleinen Ereignisse, was«, sagt Christine zynisch, sieht Kaspar dann plötzlich mit kindlichem Erstaunen direkt ins Gesicht. »Er würde sie niemals zurückholen, nicht wahr?«

»Nein«, sagt Kaspar. »Das ist nicht – üblich. Er würde sie nie holen, aber er wartet dennoch. Wenn sie kommt, geht er nach Hause.«

Christine fischt den Kern aus dem Gras und spürt ein kurzes Ziehen im Magen. Sie sagt: »Er meint, er mag mich.«

»Ich weiß«, sagt Kaspar und steht auf. »Du bist das, was sie hier eine *white lady* nennen. Es geht nicht um dich, es geht um deine Hautfarbe. Du solltest dich da raushalten«, Christine zuckt mit den Schultern und legt den Kopf auf die Knie.

Der Bananenfrachter liegt eine Woche lang im Hafen. Kaspar fragt sich, ob die Länge dieses Aufenthaltes etwas mit den Hurrikanmeldungen zu tun hat; die Bananen sind längst verladen, aber die Matrosen hängen noch immer auf den Kais herum, sie schrubben das Deck, liegen im Schatten, sitzen bewegungslos und stumm in den Bars. Sie sehen mongolisch aus, fast wie Eskimos, ihre Gesichter sind rund und dunkel, ihre Augen schräg. Nora und Christine sitzen am Pier und schauen an dem riesigen, weißen Schiff empor, die Matrosen hoch oben an Deck tragen trotz der Hitze rote Overalls mit Kapuzen, die sie sich über den Kopf gezogen haben.

»Die fahren nach Costa Rica und Kuba«, sagt Christine. »An Amerika vorbei nach Europa, ich würde gerne mal reisen auf so einem Schiff. Jetzt. Wir können sie fragen, ob sie uns mitnehmen.«

Nora schweigt, sieht zu den Mongolenmatrosen empor, möchte gerne deren Augen richtig sehen können. Christine lehnt den Kopf an Noras Schulter und fühlt sich den Tränen nah.

»Ach, Christine«, sagt Nora. »Das hier nennt man Urlaub. Eine Reise, verstehst du? Nichts mehr. Du packst deinen Koffer, und drei, vier Wochen später packst du ihn wieder aus. Du kommst und bleibst und fährst wieder, und was dich traurig macht, ist ganz was anderes. Du wirst nach Hause fliegen, bald, und wir werden nicht mit dem Bananenfrachter nach Kuba und nach Costa Rica fahren.«

»Kommst du mit?«, fragt Christine, und Nora sagt: »Nein. Ich glaube, ich bleibe noch ein wenig bei Kaspar«, Christine schaut sie von der Seite an, sagt dann: »Warum eigentlich«, kneift die Augen zusammen.

Nora zuckt mit den Schultern. »Vielleicht tut er mir leid? Vielleicht fühle ich mich ihm verpflichtet, wegen dem, was mal war? Vielleicht denke ich, er braucht ein wenig Gesellschaft? Ich weiß es nicht. Ich bleibe einfach.«

Christine wiederholt: »Du bleibst einfach«, lacht dann, sagt: »Belafonte, *Jamaica fare well*, kennst du das? *Sad to say, I'm on my way, won't be back for many a da-ay.*«

»My heart is down, my head is turning around«, singt Nora und kichert. »Cat. Was ist mit Cat?«

»Ich weiß nicht«, sagt Christine. »Ich komme und bleibe und fahre dann wieder. Was soll da sein.«

Als sich Cat am Abend neben Christine auf die Veranda setzt, stehen Kaspar und Nora auf, gehen ins Haus und ziehen die Tür hinter sich zu. Christine dreht sich erstaunt zu ihnen um, will was sagen, sagt nichts. Cat sitzt neben ihr und schweigt, Christine schweigt auch, sie schauen die Wiese hinunter, im Dschungel gehen Feuer an, es ist fast windstill. Christine spürt Cats Hand an ihrem Kopf, er zieht an ihrem Haargummi, es ziept ein wenig, ihr Zopf löst sich auf, und die Haare fallen ihr über die Schultern. Cat dreht sich eine Strähne um den Finger und streicht sie glatt, Christine bekommt Gänsehaut auf den Armen und am Hals. Cat legt ihr die Hand um den Nacken, Christine beugt den Kopf vor und macht die Augen zu, Cats Hand auf ihrem Nacken mit leisem Druck, und Christine wird schwindelig. »Eine Nacht«, sagt Cat. »Nein«, sagt Christine. »Das geht nicht.« Sie steht auf und nimmt ihm das Haargummi weg, Cat lacht leise und schlägt sich mit der flachen Hand sachte auf die Schenkel. In der Küche sitzen Nora und Kaspar schweigend und mit gespannten Gesichtern. »Danke«, sagt Christine. »Danke, das wäre wirklich nicht nötig gewesen. Scheiße.« Sie knallt ihre Zimmertür hinter sich zu und schiebt den Riegel vor.

»Glück gehabt«, sagt Kaspar, und Nora fragt: »Wer hat Glück gehabt. Christine oder Cat?«

Zwei Tage später kommt Lovy zurück. Sie taucht ganz plötzlich am Rand des Hügels auf und bleibt da stehen, in Begleitung zweier Frauen, eine hält einen weißen Sonnenschirm über sie, die andere trägt ein Kind im Arm. Lovy steht und bewegt sich nicht, sie schaut zum Haus empor. Cat sitzt auf dem blauen Verandastuhl, die Augen wie immer halb geschlossen, es ist nicht sicher, ob er sie überhaupt sieht. Nora und Christine, auf dem Weg zum Strand, bleiben am Jeep stehen und starren Lovy an, »Das ist sie«, denkt Christine und fühlt sich seltsam atemlos. Die zweite Frau hält den Sonnenschirm über Lovy stur in die Höhe gereckt. Lovy starrt stur zum Haus hoch, hat die Arme über der Brust verschränkt und macht keine Anstalten, näher zu kommen. Cat scheint das auszuhalten. Nora und Christine stehen still und rühren sich nicht. Dann steht Cat auf und springt von der Veranda herunter, er hat einen verbissenen Ausdruck im Gesicht und läuft steif auf Lovy zu, fünf Schritte, sieben, zwölf, Christine zählt. Direkt vor Lovy bleibt er stehen.

Der weiße Sonnenschirm schwankt ein wenig. Lovy sagt etwas, Cat erwidert. Sie stehen voreinander, »Was hat sie gesagt, was hat sie denn gesagt?«, flüstert Christine, und Nora zischt: »Ich hab's nicht verstanden!«

Cat dreht sich um und geht zum Haus zurück. Lovy wendet den Kopf und schaut Nora und Christine an. »Sie verhext uns!«, flüstert Nora und kneift Christine in den Arm, Christine spürt ihr Herz hochschlagen. Lovy packt sich den Sonnenschirm und klappt ihn zu, die Frauen wiegen sich in den Hüften und verschwinden so plötzlich, wie sie gekommen sind.

Cat setzt sich auf den blauen Stuhl. Christine geht alle fünf Minuten auf die Veranda, kreist um ihn herum, gießt die Azaleen, räuspert sich, rückt Stühle umher, schafft Wassernüsse ins Haus. Cat reagiert nicht. Er sitzt so zwei Stunden lang, dann steht er auf und läuft grußlos hinter das Haus. Christine weiß, er nimmt den kurzen Weg nach Stony Hill, den, den man nur mit der Machete gehen kann, und mit einer Wut im Bauch.

Das Spiel heißt »Sich-so-ein-Leben-vorstellen«. Man kann es spielen, wenn man abends bei Brenton sitzt, auf der Stufe, die zum Laden hinaufführt, in der Dunkelheit, mit Zigaretten und einem Glas Rum mit Cola. Man kann es spielen, wenn man ein kleines, schlafendes Kind im Arm hat, dessen gekräuseltes Haar nach Sand riecht. Nora stellt sich Brenton vor, der steht hinter dem abgegriffenen

Holztresen, Christine wählt Cat, der sitzt, seit Lovy wieder da ist, nicht mehr auf Kaspars Veranda, sondern mit den alten Männern beim Dominospiel oder auf der Bambusbank weit hinten am Rand der Lichtung.

»Stell dir vor«, sagt Nora. »Stell dir vor, das ist dein Kind, in deinem Arm, es ist müde von einem langen, heißen Tag. Cat ist dein Mann. Er spielt ein bisschen Domino und trinkt ein bisschen Rum. Du wiegst dein Kind und wartest, bis er damit fertig ist; dann geht ihr nach Hause, über die Straße von Stony Hill, da gibt es keine Laternen, nur die Sterne über euch. Cat trägt das Kind und geht vor dir her, er ist selbstverständlich sehr stark, weil er den ganzen Tag auf dem Feld arbeitet. Ihr lauft so durch die Nacht, in den Dschungel hinein, manchmal muss er euch mit der Machete den Weg frei machen, das beeindruckt dich.« Nora holt tief Luft, Christine scharrt mit den Füßen und sagt ungeduldig: »Weiter!«

»Also«, sagt Nora. »Natürlich redet ihr nicht miteinander, was sollst du auch reden mit Cat. Er ist der beste Ziegenschlachter, der stärkste Arbeiter, er hat eine Hütte in den Bergen und ein bisschen Geld unter der Matratze. Das ist viel. Du bist ganz glücklich mit ihm, auch, weil die Frauen im Dorf dich um ihn beneiden. Wenn ihr an eurer Hütte angelangt seid, bringt ihr das Kind zu Bett und schlaft dann miteinander. Im Dunkeln, wahrscheinlich. Dann schläfst du ein, morgen ist ein anderer Tag, und dass du mal – das hast du vergessen.«

Christine raucht, hört zu und sieht Cat an, der spielt Domino, ab und an schaut er hoch und schenkt ihr den Ansatz eines aggressiven Lächelns. Nora verreibt Spucke auf den Mückenstichen an ihren Beinen, kratzt sich lustvoll, sagt: »Los. Du bist dran.«

»Und wenn wir alle gegangen sind«, sagt Christine, »dann gibst du Brenton einen Kuss, machst das Radio aus, schließt die Fensterläden, und es wird still. Ihr räumt die Gläser weg und den Rum und zählt das Geld, das ihr heute verdient habt. Ihr überlegt euch, ob ihr euch als Nächstes einen Kühlschrank kaufen wollt oder tatsächlich endlich einen ganz kleinen Fernseher. Brenton ist ein guter Mann. Er verkauft Rum, Zigaretten, Brot, Pflaster, Papier und Stifte. Die Leute sagen, er hätte eine Menge Geld unter der Matratze, du wirst das wissen. Brenton ist sanft, er hat sich noch nie mit jemandem geschlagen; die Leute sagen auch, du hättest ihn unter dem Schuh. Wie auch immer – er liebt dich sehr, und am allermeisten liebt er deine Haare und die kleine, weiße Kuhle unter deinem Kehlkopf. Ihr scheucht die Hühner aus der Hütte, holt die Hunde rein, raucht noch eine Zigarette, und dann löscht ihr das Licht. Ich glaube, ihr schlaft auf so kleinen Feldbetten hinten im Laden; das Kind, weiß ich, schläft im rechten Fach unter dem Tresen. Brenton legt sich an deinen Rücken, legt die Arme um dich, du schläfst ein, und alles – ist gut.«

Nora lacht, und Christine stößt sie mit der Schulter an, das Kind in ihrem Arm atmet leise und bewegt die Hände im Schlaf.

Der Hurrikan streift Costa Rica, zerstört Hotelanlagen und verursacht eine Flutwelle, bei der zwei Fischer ums Leben kommen. Dann zieht er wieder aufs Meer hinaus und bleibt zweihundert Kilometer nördlich der Insel stehen. Christine sitzt am Fuß des Hügels und beobachtet den Horizont. Das Radio gibt weiterhin zwölf Mal am Tag die Hurrikanmeldungen durch. Die Touristen in den Clubs, sagen die Inselbewohner, seien schon vor Tagen abgereist. Die Botschaft ruft an und fragt Kaspar, ob er einen Flug in die Staaten buchen wolle, Kaspar lehnt ab. Er ist unruhig, arbeitet weniger als sonst auf den Feldern der Farm, repariert das Dach und die Fensterläden, trägt Wasser- und Kokosnüsse in den Keller. Die Leute aus Stony und Snow Hill kommen mit Körben auf dem Kopf und stellen diese im Haus unter.

»Ich will, dass er kommt«, sagt Christine am Fuß des Hügels sitzend, die Hand schützend über die Augen gelegt, der Himmel ist weiß und wolkenlos. »Ich will, dass der Hurrikan kommt, verdammt noch mal.«

»Wenn er kommt, wirst du dir in die Hosen scheißen, verdammt noch mal«, sagt Kaspar, der hinter ihr steht, er sieht ihren Nacken an, sie ist braun geworden, auf ihren Schultern schält sich die Haut. »Du wirst flennen und kreischen. Ein Hurrikan ist keine Sensation. Ein Hurrikan ist fürchterlich, du willst, dass er dir alle deine Entscheidungen abnimmt, aber nicht auf Kosten der Insel, nicht auf meine Kosten.«

Christine dreht sich nach ihm um und sieht übertrieben erstaunt aus, Kaspar ist weiß im Gesicht und beißt sich auf die Lippen.

»Hör mal«, sagt Christine leise und wütend, »was redest du denn da.«

»Ich habe deine Fluggesellschaft angerufen«, flüstert Kaspar zurück. »Dein Abflug in zwei Tagen ist überhaupt kein Problem, sie fliegen noch bis Ende der Woche, erst dann, erst wenn du wieder zu Hause bist, wird es losgehen.«

Christine antwortet nicht. Das Gras unter ihren nackten Füßen ist stachelig und hart. Eine Fußsohle wie Cat möchte ich haben, denkt sie, wie eine Schale, und kein Schritt tut mehr weh. Nora steht auf der Veranda und beobachtet sie, Christine sitzt und bewegt sich nicht, und Nora dreht sich um und läuft ins Haus.

Natürlich hat Christine Cat geküsst, an diesem letzten Abend. Kaspar wollte nicht zu Brenton fahren, Christine wollte doch, Nora wollte auch, also fuhren sie. Kaspar lenkte den Jeep den steinigen Weg hinunter, die weißen Scheinwerferkegel so unheimlich in der vollständigen Dunkelheit; ein riesiger Nachtfalter zerschellte an der Windschutzscheibe, und Christine griff nach Noras Hand. Unten bei Brenton kamen die Kinder gerade vom Fußballspiel zurück, die alten Männer saßen beim Domino, Brenton hatte einen neuen Kühlschrank, und Cat war nicht zu sehen.

Christine fühlte sich unruhig und traurig, starrte nervös in all die schwarzen Gesichter, wollte braunen Rum trinken, schnell. »Schöööner Kühlschrank, Brenton«, und Brenton lachte, war sehr stolz, legte alle Colaflaschen ins Eisfach, wo sie nach Minuten zu dicken, braunen Klumpen gefroren. »Ist Cat da?«, fragte Christine, sah Kaspar bittend an, der gab keine Auskunft, Nora vermutete ihn auf der

Bambusbank; da saß wohl jemand, ein Schatten, nicht richtig zu erkennen.

Christine trank Rum, rauchte eine Zigarette nach der anderen, war nicht fähig, irgendjemandem wirklich zuzuhören. Aus der Dunkelheit ab und an das metallische Aufklappen eines Feuerzeugs, Christine verstand erst beim vierten Mal, lief dann los, auf die Bambusbank zu – »Cat?« Cat ließ weiße Zähne sehen, und Christine setzte sich neben ihn, atemlos und mit klopfendem Herzen, lehnte sich an ihn, sagte nichts.

Nora und Kaspar draußen auf der Lichtung im hellen Schein der Lampe auf der Stufe vor dem Laden. Brenton beschäftigte sich mit seinem Kühlschrank, und die Kinder hockten um Nora herum und zogen an deren langen, glatten Haaren.

»Kommst du wieder?«, fragte Cat, und Christine sagte sofort: »Ja«, log ohne Mühe, versuchte, an ihn gelehnt, zu begreifen, wonach er eigentlich roch – Petroleum, Erde, Rum, Haschisch? Fremd alles. Die Alten knallten ihre Dominosteine auf den Tisch, und ein Kind eroberte sich Noras Schoß. Die Welt war in der Mitte durchgeteilt. Christine baumelte mit den Beinen, und dann nahm Cat ihren Kopf und küsste sie. Sie stellte erstaunt fest, dass sein Kiefer dabei knackte, und das »Sich-so-ein-Leben-vorstellen«-Spiel zog durch ihre Gedanken, wie ein heller und roter Streifen Papier. Sie küsste Cat und dachte, dass ihr Mund viel zu klein war, für seinen; Cat knackte mit dem Kiefer und spähte, während er sie küsste, mit weitaufgerissenen Augen zum Laden hinüber, als Brenton aufsah, ließ er sie los. Kaspar drehte sich um und sprach mit Brenton, Nora reckte verstohlen den Kopf, und Christine wusste, dass sie jetzt versuchte, auf der Bambusbank etwas zu erkennen.

»Wenn du wiederkommst, ist das dann unsere Zeit?«, fragte Cat, und Christine antwortete: »Klar ist das dann unsere Zeit«, log wiederum und dachte an die Insel, noch einmal neu. Würde sie dann in Cats Haus wohnen, oder wo? Und Lovy? Und Cats Kind? Für vier Wochen oder fünf? Sie küsste Cat und berührte vorsichtig mit dem Finger die Innenseite seiner Hand. Der Rest Rum im Glas schmeckte süß und brannte im Hals. Christine dachte wirr, dass Rumtrinken zu Hause etwas völlig anderes war als Rumtrinken auf der Insel, und hörte Kaspar ihren Namen rufen. Cat hielt sie fest, schloss auch diesmal nicht die Augen, dann machte Christine sich los, rief zurück: »Ja?«, mit einer Stimme, die ihr selber fremd war. Cat sagte auch nicht »Auf Wiedersehen«, sie sprang von der Bank und setzte sich in den Jeep, Kaspar starrte ihr vorwurfsvoll ins Gesicht, und sie wandte sich ab.

Das Taxi, das sie zum Flughafen bringen wird, kommt um vier Uhr am Morgen, und bis drei Uhr denkt Christine noch immer, dass Nora im Zimmer stehen wird mit verschlafenem Gesicht – »Christine, ich komme jetzt doch mit.«

Nora aber kommt nicht. Christine sitzt auf dem Sofa, schläft ein, wacht wieder auf, ums Haus der Wind; jetzt noch einmal die Tür öffnen, sich noch einmal auf die Veranda setzen – Cats blauer Stuhl? –, ist nicht mehr möglich. Christine schreibt einen Zettel für Nora und steckt ihn ins Digeridoo hinein. Um vier Uhr tasten sich die Scheinwerferkegel des Taxis den Hügel hinauf, über dem Meer wird die Sonne aufgehen, bald. Christine verstaut den Rucksack im Kofferraum, setzt sich auf den Beifahrersitz und schnallt sich an. Der Taxifahrer ist zu müde, um zu reden, er fragt nur: *»Airport?«*, und Christine nickt und macht die Augen zu.

Der Hurrikan ist an uns vorübergezogen, schreibt Nora später an Christine, *jetzt scheint die Sonne den ganzen Tag, und Kaspars Notfallreis haben wir aufgegessen. Cat vermisst dich und sagt, du kämst bald wieder, ich sage – ja.*

Patricia Highsmith

Einer zu den Inseln

Die Überfahrt würde nicht mehr allzu lange dauern.

Die meisten Passagiere wollten aufs Festland, das nun nicht mehr weit war. Andere wollten zu den Inseln weiter westlich, von denen einige allerdings sehr weit weg lagen.

Dan wollte auf eine Insel, von der er glaubte, sie sei weiter weg als alle anderen, bei denen das Schiff anlegen sollte. Er nahm an, er würde so ziemlich der letzte Passagier sein, der von Bord ging.

Am sechsten Tag der ruhigen, ereignislosen Überfahrt war er in hervorragender Stimmung. Er genoss die Gesellschaft seiner Mitreisenden und hatte sich ein paarmal an den Spielen beteiligt, die ständig vorn auf dem Oberdeck im Gange waren; meist jedoch schlenderte er mit der Pfeife im Mund und einem Buch unter dem Arm über das Deck, die Pfeife kalt und das Buch längst vergessen, und sah versonnen zum Horizont hinüber, in Gedanken bei der Insel, zu der er unterwegs war. Es würde die hübscheste Insel von allen sein, sagte er sich. Seit Monaten schon verwandte er den Großteil seiner Zeit darauf, sie sich in allen Einzelheiten auszumalen. Es bestand kein Zweifel, so entschied er, dass er mehr über seine Insel wusste als irgendjemand anders auf der Welt, und dieser Gedanke entlockte ihm jedes Mal ein Lächeln. Nein, niemand würde je auch nur einen Bruchteil von dem wissen, was er über die Insel wusste, obwohl er sie noch nie gesehen hatte. Doch wer weiß, vielleicht hatte sie auch kein anderer je gesehen.

Am glücklichsten fühlte sich Dan, wenn er ganz allein über das Deck schlenderte, den Blick von den flauschigen Wolken zum Horizont, von der Sonne zum Meer schweifen ließ und sich ausmalte, dass seine Insel vielleicht noch vor dem Festland in Sicht kommen könnte. Er würde sie an ihrer Küstenlinie sofort erkennen, da war er sich sicher. Seltsamerweise würde es ihm so vorkommen, als wäre ihm dieser Ort insgeheim seit jeher vertraut, nur dass keiner davon wusste. Und dort würde er endlich allein sein.

Er war jedes Mal wieder peinlich berührt, wenn er unverhofft an irgendeiner Ecke mit einem anderen Passagier zusammenstieß. Er fand es lästig, ständig in einen der herumschwirrenden Stewards hineinzulaufen, wenn er einen der verschlungenen

Korridore von Deck D nahm, das zur dritten Klasse gehörte und daher noch mehr an eine Katakombe erinnerte als das restliche Schiff, und auf diesem Deck hatte Dan seine Kabine. Und dann hatte er einmal, am zweiten Tag der Überfahrt, einen kurzen Moment lang ganz dicht vor seinen Augen den geriffelten Fußboden des Korridors gesehen, mit einem Zigarettenstummel in einer Ritze, einem Kaugummipapierchen und ein paar abgebrannten Streichhölzern. Auch davon war er peinlich berührt gewesen.

»Fahren Sie zum Festland?«, wollte Mrs. Gibson-Leyden wissen, Passagierin der ersten Klasse, als sie eines Abends gemeinsam an der Reling standen.

Dan lächelte verhalten und schüttelte den Kopf. »Nein, zu den Inseln«, sagte er liebenswürdig, wenn auch leicht überrascht, dass Mrs. Gibson-Leyden das immer noch nicht wusste. Doch andererseits war unter den Passagieren wenig darüber gesprochen worden, wo jeder hinwollte. »Aber Sie fahren aufs Festland, nehme ich an?«, fragte er aus reiner Höflichkeit zurück, denn er wusste sehr gut, dass Mrs. Gibson-Leyden aufs Festland wollte.

»O ja«, sagte Mrs. Gibson-Leyden. »Mein Mann hatte eigentlich vor, auf eine Insel zu fahren, aber das ist nichts für mich, habe ich ihm gleich gesagt.«

Sie lachte und strahlte, und Dan nickte. Er

mochte Mrs. Gibson-Leyden, weil sie immer gut gelaunt war. Von der Mehrzahl der Passagiere der ersten Klasse konnte man das nicht sagen. Jetzt stützte er die Unterarme auf die Reling und blickte ins mondlichtbeschienene Kielwasser und auf das Meer hinaus, das wie der Rücken eines gigantischen Seedrachen mit silbrigen Schuppen schimmerte. Dan konnte sich nicht vorstellen, wie jemand lieber aufs Festland gehen wollte, wenn es doch Inseln im Überfluss gab, aber diese Dinge hatte er noch nie verstanden, und bei einem Menschen wie Mrs. Gibson-Leyden hatte es auch wenig Sinn, so etwas erörtern oder auch nur verstehen zu wollen. Dan zog sachte an seiner leeren Pfeife. Er fing einen Hauch Lavendelduft aus Mrs. Gibson-Leydens Richtung auf. Er erinnerte ihn an ein Mädchen, das er einmal gekannt hatte, und nun fand er es amüsant, dass er sich zu Mrs. Gibson-Leyden hingezogen fühlen könnte, die bestimmt alt genug war, seine Mutter zu sein, nur weil sie einen vertrauten Duft aufgelegt hatte.

»So, ich sollte mal wieder ins Spielzimmer zu meinem Mann«, sagte Mrs. Gibson-Leyden, bereits im Gehen. »Er wollte sich nur einen Pullover holen.«

Dan nickte und war jetzt etwas verlegen. Er kam sich nun plötzlich verlassen und schrecklich einsam vor, und er machte sich Vorwürfe, weil er sich nicht mehr um eine Unterhaltung mit ihr bemüht hatte. Lächelnd richtete er sich auf und spähte über seine linke Schulter in die Dunkelheit, wo noch vor Tagesanbruch das Festland auftauchen würde und dann, später, seine Insel.

Zwei Menschen, ein Mann und eine Frau, spazierten langsam über das Deck, Seite an Seite und doch getrennt, ihre Gestalten schwarz in der Finsternis. Jetzt trat noch eine einzelne Gestalt, gedrungen und dick, in das Licht vor den Fenstern der Deckaufbauten: Dan erkannte Dr. Eubanks. Weiter vorn sah er noch eine Gruppe von Passagieren an der Reling herumstehen, auch alle einzeln. Er stellte sich die Männer und Frauen vom Bordpersonal vor, wie sie einzeln an winzigen Tischchen in den Korridoren ihre Mahlzeiten einnahmen und dazwischen mit Handtüchern, Tabletts und Speisekarten umherschwirrten. Auch sie waren alle allein. Niemand hier berührte jemals einen anderen, dachte er, kein Mann ergriff je die Hand seiner Frau, Liebespaare küssten sich nicht – zumindest hatte er auf der Überfahrt bisher keine gesehen.

Dan richtete sich noch gerader auf. Ein überwältigendes Gefühl der Einsamkeit, seiner eigenen Isolation, hatte ihn ergriffen, und da er den Impuls verspürte, sich in sich zu verkriechen, richtete er sich unbewusst zu voller Größe auf. Dennoch konnte er das Schiff nicht länger ansehen und wandte sich deshalb wieder dem Meer zu.

Nur der Mond, so dünkte es ihm, breitete die Arme aus und spreizte sein Strahlennetz schützend und liebend über den Körper des Meeres. Dan starrte auf die Schleier des Mondlichts, so intensiv er konnte und solange er konnte – etwa fünfundzwanzig Sekunden –, dann ging er hinunter in seine Kabine und legte sich schlafen.

Er erwachte vom Geräusch eiliger Schritte auf Deck und von aufgeregtem Stimmengemurmel.

Das Festland, dachte er sofort und warf die Decke zurück. Sehen wollte er das Festland schon. Dann, als er vollends aus dem Schlaf auftauchte, wurde ihm klar, dass die Aufregung an Deck einen anderen Grund haben musste. Wieder eiliges Getrappel und dann das erstaunte »Oh!« einer Frau, halb Hilferuf und halb Freudenschrei. Dan zog sich rasch an und stürzte aus seiner Kabine.

Der Ausblick von der Kajütstreppe zum Deck A hinauf ließ ihn innehalten und nach Luft schnappen. Das Schiff fuhr *abwärts,* stetig abwärts, auf einer langen, breiten Bahn mitten ins Meer hinein. So etwas hatte Dan noch nie gesehen. Und auch sonst niemand, wie es schien. Kein Wunder, dass alle so aufgeregt waren.

»Wann?«, fragte ein Mann, der dem dahinhastenden Kapitän hinterherrannte. »Haben Sie es gesehen? Was ist passiert?«

Der Kapitän hatte keine Zeit, ihm zu antworten.

»Alles in Ordnung. Alles richtig so«, sagte ein Maat, dessen ruhige, ernsthafte Miene einen seltsamen Kontrast zu den alarmierten, weit aufgerissenen Augen aller anderen setzte.

»Unten merkt man gar nichts davon«, sprudelte Dan, zu dem neben ihm stehenden Mr. Steyne gewandt, hervor und kam sich im selben Moment idiotisch vor, denn was spielte es schon für eine Rolle, ob man es unten merkte oder nicht? Das Schiff fuhr abwärts, die See neigte sich in einem Winkel von etwa zwanzig Grad zum Horizont, und so etwas war noch nie da gewesen, nicht einmal in der Bibel.

Dan rannte zu der Schar von Passagieren, die sich auf dem Vorderdeck drängten. »Wann hat das angefangen? Ich meine, wo?«, fragte er den Nächststehenden.

Der Mann zuckte die Achseln, obwohl er genauso unruhig und besorgt war wie alle Übrigen.

Dan versuchte zu erkennen, wie es an den Seiten des Wasserbands aussah, denn der Abhang schien nicht mehr als zwei Meilen breit zu sein. Aber was immer hier vor sich ging, ob das Band seitlich in einer scharfen Kante endete oder allmählich zur waagerechten Meeresoberfläche ringsum anstieg – er konnte es nicht erkennen, weil ein feiner Dunst zu beiden Seiten die Sicht auf das Meer verhüllte. Jetzt fiel ihm auch der goldene Lichtschein auf, der rings über allem lag, auf dem Wasserband, der Atmosphäre, dem Horizont vor ihnen. Das Licht war nicht auf einer Seite heller als auf der anderen, also konnte es nicht die Sonne sein; die konnte Dan auch nirgends entdecken. Doch der Rest des Himmels und die höheren Teile des Meeres hinter ihnen waren hell wie der Morgen.

»Hat irgendwer das Festland gesehen?«, fragte Dan in das Stimmengewirr hinein.

»Nein«, sagte jemand.

»Es gibt kein Festland«, sagte derselbe Maat gefasst wie zuvor.

Dan fühlte sich mit einem Mal hinters Licht geführt.

»Richtig«, setzte der Maat lakonisch hinzu. Er war damit beschäftigt, zwischen Handfläche und Ellbogen eine dünne Schnur aufzuwickeln.

»Richtig?«, fragte Dan.

»Das war's«, sagte der Maat.

»Richtig, das war's«, bestätigte ein Mann an der Reling.

»Auch keine Inseln?«, fragte Dan beunruhigt.

»Nein«, sagte der Maat, keineswegs unfreundlich, aber so brüsk, dass es Dan einen Stich gab.

»Ja, aber – warum dann das ganze Gerede über das Festland?«, wollte Dan wissen.

»Gerede eben«, gab der Maat mit einem Augenzwinkern zurück.

»Ist das nicht wun-der-bar?«, sagte eine Frauenstimme hinter ihm, und Dan sah im Umdrehen, wie Mrs. Gibson-Leyden – Mrs. Gibson-Leyden, die so begierig auf das Festland gewesen war – ganz verzückt in den leeren weiß-goldenen Dunst schaute.

»Wissen Sie etwas darüber? Wie viel weiter geht das noch so?«, fragte Dan, aber der Maat war weg. Dan wünschte, er könnte so ruhig sein wie alle anderen – meist war er ruhiger –, aber wie sollte er beim Verschwinden seiner Insel ruhig bleiben? Wie konnten die anderen einfach so an der Reling stehen und das alles mehr oder weniger gelassen hinnehmen, wie er ihren Stimmen und den zwanglosen Körperhaltungen entnahm.

Dan sah wieder den Maat und rannte ihm nach. »Was ist los?«, fragte er. »Was passiert jetzt?« Seine Fragen kamen ihm dämlich vor, aber ihm fielen keine besseren ein.

»Das *war's*«, sagte der Maat lächelnd. »Meine Güte, Junge!«

Dan biss sich auf die Lippen.

»Das *war's!*« wiederholte der Maat. »Was haben Sie anderes erwartet?«

Dan zögerte. »Land«, sagte er dann und in einem Tonfall, dass es fast wie eine Frage klang.

Der Maat schüttelte schmunzelnd den Kopf. »Sie können ja jederzeit von Bord gehen.«

Dan sah sich verdattert um. Es stimmte, die Leute kletterten über die Backbordreling, stiegen einfach mit ihren Koffern aus. »Wohin denn?«, fragte Dan entgeistert.

Der Maat lachte wieder und ging dann, ohne ihn einer Antwort zu würdigen, mit seiner aufgewickelten Schnur langsam davon. Dan packte ihn am Arm. »Hier von Bord gehen? Aber warum?«

»Ist doch ebenso gut wie anderswo. Wo es Ihnen beliebt.« Der Maat kicherte. »Ist Jacke wie Hose.«

»Alles Meer?«

»Es gibt kein Meer«, sagte der Maat. »Und Land schon gar keins.«

In diesem Moment gingen Mr. und Mrs. Gibson-Leyden von Bord, über die Steuerbordreling.

»Hey!«, rief Dan ihnen nach, aber sie drehten sich nicht um.

Dan sah sie rasch entschwinden. Er kniff die Augen zusammen. Sie hatten sich zwar nicht an den Händen gehalten, aber sie waren dicht nebeneinander gegangen, sie waren vereint gewesen.

Plötzlich wurde Dan klar, dass er, wenn er wie sie von Bord ginge, weiterhin allein sein konnte, falls er das wollte. Es war natürlich eine eigenartige Vorstellung, so ins Leere hinauszusteigen. Doch in dem Augenblick, als er es sich vorstellen konnte, ganz vage nur, da kam es ihm schon wie das Richtige vor. Er spürte, wie es ihn mit einer allmählichen, aber überwältigenden Gewissheit erfüllte, der er sich nur widerwillig ergab. Es war richtig so, hatte der Maat gesagt. Und es war ja hier ebenso gut wie anderswo.

Dan blickte sich um. Das Schiff war tatsächlich fast leer. Dann konnte er ruhig auch als Letzter gehen, dachte er. Er hatte ja der Letzte sein wollen. Er würde jetzt hinuntergehen und seinen Koffer packen. Wie ärgerlich! Die Passagiere fürs Festland hatten natürlich schon am Nachmittag gepackt.

Auf der Kajütstreppe, die er einmal fast hinuntergefallen wäre, machte Dan ungeduldig kehrt und stieg wieder hinauf. Er wollte seinen Koffer nicht. Er wollte gar nichts mitnehmen.

Er stellte einen Fuß auf die Steuerbordreling und stieg hinüber. Er ging ein paar Meter über einen unsichtbaren Boden, der weicher war als Gras. Es war gar nicht, wie er es sich vorgestellt hatte, doch jetzt, wo er hier war, kam es ihm auch nicht seltsam vor. In Wahrheit war da sogar dieses Gefühl des Wiedererkennens, das er sich in Bezug auf seine Insel ausgemalt hatte, wenn er sie zum ersten Mal betrat. Er drehte sich um für einen letzten Blick auf das Schiff, das weiterhin abwärts fuhr. Dann aber wurde er plötzlich ungeduldig mit sich selbst. Wozu ein Schiff ansehen?, fragte er sich, wandte sich abrupt um und ging weiter.

Kurt Tucholsky

Riviera

Es gibt so viel süße Schilderungen der französischen Riviera; sauer macht lustig, warum soll man nicht einmal…

Die Riviera liegt da und sieht aus.

Sie ist die zweidimensionalste Landschaft, die sich denken lässt: Für den Küstendampferpassagier ist sie ein Traum, für den, der auf einer Klippe steht und in die Bucht hineinsieht, ein Paradies – man darf nur nicht in das Paradies hineingehen. Dann ist alles aus. Die französische Riviera ist nur gemalt, und zwar auf Blech.

Da, wo freie Plätze und Sanatorien für arbeitende Menschen stehen sollten, liegen Privatbesitzungen, die Gott im Zorn geschaffen hat. Die Flora erinnert an einen verkrüppelten Grunewald, in den sich einige unglückliche Palmen verirrt haben; sie stehen da herum, sich mit den übrigen Bäumen unterhalten können sie nicht, und nun blühen sie unentwegt afrikanisch vor sich hin. Auch sieht man

Agaven mit fetten, harten Blättern, auf denen, mit dem Messer geritzt, eingewachsen zu lesen steht: *»Yvonne et son Alphonse 1925.«*

Abends sieht die Landschaft aus wie die Kulisse einer Operette beim Finale des zweiten Aktes: Kleine Lichtpünktchen zwinkern an den Uferstraßen, die Konturen liegen in tiefem Schwarz-Blau gebettet, und während sich das zerzankte Paar mit den rudernden Armen flehend-verliebt zuwinkt, fällt langsam der Vorhang.

Am Ufer des Meeres zieht sich die *corniche* hin, eine Autostraße, deren Sausen alles mit sich reißt: Stille und Luft und Atmosphäre. Dahinter pfeift die Eisenbahn, denn die ganze Riviera ist nur ein paar Meter breit. Dann kommen die guten Felsen und die schlimmen Häuser.

Hier und da treten die Besitzungen etwas zurück und lassen Platz für staubige Straßen. Wenn ein Kasino dabeisteht, ist es eine Ortschaft mit vielen großen Hotels. Diese Hotels sind gar keine Hotels. Sie spielen alle Hotel.

»Von prominenten Gästen der letzten Jahre«, sagt der Hotelprospekt, »sind zu nennen: der Präsident der französischen Republik, Paul Deschanel; die Prinzessin Luise; die Herzogin von Argyll; Sarah Bernhardt... Die große Schauspielerin«, sagt der Prospekt, »saß eines Tages auf einer Loggia in der zweiten Etage, wo man nur den Himmel, Blumen und das Meer sieht; das sagte sie in ihrer poetischen Art, dass man sich hier auf dem Bug eines großen Schiffes wähnte.« Und dann keine Brause im Badezimmer.

Vor der Hoteltür steht ein Portier, der der erste Mann des Unternehmens ist; er ist so mächtig, dass ihn das Los, letzter Mann zu werden, niemals treffen könnte, denn in die Toilettenräume ging er gar nicht hinein. In der *hall* stehen Fahnen und vielhundertjährige Engländerinnen; wenn man sie herumwirtschaften sieht, so ist immer nur zu fragen: »Wer arbeitet eigentlich in England für alle diese Frauen?« Der Mittelpunkt eines modernen Hotels, in dem Leute ruhen und schlafen wollen, ist eine Musikkapelle.

Man stelle sich vor, jemand sei genötigt, zu Pfingsten in einer Eberswalder Ausspannung zu übernachten; zu Hause wird er dann davon erzählen, wie er nachts beständig vom Grölen der Kutscher und von einem Orchestrion gestört worden sei. Ähnliches erlebt er in einem modernen Hotel, nur ist es an der Riviera um eine Kleinigkeit teurer, dafür ist aber das Essen in Eberswalde besser. Natürlich darf man nicht vergessen, dass in der Ausspannung keine vorgedruckte Speisekarte auf dem Tisch liegt; wenn es eine dünne Suppe, ein Pastetchen, bejahrten Fisch und ein bejammernswertes Huhn mit Kartoffeln gibt, so sieht das Menü so aus:

Potage à la Potage
Vol-au-Vent à la Valéry
Sole à la Reine de Portugal
Volaille à la Poule
Pommes à la Pomme
Fruits

Der letzte Plural ist eine Übertreibung.

Dazu spielt das Orchester in das Vichy-Wasser hinein, das sich die Engländer in den Magen gießen, es gluckert empört, wenn es unten ankommt, und schwappt leise im Takt der Musik. Diese Musik der französischen Kapellen, die Jazz spielen, hört sich an, wie wenn einer mit halbwegs richtiger Aussprache Englisch vom Blatt liest, ohne ein Wort zu verstehen. Erst, wenn sie den aktuellen Walzer aus der *Lustigen Witwe* zersägen, fühlen sie sich wieder im nationalen Element.

Je schlechter das Essen, desto lieblicher der *maître d'hôtel,* der sich über mich wie über einen Kranken beugt: ob es mir denn schmecke, und ob es mir munde, und ob ich zufrieden sei... Lieber Gott, gib mir den Mut, dass ich ihm einmal, nur ein einziges Mal, mit der Gabel in den Bauch pieke...!

Es sind viele Deutsche da. Sie haben ein bisschen Angst vor der feinen Umgebung, und das sollen sie ja wohl auch. Sie sind auch unsicher vor den Fremden: den Franzosen, den Amerikanern, den Engländern – aber wenn sie merken, dass sie es mit Deutschen zu tun haben, dann entspannen sich ihre Glieder, eine leichte vertrauliche Frechheit steigt in ihnen auf, denn, denken sie mit Recht, was kann an einem schon dran sein, der auch nur ein Deutscher ist! (Diese Familienvertraulichkeit teilen die Deutschen noch mit einer andern Rasse.) Im großen Ganzen aber bemühen sie sich, ihr mondänes Leben den illustrierten Zeitschriften anzupassen, in denen es abgebildet ist.

Aus den Hotels können die feinen Leute nur noch in ihre Autos steigen, die, lang wie ein Haus, vor dem Haus brummen. Einen Schritt darüber hinaus, und sie stapfen in Staub, ungepflegten Wegen, an grauenvollen Straßenfronten vorüber – denn die Riviera ist dreckig, ohne pittoresk zu sein: unmalerischer Schmutz. Man hat in allen Ortschaften das Gefühl, hinter Filmkulissen zu stehen; kein Mensch glaubt daran, die einheimischen Komparsen nicht, die Fremden eigentlich auch nicht, sie machen aber ein krampfhaft vergnügtes Gesicht und wagen nicht, sich einzugestehen, dass es an hundert andern Küsten schöner, weiter, kräftiger und naturhafter ist. Sie erliegen rettungslos der Zwangsvorstellung ›Riviera‹.

Martin Suter

Huber spannt aus

1

Hubers Strandliege hat einen weißen Überzug mit der Aufschrift »Coco Beach«. Caroline liegt neben ihm, dazwischen steckt ein Schirm mit der gleichen Aufschrift. Ein junger Mann in einem T-Shirt mit der gleichen Aufschrift geht zwischen den Liegen umher und kassiert die Mietgebühren.

Solange er nicht bei ihm vorbeigekommen ist, kann Huber sich nicht richtig entspannen. Im Gegensatz zu Caroline. Wenn er sich nicht täuscht, schläft sie bereits. Auf jeden Fall hat sie die Augen geschlossen. Möglich, dass sie das nur zur Vermeidung heller Krähenfüße tut, aber die Wirkung ist die gleiche: Sie bietet ein Bild absoluter Entspannung und hat das administrative Problem an ihn delegiert.

Dabei ist er es, der Ferien braucht. Laut Caroline. »Schalte doch mal ab«, hat sie immer wieder gesagt. »Versuch doch einfach einmal drei Wochen nichts zu tun, nichts zu denken, einfach *zu sein.*«

Ein paar Liegen weiter spricht der Strandkassierer mit einer Frau. Huber versucht vergeblich, seine Aufmerksamkeit zu erlangen. Schließlich packt er das Portemonnaie, das griffbereit auf der Badetasche liegt, und steht auf.

Auf halbem Weg sieht Huber, dass die Frau, mit der der Kassierer spricht, kein Bikinioberteil zu tragen scheint. Sofort macht er kehrt, geht zurück zu seiner Liege, schlüpft aus den Schlappen und legt sich wieder hin. Caroline hat von seiner Abwesenheit nichts mitbekommen. Er könnte ertrinken, sie würde sich nicht bei ihrer Entspannung stören lassen.

Seine frisch eingecremten Füße sind jetzt von weißem Sand überzuckert wie zwei Berliner. Er setzt sich wieder auf und säubert sie, so gut es geht. Dann die Hände, so gut es geht. Dann das Buch *Relax. Der schnelle Weg zu neuer Energie.*

Als er wieder zur Liege mit der jungen Frau hinüberschaut, ist der Beachboy verschwunden. Selber schuld, denkt Huber. Falls ich dann schlafe, wenn er kassieren will, muss er halt später wiederkommen.

Huber schließt die Augen. Wie einer, der sich schlafend stellt, weil er sich die Liegestuhlmiete nicht leisten kann, kommt es ihm in den Sinn. Er stützt sich auf den Ellbogen und hält Ausschau nach dem Mann im Coco-Beach-T-Shirt.

Wie ein Strandvoyeur, fährt es ihm durch den Kopf. Sofort legt er sich auf den Rücken, greift das Buch und hält es in bequemer Lesedistanz über den Kopf. Ein feiner Sandregen rieselt ihm aus den Seiten in die Augen. Er säubert die Zeigefinger, so gut es geht, und reibt vorsichtig die Augendeckel von der Mitte gegen die Nasenwurzel. Sofort fangen die Augen an zu brennen wie nach einer Pfefferspray-Attacke. *»Avoid eye contact«* hatte auf der wasserfesten Sonnencreme, Faktor 20, gestanden.

»Mami, warum weint der Mann?« hört er ein Stimmlein fragen.

»Vielleicht ist er traurig, dass die Ferien so kurz sind«, antwortet die Mutter.

»Armer Mann«, sagt das Stimmlein.

»Hau ab!«, knurrt Huber.

11

Mit einem Zipfel des Badetuchs versucht Huber, sich den Sand aus den brennenden Augen zu tupfen. Caroline hat ihre geschlossen und macht keine Anstalten, ihm beizustehen. Dabei trägt sie die Verantwortung. Ohne sie wäre er nicht hier, hätte keinen Sand aus den Augen gerieben und keine Sonnencreme an den Fingern gehabt. Andere

Frauen wären längst dabei, die Augen ihrer Männer vorschriftsgemäß mit großen Mengen Wasser gründlich zu spülen. Nicht so Caroline. Sie liegt auf der Strandliege und meidet jede Aufregung.

Mit zusammengekniffenen Augen tastet er nach seinen Schlappen, findet sie nicht und macht sich barfuß auf den Weg zur ›Coco Beach Bar‹. Nach ein paar würdevollen Schritten im glühenden Sand verfällt er in einen lockeren Laufschritt, den Rest der Strecke legt er Haken schlagend von Sonnenschirmschatten zu Sonnenschirmschatten zurück. Mit brennenden Augen und Füßen wartet er, bis die Toilette frei wird.

Im Büro hätte er jetzt die Wahl zwischen drei um diese Jahreszeit praktisch nicht frequentierten Direktionstoiletten.

Nach ein paar Minuten geht die Tür auf. Die junge Frau, mit der sich der Liegestuhlkassierer so lange unterhalten hat, kommt heraus. Sie wirft ihm einen misstrauischen Blick zu. Huber erkundigt sich beim Barman nach der Herrentoilette und erfährt, dass es nur diese eine Toilette gibt. Er geht zurück und sieht gerade noch, wie der Liegestuhlkassierer in der Tür verschwindet. Um die Begegnung zu vermeiden – er hat das Portemonnaie auf der Badetasche liegenlassen –, beobachtet er die Toilette aus der Distanz.

Als der junge Mann herauskommt, sieht Huber eine ältere Frau auf die Toilette zusteuern. Er schafft es gerade noch, vor ihr die Tür zu erreichen, und hört sie sagen: »Aha, ein Gentleman.«

Huber dreht den Hahn des Waschbeckens voll auf und schaufelt sich mit beiden Händen Wasser in die offenen Augen. Das Brennen nimmt sofort zu. Salzwasser.

Huber eilt zur Theke. »Trinkwasser!«, ruft er dem Barman zu.

»Mit oder ohne Gas?«

Er bestellt eines ohne, trinkt einen Schluck, benetzt unauffällig eine Papierserviette und wäscht sich diskret die Augen aus. Das Brennen lässt nach. Er tänzelt über den heißen Sand zur Liege zurück, Caroline hat sich nicht gerührt.

Das Portemonnaie ist noch dort. Er nimmt es, hüpft zur Bar zurück und bezahlt.

Als er zur Liege zurückkommt, ist Caroline wach. »Der junge Mann wollte kassieren, aber du musstest ja das ganze Geld in die Bar mitnehmen.«

Es gelingt Huber, sich wortlos hinzulegen und schlafend zu stellen. Der Schweiß in seinem Körper versucht vergebens, die Schicht wasserfeste Sonnencreme, Faktor 20, zu durchdringen.

Im Büro würde er jetzt eventuell das Jackett ausziehen. Oder die Klimaanlage kühler einstellen.

III

Wie soll sich eine Schweizer Führungskraft entspannen auf einer Strandliege, deren Miete nicht bezahlt ist? Noch dazu, wenn die Ehefrau auf der Nachbarliege (deren Miete er ebenfalls schuldet) ihn ermahnt, sich endlich zu entspannen.

»Ich bin ja entspannt«, murrt Huber, ohne die Augen zu öffnen.

»Nein, du denkst ans Geschäft. Du bewegst die Zehen.«

Jetzt, wo sie es erwähnt, wird er sich bewusst, dass er die Füße zu Fäusten ballt und zu Füßen streckt, ballt und streckt, ballt und streckt.

»Das tu ich zur Entspannung«, belehrt er Caroline, ohne Hoffnung, dass sie sich mit dieser Erklärung zufriedengeben würde.

»Und weshalb ist dann dein Gesicht so verkniffen?«

Huber merkt, dass er die Augen so fest zugepresst hat, dass er, falls er tatsächlich einschlafen sollte, mit einem Gesichtsmuskelkater erwachen würde.

»Falls ich schlafe, wenn der Typ die Liegen und den Sonnenschirm kassieren kommt: Das Portemonnaie ist im Außenfach der Badetasche«, sagt er, um das Thema zu wechseln.

»Ach, deshalb«, sagt Caroline.

»Deshalb was?«

»Bist du so verkrampft. Du wartest auf den Strandwächter.«

»Ich warte überhaupt nicht, ich will nur nicht, dass du mich weckst, wenn er kommt. Nur das.«

»Wenn wir schlafen, wenn er kommt, muss er halt später wiederkommen.«

Wir! Sie nimmt also in Kauf, dass sie schläft, wenn der Strandwächter kommt.

Wenn sie sich doch solche Sorgen macht, dass er sich nicht entspannen könne, bis die Miete der Liegen und des Schirms bezahlt ist, warum sagt sie dann nicht »Relax, Schatz, ich kümmere mich um die Sache«?

Wenn Flawiler aus der Finanz anstelle von Caroline neben ihm läge, dann wäre Huber völlig entspannt. Flawiler würde ihn nicht mit Details wie der Abgeltung der Liegenmiete behelligen. Er würde sich zum gegebenen Zeitpunkt darum kümmern und, wie er ihn kennt, sogar noch besonders günstige Konditionen herausholen. Während Huber sich um die wichtigen Aufgaben kümmern könnte. Um seine Entspannung, zum Beispiel.

Oder Hopfer. Wenn Hopfer von der Rechtsabteilung neben ihm läge, würde Huber einschlummern und müsste sich keine Sorgen machen, es könnten Zweifel an der Rechtmäßigkeit seiner Liegenbenutzung aufkommen. Hopfer würde dem Vermieter zum Beispiel klarmachen, dass es sich in diesem Fall um eine Holschuld des *Ver*mieters handle, dessen Anspruch inzwischen allerdings erloschen sei.

Eine Zeitlang lässt ihn der Gedanke an Flawiler und Hopfer beinahe eindösen.

Aber er liegt neben Caroline! Und riskiert, als Strandliegen-Squatter verhaftet und abgeschoben zu werden!

»Jetzt hast du wieder angefangen, ans Geschäft zu denken«, sagt Caroline. »Ich seh's an deinen Füßen.«

Nachweis

Alfred Andersch (4. Februar 1914, München – 21. Februar 1980, Berzona / Tessin)
Ein Vormittag am Meer. Aus: Alfred Andersch, *Gesammelte Werke 5, Erzählungen 2, Autobiographische Berichte.* Copyright © 2004 by Diogenes Verlag, Zürich

Ray Bradbury (*22. August 1920, Waukegan/Illinois)
Das Nebelhorn. Aus dem Amerikanischen von Margarete Bormann. Aus: Ray Bradbury, *Ausgewählte Erzählungen.* Copyright © 2008 by Diogenes Verlag, Zürich

Italo Calvino (15. Oktober 1923, Santiago de Las Vegas / Kuba – 19. September 1985, Siena / Italien)
Der nackte Busen. Aus dem Italienischen von Burghart Kroeber. Aus: Italo Calvino, *Herr Palomar.* Copyright © 1985 by Carl Hanser Verlag, München. Abdruck mit freundlicher Genehmigung

Joseph Conrad (3. Dezember 1857, Berditschew / Ukraine – 3. August 1924, Bishopsbourne)
Jugend. Aus dem Englischen von Elli Berger und Werner Beyer. Aus: Joseph Conrad, *Erzählungen 1.* Copyright © Aufbau Verlag GmbH & Co. KG, Berlin 1979, 1992 (in dieser Übersetzung erstmals erschienen als Band 383 der Sammlung Dieterich; Sammlung Dieterich ist eine Marke der Aufbau Verlag GmbH & Co. KG). Nutzung der Übersetzung mit freundlicher Genehmigung

Roald Dahl (13. September 1916, Cardiff / Wales – 23. November 1990, Buckinghamshire)

Einsatz. Aus dem Englischen von Hans-Heinrich *Wellmann.* Aus: Roald Dahl, *... und noch ein Küsschen!* Copyright © 1963 by Rowohlt Verlag GmbH, Reinbek bei Hamburg. Abdruck mit freundlicher Genehmigung

Doris Dörrie (*26. Mai 1955, Hannover)

Bin ich schön? Aus: Doris Dörrie, *Bin ich schön?* Copyright © 1995 by Diogenes Verlag, Zürich

Jeffrey Eugenides (*8. März 1960, Detroit / Michigan)

Air Mail. Aus dem Amerikanischen von Cornelia C. Walter. Aus: Jeffrey Eugenides, *Air Mail.* Copyright © 2003 by Rowohlt Taschenbuch Verlag GmbH, Reinbek bei Hamburg. Abdruck mit freundlicher Genehmigung

Francis Scott Fitzgerald (24. September 1896, St.Paul / Minnesota – 21. Dezember 1940, Hollywood)

Stürmische Überfahrt. Aus dem Amerikanischen von Dirk van Gunsteren. Aus: F. Scott Fitzgerald, *Gesammelte Erzählungen.* Copyright © 2009 by Diogenes Verlag, Zürich

Judith Hermann (*15. Mai 1970, Berlin)

Hurrikan (Something farewell). Aus: Judith Hermann, *Sommerhaus, später.* Copyright © 1998 by S. Fischer Verlag GmbH, Frankfurt am Main. Abdruck mit freundlicher Genehmigung

Patricia Highsmith (19. Januar 1921, Fort Worth / Texas – 4. Feburar 1995, Locarno / Tessin)

Einer zu den Inseln. Aus dem Amerikanischen von Werner Richter. Aus: Patricia Highsmith, *Leise, leise im Wind.* Copyright © 2004 by Diogenes Verlag, Zürich

Haruki Murakami (*12. Januar 1949, Kyoto)

Hanalei Bay. Aus dem Japanischen von Ursula Gräfe. Aus: Haruki Murakami, *Blinde Weide, schlafende Frau.* Copyright © 2005 by Haruki Murakami. Copyright © für die deutsche Ausgabe 2006 by Dumont Literatur und Kunst Verlag, Köln. Abdruck mit freundlicher Genehmigung

Orhan Pamuk (*7. Juni 1952, Istanbul)
Den Bosporus durchfahrende Schiffe, Brände, Armut, Umzüge und andere Katastrophen. Aus dem Türkischen von Gerhard Meier. Aus: Orhan Pamuk, *Istanbul, Erinnerungen an eine Stadt.* Copyright © 2003 by Orhan Pamuk. Copyright © der deutschen Ausgabe 2006 by Carl Hanser Verlag, München. Abdruck mit freundlicher Genehmigung

Joachim Ringelnatz, eigentlich Hans Bötticher (7. August 1883, Wurzen / Leipzig – 17. November 1934, Berlin)
In See. Aus: Joachim Ringelnatz, *Als Mariner im Krieg.* Copyright © 1994 by Diogenes Verlag, Zürich

Rafik Schami (*23. Juni 1946, Damaskus)
Am Meer. Aus: Rafik Schami, *Der Fliegenmelker und andere Erzählungen.* Copyright © 1993 by Neuer Malik Verlag, Kiel. Abdruck mit freundlicher Genehmigung

David Sedaris (*26. Dezember 1956, Binghamton)
Klar Schiff. Aus dem Amerikanischen von Georg Deggerich. Aus: David Sedaris, *Nachtprogramm.* Copyright © 2004 by Wilhelm Heyne Verlag, München, in der Verlagsgruppe Random House GmbH. Abdruck mit freundlicher Genehmigung

Martin Suter (*29. Februar 1948, Zürich)
Huber spannt aus (I – III). Aus: Martin Suter, *Huber spannt aus und andere Geschichten aus der Business Class.* Copyright © 2005 by Diogenes Verlag, Zürich

Kurt Tucholsky (9. Januar 1890, Berlin – 21. Dezember 1935, Göteborg)
Riviera. Aus: Kurt Tucholksy, *Gesammelte Werke in 10 Bänden.* Copyright 1960 by Rowohlt Verlag GmbH, Reinbek bei Hamburg. Abdruck mit freundlicher Genehmigung

David Foster Wallace (21. Februar 1962, Ithaca / New York – 12. September 2008, Claremont / Kalifornien)
Schrecklich amüsant – aber in Zukunft ohne mich. Aus dem Amerikanischen von Macus Ingendaay. Auszug aus: David Foster Wallace, *Schrecklich amüsant – aber in Zukunft ohne mich.* Copyright © 2002 by **mare**verlag, Hamburg. Abdruck mit freundlicher Genehmigung

Bitte beachten Sie auch die folgenden Seiten

Hinterhältige Geschichten im Diogenes Verlag

Früher war mehr Strand
Hinterhältige Reisegeschichten
Auch als Diogenes Hörbuch erschienen, gelesen von Cordula Trantow, Doris Dörrie, Martin Suter, Hans Korte, Urs Widmer und Christian Ulmen

Früher war noch mehr Strand
Hinterhältige Reisegeschichten
Auch als Diogenes Hörbuch erschienen, gelesen von Jochen Striebeck, Anna König, Martin Suter, Doris Dörrie und Cordula Trantow

Nicht schon wieder Stau!
Hinterhältige Reisegeschichten
Auch als Diogenes Hörbuch erschienen, gelesen von Anna König und Tommi Piper

Nicht schon wieder Ostern!
Hinterhältige Ostergeschichten
Auch als Diogenes Hörbuch erschienen, gelesen von Tommi Piper

Früher war mehr Herz
Hinterhältige Liebesgeschichten
Auch als Diogenes Hörbuch erschienen, gelesen von Claus Biederstaedt, Ursula Illert und Hannelore Hoger

Früher war mehr…
Hinterhältige erotische Geschichten
Auch als Diogenes Hörbuch erschienen, gelesen von Jochen Striebeck, Anna König und Tommi Piper

Früher waren mehr Tore
Hinterhältige Fußballgeschichten sowie zwei Dialoge und zwei Gedichte

Früher war mehr Bescherung
Hinterhältige Weihnachtsgeschichten

Früher war mehr Lametta
Hinterhältige Weihnachtsgeschichten
Auch als Diogenes Hörbuch erschienen, gelesen von Uta Hallant, Anna König und Martin Suter

Früher war noch mehr Lametta
Hinterhältige Weihnachtsgeschichten
Auch als Diogenes Hörbuch erschienen, gelesen von Anna König, Martin Suter, Hans Korte und Cordula Trantow

Früher war noch viel mehr Lametta
Hinterhältige Weihnachtsgeschichten
Auch als Diogenes Hörbuch erschienen, gelesen von Jochen Striebeck und Anna König

Nicht schon wieder Wellen!
Hinterhältige Geschichten vom Meer
Auch als Diogenes Hörbuch erschienen, gelesen von Sabine Kastius und Jochen Striebeck

Nicht schon wieder Weihnachten!
Hinterhältige Weihnachtsgeschichten

Früher war mehr Herz
Hinterhältige Liebesgeschichten
Auch als Diogenes Hörbuch erschienen, gelesen von Ursula Illert und Hannelore Hoger

Nicht schon wieder Essen!
Hinterhältige kulinarische Geschichten

Martin Suter im Diogenes Verlag

Martin Suter, geboren 1948 in Zürich, ist Schriftsteller, Kolumnist und Drehbuchautor. Bis 1991 verdiente er sein Geld auch als Werbetexter und Creative Director, bis er sich ausschließlich fürs Schreiben entschied. Die Kolumne *Business Class* und die Geschichten um Geri Weibel erfreuen sich großer Beliebtheit, seine Romane sind auch international große Erfolge. Martin Suter lebt mit seiner Familie in Spanien und Guatemala.

Small World
Roman
Auch als Diogenes Hörbuch erschienen, gelesen von Dietmar Mues

Die dunkle Seite des Mondes
Roman

Business Class
Geschichten aus der Welt des Managements

Ein perfekter Freund
Roman

Business Class
Neue Geschichten aus der Welt des Managements

Lila, Lila
Roman
Auch als Diogenes Hörbuch erschienen, gelesen von Daniel Brühl

Richtig leben mit Geri Weibel
Sämtliche Folgen

Huber spannt aus
und andere Geschichten aus der Business Class

Der Teufel von Mailand
Roman
Auch als Diogenes Hörbuch erschienen, gelesen von Julia Fischer

Unter Freunden
und andere Geschichten aus der Business Class

Der letzte Weynfeldt
Roman
Auch als Diogenes Hörbuch erschienen, gelesen von Gert Heidenreich

Das Bonus-Geheimnis
und andere Geschichten aus der Business Class

Der Koch
Roman
Auch als Diogenes Hörbuch erschienen, gelesen von Heikko Deutschmann

Außerdem erschienen:

Business Class
Geschichten aus der Welt des Managements
Diogenes Hörbuch, 1 CD, live gelesen von Martin Suter

Unter dem Strich
und andere Geschichten aus der Business Class
Diogenes Hörbuch, 1 CD, live gelesen von Martin Suter